陕北传

高飞卫 著

陕西师范大学出版总社　西安

图书代号　SK25N1356

图书在版编目（CIP）数据

陕北传 / 高飞卫著. -- 西安：陕西师范大学出版总社有限公司, 2025.8. -- ISBN 978-7-5695-5660-5

Ⅰ.K294.1

中国国家版本馆CIP数据核字第2025HA6920号

陕 北 传
SHANBEI ZHUAN

高飞卫　著

出 版 人	刘东风
责任编辑	刘　畅
责任校对	马　磊
封面设计	允在文化
出版发行	陕西师范大学出版总社
	（西安市长安南路199号　邮编 710062）
网　　址	http://www.snupg.com
印　　刷	西安蓝星新技术开发有限责任公司
开　　本	720 mm×1020 mm　1/16
印　　张	25.5
插　　页	2
字　　数	339千
版　　次	2025年8月第1版
印　　次	2025年8月第1次印刷
书　　号	ISBN 978-7-5695-5660-5
定　　价	69.00元

读者购书、书店添货或发现印装质量问题，请与本公司营销部联系、调换。
电话：（029）85307864　85303629　　传真：（029）85303879

目 录

引　子　我心中的陕北 / 001

第一章　民族先祖的传说与圣迹 / 009
　　黄帝的丰功伟绩与黄帝陵 / 010
　　壶口：大禹治水的起点 / 018

第二章　一座沉睡了几千年的石城 / 023
　　石破天惊：发现石峁王国 / 024
　　宏伟的古城与超前的建筑 / 027
　　藏在城墙中的玉器 / 030
　　神秘莫测的宗教氛围 / 032

第三章　从魏国手中夺取上郡 / 035
　　秦文公做了一个奇怪的梦 / 036
　　雕阴大战：把魏国的势力赶出上郡 / 038

第四章　秦始皇的宏伟创举——万里长城 / 043
　　逶迤于上郡的战国长城 / 044
　　万里长城：秦始皇与蒙恬联手的杰作 / 047
　　千秋功过任人评说 / 050

第五章　公子扶苏的千古奇冤 / 054

沙丘之变：一场改变帝国命运的阴谋 / 055
扶苏自刎身亡 / 060
蒙恬弟兄成了牺牲品 / 062

第六章　中国古代第一条高速公路——秦直道 / 066

秦代又一项浩大的世纪工程 / 066
秦直道的命运与变迁 / 069
"西线"与"东线"之争 / 072

第七章　西汉时期的上郡守卫者 / 077

飞将军李广：神一样的存在 / 079
冯氏兄弟相继镇守上郡 / 084

第八章　刻在石板上的陕北社会 / 087

汉画像石惊现天日 / 087
汉画像石里的陕北社会景象 / 091

第九章　匈奴人的最后一个政权——大夏国 / 098

艰难中兴起的刘勃勃 / 099
创建大夏国 / 101
定都统万城 / 104
大夏国的覆灭 / 107
统万城之殇 / 111

第十章　隋炀帝一场豪华的北巡 / 114

北巡目的地：榆林郡 / 115

喜欢铺张排场的皇帝 / 118

第十一章　营建都市的旷代奇才 / 122

出身贵胄的陕北才子 / 123
"大兴城"出自他手 / 124
多才多艺杰作累累 / 128

第十二章　隋末乱世中的塞上枭雄 / 131

建国称帝割据一方 / 132
不识时务终致灭亡 / 134

第十三章　唐诗光辉耀陕北 / 139

雄浑悲凉的边塞景象 / 140
独特的民风民俗 / 144
厚重的历史文化 / 147
塞上的友情与爱情 / 151

第十四章　鄜州成了杜甫的避难之地 / 157

羌村接纳了逃难的杜甫一家 / 158
忠于君王辞家赴阙 / 161
墨制放还重返羌村 / 164
陕北人怀念诗圣 / 170

第十五章　从夏州崛起的党项族 / 174

夏州成为党项族的发祥地 / 175
李继迁带头反叛朝廷 / 178

"以蕃制蕃"策略失败了 / 183
李继迁的成功与陨落 / 186

第十六章　党项族建立起自己的帝国 / 189

韬光养晦的李德明 / 190
野心勃勃的李元昊 / 194
宋夏边疆战火点燃 / 197

第十七章　西北危局的中流砥柱 / 206

受命于危难之际 / 206
积极有效的防御策略 / 210
吟咏抒怀的儒帅风度 / 214

第十八章　威震西北的将门世家 / 219

智勇双全的种世衡 / 220
战功卓著的"将二代"种谔 / 226
鞠躬尽瘁的种师道 / 233

第十九章　雄踞麟州的杨门英豪 / 237

古老的麟州 / 237
千古忠烈杨家将 / 240
杨门后人的儒者风范 / 246

第二十章　守卫府州二百年的折家将 / 250

与众不同的府州折家 / 251
承担起抵抗辽国入侵的重任 / 254

　　　　　　抵御西夏的坚强堡垒 / 256
　　　　　　府州城在绝境中沉沦 / 259

第二十一章　博学才子"折戟"西北 / 265

　　　　　　有幸受命镇守边关 / 266
　　　　　　永乐惨败的"替罪羊" / 270
　　　　　　《梦溪笔谈》里的陕北故事 / 274

第二十二章　"绥德汉"的杰出代表 / 279

　　　　　　顽皮少年"泼韩五" / 280
　　　　　　从士兵到将军 / 283
　　　　　　南宋初期的中兴名将 / 288
　　　　　　刚正不阿斥奸佞 / 292

第二十三章　一心南归的铁血将军 / 296

　　　　　　历尽艰险南归宋朝 / 297
　　　　　　北伐失利饮恨终身 / 302

第二十四章　镇守延绥的元戎与功臣 / 308

　　　　　　余子俊力主修筑"边墙" / 310
　　　　　　三边总制杨一清 / 314
　　　　　　壮志未酬的曾铣 / 317
　　　　　　涂宗濬修建镇北台 / 321

第二十五章　明武宗驻跸榆林城 / 324

　　　　　　一场荒唐的出巡 / 325

榆林城里流传的明朝往事 /329

第二十六章　明末农民起义的发源地 /331

　　天灾人祸酿成了农民起义的疾风暴雨 /332
　　率先举事的王嘉胤 /336
　　时反时降的神一魁 /339
　　英勇就义的高迎祥 /343

第二十七章　米脂出了个李闯王 /348

　　在苦难中成长 /349
　　从"闯将"到"闯王" /352
　　从胜利走向失败 /359
　　生死成败后人评 /364

第二十八章　定边有个"大西王" /368

　　从贫寒中奋起的顽皮男儿 /369
　　为了生存谷城受抚 /371
　　建立大西政权 /375
　　身后骂名何其多 /379

第二十九章　清初陕北地区的抗清斗争 /386

　　大顺军余部顽强抗清 /387
　　王永强起兵反清 /389
　　朱龙和周世民联合反清 /392

参考资料 /396
后　记 /398

| 引子 |

我心中的陕北

提起陕北,人们会立刻想到那一片山峦连绵、沟壑纵横的黄土高原。顾名思义,陕北就是陕西省的北部地区,今与陕南、关中并称为"三秦"。然而,在古代,这并不是陕北的全部。

通常从地理的角度看,陕北是指长城以南,黄河以西,子午岭以东,桥山以北的广大地区。如果从行政区域划分的角度看,在两千多年的历史进程中,陕北的地域有过多次变化。唐代以前,其地向北延伸至内蒙古河套、宁夏的东部地区。宋代以后,其地域逐渐与今天的榆林、延安两市相同。

新中国成立后,在很长的一段时间里,人们对陕北的总体印象是荒凉偏僻、贫穷落后,很少有人去关注、探寻它的过去。随着21世纪的到来,改革开放的不断深入,陕北的煤炭、石油、天然气等自然资源的不断开发利用,黄土高原综合治理的效果持续显现,古老的陕北旧貌变新颜,焕发了新的生机。解决了温饱问题,逐渐富裕起来的人们,开始重新审视自己脚下这块土地,从不同的专业角度,用不同的表达方式来探究它的前世与过往。近年来有不少关于陕北的著作和成果问世,但相对于数千年的陕北古代历史文化而言,还是显得力度不够,仍需要花更多的气力来建设和宣传,需要更多的专家学者参与,需要更多的著作涌现。而对于今天的人们来说，更需要在专业、通俗的作品引领下，穿越历史的时空，拨开岁月的迷雾，发现它悠远的历史，感受它厚重的文化，领略它无穷的魅力。

一、陕北——古老的土地

陕北究竟有多么古老？

洛河上游的志丹县金鼎乡，给了我们一个惊人的答案——这里出土的"金鼎人"头盖骨化石，距今已有54000年了。靖边县小桥畔出土的"河套人"化石，距今有50000—37000年。黄龙县杨家坟的"黄龙人"头盖骨化石，距今约50000—30000年，显示出"黄种人"的种族特征，属于早期智人向晚期智人过渡的中间类型。旧石器时代中、晚期的先民们，在丛林中采集，在河流里捕捞，延续着陕北远古人类生命的火种。

坐落在神木市高家堡的石峁古城遗址，规模巨大，气势恢宏，距今大约4300—3700年，属新石器时代晚期至夏代早期遗存。它那数量众多的精美玉器，超前精良的建筑水平，形象怪异的石雕，形体硕大的陶鹰……无不昭示着它已进入了"中国文明的前夜"。

在清涧县解家沟镇寨沟的山峁上，分布着许多大型夯土建筑、大型墓葬、铸铜遗存，出土了青铜车马器、兵器、玉器、骨器、漆器等精美随葬品，揭示了这里曾是商代晚期方国的政治中心，有着高度发达的青铜文明。

经过了白狄、赤狄的漫长岁月，中华历史的车轮驶进了战国时代，陕北终于第一次拥有了自己的行政地域名称——上郡，它的主人是最早崛起的魏国。秦始皇统一六国，将天下分为三十六郡，上郡赫然在列。汉承秦制，上郡的建制一直得以延续。

到了西晋末年，"五胡乱华"，中原板荡，南匈奴铁弗部的赫连勃勃乘势而起，在陕北建立了大夏国，定都统万城。短命的大夏国之后，鲜卑族先后创立北魏、西魏、北周政权，成为这片土地的主人。隋唐时期，陕北回归汉族统治，南部有延、鄜、丹、坊四州，北部有绥、银、夏、麟、府五州，形成了与今天陕北大致相同的格局。

北宋时期，因为西夏不断挑起战争，陕北大部属于永兴军鄜延路，麟、府二州则归属于河东路。南宋之后，它被西夏、金国瓜分。

朱元璋建立明朝，把蒙古势力赶出中原，陕北归入大明版图。但蒙古残余势力不断挑衅，接连侵扰，为了加强边防，明朝将陕北设置为"延绥镇"，治所先在绥德，后北移至榆林，成为"九边"重镇之一。降及清代，陕北的地域格局基本上没有什么变化。

二、陕北——神奇的土地

老天似乎特别眷顾陕北这块古老的土地。

发源于青藏高原巴颜喀拉山北麓的中华母亲河——黄河，自西向东流经青海、四川、甘肃、宁夏、内蒙古后，在府谷县一头扎进陕北，形成一个巨大的"S"形河湾，人们称之为"黄河入陕第一湾"。黄河从这里深切于黄土高原之中，左带吕梁，右襟陕北，构成了驰名中外的"晋陕大峡谷"。黄河一路向南奔流，流经延川县，随着山势的变化，河道更加蜿蜒曲折，如同蛇形，如今这一段黄河成为"黄河蛇曲国家地质公园"。其中的乾坤湾最为神奇壮观。黄河在这里形成的大转弯，弯度达320度。相传伏羲氏，曾在此仰观天象，俯察地理，激发灵感，始创八卦，开启华夏文明之先河。

从乾坤湾再往下游，就到了黄河最为惊心动魄的河段，也是最能体会诗仙李白"黄河之水天上来"意境的地方——壶口。宽约400米的河面骤然收束，黄河从20多米高的陡崖上倾泻而下，形成一个蔚为壮观的瀑布群。飞流直下，水雾漫天，水声轰鸣，震撼天地，也震撼着每一个观者的心灵。相传这里是大禹治水的起点。雄壮的景观与先祖的传说交织在一起，给人留下终生难忘的印象。

如果说黄河赋予了陕北水的宏壮，那么，桥山则塑造了陕北山的巍峨。桥山位于黄陵县城北，山势雄伟，沮水环绕其下，"人文初祖"黄帝的陵墓就坐落其上。远古的神话，悠久的传说，帝王的祭拜，司马迁的记述，使这座"天下第一陵"充满着神奇，散发着神秘气息。无论黄帝是否埋葬于此，抑或此桥山并非彼桥山，但都无法改变中华儿女、炎黄子孙对他"高山仰止，景行行止"。

光说黄帝陵神奇还不够，桥山上的古柏也非常神奇。桥山之上林木茂密，郁郁葱葱，漫山遍野都是古老苍劲的柏树。有人做过统计，桥山上的古柏有81600多株，其中千年以上的古柏30000多株，是中国最古老、面积最大、保存最完整的古柏群，这绝对是中华一大奇迹。在众多古柏中，有一棵最为神奇。它位于黄帝陵轩辕庙山门内西侧，树龄有五千多年，是中国现存最古老的柏树，相传它是黄帝亲手所植，素有"中华第一柏"之称。

陕北东望黄河，地接紫塞，自古就是西北边防要地。为了防御来自敌对国家或草原游牧民族的入侵，历代统治者先后在这里修建了当时最为有效的防御工事——长城。最早的是战国时期的秦简公长城、魏长城、秦昭王长城，当然最为著名的是秦始皇下令修建的万里长城。还有隋朝文帝、炀帝修建的隋长城，明代余子俊修筑的边墙，涂宗濬修建的镇北台，以及明代长城的"三十六营堡"……可以说，陕北是古代长城遗址最集中的地区。

还有一个现象更是神奇，那就是石油的发现。早在两千年前，班固就在《汉书》中记载道："高奴县有洧水可燃。"高奴县就在今天的延安市郊。"洧水"就是人们对石油最早的称呼。北宋时，中国古代最著名的科学家沈括知延州，他发现延州境内出产一种黑色液体，形似纯漆，当地人常点燃它用来照明，沈括给它取了一个新名字——石油。他认为"石油至多，生于地中无穷"，并预言"此物后必大行于世"。千年之后，石油果真成为当今世界最重要的能源之一。陕北也以地下蕴藏丰富的石油资源，成为中国重要的能源基地。

三、陕北——英雄的土地

陕北古来就是边鄙之地，历朝历代战争不断，从商、周天子征伐鬼方，到明、清的农民起义，数千年战火硝烟连天，金戈铁马纵横。正所谓疾风知劲草，战争见英雄，战争越是残酷，越能显现英雄本色。在这块充满血与火的土地上，名将荟萃，英雄辈出。

秦汉之际，大将蒙恬奉秦始皇之命，率三十万大军镇守上郡，抗击匈奴，匈奴被赶出河套，远遁荒原。蒙恬修长城，开直道，设九原郡，大大巩固了西北边疆，功勋卓著，后虽遭奸臣陷害而死，但英名永远载入史册。飞将军李广曾两度出任上郡太守，多次与匈奴交战，英勇无畏，威名远扬。

北宋时期，宋朝与西夏的战争断断续续打了将近140年，陕北是战争的最前线。在战争的危急关头，韩琦、范仲淹临危受命，亲赴前线，迅速稳定了边疆局面，组织起有效的防御体系，成为抵抗西夏入侵的中流砥柱。在漫长的战争岁月里，涌现出众多的爱国将领和抗敌英雄。麟州的"杨家将"精忠报国，英勇卓绝。杨业、杨延昭、杨文广三代守边御侮的故事流传千古，家喻户晓。府州"折家将"为国守边二百余年，十代为将，名扬天下。种世衡、种谔为首的"种家将"，威震西北，功勋赫赫。韩世忠、刘光世成为南宋"中兴四大名将"。李显忠矢志南归，锐意北伐，令人敬仰。高永能将门世家，为国捐躯……如此众多的名帅勇将，可谓英雄荟萃，星光闪耀，他们的事迹可歌可泣，他们的精神日月同光。

明末动乱，天灾人祸，农民起义风起云涌。高迎祥、李自成、张献忠乘势揭竿而起，攻城拔寨，纵横中原，称王建国，推翻了明王朝的腐朽统治。刘宗敏、田见秀、李过、高一功、李来亨、李定国、王嘉胤、神一元……个个都是闯荡江湖的热血男儿，杀富济贫的豪杰好汉。他们的事迹组成一座明末农民起义的"英雄画廊"，实为陕人的光荣。

四、陕北——多情的土地

陕北处于西北农耕文化与游牧文化的接壤地区，长期以来汉族与许多少数民族杂居相处，交流融合。在这种特殊的地理和社会环境中，人民喜爱骑马习武，崇尚武力，形成一种剽悍强劲、粗犷豪爽的民俗。同时，这里虽然土地贫瘠，人民生存艰难，但他们性格质朴，讲究义气，热情好客，知恩图报，表现出淳厚的民风。

正因为如此，鄜州羌村的父老乡亲们接纳了在"安史之乱"中漂泊避难的杜甫一家，让他们有了一个暂时安稳的避难之所。即使是动乱的年月，几位父老依然带着自制的酒食来慰问杜甫，令身在异乡仕途坎坷的杜甫非常感动，甚至"艰难愧深情"。诗人韦庄路经鄜州，他的好友张员外热情招待了他，二人盘桓数日，把酒弹琴，非常快乐，以至于分别时难舍难分。

陕北人不仅宽厚待人，而且非常懂得感恩，只要是为老百姓做过好事、谋过福利、付出辛劳的人，他们都铭记在心里，为之建庙立祠，四时祭奠，世代传承。秦代蒙恬率大军在上郡抗击匈奴，公子扶苏远赴上郡监军，保护了边境的百姓，安定了百姓的生活，他们遭奸臣陷害死后，陕北的百姓没有忘记他们，一直守护着他们的坟墓。范仲淹、韩琦临危受命，来到西北前线防御西夏，劳苦功高，百姓怀念他们，歌颂他们，为他们建立祠堂，常年香火不绝。延安市宝塔山下有一幅巨大的古代摩崖石刻："一韩一范，泰山北斗"，反映了陕北人民的心声。长期在陕北戍守的一代名将种世衡，积劳成疾，病逝于前线，当地的官员、百姓和各部落酋长深感悲痛，连续几日早晚都去灵柩前吊祭致哀。清代的王权，曾在延长县做过三年知县，在职期间尽心尽责，为百姓做了一些好事实事，当他离任之时，百姓感念他的恩德，纷纷前来送行，并且极力挽留，百姓这份深情厚谊令王权十分感动。

古代的名人贤达只要有过陕北的经历，陕北父老乡亲便不会忘记他们。西汉时，冯野王、冯立兄弟先后出任上郡太守，他们治理上郡有方，百姓们作《上郡歌》歌颂他们，赞美他们。李广曾出任上郡太守，百姓感念他的恩德。他月夜射虎的故事，至今还在民间流传。"李广寨"的李姓村民们更愿意相信自己就是李广的后裔。唐代的杜甫、浑瑊，宋代的狄青、张载，明代的余子俊等，百姓都以不同的形式表达怀念和颂扬。即使像孟姜女这样的民间女子，陕北人民哀伤她的不幸，为她建立庙宇，挥洒一把同情的热泪。

宋代的韩世忠、李显忠都出自陕北，都是一代名将，他们南渡之后再也没有重回过故乡，最终葬身江南。他们生前都力主北伐，收复中原，希望重回故园，最终抱憾终身。家乡的人民最理解他们，懂得他们对故乡的眷恋之情，为他们营建庙宇，四时祭祀，让他们的在天之灵回归故里时能有一处安歇的殿堂。

明末农民起义的杰出领袖李自成和张献忠，被封建时代的文人学者贬斥为"盗贼""流寇"，是杀人不眨眼的魔王，对他们极力污名化、妖魔化，想要使他们背上千古骂名，遗臭万年。但是，在他们的故乡，父老并不认同封建文人这些鼓舌摇唇之词，在他们的眼里李自成、张献忠都是叱咤风云的英雄好汉，不以他们为耻，反以他们为荣，为他们叫好喝彩，为他们竖起塑像。早在20世纪40年代，一个叫作李健侯的米脂人，写作了第一部歌颂李自成的章回体历史小说——《永昌演义》。

在人们的印象中，陕北人虽然憨厚、豪爽，但性格往往是内敛的、木讷的，不过，当他们需要表达自己感情的时候，往往又是强烈的、爆发式的，这集中表现在陕北的民间艺术方面。以安塞为代表的陕北腰鼓，表演时龙腾虎跃，刚劲有力，激情四射，令人赞叹。陕北的大秧歌气势恢宏，情绪激昂，红火热烈，多姿多彩，充满了原始的生命张力和表现力。著名的陕北信天游自由奔放，无拘无束，粗犷悠扬，荡气回肠，每一声、每一首都有一种撩人心弦的力量。以米脂为代表的陕北唢呐激越高亢，跌宕起伏，活泼欢快，不仅是陕北人情感的宣泄，更是他们精神的共鸣。

岁月悠悠数万年，文明传承五千年。古老的陕北大地经历了无数次天灾人祸，见证了十数个王朝的兴衰变迁，经历过无数风云激荡的故事，涌现出千千万万英雄儿女和仁人志士。虽然它历尽苦难，厄运不断，但总能浴火重生，血脉相传。虽然它荒僻贫瘠，生存艰难，却能够孕育文明，诞生神奇。直至今日依然生生不息，充满活力。如果把这一切用文字加以编纂演绎，就是一部古老文明与铁血历史交织的文化史。

作为陕北的儿女，生于斯，长于斯，这块土地滋养了我，锻造了我，也成就了我。我的头脑里活跃着古老文化的基因，我的血管里流淌着先民祖辈的血液。我衷心地感激这块土地，深深地爱恋着这块土地，更希望用自己的笔为它树碑立传，为它热情歌唱。因此，这本《陕北传》就是我对陕北的回馈，对家乡的反哺，我真诚地希望《陕北传》能成为一本当代人了解陕北历史文化的有意义、有价值的读本，为陕北的文化建设事业贡献自己一份微薄的力量。

| 第一章 |

民族先祖的传说与圣迹

天地玄黄，宇宙洪荒。盘古开天辟地，女娲炼石补天……

古老的神话传说讲述着中华文明辉煌灿烂的起源。中华神话传说源远流长，瑰奇多彩，折射出远古的历史与社会生活。尽管这些神话传说具有想象成分，不能完全据为信史，然而，有一个人物得到了几千年来中华儿女的广泛认同，他就是被誉为"人文初祖"的黄帝。

我们要感谢史家巨匠司马迁，是他以超乎寻常的眼光和思想，第一次为黄帝立传，让后世人们认识了这位中华民族伟大的远古先祖。打开《史记》，首篇便是《五帝本纪》，黄帝赫然列在"五帝"之首。司马迁用如椽巨笔记述了黄帝的家世生平，更是高度赞扬了他统一华夏、开创文明的丰功伟绩，为中华儿女树立起一个神圣的先祖形象。时至今日，每逢清明节，海内外的中华儿女都要隆重祭祀他，无不把"炎黄子孙"作为相互认同的文化标识。

《史记》的第二篇是《夏本纪》。它记述了中国历史上第一个世袭制王朝——夏朝的历史。夏朝的开创者就是禹。按照《夏本纪》中的记载，禹的父亲是鲧，鲧的父亲是颛顼，颛顼是黄帝的孙子。黄帝去世之后，颛顼继位，成为"五帝"之一。如此看来，禹是黄帝正统的玄孙。禹继承其父鲧的遗志，完成了治理洪水的大业，后来接受帝舜的禅让，成为华夏部落的首领。禹是司马迁为我们树立的又一位伟大先祖的形象。今天，大禹治水的故事已是家喻户晓，妇孺皆知。

岁月流逝，沧海桑田。几千年过去了，庆幸的是在陕北这块古老的土地上，黄帝、夏禹都留下了他们的印迹，成为历代中华儿女缅怀、赞颂的圣地。

在黄陵县，巍巍桥山之巅，漫山翠柏掩映中，坐落着号称"天下第一陵"的黄帝陵，令人敬仰万分。在宜川县，气势磅礴的壶口，雄峙黄河之中的孟门，大禹的塑像巍然矗立，使人叹为观止。这一山一河，铭记着中华伟大先祖的丰功伟绩，闪烁着中华远古文明的耀眼光芒，成为陕北这块黄土地上的一份厚重且宝贵的文化遗产。

黄帝的丰功伟绩与黄帝陵

对于一般民众来说，黄帝这个名字简直是如雷贯耳，不过，真正了解黄帝生平事迹者并不多。历代有关黄帝的神话传说层出不穷，其中既有统一华夏的伟业，也不乏升仙问道的内容，使得人们对黄帝的认识往往模糊不清。所幸的是，司马迁在《五帝本纪》里比较全面地记述了黄帝的生平和功绩，向后人提供了四个方面的重要信息：

其一是黄帝的家世和家庭。据说黄帝是少典部族的后裔，姓公孙，名轩辕。他娶了西陵氏的女儿为妻，就是黄帝的正妃嫘祖。黄帝有二十五个儿子。其中一个名曰昌意，是嫘祖所生。昌意的儿子叫高阳。高阳有圣人的品德，黄帝死后，他继承帝位，就是五帝之一的颛顼帝。

其二是黄帝征战四方，统一华夏。炎帝神农氏后期统治力开始衰微，各部落互相攻伐，战乱不已，百姓深受其害，神农氏却毫无办法。于是黄帝乘势而起，征讨那些作乱的部族，各部族首领纷纷归附。在阪泉的郊野，黄帝与炎帝展开决战，最终黄帝战胜炎帝，获得胜利。在当时的诸侯中蚩尤部落最为凶悍，不听从黄帝之命。于是黄帝征调诸侯军队，在涿鹿之野与蚩尤展开大战，终于擒杀蚩尤，统一中原各部落，取代神农氏成为天子，建都于涿鹿。

其三是治国有方，开创文明。黄帝知人善任，任用风后、力牧、常先、大鸿等治理天下。设置左右大监，来督察各诸侯国。他顺应天地四时的规律，推测阴阳的变化，测定日月星辰以定历法，领导民众种谷养蚕，驯养鸟兽，建房造车……开创了中华民族文明的先河。

其四是黄帝死后安葬于桥山。这方面司马迁的记述十分简单："黄帝崩，葬桥山。"但这绝对是一个非常重要的信息，它确定了黄帝陵墓的位置——桥山。遗憾的是司马迁没有具体说桥山在什么地方，这就引发了一桩千年公案。

桥山在哪里？这成为历代人们寻找、确定黄帝陵的首要之事。其实，许多历史名家已经给出了大致的答案。除司马迁之外，西汉著名学者刘向在《列仙传》中说："（黄帝）至于卒，还葬桥山。"东汉时另一位史学大师班固在《汉书·地理志》中记载："（上郡）阳周，桥山在南，有黄帝冢。"三国时的刘劭、王象撰《皇览》曰："黄帝冢，在上郡桥山上。"晋皇甫谧的《帝王世纪》载："黄帝在位百年而崩……葬于上郡阳周之桥山。"北魏郦道元的《水经注》亦云："阳周县故城南桥山。昔二世赐蒙恬死于此。王莽更名上陵时，山上有黄帝冢故也。"唐代司马贞的《史记索隐》注云："桥山在上郡阳周县，山有黄帝冢也。"这些学者大家都将桥山定位于上郡的阳周县。

如此一来，阳周县的地理位置就成了关键。尽管学者们对阳周县的地理位置尚有争议，但主流观点一致认为它就在陕西省子长市附近。而黄陵县正在子长市以南，与历代学者所记述相吻合。

除黄陵县桥山的黄帝陵之外，国内还有多地出现多处桥山及黄帝陵墓。其一是北京地区燕山南坡的平谷区北鱼子山，人称桥山，山上有一座墓冢，北魏时就被人认为是黄帝陵，北魏太宗拓跋嗣曾登桥山，派使者祭祀黄帝庙；其二是河北省涿鹿县的黄帝陵。其三是山东省曲阜市的轩辕寿陵，相传黄帝轩辕氏葬于此；其四是山西省曲沃县桥山的黄帝陵；其五是甘肃省正宁县的黄帝冢；等等。即使在陕北地区，还有子长市高柏山的黄帝陵，靖边县轩辕峁的黄帝陵。北方各地之所以出现众多黄帝陵，其原因很简单，就是各地人民出于对黄帝这位伟大先祖高度一致的认同，追念他的无量功德，故修筑黄帝陵或黄帝庙，以表纪念和景仰，这一点十分容易理解。不过，与陕西黄陵县的黄帝陵两千多年来风光无限的景况相比，这些地方的黄帝陵基本是偏处一隅，影响非常有限。

在历代专家学者为黄帝陵究竟在哪里争论不休之时，封建帝王们则用实际行动——祭祀和保护——表明自己的态度，位于陕北黄陵县桥山之巅的黄帝陵就是他们心目中的圣地。

从目前的史料看，最早来桥山祭祀黄帝的封建帝王是一代雄主汉武帝。这在司马迁的《史记》和班固的《汉书》中均有记载：元封元年（前110）十月，雄才大略的汉武帝刘彻为震慑匈奴，亲率十八万大军北上巡视朔方，历经上郡、西河、五原，出长城，登单于台，旌旗千里，扬威边塞。在返回长安途中，他专程来到桥山，隆重地祭祀黄帝，开创了封建帝王祭祀黄帝陵之先河。汉武帝之所以兴师动众祭祀黄帝，可能与他当时痴迷于求道成仙有很大关系。

秦汉时期，在不少书籍和民间传说中，黄帝已经升天成仙，这对于汉武帝无疑有着巨大的吸引力。但是，当他站在黄帝陵前时，又多少有些疑惑。他问身边的术士公孙卿："我听说黄帝并没有死，现在却有他的陵墓，这是怎么回事？"公孙卿是汉武帝最信赖的术士之一，经常给汉武帝灌输成仙升天的迷魂汤，他自然明白武帝的心思，顺势就说："黄帝确实已经飞升成仙了，群臣和百姓思念他，就在此处为他营建了一座衣冠冢。"为了将来能和黄帝一样升天成仙，汉武帝举行了隆重的祭祀大典，并下令在黄帝陵左侧筑起一座20多米高的土台，然后，毕恭毕敬地登上台顶，希望与神仙相遇，祈求自己也能长生成仙。两千多年过去了，汉武帝与古代许多祈求长生成仙的封建帝王一样，已经消失在浩浩的历史洪流之中。唯有这座土台仍然高高矗立在桥山之上，后人名之为"汉武仙台"。它见证了中国古代史上最早的一次大规模、高规格祭祀黄帝的盛大典礼。

在桥山上还有一个与汉武帝有关的传说。在漫山遍野苍翠欲滴的古柏中，有一株古柏十分奇特，它形如虬龙，树干斑痕累累，纵横成行，似有断钉在内。传说汉武帝祭拜黄帝陵时，曾经挂铠甲于此树，后人就将这棵古柏称为"汉武挂甲柏"。

到了唐代大历年间，鄜坊节度使臧希让向唐代宗上言："坊州（今陕西省黄陵县）有轩辕黄帝陵阙，请置庙，四时享祭，列于祀典。"作为鄜坊节度使，黄帝陵就在其管辖范围，臧希让上表皇帝修缮黄帝陵，也算是他的职责本分。这一建议得到了唐代宗的批准。于是，一场大规模的修缮活动在桥山之上展开。当时不仅重新修建了轩辕庙，还在山上遍植柏树，据记载共栽种柏树1140株。

自唐以降，宋、元、明、清乃至民国，历代朝廷和政府不断对黄帝陵进行修缮和保护，祭祀大典延绵不绝。祭祀黄帝被确定成为国家大典，桥山也成了官方唯一指定的祭祀场所。1944年，民国政府将中部县易名为黄陵县，更加突显了黄帝陵在中华传统文化中的独特地位。

20世纪50年代初，新中国刚刚成立，百废待兴。1955年10月的一天，身在中南海的毛泽东主席收到爱国华侨陈嘉庚的一封信，陈嘉庚在信中反映，黄帝陵"庙宇木料多已腐坏，势将倾塌。庭中草地，多为农民耕种，陵山多处私坟如鳞"，建议国家尽快加以整修。毛泽东非常重视，在信上做了批复，让周恩来负责此事。周恩来立即明确批示："黄陵应明令保护和整修。"1956年3月,黄帝陵迎来了新中国成立后的首次整修。毛泽东专门委托著名学者郭沫若前往黄帝陵祭祀,郭沫若挥毫书写下"黄帝陵"三个遒劲有力的大字,镌刻在黄帝陵的石碑上。1961年3月,黄帝陵被国务院公布为第一批全国重点文物保护单位,编为"古墓葬第一号",成为名副其实的"天下第一陵"。

20世纪90年代初,陕西省政府对整修黄帝陵做出全面部署,一场有史以来规模最大的整修黄帝陵工程拉开了序幕。到21世纪初,经过十余年的整修扩建,陵园面貌焕然一新。今天的黄帝陵桥山巍巍,沮水汤汤,殿宇庄严,气势恢宏。每年清明节,国家和当地政府都要在此举行隆重庄严的公祭黄帝大典。因此,陕北的黄帝陵得到了海内外炎黄子孙的一致认可,成为凝聚中华民族向心力和认同感的核心文化坐标。

今天,每年都有大批来自海内外的游人瞻拜参观黄帝陵,有心的游人常常会产生这样的疑问:为什么黄帝死后,要被安葬在桥山?既然黄帝已经升天成仙了,为什么还有他的陵墓?这两个问题往往让人感到困惑。

问题一:为什么黄帝死后要被安葬在桥山?

由于黄帝的年代距今非常遥远,史料极其缺乏,想用严密的史料来论证,实在难以实现。人们只能以十分有限的史料为基础,结合民间传说和考古发现,做一点大致的推断。

司马迁在《五帝本纪》里说黄帝往北驱逐了荤粥(后来的匈奴)部族,来到釜山与诸侯合验了符契,就在涿鹿山下营建起了都邑。古代涿鹿的位置,大致在今天河北省张家口市境内。按照一般人的常规思维,黄帝既然成为最高领袖,就应该生活在自己的都邑,死后也应该葬在那里,怎么会在死后远葬陕北的桥山?况且,当时的道路交通非常原始落后,千里迢迢实属不易。

不过,《五帝本纪》里还说黄帝"东至于海,登丸山,及岱宗。西至于空桐,登鸡头。南至于江,登熊、湘",而且,"迁徙往来无常处"。

可见，黄帝统一华夏各部落后，并没有安居于都邑，享受富贵，而是不停地巡视四方，居住地并不固定。或许，他生命的最后一站就在陕北的桥山附近。近年来，位于陕西省神木市的石峁遗址考古发掘有了重大收获，有学者认为石峁"古城所蕴含的考古文化分布的范围及其附近地区，应当就是黄帝部族活动的地域。而这座城址的相对年代，则应当是黄帝部族及其后裔活动在历史上的时期"。虽然现在还不能断定石峁遗址一定就是黄帝部族的古城，但黄帝生前和他的部族在陕北地区生活繁衍应该是可以肯定的。这样，"黄帝崩，葬桥山"就不是特别难以理解了。

在桥山郁郁苍苍的八万多棵古柏中，有一棵非常特别。它位于轩辕庙山门内西侧，树高19米，胸径11米，树龄有五千多年，当地有民谚说它"七搂八拃半，疙里疙瘩不上算"。意思是七人手拉手，尚不能合抱它。它是中国现存最古老的柏树，素有"中华第一柏"之称。相传它是黄帝亲手所植。虽然历经五千年风霜冰雪，但它仍枝繁叶茂，黛色参天，苍劲挺拔，充满生机。虽然没有史料证明它就是黄帝亲手种植，但千百年来当地的老百姓相信它就是黄帝所植。这不仅说明了当地人民对黄帝的缅怀和爱戴，也在一定程度上说明这一带曾经是黄帝及其部族生活过的地区。

如果从民间传说的角度看，黄帝"葬桥山"也有着深厚的中华文化根源。西汉刘向在《列仙传》中有一段记载："黄帝自择亡日，至七十日亡，七十日还，葬于桥山。"这段记载看上去很神奇，黄帝有着超人的智慧和力量，居然能自己选择死亡的日子，而且准确无误地归葬于自己选择的桥山。其实，这则传说的背后，似乎有其现实的合理性。也许，当时黄帝发现自己已身染沉疴，不久于人世，但还能生活一段时间，故嘱咐亲人和下属把自己葬于桥山，等到他去世正好是七十天。这也许是一种巧合，不过后来被人们加以神化罢了。

黄帝为什么要选择桥山作为自己的安葬地呢？桥山之下自古就流淌着一条蜿蜒的河流——沮河。沮河古代称为"姬水"，传说黄帝"长于姬水",故而姓姬。桥山对面有一座山叫作印台山,当地人也叫它孕台山,传说是黄帝母亲生他的地方。中国古代有狐死首丘、叶落归根的文化传统。所以,黄帝自然要把自己的陵寝安排在桥山。传说归传说,并不能当作历史写入书本里,但是,几千年来它口口相传,没有断绝,传递着人民大众对黄帝的景仰和崇敬之情,也潜藏着人们对叶落归根这一文化传统普遍认同的心理。

问题二:既然黄帝已经升天成仙了,为什么还有他的陵墓?

关于黄帝升天成仙的故事,古代许多书籍都有记载,内容不尽相同,主旨基本一致。司马迁的《史记·封禅书》是最早记述这一故事的。故事大意是:黄帝在首山开挖铜矿,在荆山脚下铸鼎。鼎刚刚铸成,天上飞来一条龙,这条龙盘旋飞舞,垂下长长的胡须,要迎接黄帝升天。黄帝顺着龙须骑到龙背上,群臣以及后宫嫔妃跟随他登上龙背的有七十多人,龙载着黄帝和众人向天上飞去。还有一些级别低的官员也想跟随黄帝升天,紧紧抓着龙须不松手,最终龙须都被他们拉断了,他们也从空中纷纷坠落下来。匆忙间,黄帝随身带的弓也落到了地面。地面上的人们看着黄帝骑龙渐渐消失在浩瀚的天空,抱着黄帝的弓和拉断的龙须,仰望天空,痛哭流涕。于是,后世就把这个地方叫作鼎湖,把黄帝的弓名为"乌号"。这个故事足够神奇,引人入胜,也令人欣慰,因为黄帝并没有死去,而是乘龙升天成仙了。

后来,许多学者和书籍不断重复演绎这个故事,诸如西汉刘向的《列仙传》、东汉王充的《论衡》、东晋葛洪的《抱朴子》、北宋的《太平御览》等。黄帝升天成仙的故事,汉武帝也是知道的,他身边的术士公孙卿曾经给他讲述过。汉武帝对升天成仙无限向往,不禁感叹道:"啊!如果我能够像黄帝那样成仙,妻子儿女对我来说就如同扔掉鞋子一般。"刘向的《列仙传》说得更加神奇:"黄帝自择亡日,七十日去,七十日还,葬于桥山,山陵忽崩,墓空无尸,但剑舄在焉。"虽然没有说黄帝骑龙升天，但突然山崩，墓室空空，尸首不见了，只留下佩剑和鞋子，说明黄帝已经升天了。

黄帝成仙的传说之所以产生，主要原因有二。一是远古时期的老百姓非常爱戴和拥护自己的领袖——黄帝，对黄帝的丰功伟绩更是念念不忘，他们不愿意也不相信黄帝会死去，希望黄帝能升天成仙，永远活在美好的天堂。因此，黄帝升天成仙的故事应运而生。为了纪念、缅怀这位伟大的领袖，他们在各地修筑黄帝的陵墓，营建黄帝的庙宇，不断地祭奠，由此开启了中国古代衣冠冢的丧葬传统。二是战国以来神仙思想的影响。早在殷商时代，人们崇拜鬼神、祭祀祖先的仪式复杂盛大。战国末年及秦汉时期，神仙学说勃然兴起。齐威王、宣王、燕昭王等君主纷纷派人入海寻找蓬莱、方丈、瀛洲"三神山"，求不死之药。到秦始皇、汉武帝更是到了执着痴迷的程度。民间肉体不死、长生不老的神仙信仰非常流行。黄帝成仙的传说正是在这种社会环境和文化土壤中逐渐形成的。东汉后期兴起的道教更是把黄帝纳入其"神仙谱系"，黄帝被尊为道教始祖。如此一来，黄帝真的成了道教信徒们顶礼膜拜的神仙了。

滚滚长江东逝水，浪花淘尽英雄。五千年寒来暑往，物换星移，不知有多少王侯将相、才子佳人湮灭在岁月长河里，唯有中华民族的伟大先祖——黄帝依然为后世人们所景仰、缅怀、传颂。无论黄帝是死后入土，还是升天成仙，都已经不重要了，重要的是他已经转化为中华文明的标志、民族精神的象征和民族复兴的巨大凝聚力量。

当人们站在黄帝陵前，都会感受到一种巨大的文化力量，一种强烈的民族自豪感。

巍巍黄帝陵已经成为亿万海内外华夏儿女心中的文化圣地。

壶口：大禹治水的起点

从黄帝陵向东大约160公里，穿过延绵起伏的黄土峰峦，就到了中华民族的母亲河——黄河。

发源于青藏高原巴颜喀拉山北麓的黄河，向东一路奔腾，像一条腾飞的黄龙呼啸着跃进晋陕大峡谷。当它流经陕西省宜川县和山西省吉县时，宽约400米的河面，骤然收束。黄河从20多米高的陡崖上倾泻于30多米宽的石槽中，形成一个巨大的瀑布群。但见黄流飞泻，涛声轰鸣，水雾升空，震撼天地，气吞山河，令人惊心动魄，热血沸腾。这便是著名的壶口瀑布。

当人们置身黄河岸边，观赏壶口瀑布之雄奇，感受"黄河之水天上来"之壮美时，一位伟大的民族先祖的形象会浮现在人们的脑海之中。他身形伟岸，筚路蓝缕，风尘仆仆，但目光炯炯，神情坚毅，眉宇间透露着一股英武之气，他就是治理洪水拯救万民的大禹。

相传在尧的时代，中原大地遭遇罕见的洪灾。浩浩的洪水，四处泛滥，淹没良田，冲毁村庄，老百姓流离失所，苦不堪言。面对严重的洪灾，尧心急如焚，下令寻找能够治理洪水的人，大臣们向他推荐了崇部落的首领——鲧。灾情紧急，尧命令鲧承担治水的重任。鲧受命治理洪水，不敢怠慢。他采用了"水来土挡"的方法，就是在河流两岸修筑河堤，防堵洪水。虽然鲧治水尽心尽力，但历时九年，成效甚微，洪水依然肆虐，百姓依然受苦。尧实在忍耐不下去了，他认为鲧治水九年，无所成就，耗费民力财力无数，有辱使命，就下令将他处死在羽山。鲧壮志未酬，成为治水事业的殉难者。

鲧虽被杀，但治理洪水依然是迫在眉睫的大事，必须尽快找到一个合适的人选。这时，舜继承了尧的部落首领之位，他再次向大臣们征求治水的人选。大臣们都向他推荐鲧的儿子禹。大家认为禹虽是鲧的儿子,但为人谦逊,做事勤勉,能力出众,是最合适的治水人选。开明的舜听从了大臣们的意见,把治水的重任交给了禹。

在当时生产力非常落后的条件下,治理洪水几乎是一项难以完成的任务。承担治理洪水的重任需要超乎寻常的勇气和解救万民于水火的责任感。禹勇敢地继承了父亲未竟的事业,在万众期待的目光下,挑起了治理洪水的重担。由于有了鲧的前车之鉴,禹更加小心谨慎。他认真总结鲧治水失败的经验教训,为寻找治水的方法,他翻山越岭,考察地形,最终制订了以疏导为主的治水策略。于是,禹带领治水的民众,逢山开沟,遇洼筑坝,疏通了九条主要河流,引导洪水流入大海。经过十三年艰苦奋斗,终于战胜洪水,彻底消除了水患,使中原地区的人民恢复了正常的生活。

在整个治水过程中,禹身先士卒,和百姓一起风餐露宿,同吃同住,一起挖山掘石,奋战在工地上。为了治水,他告别了新婚的妻子,更不能照看自己的儿子,甚至三过家门而不入。禹在治水中表现出来的吃苦耐劳、鞠躬尽瘁、大公无私的高尚品格,都被老百姓看在眼里,记在心里,受到百姓们深深的爱戴和拥护。为表达对他的感激之情,人们尊称他为"大禹",即"伟大的禹"。司马迁在《史记·五帝本纪》中热情赞美了禹治水的丰功伟绩:"唯禹之功为大,披九山,通九泽,决九河,定九州。"鉴于禹在治水中的伟大功绩和杰出表现,舜宣布将联盟首领之位禅让给禹。这样,大禹就成为继舜之后华夏部落联盟的新首领。

大禹为了治水,走遍了神州大地的山山水水。相传他治水最早就是从壶口开始的。《尚书·禹贡》是中国古代第一篇区域地理著作,其中就记载:"禹敷土,随山刊木,奠高山大川","既载壶口,治梁及岐"。就是分别土地的疆界,行走高山砍削树木作为路标,以高山大河奠定界域。从壶口开始施工,治理了吕梁山和它的支脉。北魏郦道元所著《水经注》

是我国古代第一部以记载河道水系为主的综合性地理著作，他在书中说得更加明白："禹治水，壶口始。"大禹正是采取劈山开渠的方法，从壶口开始，一路疏通黄河河道，使得黄河水驯顺地沿河道奔流而下，最终东流入海。

今天，人们的注意力基本上集中于雄奇壮美的壶口，往往把与壶口紧密相连的孟门给忽略了。黄河之水从壶口喷涌而下，咆哮翻卷着向下游5公里处的孟门冲去。

所谓孟门，就是在黄河河道中的两块梭形巨石，它巍然屹立于滚滚激流之中，将河水一分为二，远远看去犹如石门。相传这孟门原来是一座山，阻塞了黄河河道，引发洪水四溢，大禹治水时，把它一劈为二，从此河水畅流一泻千里。大禹治水时壶口和孟门应该是一起疏浚的。郦道元在《水经注》里引用《淮南子》说明是大禹疏通了孟门。"龙门未辟，吕梁未凿，河出孟门之上，大溢逆流，无有丘陵，高阜灭之，名曰洪水，大禹疏通，谓之孟门。"在此基础上，郦道元进一步确认"此石经始禹凿"。

壶口与孟门之间这条狭长的河道，被人们称为"十里龙槽"。称其为槽，还是挺形象的。这条5公里长的河道是黄河最窄的一段，最窄处仅30余米。两岸的岩石经过河水千万年的冲刷，形成一条蜿蜒曲折、形似长龙的河沟，河水在其中波涛汹涌，骇人心魄。郦道元在《水经注》中着意描绘了这一景象："其中水流交冲，素气云浮，往来遥观者，常若雾露沾人，窥深悸魄。其水尚崩浪万寻，悬流千丈，浑洪赑怒，鼓若山腾，浚波颓叠，迄于下口。"

民间传说在大禹治水时，有"应龙"前来助阵。"应龙"是一条长着翅膀的黄龙。它不仅帮助黄帝战胜蚩尤，更是大禹治水的得力帮手。应龙的尾巴非常坚硬有力，不管多硬的岩石，只要它用尾巴一划，便划出一道壕沟，河水就顺势而下。大禹开凿孟门时，山高石硬，工程十分艰巨，应龙用龙角一抵，凿穿了孟门；用尾巴一甩，划出了"十里龙槽"。"应龙"自然是神话传说之产物,但它也曲折地再现了大禹治水过程中凿山开沟的情景。

因为大禹曾在壶口治水,所以自古以来当地民间就流传有许多大禹的故事。在陕北宜川县一带,至今还流传着大禹成亲的故事。

传说大禹为开辟壶口和孟门,沿着黄河上下察看水情。有一天夜里,他寄宿在壶口上游一个叫衣锦村的周姓人家里。这户人家有三口人,一对夫妻和一个十六七岁的女儿。女儿长得十分美丽。半夜时分,门外忽然传来一阵惊天动地的声音,大禹"噌"地一下跳起身来,冲出屋外,只见洪水袭来,浊浪滔天,大禹赶紧把周姓一家三口安置到村子最高处的榆树上,又返回村里救出一对青年男女。不久,整个村子就被洪水吞没。大禹急唤应龙前来,奋力把孟门凿开,洪水才渐渐退去,原来的村庄又显露出来,可是村子里的人已被洪水冲得无影无踪。为使衣锦村的香火能延续下去,大禹为这对幸存青年主持了婚礼。周姓老两口看到如此情景,十分感动,从心里喜欢上这个置个人安危而不顾的小伙子,就把女儿许配给了大禹。大禹一心想着治水事业,婚后第三天就告别了新婚妻子,来到治水工地上。他亲自操持工具,带领民众劈山开石,疏河导流。这期间,他曾三次路过衣锦村的家门口,竟顾不得回去看妻子一眼。大禹率领民众疏通了三江五湖,终于把泛滥的洪水疏导入东海。后来,他再也没有回到过衣锦村,但衣锦村后世百姓感念他的恩德,就在当年那棵老榆树下给大禹修了庙,塑了像,旁边也给周家女儿塑了座小庙。衣锦村人都为大禹是自己的亲戚而自豪,称他是"祖老姑父",大禹庙也被称为"姑父庙"。因为老榆树是周姓人的救命树,所以村里大人、小孩均视其为神树。据说每逢天旱庄稼需要雨水的时候,村里人就把"姑父庙"和"姑姑庙"的神像抬到一起,天空就会聚集起阴云,三天之内肯定会落下雨来,还很灵验!

大禹为治水走遍神州大地,各地都留下大禹的遗迹,真可谓"禹迹天下"。今天,陕北延川县也有一个叫作"禹居"的村镇。陕北地处黄土高原，地名村名往往与当地特殊的地理地貌有关，诸如沟、山、峁、岔、洼、坪、塬等，以"禹居"为地名显得十分"另类"。这显然与大禹有关。相传这里原来叫庄坪，大禹治水时路过此地，突遇大雨，便在此住了一宿，第二天便匆忙赶往黄河壶口治水去了。当地百姓感念大禹的功德，便改村名为"禹居"，以表纪念。"禹居"之名竟延续数千年而不改，祖祖辈辈传承不断，足见淳朴善良的陕北百姓对大禹深厚的感恩之情。

作为中华民族的伟大先祖，黄帝、大禹的皇皇功德早已镌刻在历史的丰碑上，烙印在人们的头脑中。黄帝、大禹的传说和故事遍布大江南北，他们的传说叠加在同一地区却十分鲜见。在陕北这片古老的黄土地上，黄帝和大禹都留下了他们的足迹和故事，这是多么幸运，何等荣耀啊！黄土地因此孕育出令人神往的远古文化，陕北不再被人们视为洪荒之地。这是一笔非常厚重的文化遗产，是一种无比宝贵的精神财富，它如桥山巍然耸立，万年不改；它如黄河源远流长，滔滔不绝，永远激励着陕北儿女继往开来，艰苦奋斗，为创造更加美好的未来而不懈奋斗！

| 第二章 |

一座沉睡了几千年的石城

陕北,一方古老的黄土地。

北接大漠,南连关中。山峦起伏,连绵不绝;沟壑纵横,长河奔流。因此,它给人们最深刻的印象就是荒凉和贫瘠。

面对如此恶劣的自然环境,人们不禁要问:远古时代这里是否有人类生存和活动?是否产生过与中原或江南地区相同或相近的文明?

然而,当人们打开历史典籍时才发现,关于陕北最早的文字记载实在少得可怜,也就是商代属"鬼方",春秋时属"白狄""赤狄",寥寥几个字,仅此而已。那么,春秋之前的西周、商、夏,乃至更早的上古时期,陕北大地究竟是什么样子?近乎空白的史料和零星出土的文物,始终无法满足人们的好奇心和求知欲。

难道上古时代的陕北是洪荒一片,人类文明的种子是否因为它的荒僻而不能播种、生根?在21世纪之前的漫长年月里,人们一直为这一问题所困扰,也一直有所期待。

2012年春天,一则喜讯从陕北的神木县(2017年改设为县级市)传来——考古人员在这里的一座山峁上,发现了一处新石器时代晚期至夏代早期的大型古城遗址,经测定距今四千三百年左右。在这里有着气势恢宏的城址、精美绝伦的玉器、神秘莫测的宗教文化……无不充满神奇色彩，令人振奋。因为这座山峁名叫石峁，故考古专家将其命名为石峁遗址。

石峁遗址的发现如同"石破天惊"一般震惊了学术界，在一片惊讶声中进入人们的视野。它第一次向人们展现出陕北高原史前时代人类的灿烂文明，使古老的黄土地沐浴着早期人类文明的光辉。石峁遗址从此名扬四海，万众瞩目。它以"中国文明的前夜"入选"2012年中国十大考古新发现""世界十大田野考古发现"以及"二十一世纪世界重大考古发现"。2019年5月，石峁遗址被列入《中国世界文化遗产预备名单》。

石破天惊：发现石峁王国

神木县位于黄土高原北部、毛乌素沙漠南缘，蜿蜒流淌的秃尾河边有一座明代遗留下来的古城，叫作高家堡。高家堡东南2公里处有一个叫石峁的小山村。从地貌上看，石峁村被群山环抱，深深地藏在黄土山峦之间，与黄土高原无数个小山村没有太大的区别。不过，石峁有一个与众不同的地方——它的山上自古以来不断发现玉器。据当地的老人说，大概从清朝后期以来，有农民在石峁山前山后耕地、建房时经常捡拾到玉器。这些玉器形状各异，看上去十分古老。年长日久，村里各家各户或多或少都存有一些玉器。农民们并不知道这些玉器的来由，更不懂得它们的实际价值。当地的商人们尽管也不懂这些玉器的价值，但隐约感觉到这些玉器是值钱的。他们从农民手里收购玉器，然后带到外地的大城市卖给古董商和外国人，以此牟利。这样一来，石峁的许多玉器被达官贵人收藏，还有不少流往海外。于是，神木高家堡山上有古玉的消息不胫而走。

这种状况一直延续到中华人民共和国成立之后。1958年4月，当地有关部门在进行文物普查过程中，第一次将石峁命名为"石峁山遗址"。由于没有进行发掘，人们并不清楚这个遗址的面貌和年代。后来，也曾有文物工作者前来调查，都没有引起有关部门的高度关注。不过，神木石峁存在大量古代玉器的事实，还是吸引着许多文物工作者的目光。

1976年5月的一天，漫天的黄风把神木的山川刮得天昏地暗。一辆长途汽车驶进了神木县汽车站，一个操着关中口音的外地人风尘仆仆地下了车。这个人名叫戴应新，是当时陕西省文管会的文物专家。戴应新此次长途跋涉从省城西安，几经辗转，来到神木县，一不探亲，二不访友，他的目的非常明确，那就是要亲自考察传闻中石峁出土的古玉器。在来神木之前，他看到过不少据说是出自石峁的玉器，听说过许多有关石峁玉器的传说，从专业的角度看，他觉得这些古老的玉器实在太与众不同了，具有独特的文物价值！他认为它们一定与古代某一种文明或某一处遗址有着密切关系。于是，石峁成了他魂牵梦绕的地方，他恨不得立马来到石峁山上一探究竟。只是当时特殊的政治环境和落后的交通状况，使他前往石峁的计划一推再推。

这一次，戴应新终于抓住机会，来到了神木县。在当地同行的陪同下，他怀着激动的心情登上石峁山，仔细地考察每一个山坳、每一个角落，生怕漏掉任一个有价值的线索。在路经一处正在修建房屋的人家时，戴应新突然停下了脚步，他的目光聚焦在已经挖开的墙面上，征得主人同意后，他拿着铲子在墙面上慢慢地挖掘起来，不一会工夫，一件白里透黄、30多厘米长的玉刀呈现在人们的眼前，紧接着，第二件同样的玉刀也出土了……在场的人们惊讶不已。这次与石峁玉器的偶然相遇，更让戴应新确信石峁山上存在大量古玉的事实。

戴应新了解到当地农民手里有不少玉器，表示要收购一些玉器。农民纷纷把自家保存的玉器拿给他看。当各式各样的古老玉器摆在他的面前时，戴应新按捺不住心底的激动。作为资深的文物工作者，他深深知道这些玉器的重要价值，如果它们长期流散民间很有可能遭到破坏，也有可能流失海外。一种强烈的使命感和责任感促使他决定立即着手向农民收购。无奈的是,他来之前并没有想到要收购玉器,所带的现金非常有限,而农民手里的玉器实在太多,没办法全部收购。最后,经过精挑细选,他收购了126件玉器。用草纸细心包装成两大箱,经过榆林,运回省城西安,收藏于陕西省历史博物馆。

戴应新这次神木之行,总算把传闻中的石峁玉器带回了一部分,让人们初步领略了石峁玉器的风采。人们在惊喜之余,一个个问题接踵而至:石峁究竟是一处什么样的遗址?为什么存在如此多的玉器?遗址中还埋藏着什么样的文物?……这些问题太多,需要开展一次大规模的考古发掘才能得出答案。由于当时特殊的年代,大规模考古发掘迟迟没有进行。人们只能期盼,有一天能揭开厚厚的黄土,让石峁的本来面目呈现于世人眼前。

时光转眼来到了20世纪80年代,改革开放的春风吹遍了长城内外,国家对古代文化遗址的保护力度大大加强,神木石峁遗址也被列入保护的名单。1992年,石峁遗址被列为陕西省重点文物保护单位。2006年,又被国务院列为全国重点文物保护单位。尽管如此,石峁遗址就像一个羞于见人的少女,把自己用一层厚厚的面纱包裹起来,迟迟不肯向世人显露她的真容。

直到2011年,伴随着中华文明探源工程第三期正式启动,石峁终于迎来陕西省考古研究院等单位组成的联合考古调查组,领队是陕西省考古研究院院长孙周勇。站在石峁荒凉的山顶上,孙周勇眺望四围的沟沟坎坎,一种难以言表的激动从心底涌起。他将用自己手中的铁铲揭开这处人类古老遗址的面纱,见证又一处中华古老文明的再现。

呈现在孙周勇和队员们眼前的石峁荒凉残破,到处是散落的石块、裸露的石墙,面对如此巨大的山体,究竟从哪里开始发掘成了他们面对的第一道难题。孙周勇和队员们首先展开大规模考古调查,他们将约10平方公里的区域仔仔细细地调查了一遍,进行了严谨的测绘,尽量做到科学精准,心中有数,绘制成一张图纸。经过深思熟虑,他们决定把试发掘的区域选择在石峁东侧的一处高地上。也许是老天有意的安排,这次试发掘的地点正好是石峁古城外城的东门遗址,考古发掘初战告捷。随着发掘的不断深入进行,一座沉睡地下几千年、龙山文化晚期的史前古城遗址终于重见天日。

这座目前中国发现的最大史前城址,不仅面积超过400万平方米,相当于五六个故宫的面积,而且设计宏伟,结构复杂,功能齐全,完全超乎现代人的想象。城内还出土了大量陶器、玉器、石器、骨器等文物。位于内城中心的皇城台气势宏大,众星拱卫,存在着宫殿遗址。如果说石峁古城是一个"王"的城市,那么,皇城台就是"王"的居所。这一切无不昭示着石峁已经是一个具有强大统治力和凝聚力的史前王国。

在地势险峻的高山台塬之上,营造一座如此宏大的城邑,工程量非常大,不可能是一般意义上的小部落小集团所能完成的,这说明石峁的"王"具有强大的组织能力和人力、物力基础。按照著名考古专家王巍的说法,国家和王权的产生需要具备几个主要的条件。其一,要有都城。都城必定规模巨大,有明确的功能分区,需要动用大量的人力来建造。其二,国家要有王,必须有王居住和办公的宫殿。它们应该规模宏大,建筑精致,以彰显其尊贵的身份。其三,一个国家出现,一定出现了明确的阶级,还会有一套彰显权贵阶层尊贵身份的礼器。照此看来,石峁古城遗址显然已经具备了一个早期国家的文明形态,因此,可以说石峁是中国史前时期一个不见于历史记载的早期国家。

宏伟的古城与超前的建筑

在开始发掘之前,孙周勇和考古队员们绝对没有想到石峁的黄土之下竟然埋藏着一座规模如此宏伟的古城,而且,这座古城的规模远远超越了他们的想象。

考古发掘表明:石峁古城由外城、内城和皇城台三座基本完整并相对独立的石结构城址组成。现存内城墙体长2000米,外城墙体长2840米。根据勘测,外城城墙总长度大约10千米,整个城址面积约425万平方米,存续年代距今约4300—3800年,属新石器时代晚期至夏代早期遗存,龙山文化晚期。其规模远远大于年代相近的其他著名遗址,如300万平方米的良渚遗址、280万平方米的陶寺遗址,是目前中国乃至东亚地区规模最大、保存最好的史前城址。

位于石峁遗址核心区域的皇城台依山而建,四周用石头层层包砌,围筑起来的一个顶小底大、类似金字塔的建筑。它雄踞石峁山巅,高高耸立,最高达到了70多米,高度相当于现在的23层楼房,有着多达9级的护城石墙。这是何等的巍峨壮观,令人震撼!它的顶部面积有8万平方米,约等于11个标准足球场大小,底部的面积更是达到了24万平方米。

皇城台不仅气势宏伟,而且结构复杂,构筑精良,体现出石峁先民高超的建筑思维和水平。皇城台顶部成组分布着宫殿建筑基址,北侧还有池苑遗址。周边石墙上,还有不少石雕装饰,呈现出成熟的艺术构思和精湛的雕刻技艺。

皇城台的城门是唯一一处可以上下皇城台的通道。它具有双墩台双瓮城的复杂结构,设计精妙,具有非常严密的防御功能。即使在今天,参观者走在其中折来拐去,要想上去很不容易,在当时可谓一夫当关万夫莫开。城门下面是一个南北走向、面积超过2100平方米的平整场地,这是目前我国发现的史前时期面积最大的广场。它在当时显然具有一定的礼制功能,石峁先民很可能在这里举行过盛大的宗教祭祀和集会活动。这样的建筑设计开启了中国后世宫城正门设置广场之先河。

在皇城台第二、三级的护城墙体上,分布着许多孔洞,内插粗大圆木。这种建筑结构，在北宋的《营造法式》中称为"纴木"，其作用类似于今天在混凝土结构中加入钢筋，用以维护建筑的稳固。石峁先民在修建护墙时，专门在墙体内插入许多粗大的纴木，起到了对墙体的加固作用，以保证墙体不会坍塌。之前，史学界一般认为纴木最早出现在汉代。石峁皇城台护墙上纴木的出现，说明石峁先民早于汉代两千多年就使用了这一技术，证明了他们的建筑理念和技术是非常先进的，堪称古代建筑史上的一大创举。

石峁的外城东门位于古城的制高点，是中国目前保存最完好、体量最庞大、结构最复杂、形制最规整的史前城门遗迹，被誉为"华夏第一门"。它是控制交通、防御外敌的重要屏障，与内外两重瓮城形成"三重门"布局结构。外城东门由外瓮城、南北墩台、门塾、内瓮城等城防设施构成。外瓮城与南北墩台合围形成城门外的独立空间，将门道基本遮蔽，内瓮城则是门道后部由石墙形成的独立空间。内外两重瓮城连同中间的门道共同构成外城东门的三重门防御体系，是目前国内确认的时间最早、防御能力极高的城防设施。根据资料显示，中国古代在城门外加筑瓮城始于唐代。石峁瓮城的发现，一下子将中国最早的瓮城实例提前了三千多年。

在东门不远的城墙上，还出现了最早的"马面"。所谓马面，就是在城墙上每隔一定距离建筑向外突出的矩形墩台，它有利于防守者从多角度攻击来犯的敌人，可以增加防御面积，使城墙防御功能更加完备。马面的概念最早见于《墨子》中的"行城"，人们一般认为它在战国时期已被运用于城市防御。而石峁城墙上马面的出现，再一次改写了中国城防史和城建史，它把马面的年代向前推进了两千多年。如此众多超前的建筑理念和技术，让我们不得不叹服石峁先民在城防建设上的聪明智慧和惊人的创造力。

藏在城墙中的玉器

我国的考古成果显示,早在九千年前,黑龙江流域的古代先民就开始使用玉器。玉作为一种文化现象,伴随着中华一万年文化史和五千年文明史的起源、形成与发展,绵绵不绝,长盛不衰。

神木石峁的玉器,从清代后期就已闻名天下,许多玉器经商人之手,流散到世界各地。欧美一些国家及南非、日本的博物馆都收藏有石峁玉器。据官方保守估计,目前流失在世界各地的石峁玉器大约有4000件,而实际的情况可能远远大于这一数字。1976年,陕西省文管会的戴应新从农民手中收购的126件玉器,是第一批数量最多、集中收藏的石峁玉器。

随着考古发掘的持续进行,石峁玉器源源不断地出土,重见天日。这些古老的玉器不仅数量庞大,形制各异,已经出土的有玉牙璋、玉铲、玉琮、玉璜、玉钺、玉刀、玉璇玑等,而且制作精美。就这些玉器看,石峁先民已经掌握了基本的制玉工艺,诸如切割、打样、钻孔、琢磨、抛光等,最薄的玉器只有一两毫米,堪称技艺精湛,令人惊叹。

石峁的玉器显然不是当时人们的日常生活用具,而是具有礼仪性质的神圣器具。在中国古人的意识中,凝聚山川灵气的玉器具有通灵的特质,可以沟通天地,自然成为统治者祭祀天地鬼神的重要礼器。《周礼·春官》中记载:"以玉作六器,以礼天地四方。以苍璧礼天,以黄琮礼地,以青圭礼东方,以赤璋礼南方,以白琥礼西方,以玄璜礼北方。"石峁"王国"拥有如此数量众多的各类玉器,说明它已经形成了以玉为代表的礼仪制度和玉器文化。

在石峁,有一种极为罕见的现象——"藏玉于墙"。就是许多玉器出土的位置非常奇特,往往藏身于石墙之中。考古人员在清理外城东门城墙时,发现石头的缝隙里有许多完好的玉器。这些玉器显然是在建筑城墙时被人有意安放在墙体里的。石峁先民为什么这样做？其中有什么奥秘？目前，连考古专家也无法解释清楚，也许其中包含着某种神秘的原始宗教意义。有学者由此联想到夏朝末代君王夏桀修筑"玉门瑶台"的故事。《竹书纪年》中记载夏桀骄奢淫逸，为了满足其奢侈的欲望，他下令："筑倾宫、饰瑶台、作琼室、立玉门。"在古代神话中，瑶台、玉门乃是神仙居所，都是用美玉雕刻而成。夏桀仿照神仙"饰瑶台""立玉门"，在现实中显然很难实现。因此，"玉门"和"瑶台"只能存在于传说中。如今，石峁城墙中埋藏玉器的现象，似乎在某种程度上印证了"玉门"的存在。

在石峁出土的众多玉器中，最具代表性的是牙璋。牙璋是古代玉器中一种极具特色的礼器，也是一种礼仪性兵器。《周礼·典端》云："牙璋以起军旅，以治兵守。"石峁出土的牙璋数量较多，器身为扁平长条形，端首为凹弧刃，下部两侧外出成扉牙，其下为长方形器柄，柄部上端、两扉牙之间有穿孔，用以绑缚手柄。相较于其他遗址出土的牙璋，石峁的牙璋以墨玉材质为主，形体宽大扁薄，光泽透亮，具有鲜明的特征。

石峁玉器中，有一件雕刻精美的玉人头像。它形体不大，高4.5厘米、宽4.1厘米，厚0.5厘米，以双面平雕的方法，呈现出侧面剪影式双面形象。头像圆脸，腮帮微鼓，头顶有一椭圆形发髻或小冠，鹰钩鼻，口外凸而微张，似微笑状，正反两面各有一只橄榄形无珠大眼，大耳突出于脑后，下颌微收，其下为细短颈。面颊正中还钻有一圆孔，为单面钻孔，可能为佩戴所用。整个雕像五官简明，面容安详，生动传神，充满神秘感。它也许是石峁先民的祖先形象，或许是宗教崇拜的偶像。是我国史前玉人头像中唯一一件侧面雕像，具有很高的历史价值和美学价值。

还有一个问题一直困扰着考古人员，即石峁遗址中大量玉器来自何方？放眼望去，陕北及附近的广大地域并没有玉矿发现，那么，石峁数量庞大的玉器究竟来源于何方？经过专家鉴定，石峁玉器的原料来源广泛，材质种类繁多，有墨玉、碧玉、玉髓、黑曜石、石英石、大理石岩等，材质来源几乎涵盖了中国大部分玉石产地。这些玉石、玉器又通过什么方式来到石峁？是贸易交换？或是周边部族进贡？还是通过战争掠夺获得？或许，在四千多年前古老中国的北方大地上，石峁作为当时最具实力和影响力的聚落中心和政权所在，已经具有了能够在一个较为广大的地域范围调动和运送玉石的力量，以保证玉器的生产和使用，也充当着史前"玉石之路"的枢纽。

神秘莫测的宗教氛围

陕西省考古研究院院长孙周勇，主持过石峁古城的考古发掘工作，是发现石峁古城的亲历者。他深有感触地说：石峁遗址弥漫着浓厚的"圣城"氛围。之所以称它为"圣城"，主要原因就是它到处弥漫着浓厚的原始宗教气氛。

进入新石器晚期的石峁人，虽然较之旧石器时代有了很大进步，但是生产力仍比较落后，生产工具也十分简陋，面对自然界的风雨雷电，千变万化，他们自然会表现出恐惧与不解，只能通过想象把许多自然现象加以神化，对超自然体的神灵表现出狂热的崇拜，并产生了属于自己的原始宗教。正如恩格斯所说的："一切宗教都不过是支配着人们日常生活的外部力量在人们头脑中的幻想的反映，在这种反映中，人间的力量采取了超人间的力量的形式。"因此，说石峁遗址到处弥漫着原始宗教气氛是非常自然的。

在外城东门遗址的发掘过程中，考古人员发现了几处骇人听闻的遗迹——人头坑。几处土坑中，整齐地排列着20余颗白惨惨的人头骨，惨不忍睹。专家通过人骨鉴定，证明这些人头骨绝大部分属于年轻女性，而且，她们都是被人在枕骨的位置齐生生砍死的，然后排列埋在城墙下的。人们还发现，这些头骨都有被火烧过的痕迹。石峁的统治者为何如此残忍？将如此众多鲜活的青年女性惨烈地戕害？合理的解释应该只有一个——宗教祭祀。石峁统治者在修建城门和城墙之前，必然要进行一些奠基和祭祀活动，不过，他们的奠基之物不是木桩或石碑，而是血淋淋的人头。在埋放人头之前，还要进行燎祭仪式。穿越四千年的时光，我们的眼前仿佛出现了惨绝人寰的一幕：石峁山前，庄严肃穆，一群青年女子被反绑着双手，在剽悍的武士们押解下蹒跚前来；有巫师手持法器，仰望天空，口里念念有词；武士们手起刀落，鲜血飞溅；血淋淋的头颅被放置在干柴之上，大火熊熊燃烧……统治者们踌躇满志，年轻的生命却永远地埋葬于黄土之下。

距离外城城墙东南约300米，有一处石峁先民的祭坛以及祭祀的遗迹。祭坛共三层，它自上而下为圆丘形土筑，旁边还有一大一小的两层方台形石构基址。祭坛最底部的石构基址边长约90米，整体高度距现今地表超过8米。可以想象，4000多年前在这座祭坛上下，不知上演过多少次顶礼膜拜的祭祀仪式。

在"皇城台"东护墙北段的"弃置堆积"层内，考古人员发现数以百计用于占卜的"卜骨"。这些"卜骨"基本是牛、猪、羊的肩胛骨，有人为整治和钻孔的痕迹，还有经过灼烧的痕迹。"卜骨"是上古先民为预知人事吉凶祸福用以占卜的工具，而占卜与原始宗教往往紧密联系在一起。大量"卜骨"的出现，说明当时的皇城台上占卜与宗教活动十分盛行。

还有，石峁"藏玉于墙"的特殊现象，也有着明显的宗教意味。从万物有灵的原始宗教观念看，古人认为玉石是天地造化形成的精华，具有沟通天地鬼神的灵性。将玉安置在城墙当中，表现出统治者希望驱恶辟邪、城址安稳永固，其宗教特征远大于礼仪特征。

尤其引人注目的是，在石峁的城墙上，特别是皇城台的南护墙上发现了大量的石雕。这些石雕虽然经历了四千年的风霜雨雪，至今依然清晰可辨。雕刻的内容大致可分为神面、人面、神兽、动物和符号五类。其中一件大型人面石雕与众不同，它镶砌于皇城台大台基西南角的墙体上，形象十分夸张：双目突出，阔嘴龇牙，戴有巨大的耳珰，神态庄严。也许，它就是石峁的"王"或者祖先的形象。

在皇城台的台基上，矗立着一件立柱型石雕，它高出地面1米，两面都雕有神的形象，类似于我们今天所说的图腾柱或者华表柱。神的形象均是纵目、阔嘴、巨齿，给人以强烈的视觉冲击和心灵震撼。这些石雕与卜骨、城墙里的玉器、人头奠基等，交织成为石峁浓厚的原始宗教气氛，蕴含着神秘复杂的宗教内涵，共同构成了石峁先民的精神世界。

除此之外，石峁还发现了大量制作精美的骨器、形体硕大的陶鹰、世界上最早的口弦琴——口簧、众多彩绘壁画以及纺织物残片……如此众多的珍贵文物，展现出中华早期文明灿烂辉煌的丰富内涵，说明在万邦林立的龙山文化晚期，中华文明的种子已经在黄土高原之上结出丰硕的果实，中华文明的灯塔已然高高地矗立在曾被人们认为的荒漠之地，散发出无比灿烂的光辉。石峁先民所创造的文明，不仅把陕北古代文明史上溯到四千多年前，也为中华文明探源工程增添了又一项光彩夺目的重要成果。它是中华民族的瑰宝，为探究源远流长的中华文明提供了丰富的实证和广阔的空间，值得所有的中华儿女为之骄傲和自豪，同时也需要我们好好地研究、保护和大力地弘扬传承。

不过，古老的石峁遗址还有许许多多的未解之谜，还要等待考古专家来解开，诸如，石峁古城的居民是一些什么人？究竟是黄帝部族，还是白狄部族？它因何而繁荣强盛？又因何而衰落消亡？……好在石峁遗址的考古发掘才开始不久，还有面积巨大的遗址尚未发掘，也许还有大量的文物埋藏在黄土之下，相信随着考古发掘的不断深入，还会有许多新的惊人的文物重现天日，更多的奥秘将会逐一揭开，给人们带来更多的惊喜。

到那时，一个更加真实、更加壮美、更加迷人的石峁王国将会展现在我们的面前！

| 第三章 |

从魏国手中夺取上郡

在中国古代漫长的历史上，不断上演着王朝更迭、江山易位的悲喜剧。有一个现象非常引人注目：往往是力量弱小的战胜了貌似强大的，原先不显山露水默默无闻的取代了称孤道寡稳坐江山的。偏处西方的周推翻了统一强大的商，最后受封的秦吞并六国，取代周室，建立秦王朝，都是十分典型的例子。

公元前1045年，周武王灭亡商朝，建立周朝，实施分封诸侯制度，大肆封赏皇族及有功之臣为诸侯，最先分封的诸侯国有七十一个，分封榜上尽是鲁、齐、燕、卫等诸侯，后来强大无比的秦国连影子都没有看到。这时，秦国的先祖还在西北渭水上游一带过着游牧放马的生活。有一位叫造父的部族首领，因为特别善于驾驭马车，被周穆王看中，成为穆王的驾车人。周穆王有一个特别的爱好，就是到四方巡游，他曾西至昆仑，南至九江，巡游天下，造父熟悉马性、擅长驾车，而且忠心耿耿，任劳任怨，成为他最满意和最信任的御者。后来，徐偃王发动叛乱，造父驾车一日长驱千里，将周穆王及时送回都城镐京，为平定叛乱，立下大功。为了嘉奖造父，周穆王把赵城封给他，所以，造父改姓赵氏。

到了周孝王时，该部族又有一位叫非子的首领因擅长养马，为周室立下功劳，周孝王将方圆五十里的秦地赏赐给非子，非子便以封地为氏，号为"秦嬴"。此后，秦人世代为周王室养马，并承担着戍守边疆，对抗西戎的责任。这样一来，秦嬴部族才渐渐走进人们的视野。

西周末年，历史给了秦嬴部族一次难得的机遇，他们牢牢抓住了这个机遇，成功地进入了诸侯的行列，实现了历史性突破。

西周最后一位天子名叫姬宫湦，就是著名的周幽王。他荒淫无道，宠幸年轻貌美的褒姒，废黜了王后申后和太子姬宜臼，立褒姒为王后。周幽王十一年（前771），申后之父申侯联合缯国和西方的犬戎突然向镐京发动进攻。周幽王被杀于骊山之下，西周宣告灭亡。周幽王死后，众诸侯纷纷赶来勤王，共同拥立太子姬宜臼继位，就是周平王。在救援周王室的队伍里，出现了一支并不起眼的军队，这是由秦襄公率领的军队。他们作战非常勇猛卖力，引起了周平王的注意。由于都城镐京被犬戎洗劫一空，遭到严重破坏，为了躲避犬戎的侵袭，周平王决定将都城东迁到洛邑（今河南省洛阳市），史称东周。在迁都的过程中，秦襄公一直率兵护卫周平王到洛邑，尽心竭力，忠心耿耿。落难中的周平王十分感激秦襄公的忠诚和援助，将秦襄公正式册封为诸侯，把岐山以西之地赐给秦，说："戎人无道，强占我岐、丰之地，秦若能赶走戎人，便可拥有这些土地。"并与秦立誓。秦襄公由此正式成为诸侯，秦国开始出现在东周的政治舞台之上。

秦文公做了一个奇怪的梦

秦襄公建立秦国后，秦国的势力由甘肃东部逐渐向陕西西部发展，占据了岐山（今陕西省岐山县）一带的土地，不但定居下来，还开始营建城邑。秦襄公死后，继任者是他的儿子秦文公。人们一般认为此时秦国的统治范围基本局限于关中西部地区，尚未延伸至陕北地区。但是，从史籍所载看，秦国已经在古代陕北地区活动了。秦文公十年（前756），文公下令营建鄜畤。鄜地在今陕西省延安市富县境内。畤是古代帝王祭祀天地五帝的固定场所。

秦国营建鄜畤的举动，亦属偶然，它缘自秦文公做了一个非常奇异的梦。秦文公梦到有一条巨大的黄蛇从天而降，身体下垂到地面，嘴巴一直伸到鄜地一带的田野中。从梦中醒来，秦文公感觉十分奇怪，便向一位名叫敦的史官询问梦的吉凶。史敦回答说：这是天帝的象征，请您来祭祀它。秦文公于是下令在鄜地修建祭祀的场所，用最隆重的牛猪羊三牲来祭祀白帝。古人特别重视对天帝的祭祀，不仅秦文公建鄜畤，其后秦宣公也在渭南建密畤，祭祀青帝。秦灵公在吴阳建上畤祭祀黄帝，建下畤祭祀炎帝。到了西汉时，历代皇帝依然热衷于对天帝的祭祀，从不中断，一直到汉末才逐渐废止。

关于鄜畤的位置究竟在哪里，后人有不少争议。有论者认为它应该在今陕西省宝鸡市一带，原因是当时秦国的势力仅局限于关中西部的岐山一带，尚未进入陕北地区。而且，当时岐山到鄜地路途遥远，秦文公不可能舍近求远，长途奔波进行祭祀活动。这样的说法看似很有道理，但完全出于现代人的思维逻辑，它忽略了古人"万物有灵"的原始思维，以及对祭祀山川鬼神的极度重视。应该看到，秦文公与古人一样，对山川神灵顶礼膜拜。既然做过黄蛇降于鄜地的怪梦，又有史敦的需要祭祀天帝的解释，那他绝对会全力以赴地照办。即使再有险阻和困难，也挡不住他对天帝的虔诚和祭拜，更何况岐山到鄜地的路途并不是那么艰险和遥远。从中国古代历史来看，帝王们对山川神灵的祭拜非常重视，根本不考虑路途的遥远和艰难。舜帝时，不辞辛苦，甘于奔波，亲自祭拜东西南北四岳。秦始皇、汉武帝等帝王都千里迢迢去祭拜泰山。单单因为鄜地不在岐山附近，就断言鄜畤不在陕北显然有失于武断。

还有，翻遍史书以及方志，在宝鸡一带从古至今尚未发现有一个带"鄜"字的地名。难道是史家和方志都遗漏了？这显然是不可能的。

有意思的是，唐、宋以来的文人们却大都相信鄜畤就在陕北的鄜州，这在他们的诗歌里多有表现。如唐代杜甫"坡陀望鄜畤，岩谷互出没"（《北征》），杨凝"鄜畤年多草自生"（《送客往鄜州》），北宋王禹偁"商於甚僻陋，鄜畤近山塞"（《寄献鄜州行军司马宋侍郎》），晁说之"鄜畤来为吏"（《排闷》），金代路铎"畤废无人吊"（《书州驿壁》），明代李维桢"怪杀黄蛇鄜衍口，余腥犹染曼胡缨"（《鄜城春望》），等等。唐代黄滔有《鄜畤李相公》、马戴有《答鄜畤友人同宿见示》等诗作。为什么从唐代以来，历代诗人们如此肯定鄜畤就在鄜州？我想这绝不是无中生有、以讹传讹，自然有他们的道理。这说明了在古代人们的认知里，鄜畤始终就在鄜州，而且已经形成一种文化认同。这不仅证明了在春秋早期，秦国人的踪迹已经出现在陕北的鄜地；更有意义的是它记述了古代陕北的一段宗教祭祀活动，为古代陕北增添了一道浓厚的文化色彩。

雕阴大战：把魏国的势力赶出上郡

春秋时代的陕北地区基本上是戎、狄等民族的地盘。春秋中期，秦国在秦穆公的治理下逐渐强盛起来，当秦国谋求向东发展时，遭到强大的晋国的全力阻击，屡次失败。东进受阻，秦穆公只好将发展的方向转向西方。秦穆公三十七年（前623），秦穆公采纳谋臣由余的计谋进攻西戎，益国十二，开地千里，遂称霸西戎，秦国由此走上强国之路。秦穆公被后人列入"春秋五霸"。但是，进入战国初期，秦国遇到了一个强劲的对手——魏国。

魏国是战国初期列国中最先强盛而称雄的诸侯国。魏国的开国君主魏文侯选贤任能，礼贤下士，内修德政，外治武功。任用李悝实行变法，改革政治；任命吴起为魏军主将，在黄河以西的战场接连战胜秦军，完全占领河西地区（今山西、陕西两省间黄河南段以西地区）。面对吴起这样一位卓越的军事家，秦国军队一筹莫展，节节败退。吴起顺势率军向北进攻，夺取了戎狄的大片土地。今天陕北的吴起县，传说就是当年吴起率军屯田的地方。魏国将夺取来的土地设置为上郡（大致为今陕西北部以及内蒙古南部地区），领土得以大大扩张，形成对秦国的长期压制态势。

秦孝公即位后，决心改革图强，他大胆地任用卫人公孙鞅实施变法，即著名的"商鞅变法"。商鞅大刀阔斧推行新法，通过废除世卿世禄制、奖励军功、禁止私斗、实行土地私有制、普遍推行县制等一系列变法，秦国的经济有了长足发展，军队战斗力大大加强，一举跃升为战国最有实力的集权诸侯国之一。由于秦国的北部、黄河以西广袤的土地已经被魏国占据，秦国向东发展之路完全被堵死，生存空间被严重挤压，强烈地感受到被魏国前后夹击的巨大威胁。因此，秦国制定了首先向西，然后向北拓展的战略，以彻底解决来自西、北两个方向的威胁。

与秦国经过商鞅变法国力大增相比，魏国在魏文侯去世后，逐渐呈现走下坡路的趋势。吴起因魏武侯的猜忌而投奔楚国，魏国失去了一个卓越的军事统帅。魏惠王即位后，在与齐国的战争中，先后经历了桂陵之战（前354）、马陵之战（前341）两次惨败，名将庞涓战死，魏国军队元气大伤，军事实力衰落，国家实力锐减。秦、魏两国的力量此消彼长，秦国迎来了收复河西之地的大好时机。

公元前340年，魏国刚遭受了马陵之战的失败，十万大军被齐国全歼，国家处于危难之中。秦孝公觉得有机可乘，便派商鞅为主将，率领秦国大军向河西地区发起进攻。魏国则因大将庞涓战死，魏惠王只能派弟弟公子卬统率魏军前往拒敌。商鞅在魏国时很了解公子卬，知道他是一个没有什么头脑的公子哥,决定用计诈取。他假装送信给公子卬,请他来秦国军营共叙友情,进行和谈,签订盟约。公子卬对此竟然毫不怀疑,亲赴秦营与商鞅和谈。没想到,公子卬在宴会上被商鞅扣押。秦国军队乘机发起进攻,失去主帅的魏军群龙无首,被秦军打得大败。魏惠王没有办法,只好把河西之地的大部分割让给秦国。

早在河西得手之前,秦国就开始了对魏国上郡地区的争夺。公元前351年,商鞅就曾率秦国大军大胆北上,直插上郡腹地,围攻固阳塞(今内蒙古固阳县),迫使魏国守军投降。面对秦国的强势进攻,魏国不得不加强防御,开始在黄河以西与秦交界处修筑长城,以防御秦国向北扩张。

同时,魏国在上郡一带部署重兵驻守,以雕阴(今延安市甘泉县境)为中心,建造城池,进行重点防御。魏军的统帅是大将龙贾。龙贾是吴起之后长期驻守河西的将领,曾多次抵抗秦国大军的进攻,算得上是一位久经沙场的老将。这样,雕阴城就势必成为秦魏两国关注的焦点。秦国要想夺取上郡,首先必须攻占雕阴。

秦惠文王八年(前330),经过周密谋划,秦国任命公孙衍为统帅出师伐魏,兵锋直指雕阴城。其实,这位公孙衍原本是魏国人,但他在魏国得不到重用,无法展现自己的能力,郁郁不得志的他来到秦国,马上得到了重用。公孙衍有着杰出的军事指挥才能,又熟悉魏国和魏军的情况,因此,秦惠文王委任他统兵伐魏。

公孙衍率领秦国大军北上,直抵雕阴城下,一场大战在洛河两岸的川原上一触即发。秦国军队在商鞅变法的过程中,战斗力得到很大的提升,而魏国军队的精锐早已在之前与齐国的战争中损耗殆尽,军队的素质和士气根本无法与强大的秦军相抗衡。秦军显然是有备而来,纪律严明,士气高昂。相比之下,魏国主将龙贾有些准备不足,十分被动,只能仓促应战。战斗开始后,秦军作战勇猛,攻势凌厉,而魏军只能被动应付,很快就抵挡不住秦军的攻势,溃不成军。秦军乘势掩杀,势如破竹,一举消灭魏军四万五千人。龙贾率残兵向西南狼狈逃窜，不久就被秦兵抓获。雕阴一战，秦军大获全胜，魏国守军几乎全军覆没。今天在陕西省富县有一个叫伏龙村的小村庄，传说这里就是当年龙贾被俘的地方。村子以"伏龙"来命名，竟延续了两千多年没有改变。因为雕阴之战的军功，公孙衍获得了秦国的最高爵位——大良造，掌握了秦国的军政大权，在秦国显赫一时。

雕阴之战对于秦、魏两国影响巨大。在这场战役中，秦国一共投入了多少兵力，史书没有明确记载，有专家推测，应该在十万以上。司马迁的《史记》中，两次记载了这场战争，但有关魏军被歼人数有所不同。《秦本纪》里记载："虏其将龙贾，斩首八万。"而在《魏世家》里记载："秦败我龙贾军四万五千于雕阴。"不管怎样，秦国在雕阴之战中大获全胜是毫无疑问的。这场关键的胜利彻底扭转了秦国之前在战场上的被动局面，为秦国最终全部夺取上郡奠定了坚实的基础。

雕阴之战后，魏国元气大伤，日渐衰弱，再也没有实力与秦国相抗衡。魏惠王没有其他办法，只好忍痛把河西的剩余之地割让给秦国。

又过了两年，秦惠文王十年（前328），同样是魏国人的张仪出任秦国客卿，以他出色的外交游说本领，让魏惠王又把上郡十五座城拱手让给了秦国。具体情况是这样的：秦惠文王派公子华和张仪去攻打魏国的蒲阳（今山西省隰县），成功地占领了蒲阳。张仪是著名的纵横家，对天下大势有着清晰的认识，对秦、魏两国的实力和人事有着精确的判断，更有着超群的游说本领。他先劝说秦惠文王把蒲阳归还给魏国，并把自己的儿子公子繇送到魏国去做人质。之后，张仪来到魏国，见到魏惠王说："秦国对待魏国如此地宽厚，魏国不可不以礼相报。" 魏惠王本来就对秦国心存恐惧，在张仪花言巧语的迷惑之下，竟然稀里糊涂地把上郡十五座城割让给了秦国。这样，秦国几乎不费吹灰之力就获得了上郡地区的全部土地。

雕阴之战的胜利，对于秦国来说意义重大。秦国不仅因此彻底收复河西之地，还得到了整个上郡。不仅大大扩展了国土面积，而且从根本上解除了来自北方的军事威胁，完全没有了后顾之忧。从此，上郡成为秦国的战略大后方，可以为秦国源源不断地提供人力物力的支援，使秦国可以专心对付来自山东六国的合纵进攻，并在无数次军事和外交斗争中逐渐占据优势，为后来吞并六国、统一天下铺平了道路。

而魏国将上郡割让给秦国之后，国力更加衰微，面对秦国咄咄逼人的进攻，只能不断以割地求和来换取苟延残喘。

在灭亡韩国、赵国之后，雄心勃勃的秦王嬴政加快了统一天下的步伐。公元前225年，秦国大将王贲率大军攻打魏国，攻破魏国都城大梁，魏王假见大势已去，向秦军投降，魏国就此灭亡。

| 第四章 |

秦始皇的宏伟创举——万里长城

说起长城，每一个中国人的心中都会升腾起一种自豪感。的确，长城这条"巨龙"由西到东绵延万里，蜿蜒盘曲于崇山峻岭，不仅是中国古代浩大的军事防御工程，是世界建筑史上的奇迹，也是中国古代人民智慧的结晶，是中华文明的瑰宝，更是中华民族精神的象征。无数诗人歌咏长城，赞美长城；无数人景仰长城，向往长城。"不到长城非好汉"，许多人把登临长城作为人生中必须实现的目标之一。

中国人修筑长城规模巨大，历史源远流长，最早可上溯到西周时期，下讫清代晚期。历代与修建长城有关的人物，可谓层出不穷，不光有人们熟知的秦始皇和蒙恬，还有诸如汉武帝、隋炀帝、明太祖、余子俊等等。从长度看，长城西起甘肃省的嘉峪关，东至河北省的山海关，横贯甘肃、宁夏、陕西、山西、内蒙古、北京、河北等七个省、自治区、直辖市，绵延不断，蔚为奇观。在两千多年的历史长河中，长城的历史悠久厚重，长城的故事丰富多彩，长城的文化影响深远。今天，我国已经出现一门专门以长城为研究对象的学科——长城学。有关长城的内容实在是浩如烟海，我们无法一下子把长城的历史和故事进行全面的介绍，在这里只选择先秦和秦代在上郡地区有关长城的历史和故事，简略地讲述给大家。

逶迤于上郡的战国长城

今天,人们谈到长城,自然会把它与秦始皇和蒙恬联系起来。原因是秦始皇是建设万里长城的决策者,而蒙恬当时率大军戍守上郡,防御匈奴,是忠实的执行者和推动者。故很多人以为秦始皇是最早修筑长城的帝王。

其实不然。在中国历史上,修筑长城的活动在秦始皇之前早已开始。尤其是春秋战国时期,为了加强防御,诸侯国相继修筑了长城。楚国在楚怀王时修筑长城,号称"方城"。之后,齐、韩、魏、赵、燕、秦、中山等诸侯国都相继修筑了长城。可以说战国时期是诸侯国修筑长城的一个繁盛时期。

当时诸侯国修筑长城的目的非常明确,大致有二。其一,也是主要的目的,就是防御来自其他诸侯国的进攻,用于自卫,如楚、齐、韩、魏等国。其二,是北方诸侯国为了防御来自匈奴等草原民族的进攻,如赵、燕等国,尤以赵国为著。赵武灵王二十六年(前300)下令筑长城,自阴山(今内蒙古大青山)而西,直抵大河(今内蒙古乌加河),置代郡、雁门郡、云中郡,以防匈奴南下掳掠。

地处西北的秦国,自春秋以来经历了一个逐步由弱变强的漫长发展历程。历代曾有过多次修筑长城的记录,其目的有的是防御其他诸侯国的进攻,有的是防御匈奴的进攻。秦国所修筑的长城除了战国前期在陕西关中东北部的洛河一带外,其余基本都在上郡地区。

秦国在春秋时期国力较弱,经常受到周围列国欺辱。虽然秦穆公积极开拓,称霸西戎,仍然难与东方大国抗衡。进入战国时期,秦国遇到了一个强大的对手——魏国。

魏国是战国初期最先强盛而称雄的诸侯国。开国君主魏文侯重用著名的军事家吴起为军队统帅,军事实力力压群雄。在吴起的率领下,魏军在黄河以西地区接连打败秦军，完全占领了河西地区。吴起顺势夺取了北方戎狄的大片土地，魏国将该地区设置为上郡，而秦国只得退守洛河西岸。秦简公六年（前409），秦国沿洛河修筑了一条长城，以防御来自魏国的进攻。司马迁在《史记》中说，秦国"堑洛，城重泉"。所谓"堑"，即挖掘之意，就是削掘洛河的河岸，使之变成高崖以利防守。秦国利用洛河的地理优势，采用削掘崖岸与筑墙相结合的方法来与魏国抗衡，史称"堑洛长城"。重泉城的遗址在今陕西省蒲城县东南钤铒乡，东边距离洛河有3公里，很可能是当时军队驻扎的地方。"堑洛长城"是战国时期秦国修筑的第一条长城。

有道是"三十年河东，三十年河西"。历史的现象往往也是如此。时光过去了六十多年，秦国与魏国的实力来了个大反转。秦国在秦孝公时，经过"商鞅变法"，经济迅速发展，军队实力大大增强，一举成为诸侯国中的佼佼者。而魏国在魏文侯去世后，君主昏庸，特别是吴起遭诬离去，军队屡遭齐国、赵国重创，元气受损，国势日渐衰减。秦惠文王即位后，凭借强大的国家力量，不断向魏国发起进攻，打得魏国狼狈不堪。为抵御秦军的进攻，魏国于魏惠王时，派大将军龙贾于其西部边境与秦交界处修筑长城。按照司马迁在《史记·秦本纪》中记载："魏与秦接界。魏筑长城，自郑滨洛以北，有上郡。"这道长城的走向大致为，自华山脚下的朝元洞向北，沿着洛河一直北上至雕阴城。不过，魏国新修的长城仍然无法阻挡秦军的猛烈进攻。秦惠文王八年（前330），秦国以公孙衍为统帅出师伐魏。秦国大军在雕阴城下一举消灭魏军四万五千人，并生擒魏国主将龙贾。两年后，为了讨好秦国，魏国把整个上郡割让给了秦国。这使得秦国的土地更加广大，实力更加增强，为后来灭亡六国聚集了重要的资本。

虽然秦国在秦惠文王时，屡次大败魏国，收复河西，占有上郡，国势大振，但是仍不免要面对来自西北方面的军事威胁。首先是北边的赵国实力强大，屡次与秦国爆发战争，秦国屡遭败绩；其次，西北边境还有林胡、楼烦、义渠等外族势力,这些强悍的马背民族足以对秦国构成军事威胁。所以,秦惠文王十三年(前325),惠文王命令张仪筑"上郡塞",以防备赵国及林胡等外族的入侵。这是战国时期秦国修筑的第二条长城。一些学者认为今陕西省富县残存的战国长城遗址,就是秦国"上郡塞"的一部分。

至秦昭襄王时代,秦国的国力益发强大,渐渐显露出吞并六国之势。生活于秦国西北部的义渠国是西方羌戎民族的一个分支,长期与秦国发生边境战争,也曾经多次击败秦军,是秦国西北边境一个重大的军事威胁。不过,在处理与义渠王的关系上,秦昭襄王的母亲宣太后上演了类似"丑闻"的一幕。秦昭襄王即位时年纪尚小,由母亲宣太后代为摄政。年轻的宣太后改变了以往正面征讨的策略,对义渠国采取怀柔、拉拢的策略,以腐蚀义渠王的意志。她盛情邀请义渠王到咸阳,将他安排在豪华的甘泉宫长期居住,给以优渥的待遇。寡居的宣太后成功地引诱了义渠王,与其长期同居,生育了两个儿子。沉溺于佳人美酒之乡的义渠王完全丧失了对秦国的警惕。秦昭王三十五年(前272),宣太后断然杀死义渠王,秦国趁机发兵攻灭义渠国,占据其全部土地,设立北地郡。这样一来,秦国的西北部拥有了陇西、北地、上郡三郡,漫长的边疆与逐渐强盛的匈奴相接。为了防止匈奴人南下侵掠,秦昭襄王下令于陇西、北地、上郡北部边境修筑长城,并派军队驻守。司马迁在《史记·匈奴列传》中专门记载了此事:"宣太后诈而杀义渠戎王于甘泉,遂起兵伐残义渠。于是秦有陇西、北地、上郡,筑长城以拒胡。"这是秦国在战国时期修筑的一条规模最大的长城。

有专家依据历史文献并结合实地调查,基本弄清了秦昭王所修筑长城的位置及其大致的走向。它西起临洮(今甘肃省岷县),沿洮河东岸向北,东南至渭源、陇西境内,再向东北在群山峻岭中逶迤延伸,进入宁夏南部的西吉,经固原,向东北进入甘肃的环县,由华池进入陕西的吴起,向东北延伸至志丹、安塞，再北上靖边、横山、榆林、神木，进入内蒙古南部，经准格尔旗，直到托克托南的黄河边，长达千余里。这一条长城不仅在当时发挥着防御匈奴的重要作用，也为后来蒙恬修筑长城所利用，成为后来万里长城的组成部分。

万里长城：秦始皇与蒙恬联手的杰作

中国历史上第一次在全国范围内大规模修筑"长城"是从秦始皇开始的。公元前221年，秦国大将王贲率大军灭亡齐国。至此，雄才大略的秦王嬴政先后消灭六国，统一了天下，建立了中国历史上第一个统一的中央集权封建王朝。

秦王嬴政称帝后，在为自己亲手建立起来的王朝踌躇满志的同时，也强烈地感受到来自西北边疆的巨大威胁。这个威胁就是日渐统一强大的匈奴部族。战国时期，游牧于蒙古高原阴山山麓的匈奴部落不断向南侵犯，侵略袭扰北方的赵、燕等国，迫使赵、燕等国修筑长城进行防御。赵国名将李牧率军抗击匈奴，曾大破匈奴十余万骑，才使得匈奴向北退却，十余年不敢入侵赵国。到了秦朝建立初期，匈奴的势力又逐渐恢复，在河套地区聚集大量军事力量，对秦朝虎视眈眈，已成为秦朝的重大边患。另外，有术士卢生给秦始皇上奏符命占验之书，上面写着"灭秦者胡"，并说这个"胡"，就是匈奴。于是，匈奴成了秦始皇的一块心病。

秦始皇三十二年（前215），为了搞清楚匈奴的情况，秦始皇专门出巡西北边疆，经上郡回到咸阳。一路上，他切身感受到匈奴对秦西北边疆的重大威胁。心高气傲的秦始皇绝对不能容忍这种现象的存在，而解决的唯一手段就是武力驱除。他下令大将蒙恬率领三十万大军浩浩荡荡北上打击匈奴，并大败匈奴，取得重大胜利，匈奴被逐出黄河河套地区，被迫向北遁去。虽然秦军重创匈奴，基本解除了边疆的威胁，但是秦始皇还是不放心，他担心匈奴不久会死灰复燃，卷土重来，便命令蒙恬统帅三十万大军，长期驻守上郡，防御匈奴。这还不够，他决定修筑一条新的长城，形成一道坚固的防御屏障。

秦始皇之所以下令修筑新的长城，并非一时冲动，也非人们经常诟病的好大喜功，应该是经过全面的战略考量才决定的。首先，从历史的经验看，在春秋战国时期的许多战争中，各国的长城都起到了重要的防御作用。尤其是面对草原部落骑兵纵横驰驱、行动迅速的进攻，长城可以十分有效地遏制其锋芒，化解其攻势，阻滞其行动，使其进攻变为被动，往往在长城脚下却步不前，望城兴叹。因此，修筑长城对防御匈奴进攻有着重要意义。其次，春秋战国以来，人们在修筑长城时，积累了丰富的经验和施工技术，可以借鉴，使修筑长城的工程进度更快，质量更好。再次，秦统一六国时聚集了大量的财力和人力，为修筑长城提供了充分的物质和人力的保障。最后，战国时期北方各国包括秦国都修筑了长短不等的长城，许多都可加以利用和改建，不但可以节约大量的人力物力，还能加快建设速度。

秦始皇正是看到这些有利条件，才下令进行新长城的修筑。如此浩大的基建工程，自然要选择一位可胜任的主持者。在秦始皇的心目中，蒙恬是最合适的人选。蒙恬出身秦国名将世家，才能出众，与其弟蒙毅都深得秦始皇赏识，备受信任。这时，蒙恬正统帅三十万大军，驻守上郡，防御匈奴，自然是主持这一浩大工程的不二人选。所以，秦始皇三十二年，秦始皇正式令蒙恬开始修筑长城。一个伟大的世纪工程在秦王朝的北方大地上自西向东全面展开。因此，可以说秦始皇是万里长城的总设计师，而蒙恬是实施这一世纪工程的总指挥。

蒙恬是秦始皇政令最忠实的执行者。因为他当时正在上郡驻守，故万里长城的工程很可能最先是从上郡开始的。从秦始皇三十二年蒙恬开始修筑长城，至秦始皇三十七年（前210）蒙恬被杀，在短短六年左右的时间里，一条西起甘肃临洮（今甘肃省岷县），东到辽东，绵延一万余里的长城出现在华夏大地上。这是中国第一条真正意义上的万里长城。司马迁在《史记·蒙恬列传》中记载，秦始皇"使蒙恬将三十万众北逐戎狄，收河南。筑长城，因地形，用制险塞，起临洮，至辽东，延袤万余里"。蒙恬在临死前曾说他修长城"起临洮属之辽东，城堑万余里"，也证实了这一点。在当时生产力还比较低下的时代，万里长城修筑速度如此之快，不能不说是一个伟大的奇迹。

当然，在修筑万里长城的过程中，为了节约人力物力，加快建设速度，蒙恬尽可能地利用了战国时期赵、燕以及秦原有的长城，这也是它在较短的时间里能够完成的一个重要原因。有专家调查发现，万里长城东段，即自内蒙古化德县境，往东到达辽宁阜新市以北，这段长城有可能是利用了战国时期的燕长城修筑而成的。中段部分，即自内蒙古兴和县向北，沿着大青山向西绵延，然后北依阴山，南以黄河后套为障，西抵乌兰布和沙漠北缘，这段长城有部分是在战国时赵长城的基础加以修缮完成的。它的西段则横贯甘肃、宁夏南部、陕西北部，大部分属于秦代上郡地区。有专家考证，这段长城在陕北的部分基本是从甘肃临洮至陕北靖边县的秦昭襄王长城的基础之上修筑的。而后从靖边县构筑新的墙体，向东北延伸，进入榆林市横山区，经过榆林市榆阳区、神木市的高家堡后，到达内蒙古黄河边的达拉特旗。

经历了两千两百多年的水土流失、风雨侵蚀和人为破坏，今天，秦始皇和蒙恬修筑的这道万里长城早已失去了当年的雄姿，湮没在崇山峻岭和沙漠原野之间，在陕北和内蒙古境内还残留着一些时隐时现、若有若无的断壁残垣，以及裸露在旷野和沙漠中的夯土和墩台，细心的人们还会发现许多散落在沙土中的陶器残片和砖瓦碎块，每一处遗址都令人浮想联翩，备感酸楚。西风残阳中，它们似乎在向人们诉说着往昔的辉煌与今日的凄凉。

千秋功过任人评说

任何事物都存在利与弊两个方面。关于秦始皇修筑万里长城历来就有两种全然不同的评价。

正面的评价认为，秦始皇修筑万里长城有效地抵御了来自匈奴等北方民族的侵袭，保证了帝国西北边疆的安宁。自蒙恬在上郡一带完成长城的修筑，这条蜿蜒高大的城墙横亘在北方大地上，有效地限制了匈奴南侵的脚步，匈奴十余年不敢南犯。正如贾谊在其《过秦论》中评论的："却匈奴七百余里，胡人不敢南下而牧马。"秦始皇病逝后，蒙恬被秦二世杀害，中原各诸侯乘着陈胜吴广的起义，纷纷举兵叛秦，秦王朝不得不将镇守上郡的大军调往中原，镇压各地的起义。此时，匈奴恰好是冒顿单于继位，军事实力大增。看到上郡边塞兵力空虚，匈奴骑兵渡过黄河，重新占据了河套地区的大片土地，并不断南下侵扰。到了后来的西汉前期，匈奴更是不断侵犯边疆，烧杀掠抢，令汉王朝头疼不已。历史的事实证明，秦始皇修筑长城这一决定是正确的，是一项具有伟大战略意义的举措。这一点自然是不容否定的。

正因为长城在防御外族入侵方面具有重要作用，故后来的汉、隋、唐、宋、明历代统治者都曾程度不同地新建或修复长城，这也说明在这一问题上历代封建帝王是有普遍共识的。北魏名臣中书监高闾曾向孝文帝上表，建议"请依秦、汉故事，于六镇之北筑长城"，以此来防御柔然。他在奏表中列举修建长城的五大好处："罢游防之苦，一也；北部放牧无抄掠之患，二也；登城观敌，以逸待劳，三也；息无时之备，四也；岁常游运，永得不匮，五也。"魏孝文帝对此深表赞同。由此可见，秦始皇修筑万里长城并不完全是"好大喜功"，确实有防御外寇、巩固边疆之需要。

到了明代，面对北方蒙古残余势力的频繁侵扰，以及后期来自东北后金政权的军事进攻,朱明王朝统治者不得不多次大规模修建长城,以抵御外敌入侵,并沿长城防线陆续设立九个军事重镇。九个军事重镇称为"九边重镇",在一定程度上起到了防御作用。同时,也形成了今天万里长城的宏伟规模,成为享誉世界的"七大奇迹"之一。

当然,历代的批判者更多,口诛笔伐,史不绝书。其主要着眼点在于,这项浩大的超级工程过度地消耗了秦帝国的人力和财力,给老百姓带来了深重的灾难和巨大的痛苦,以至于民不聊生,怨声载道。据后人推测,秦始皇修筑长城投入了近百万劳动力,占当时国家人口的二十分之一。

修筑长城是一项十分危险的体力劳动,加上秦法严峻,对民工不加体恤,造成民工的大量死亡,其惨烈之状令人触目惊心。东汉末年的陈琳曾写下一篇名为《饮马长城窟行》的乐府诗,通过筑长城役卒夫妻的对话,深刻地揭露了这一繁重而残酷的徭役带给人民的深重灾难。诗中写道:"长城何连连,连连三千里。边城多健少,内舍多寡妇。"因为修长城的需要,男子大都远走边塞,从事苦役,甚至丧命,家里只剩下可怜的寡妇。这真实反映了修长城造成的社会惨剧。"生男慎莫举,生女哺用脯。君独不见长城下,死人骸骨相撑拄?"这更是揭露了长城工程中役卒大量死亡这一血淋淋的事实。北魏郦道元在其《水经注》中也说:"始皇三十三年,起自临洮,东暨辽海,西并阴山,筑长城及开南越地,昼警夜作,民劳怨苦,故杨泉《物理论》曰:'秦始皇使蒙恬筑长城,死者相属,民歌曰:生男慎勿举,生女哺用脯,不见长城下,尸骸相支拄。'其冤痛如此矣。"杨泉也是东汉人,其所引用民歌与陈琳诗中大致相同,应是流传于秦末民间的歌谣,歌中的悲愤和哀痛催人泪下。

即使在八百年之后的唐代,还有许多人对此义愤填膺。诗人于濆的《长城》可见一斑:

秦皇岂无德,蒙氏非不武。

岂将版筑功,万里遮胡虏。

> 团沙世所难，作垒明知苦。
>
> 死者倍堪伤，僵尸犹抱杵。
>
> 十年居上郡，四海谁为主。
>
> 纵使骨为尘，冤名不入土。

文人的批评固然言辞激烈，但毕竟影响有限，真正影响巨大的是民间传说——孟姜女哭长城。两千多年来孟姜女的传说在民间广为流传，影响深远，成为中国民间四大传说之一。它主要讲述了民女孟姜女与范喜良成亲不久，范喜良就被秦朝抓去修长城。后来，孟姜女千里迢迢来到长城工地寻找范郎。人们告诉她范郎已经死了，并且被填在长城里面。孟姜女闻讯失声痛哭，她在长城边痛哭了三天三夜，竟然让长城崩塌了一段，只见里面全是横七竖八的白骨，无法辨认范郎的骸骨。她咬破手指，滴血认尸，终于辨认出范郎的骸骨。虽然在两千多年漫长的流传过程中，故事几经演变，情节不断丰富，导致故事情节多有不同，但其核心内容没有大的变化。广大劳动人民通过这个故事的讲述，来表达自己对封建统治者残忍无道的痛恨，对和平安宁生活的向往。明清以来，孟姜女的故事传播更为广泛，各地老百姓都为孟姜女这位有情有义的烈女所感动，纷纷为她建庙立坟，以表敬意和纪念。

在陕北，自古以来也流传着孟姜女的故事。明代《陕西通志》中就有一则《秦孟姜记》，故事梗概如下：

在同官（今陕西省铜川市）有一个名叫秦孟姜的女子。她嫁给丈夫范植，新婚刚刚三日，范植就被官府抓去修筑长城。到了冬天，孟姜女为丈夫制作了棉衣，并亲自送棉衣来到长城工地。有人告诉她范植已经死了，孟姜女闻之悲痛欲绝，她沿着长城痛哭，竟然使长城崩塌下来。里面横陈着许多尸骨，她无法辨认丈夫的骸骨，便咬破手指，用鲜血滴在尸骨上，终于识得丈夫的骸骨。她背负丈夫的骸骨回家，来到祋祤山顶。口渴至极，不禁仰天号哭，上天为之感动，山间突然涌出一处甘泉。到同官城北数里处，孟姜女精疲力竭，最后死于西山的石穴之中。当地人非常怜悯她，将她和丈夫遗骸一起下葬，在墓旁建了一座孟姜女祠，以表纪念，将那眼泉水名为"哭泉"。今天，铜川市宜君县有一个哭泉镇的地方，镇上有一座姜女祠。

清代时，有一叫查遴的官员路经哭泉镇，了解到当地孟姜女的故事，拜谒了孟姜女祠，即兴写下一首《过烈泉镇谒孟姜女祠》：

一哭俄看地涌泉，崩城余气格苍天。

寒衣未到人先死，枯骨空携影自怜。

不朽荒祠春寂寂，无穷香誉水涓涓。

停骖此日瞻遗像，苦节应教万世传。

也许有人会问：孟姜女真的是陕西人吗？宜君县的"哭泉"传说可靠吗？其实，我们根本无须对孟姜女的身世以及宜君县的姜女祠和传说进行所谓的考据分析。既然古代淳朴善良的陕北人民为孟姜女建祠立庙，就说明他们最能听懂孟姜女的哭诉，理解孟姜女的悲哀，也许他们也曾经历或目睹了无数类似孟姜女的不幸，所以最容易从情感上接纳这位忠贞烈女，并为她营建灵魂家园。我们在同情、歌颂孟姜女的同时，也应该对仁慈宽厚、富于同情心的陕北先民报以崇高的敬意。

"万里长城今犹在，不见当年秦始皇。"俱往矣！当年横扫六合、傲视群雄的秦始皇早已化作尘土。他当年耗费巨大、兴师动众修筑的万里长城，因为年代久远和风侵雨蚀，湮灭损毁殆尽，几乎消失在北方的地平线。今天，当人们登临北京一带的八达岭、金山岭等长城，领略"世界七大奇迹"雄伟壮观的景色时，可能没有想到眼前的长城并非秦代所构筑，而是1700年后明代的产物。但是，无论如何，秦始皇修筑万里长城在当时具有非常重要的国防价值和积极的现实意义。同时，也为中华民族留下一笔光辉灿烂、引以为豪的文化遗产。这笔伟大的文化遗产已转化为中华民族血脉相承、坚强不屈的民族精神，生生不息，世代传承，永远铭刻在中国人的心中。

| 第五章 |

公子扶苏的千古奇冤

唐昭宗乾宁元年（894），诗人韦庄从长安出发，一路向北，来到陕北的绥州（今陕西省绥德县）。风尘仆仆的他登上绥州城楼，放眼眺望：城下的无定河滚滚流淌，向南奔流；来来往往的驼队鸣响着悠扬的驼铃，在细雨蒙蒙中走向遥远的边塞；晚风中传来一阵阵异域的曲调，一弯如同银钩的月亮悄悄地挂上天空。夜色茫茫，一片寂静，孤独失意的诗人感慨万千，随口吟出一首七律，诗歌的结尾二句为："一曲单于暮烽起，扶苏城上月如钩。"

扶苏是何许人，为什么引发诗人韦庄的关切？扶苏与绥州又有什么关系？这里发生过什么历史故事？这一切，还需要从一千多年前的秦代讲起。

公元前221年，秦王嬴政以其雄才大略，横扫六合，完成统一大业，建立起中国历史上第一个统一的中央集权的封建王朝。嬴政踌躇满志，洋洋自得，自称"始皇帝"，还梦想自己的子孙后代永久享有江山社稷。他大刀阔斧地推行新政：废除分封制，实行郡县制；统一文字，统一货币，统一度量衡……大张旗鼓地封禅泰山，巡游天下，仿佛宇内尽在掌握之中，可谓如日中天，不可一世。然而，有一件事令他心有不安：他手下一个名叫卢生的方士上奏符命占验之书，上面赫然写着"亡秦者胡"，并明确指出这个"胡"，就是雄踞西北高原的匈奴部族。

早在战国时代，游牧于蒙古高原阴山山麓的匈奴部族逐渐强盛起来，不断向南侵犯，给当时的秦国构成严重的军事威胁。如今，面对匈奴咄咄逼人的气势，秦始皇决定用武力消除这一边疆威胁。秦始皇三十二年，始皇命令大将蒙恬率领三十万大军北击匈奴，大败之，将匈奴赶出黄河河套地区。为了保证西北边疆的安全，蒙恬长期屯兵上郡，并主持修筑起万里长城，有效地遏制了匈奴的进攻。慑于秦帝国的强悍和防御，匈奴多年不敢南犯。有蒙恬率大军镇守北疆，秦始皇终于可以安心了。这样，他就能毫无后顾之忧地继续巡行四方，祈福求仙，寻找长生不老之药。对于正值盛年的始皇帝来说，帝国的一切都在他的牢牢掌控之中。

沙丘之变：一场改变帝国命运的阴谋

为了延年益寿长生不老，秦始皇执迷于方士们的神仙之说，先后派燕人卢生寻求羡门、高誓等仙人的踪迹，派韩佟、侯公、石生求仙人不死之药，又派徐福带三千童男童女出海求仙。秦始皇三十五年（前212），卢生等方士因无法找到所谓的"仙药"，又畏惧秦始皇的惩罚，偷偷地逃亡了。加上徐福出海也杳无消息，令秦始皇十分恼怒，感到自己上当受骗，便命令御史将还在咸阳的诸生方士抓起来审问，诸生们互相揭发，牵连出违犯禁令的共460余人。盛怒之下，秦始皇下令将他们全部在咸阳城外坑杀。这就是历史上著名的"坑儒"事件。在秦始皇盛怒之际，文武大臣都噤口不言，只有他的长子扶苏挺身而出，劝谏父亲，说："天下刚刚安定，边远地区百姓尚未归附，这些儒生们都是诵读并效法孔子言论的人士，今天您却用最严厉的刑法处置他们，臣担心天下会因此不安定。希望您明察。"秦始皇一肚子窝囊气正没处撒,听到扶苏的劝谏,更加怒火中烧,当即下令扶苏离开咸阳,派他到上郡蒙恬处做监军。

现在看来,扶苏被远遣上郡做监军,固然由始皇发怒所致,但是,事情并不像人们想象的那么简单。有一点值得注意,就是蒙恬率三十万大军长期戍守上郡,虽然他忠心耿耿,但毕竟事关重大,非常需要安排一个更加信任的人前往监督,以保万全,而最合适的人就是扶苏。司马迁在《史记》中说扶苏为人仁义,"刚毅而武勇,信人而奋士"。评价之高,在始皇诸子中绝无仅有。扶苏是始皇的长子,按照古代宗法嫡长子继承制的传统,他最有希望成为始皇的继承人。把自己最优秀的儿子安排在最信任的大将身边培养历练,这也许是秦始皇的深谋远虑和用心良苦,故不能简单地以发配、贬斥视之。

秦始皇三十七年(前210)十月(秦朝以十月为岁首),始皇开始了又一次盛大的外出巡游。左丞相李斯是群臣之首,自然跟随身边。中车府令赵高执掌符玺事,也不能缺少。始皇平时很疼爱小儿子胡亥,这次出巡破例带上了他,其他二十余子,均留在都城咸阳。这一次出巡,秦始皇游云梦,祭九嶷,登会稽山,北抵琅琊,一路上十分开心,但他万万没有想到,这次巡游竟是他生命的终结,他再也不能看到咸阳的城门了。也正是这次巡游,导致胡亥即位,扶苏被杀,外表强大的秦帝国从此开始走向崩溃的深渊。

同年七月,秦始皇在返回咸阳途中到达平原津(今山东省平原县西南)时,身患疾病,医治后仍不见好转。他十分讨厌说"死"字,群臣谁也不敢提到死的事情。随着病情加重,始皇可能预感到自己来日无多,大限将至,就给远在上郡的扶苏写了一封信,信上说:"把军队交给蒙恬,你回咸阳来参加丧事处理,灵柩就在咸阳安葬。"信已封好,盖上御印,存放在执掌印玺事务的赵高处,还没有交给信使送出。没过两天,雄才大略、一统天下的秦始皇竟然在沙丘平台（今河北省广宗县）一命归天，他再也不能顾及他亲手创建的庞大帝国。可是，上天跟他开了一个大玩笑，把他的遗愿来了一个彻底的改变。

秦始皇病死，只有胡亥、李斯、赵高及贴身宦官五六个人知道，其余群臣并不知情。丞相李斯认为皇帝在外驾崩，还没有明确太子，应该秘不发丧。他们把始皇的尸体放置在辒辌车中，百官前来奏事，向皇帝进送食品一切照旧，好像什么也没有发生。为了防止尸体发出臭味被人知晓，就让随从官员在旁边的车里装上许多腥气很重的腌鱼，以此来遮盖尸体的味道。

老谋深算的赵高并没有把秦始皇给扶苏的玺书发出，而是掌握在自己的手中，这时他觉得一个天大的机遇来到自己身边，他要紧紧抓住这个机遇，绝不能让它从身边溜走。于是，他私下找到胡亥，对他说："皇帝已经驾崩，没有下诏书分封诸子为王，只赐给长子扶苏一封信。扶苏一旦回到咸阳，就会马上立为皇帝，而你没有尺寸之功，你该怎么办？"胡亥是一个头脑简单、只懂得吃喝玩乐的公子哥，对于父皇突然病逝的情况，完全没有主意，显得手足无措。赵高趁机说："现在天下的权力，存与亡就在你和我以及丞相李斯手中，希望你能够尽力争取。再说，使他人称臣和称臣于人，统治他人和被他人统治，是不可同日而语的。"胡亥虽然不学无术，但对人伦长幼之分还是懂得的，说："废兄长而立弟弟，这是不义；不服从父亲的诏命而惧怕死亡，这是不孝；我自己才能浅薄，勉强依靠别人的帮助，这是无能。这三件事都是大逆不道的，天下人不会服从，我自身遭受祸殃，国家还会灭亡。"胡亥的态度，赵高早有预料，他并不死心，继续引诱胡亥："我听说商汤、周武王杀死他们的君主，天下人都称赞他们行为符合道义，不能算是不忠。卫君杀死他的父亲，而卫国人民称颂他的功德，孔子记载了这件事，不能算是不孝。更何况办大事不能拘于小节，行大德用不着再三谦让，乡间的习俗各有所宜，百官的工作方式也各不相同。所以顾忌小事而忘了大事，日后必有祸害；关键时刻犹豫不决，将来一定会后悔。果断而大胆地去做，连鬼神都要回避，将来一定会成功。希望你按我说的去做。"胡亥听了赵高的一番游说，心有所动，但还是有些犹豫，说道："现在皇帝去世还未发丧，丧礼也未结束，怎么好用这件事来求丞相呢？"赵高说："时间短暂得来不及谋划。我们必须抓紧时间，不能耽误了大事！"能够继承皇位，当然是他梦寐以求的事情，胡亥仿佛开了窍，当即同意与赵高联手。赵高对胡亥说："此等大事，如果不和丞相李斯商议，恐怕不能成功，我这就去找丞相商议。"

赵高急匆匆来见丞相李斯，说道："始皇去世，赐给长子扶苏诏书，命他到咸阳参加丧礼，并立为继承人。诏书还没有送出，他就去世了。不过，还没有人知道此事。皇帝赐给扶苏的诏书和符玺都在胡亥手里，现在立谁为太子就在于你我的一句话，你看这事该怎么办？"作为丞相，李斯打心底里瞧不起赵高这类阉竖。这个曾经的上蔡仓库小吏，来到秦国谋求官职，在秦始皇一手提拔下，平步青云，位极人臣，秦始皇对他有再造之恩。听到赵高这番话，他自然不能苟同，立即怼了回去："你怎么能说出这种亡国的话呢！这不是当臣子的所应议论的事！"李斯这种不合作的态度，赵高早有预料，他非常了解李斯，知道他的弱点，马上换了一个话题，说："您自己估计一下，与蒙恬相比，谁更有能力？谁的功劳更高？谁的谋略深远而不失误？天下百姓更拥戴谁？谁与长子扶苏的关系更好？"李斯说："在这五个方面我都不如蒙恬，但你为什么这样苛求于我呢？"赵高看到这一招开始奏效，继续从个人的利害说下去："我本来就是一个宦官奴仆，凭借熟悉法律文书进入秦宫，管事二十多年，还未曾见过被秦王罢免的丞相功臣有封爵而传给下一代的，结果大都是被杀身亡。始皇有二十多个儿子，长子扶苏刚毅而且勇武，信任人又善于激励士人，即位之后一定会用蒙恬担任丞相，您最终的结果是不能怀揣通侯之印退职还乡了，这事非常清楚。我受始皇之命教育胡亥，让他学法律已经有好几年了,还没见过他有什么错误。他慈悲仁爱,诚实厚道,轻视钱财,心里聪明但不善言辞,竭尽礼节,尊重贤士,在始皇的儿子中,没人能赶得上他,可以立为继承人。您考虑一下再决定。"尽管赵高威胁利诱,但李斯仍不为所动,回答道:"我李斯本是上蔡街巷里的一介布衣,承蒙始皇提拔为丞相,封为通侯,子孙都得到尊贵的地位和优厚的待遇,所以始皇才把国家安危存亡的重任托付给我,我又怎么能辜负他的重托呢?忠臣不因怕死而苟且从事,孝子不因过分操劳而担心损害健康,做臣子的各守各的职分而已。请你不要再说了,不要让我李斯犯罪。"

　　面对李斯不合作的态度,赵高依然没有放弃,他继续展开游说,希望李斯认清形势,改变立场:"我听说圣人会根据情况而适应变化,顺从潮流,看到苗头就能预知根本,看到动向就能预知归宿。事物本来就是如此,哪里有什么一成不变的道理呢?现如今天下的权力和命运都掌握在胡亥手里,我能猜出他的想法。更何况从外部来制服内部就是逆乱,从下面来制服上面就是反叛。只要我们上下齐心协力,事业可以长久。您听从我的计策,就会长保封侯,世代享有,像仙人王子乔、赤松子那样的长寿,有孔子、墨子那样的智慧。你现在放弃这个机会,不听我的建议,一定会祸及子孙,足以令人心寒。"在赵高强大心理攻势面前,李斯的心理防线开始崩溃。他实在不能接受因为自己坚守道义,导致整个家族丧失荣华富贵,子孙遭殃的结果。他不禁仰天长叹,老泪纵横,违心地答应了赵高的要求。于是,胡亥、赵高和李斯三人沆瀣一气,一场篡改秦始皇遗诏的罪恶勾当开始了。

　　胡亥、赵高和李斯一同商议,诈称秦始皇留给丞相李斯诏书,立胡亥为太子,继承皇位。又伪造了一封赐给扶苏的诏书,说:"扶苏和将军蒙恬带领几十万军队驻守边疆,已经十几年了,不能向前进军,士兵损失不少,没有半点功劳,反而多次上书诽谤我的所作所为。扶苏因不能召回京城当太子,日夜怨恨不满。做为人子而不能孝顺,现赐剑自杀!将军蒙恬和扶苏一同在外，不能纠正他的错误，应该知道他的谋划。做为人臣而不尽忠，与扶苏一同自杀。把军队交给副将王离。"诏书盖上皇帝的玉玺，派胡亥的门客为信使，带着诏书前往上郡。

扶苏的命运由此发生了颠覆性的改变。

扶苏自刎身亡

远在遥远的上郡，扶苏全然不知道秦始皇已经逝世，更没有想到大祸已经临头。当他接过信使带来的诏书，得知内情后，顿时泪如雨下。他这才知道父皇已死，胡亥已经继位，而皇命如山，不可改变，自己已无法逃脱残酷的命运，不如一死了之。他万念俱灰，转身进入内室，拿起宝剑就要自杀。

相比起年轻单纯的扶苏，蒙恬要沉着冷静得多。这位久经沙场、谙熟宫廷政治的老将觉得事情来得不仅突然，而且有些蹊跷，认为应该再核实一下情况，死也要死个明白。他劝阻扶苏说："皇上在外巡游，没有立下太子，派我带领三十万大军守卫边疆，公子担任监军，这是天下的重任啊。现在只来了一个使者，你就立刻自杀，怎么知道其中没有欺诈呢？希望你再请示一下，有了答复之后再死也不迟。"扶苏一贯遵从父命，性格比较软弱，面对使者的不断催促，知道大势已去，他对蒙恬说："父亲命儿子去死，还要请示什么！"随后，用剑自刎而亡。

秦始皇最优秀的儿子，秦朝的希望之花，就这样被一场宫廷阴谋摧残凋落了。

扶苏被赐死的消息很快传遍天下，人们无不为他的冤死而叹息落泪。就连普通的贫民戍卒陈胜也知道扶苏的冤屈。他对同伴吴广说：我听说二世皇帝胡亥是始皇帝的小儿子，本来不应该由他来继位，应该继位的是公子扶苏。扶苏因为屡次规劝始皇帝的缘故,被始皇帝派往外地驻守。如今听说他并没有什么罪,却被二世皇帝杀害了。老百姓都知道扶苏很贤德,于是,陈胜吴广就冒用扶苏和楚国名将项燕的名义,在大泽乡揭竿而起,从根本上动摇了秦王朝的统治。

两千多年以来,在上郡故地——陕北地区,人们一直怀念这位仁义贤良的公子,为他无辜而死鸣不平。当地人以礼安葬了扶苏,世代守护。今天,在陕西省绥德县城的疏属山上就有一座扶苏墓。山顶之上,松柏掩映,寂静肃穆,扶苏墓坐落其间。民间称之为"太子冢"。这座普通的黄土冢,高约8米,墓前有扶苏站立的塑像,碑上书"秦扶苏墓"。墓顶建有一小亭,人称八角楼。墓旁不远处,有一座不大的扶苏祠。1956年8月陕西省人民政府将其列为省级重点文物保护单位。古往今来,有无数像韦庄一样路经绥德的文人骚客,都不忘来扶苏墓前凭吊一番,抒发自己的同情与感慨。

相传当年扶苏被赐死的地方就在今天绥德县城东的卢家湾峪内,明代陕西按察副使曹琏书"杀子谷"三个大字于石壁之上。《名山记》载:"秦太子扶苏赐死处。"石壁上有泉,常年流淌,其声呜咽,终岁不绝,仿佛是扶苏的冤魂一直在悲鸣。见此情景,所到之人无不悲从中来,义愤填膺。唐代诗人胡曾作有《杀子谷》一首:

举国贤良尽泪垂,扶苏屈死树边时。

至今谷口泉呜咽,犹似秦人恨李斯。

扶苏的冤屈实在是太深重了,以至于在千年以后的诗人看来,这种冤屈尚不能消散,它化作谷口的泉水,发出呜咽之声,昼夜不停地诉说着不平与悲愤,充满着对丞相李斯的怨恨。明代王琼的《呜咽泉》写道:"城东五里卢家湾,寒泉迸出石垒山。泉声似泣还似诉,仿佛公子遭谗奸。昔人已矣恨未已,无情却作有情比。题名呜咽万古传,恨在人心不在水。"表达着同样的思想感情。

当然,同样的一个历史事件,在不同的个体眼里,就会有不同的理解。有人就认为扶苏过于糊涂和软弱，不能及时识破赵高、李斯等人的阴谋，最终落得个含恨自刎的可悲下场。他们认为扶苏应该保持清醒的头脑，立即认清赵高、李斯的阴谋伎俩，与蒙恬一道指挥手中的三十万雄兵，长驱南下，直捣咸阳，清除奸党，登基即位，完成不朽之伟业，而他却没有这样做，实在是太窝囊、太可惜了。北宋孔仲武就持这种观点："天下精兵掌握间，便宜长啸入秦关。奈何伏剑区区死，不辩从来赵李奸。"（《吊扶苏》）在有关的历史问题上，后人尽可见仁见智，但也不必过分强求古人。

在绥德城北清水沟村有一座月台山（月宫山），是古绥州八景之一。山腰有一平台，相传是扶苏的赏月台。扶苏到上郡后，每当郁闷难遣之时，便来到这儿观景赏月，以放松心情。或许他抬头凝望夜空中一轮明月，俯瞰滚滚流淌的无定河，倍感孤独之际，会不由得思念起咸阳城里的亲人，思念宫廷禁苑的生活……不过，他应该不会想到自己含冤自刎的结局。"荒台突兀插山头，帝子人传此地游。留得当年明月在，一天烟水自含愁。""皎皎金波天际流，扶苏玩赏正中秋。斯高奸恶今何在，恨满苍天月满楼。"后人在诗中尽情地渲染月光的凄凉冷清，表达对扶苏的悲悯之情。

蒙恬弟兄成了牺牲品

蒙恬出身秦国名将世家。祖父蒙骜身为秦国将领，为秦国南征北战，功勋卓著，是秦国的重要将领之一。其父蒙武，为秦裨将军，随大将王翦灭亡楚国，俘虏楚王，成为一代名将。蒙恬少小从军，长为秦将，在进攻齐国的战争中立下大功，拜为内史。其弟蒙毅深得秦始皇赏识，备受信任，位至上卿。外出时，蒙毅陪同始皇乘坐一辆车子，回到朝廷就侍奉在始皇身边。蒙恬在外承担着军事重任,蒙毅在朝廷为皇帝出谋划策,被赞誉为忠信大臣。蒙氏一门地位显赫,无与伦比。正是这个原因,蒙恬不会像扶苏那样轻易就自我了断,他想不明白对自己信任有加的秦始皇为什么会突然翻脸,痛下杀手,其中必定大有文章,所以,他必须把事情弄个明白,坚决不肯自杀。胡亥的信使没有办法,只好把他交付执法官员,关押在上郡的阳周城。

蒙恬不愿自杀是有自己的打算的。他把所有希望寄托在家族以及弟弟蒙毅身上,希望他们帮助自己申诉冤屈,洗刷罪名。但是,他没有想到,就在同时,赵高已经将罪恶的魔爪伸向了蒙毅。赵高之所以要加害蒙氏兄弟,不仅因为他们是自己掌控朝廷大权的重大障碍,还因为以前蒙毅差一点要了他的命。原来,有一次赵高犯了重罪,秦始皇让蒙毅依照法令惩处他。蒙毅秉公执法,判处赵高死刑,剥夺他的宦籍。最终,秦始皇认为赵高办事勤勉,网开一面,赦免了他,恢复了他的官职。逃过这次生死劫难,赵高办事更加小心谨慎,表面上不露声色,但心底里对蒙毅恨之入骨。眼下,他得到一举彻底除掉蒙氏兄弟的机会,心狠手辣的他岂能坐失良机。

本来,秦二世胡亥听说扶苏自杀了,心头大患已除,十分高兴,就打算释放蒙恬。但赵高天天在他面前毁谤蒙氏兄弟,搜罗他们罪过,检举弹劾他们。胡亥完全被赵高的谎言蒙蔽,就派遣御史前往关押蒙毅的代郡,杀害了蒙毅。又派使者到阳周,对蒙恬说:"你的罪过太多了,而你的弟弟蒙毅犯有重罪,依法要牵连到你。"蒙恬反复申辩无果,最终被迫服毒自杀。呜呼!一代名将含恨而死!秦朝自毁栋梁!除掉蒙氏兄弟后,野心勃勃的赵高便开始集中力量对付丞相李斯,终将李斯腰斩于咸阳,夷灭了三族。

陕北人民同样没有忘记蒙恬。人们不会忘记他驰骋边疆驱逐匈奴的胜利,不会忘记他筑长城,修直道,巩固边疆的功绩,更怜悯他悲惨的结局，陕北古老的土地接纳了这位守土靖边的英雄，成为他的长眠之地。传说蒙恬含恨死后，他的部下将士悲愤不已，将其遗体葬于绥德城西大理河畔，十多万将士每人用自己的战袍兜土，形成一个状似山丘的墓冢，以纪念他们敬爱的统帅。

蒙恬墓现位于陕西省绥德县第一中学校园内。经过两千多年的风雨侵蚀，墓冢形成馒头状。原有清代石碑两通，为清代乾隆年间知州张元林所立，镌刻"秦将军蒙恬墓"。清人阎秉庚曾来到蒙恬墓前，题诗哀悼："春草离离墓道侵，千年塞下此冤沉。生前造就千支笔，难写孤臣一片心。"传说蒙恬生前曾发明或改进毛笔，但是纵然用一千支笔来书写他的冤屈，结果也是枉然。在秦王朝政权的争斗中，蒙恬只能是一个充满悲剧性的牺牲品。

对于蒙恬的不幸遭遇，史家自有评价。司马迁在《史记·蒙恬列传》中写蒙恬在自尽之前长叹道："我的罪过本来该当死啊。我修筑长城，西起临洮，接连到辽东，筑城挖沟一万余里，这中间难道没有截断地脉的地方吗？这就是我的罪过了。"在他看来，自己修长城把地脉挖断了，上天因此要降罪于他，只能以死谢罪。司马迁并不认同蒙恬以死谢罪的说法，他在肯定"蒙氏秦将，内史忠贤"的同时，批评蒙恬身为重臣，在秦朝建立初期不能尽力劝谏皇帝，赈济百姓，让百姓休养生息，反而迎合始皇心意，大规模地修筑长城，以此招致杀身之祸。以今天的历史观而论，蒙恬的功过是非自有公论，太史公的评论也只是一家之言。但无论如何，都不能否定蒙恬为秦朝守边卫国的功绩。

"但使龙城飞将在，不教胡马度阴山。"这两句著名的唐诗，放在蒙恬身上也合适。正是蒙恬率军镇守边疆，匈奴才退避千里，十几年不敢南侵。一旦蒙恬死去，诸侯叛秦，戍边军队调往平叛，边境空虚，匈奴乘虚而进，重新占领河套地区，对上郡一带虎视眈眈，平静的边疆又重现了滚滚狼烟。

历史的经验告诉我们：正人君子、仁人志士尽管可能遭遇不白之冤，经受惨痛折磨，甚至付出生命的代价，但历史终究会给予他们一个公正的评价，还他们以清白，使他们青史流芳。后代人们崇敬他们的高尚品格，铭记他们的不朽功绩，尊奉他们为学习楷模。而那些骄横一时、不可一世的乱臣贼子，终将受到历史的惩罚，永远被钉在历史的耻辱柱上，遗臭万年。

| 第六章 |

中国古代第一条高速公路——秦直道

从遨游太空的人造卫星上俯瞰地球，可以清晰地看到在陕西北部苍莽延绵的子午岭上有一条蜿蜒的曲线，一路向北延伸。人们不禁发问：这是一条什么样的曲线？当专家告诉你它就是两千二百年前的那条举世无双的秦直道时，你的心里是否会产生一种强烈的好奇感？是否会有一种渴望了解它的前世今生的冲动？

那么，就让我们穿越时光隧道，回到那个海内一统的秦帝国时代。

秦代又一项浩大的世纪工程

公元前221年，秦国灭亡战国时期最后一个诸侯国——齐国，完成统一六国大业，建立了中国历史上第一个统一的中央集权的封建王朝。统一天下后的秦始皇并没有停下发号施令的脚步，他一面大刀阔斧地改革，一面踌躇满志地巡游天下。但是，最让他不放心的还是雄踞于阴山山麓的匈奴部族。此时的匈奴部族强势崛起，兵强马壮，占据了黄河河套地区，对秦帝国虎视眈眈，已成为秦西北边疆最大的军事威胁。然而，匈奴遇上了一代雄主秦始皇，他是一个容不得半点威胁的人，既然匈奴在家门口张牙舞爪磨刀霍霍，那就必须用武力来消除这种威胁。

秦始皇三十二年（前215），秦始皇命大将蒙恬率领三十万大军北击匈奴，取得重大胜利，匈奴被逐出黄河河套地区。为了防止匈奴卷土重来，秦始皇命令蒙恬率大军在上郡长期驻守，防御匈奴。这一战略起到了明显效果。尽管如此，秦始皇仍不放心，他决定举全国之力，修筑一条西起甘肃临洮，东到辽东，绵延一万余里的长城，以阻挡匈奴骑兵的冲击和入侵。遵照秦始皇的诏命，蒙恬仅用了短短六年时间，创造性地完成了这一人类历史上罕见的伟大工程。

即便是万里长城已经修筑成功，秦始皇的心里还在思考着其他的问题：远在西北的上郡、九原郡与秦都咸阳相隔千山万水，一旦匈奴突然进犯或出现紧急情况，关中地区支援的兵源、粮草如何能够在最短的时间里抵达边疆？用什么样的办法效率最高？经过反复思考和规划，雄才大略的秦始皇再一次做出了惊人的决策——决定在关中到九原郡之间修建一条直达的专用通道，用于解决关中到西北边疆的兵力运输、后勤支援、信息传递等问题。这条直达边疆的通道就是秦直道。

如果这条直道建成，就可以为驻守在西北边疆的秦朝军队提供有效的后勤保障，可以以最快的速度驰援边疆秦军，使秦军得以从被动防守转化为主动出击；还可以极大地改善中央与西北边疆的联系，巩固朝廷对边疆地区的统治。这对于秦帝国的长治久安有着极其重要的意义。

按照秦始皇的规划，这条直道的南部起点在关中云阳的林光宫（今陕西省淳化县梁武帝村），北部的终点是九原郡（今内蒙古包头市九原区），全长700多公里。在当时的生产力条件下，如此浩大的工程需要投入巨量的人力物力，这对于刚刚完成修筑万里长城，同时还在修建阿房宫和秦始皇陵园的秦帝国，将是一个巨大而严峻的考验。然而，这些问题在秦始皇眼里都不在话下，他关心的是自己的每一项战略决策是否能得到落实和执行。

这项浩大而艰巨的工程几乎毫无悬念地落在秦始皇最信任的大将——蒙恬身上。这不仅因为蒙恬对秦始皇绝对忠诚,办事干练果断,更为重要的是他长期驻守边疆,熟悉西北的地理,还有修筑长城的丰富经验和超强的组织调度能力。

接到秦始皇的命令,蒙恬不敢有丝毫怠慢。秦始皇三十五年(前212),蒙恬立即组织人力,调度资源,按照设计规划,迅速在700多公里的线路上全面展开施工。在这之前,秦始皇已多次北巡上郡,走的都是普通的道路,路途崎岖遥远,费时费力,十分辛苦。按他的设想,等这条直道修通之后,他就可以通过直道再次到上郡和九原巡视,体验它的畅通快捷。一切似乎都在有条不紊地进行着。然而,一件意想不到的重大事件发生了,所有的一切也随之改变。

秦始皇三十七年(前210),秦始皇出巡途中病死在沙丘平台(今河北省广宗县)。宦官赵高与丞相李斯、始皇的幼子胡亥合谋,篡改秦始皇的遗诏,立胡亥为太子,继承皇位,并以始皇的名义下诏书给正在上郡监军的长子扶苏,命令他与蒙恬一起自杀谢罪。扶苏接到诏书后,不辨真伪,悲愤自杀。蒙恬则对这突如其来的巨变表示怀疑,他没有马上自杀,要求自辩和申诉,被关押在上郡的阳周城。尽管蒙恬反复申辩,但秦二世和赵高没有放过他,最后还是被迫服毒自杀。蒙恬自杀之时,秦直道的主要工程已基本告竣。他死后不久,这条堪称中国古代第一条"高速公路"建成完工。可惜的是,它的总规划师——秦始皇没有能亲眼看到它建成开通,在其上耀武扬威地巡视北疆;它的总建造师——蒙恬也没有在上郡等来皇帝的驾临,更没有想到自己在它即将竣工的时刻死于非命。

算起来,从秦始皇三十五年秦直道开始动工修建,到秦始皇三十七年蒙恬自杀后不久,秦直道从建成到开通,前后不到三年。在生产力还比较低下的秦代,用如此短的时间,完成如此浩大的工程,简直让人难以想象。那么，蒙恬和当时的人们是如何做到的呢？

关于这一点，我们无法从有限的历史资料中获得详细的解答，幸运的是司马迁在他的《史记》里为我们做了简略的记载。《史记·蒙恬列传》中说："始皇欲游天下，道九原，直抵甘泉，乃使蒙恬通道。自九原抵甘泉，堑山堙谷，千八百里。"从中我们可以看出，当时人们修筑直道的重要手段是"堑山堙谷"，换成今天道路建设的术语来表达，就是挖坡和垫方。具体而言，就是在修筑道路时把靠山的一侧挖掉，填到靠沟的一侧，整理出一条平展的道路。这是一种非常科学，且省力省工的修路方法。即使是两千年后的今天，在山区修路时仍然沿用这种方法。从今天陕北子午岭上的秦直道遗址看，这种"堑山堙谷"的施工痕迹十分明显。

今天，保存较为完好的秦直道是陕西省甘泉县、富县子午岭上的一段。站在秦直道遗址上放眼望去，一条宽阔的道路向前延伸，据考古人员勘察，秦直道最宽处达到60米，相当于现代高速公路的16条车道的宽度，最窄处也有12米。我们可以驰骋自己的想象：如果秦王朝还存在，蒙恬将军还在上郡指挥着三十万大军，在这条超乎寻常的宽阔大道上，秦军的战车在飞驰，秦军的骑兵在穿梭，运送辎重装备的队伍络绎不绝，经过之处扬起阵阵烟尘……然而，随着秦帝国的土崩瓦解，这些都不会出现了。

此时，人们可能会有些担心，刚刚修筑完成的秦直道会不会随着秦帝国的灭亡而消亡？它将会遭遇什么样的命运？

秦直道的命运与变迁

公元前202年，经过四年艰苦的"楚汉相争"，看似弱小的刘邦最终战胜了不可一世的项羽，建立了西汉王朝。西汉王朝不仅取得整个国家的统治权，还接收了包括秦直道在内的秦王朝留下的所有遗产。

西汉初期，匈奴冒顿单于首次统一了北方草原，这个庞大而强盛的匈奴王国最多时拥有三十万骑兵，称雄北方草原，并且不断对外扩张。趁着秦末大乱之际，匈奴重新夺取了河套地区，成为西汉西北边境的重大威胁。在这种情况下，秦直道刚好派上用场，成为西汉朝廷向西北边疆运输军队和物资的交通要道。到汉武帝时代，国家实力大大增强，汉武帝在对付匈奴的问题上把战略防御转为战略进攻，他接连派卫青、霍去病等将领对匈奴发动多次进攻，给匈奴以重创，不但收复了河套地区，还在此建立了朔方郡，迫使匈奴远遁大漠以北，基本解除了匈奴对西北边疆的军事威胁。在西汉大军打击匈奴的年代里，汉朝的军队和物资正是通过秦直道源源不断运往西北边疆，它的军事功能和交通价值得到充分显现。

汉武帝元封元年（前110），为了震慑匈奴，巡视抗击匈奴的成果，汉武帝率领十万骑兵，从长安出发北巡，一路上浩浩荡荡，旌旗招展，无比威风。到达九原郡后，沿着秦直道南下返回云阳。中途，汉武帝专程来到位于陕西黄陵县的黄帝陵，祭拜黄帝。这是有史以来封建帝王第一次在黄帝陵祭拜黄帝。在今天的黄帝陵，与汉武帝有关的挂甲柏、祭仙台的传说仍然为游人们所津津乐道。

在汉武帝出巡的队伍里，还有一个伟大的人物，他就是司马迁。作为太史令，司马迁必须跟随汉武帝出巡。汉武帝祭祀黄帝，必然有他陪伴在身边。这次出巡也使得司马迁有机会全程考察秦直道。行走在早有耳闻的秦直道上，看到沿途蒙恬修筑的长城以及堡垒工事，司马迁感受到修建直道"堑山堙谷"巨大的工程量以及老百姓在施工时的艰难与辛苦。因此，他对秦始皇修建直道的决策予以批评，认为他过于"轻百姓力"，太不把老百姓死活当回事了。对于蒙恬，司马迁则进行了毫不留情的批评，他说："夫秦之初灭诸侯，天下之心未定，痍伤者未瘳，而（蒙）恬为名将，不以此时强谏，振百姓之急，养老存孤，务修众庶之和，而阿意兴功，此其兄弟遇诛，不亦宜乎！何乃罪地脉哉？"在他看来，蒙恬作为秦始皇最信任的将领，应当劝谏秦始皇安抚百姓，让百姓休养生息，而不应该迎合皇帝的想法，大肆开工营建，耗费民力财力，他们兄弟最终被杀也是罪有应得，绝不是蒙恬所哀叹的因为他修长城挖断了地脉。

在接下来的岁月里，秦直道依然发挥着沟通关中与西北边疆的重要作用。汉元帝时，为了与匈奴和亲，汉元帝将宫女王昭君嫁给了呼韩邪单于，这便是历史上著名的"昭君出塞"。有专家研究考证，当年王昭君就是沿着秦直道北行出塞的。历代许多文人同情王昭君的不幸命运，都对此发表咏叹，如杜甫"一去紫台连朔漠，独留青冢向黄昏"（《咏怀古迹》其三），李商隐"马上琵琶行万里，汉宫长有隔生春"（《王昭君》），王安石"寄声欲问塞南事，只有年年鸿雁飞"（《明妃曲》），辛弃疾"马上琵琶关塞黑，更长门、翠辇辞金阙"（《贺新郎·别茂嘉十二弟》）……昭君出塞带来了汉匈六十多年的和平，促进了民族的融合。至今秦直道沿途还流传有许多关于王昭君的美丽传说。

秦、汉之后很长的一段时间里，秦直道一直是中原地区通往西北边疆最为快捷的交通干道。这条道路上不仅深深地印下了关中王朝辚辚战车北上的车辙，也留下了北方游牧民族萧萧铁骑南下的蹄痕。西晋末期，烽烟四起，五胡乱华，中原板荡，短命的西晋王朝在塞外铁骑的猛烈冲击下灰飞烟灭。公元407年，匈奴铁弗部赫连勃勃在朔方郡建立了大夏国，不久后，定都距离秦直道不远的统万城（今陕西省靖边县北）。为了实现"统一天下，君临万邦"的目标，公元418年赫连勃勃亲率大军沿着秦直道南下，以摧枯拉朽之势夺取长安，并在灞上称帝，大夏国如日中天，进入鼎盛时期。

隋末唐初，天下纷争。突厥部族兴起，不断侵犯中原，秦直道便成了他们南侵的主要军事要道。当然，唐朝的大军也通过秦直道北上打击突厥势力，平定地方割据。唐高祖武德元年（618），秦王李世民在秦直道附近击垮了实力强劲的割据势力薛仁杲。武德四年（621），唐高祖李渊派秦王李世民率十万大军沿秦直道北上巡察朔方。

从秦到唐，千余年春去秋来，秦直道上帝王的銮驾来来往往，各种军队的马蹄声此起彼伏，秦直道目睹了许多王朝的兴盛与衰落，见证着古代社会的发展与变迁。正因为如此，居住在子午岭一带的老百姓把这一段秦直道称为"圣人条"。"条"就是路，意思是帝王或大人物所走的道路。

宋元之后，降及明清，随着时代的发展和社会的演变，秦直道的军事功能逐渐消退，取而代之的是一种新的功能——商业贸易。南来北往的大小商贾凭借着这条古道的直达便捷，将天南地北的货物往来运输贩卖，使秦直道逐渐成为一条充满商业气息的重要商道。贸易的发展带动了沿途经济文化的发展。清乾隆《正宁县志》记载："此路一往康庄，修整之则可通车辙。明时以其道直抵银、夏，故商贾经行。"今天在陕北黄陵、富县、甘泉、志丹的子午岭上的秦直道沿途，虽然稀有人烟，但从许多废弃的明清村落、寨堡、寺庙遗址以及古墓葬看，当年这里曾有着大量的人口生活和往来，一派熙熙攘攘的烟火人间景象。在甘泉县墩梁一带秦直道旁一座废弃的古庙里，还保存着三通清代道光、咸丰年间的石碑，碑文记述了山西商人在此捐资修建关帝庙，祈求生意兴隆的情况。

大约在清代同治年间以后，由于战乱和环境恶化等原因，子午岭上秦直道附近的人口急剧减少，最后渐趋消失。至此秦直道完全荒废，隐没于深山密林之中。

"西线"与"东线"之争

司马迁在《史记》中明确地记载了长"千八百里"的秦直道的起点是

甘泉宫，在今陕西省淳化县的梁武帝村，终点是九原郡，今内蒙古的包头市九原区。但是，秦直道经过哪些地方？它的完整线路又是怎样？司马迁并没有做详细的记载，后代的学者也没有对这个问题进行过具体研究。于是，秦直道具体的走向和线路也就成了一个千古之谜。

"萧瑟秋风今又是，换了人间。"时光来到两千多年后的1972年6月，一队陌生人的到来，打破了荒废已久的秦直道的沉寂。这些人是由中国历史地理学界的泰斗、陕西师范大学教授史念海带领的考察小组，他们肩负着对秦直道进行系统全面考察的重任。这是中国历史上第一次对秦直道进行的全面考察活动。

史念海一行从陕西省淳化县出发，一路向北穿越子午岭、白于山区、鄂尔多斯高原，跨黄河抵达内蒙古的包头市，对秦直道进行了全程考察。经过全面科学地考察和周密的论证，史念海认为秦直道南起于陕西省淳化县云阳镇梁武帝村，沿着子午岭主脉北上，经过陕西的旬邑县、黄陵县，由黄陵县的兴隆关转向西北，经过甘肃省庆阳市的正宁县、合水县、华池县后，进入陕西省榆林市的定边县，再向北经内蒙古的鄂尔多斯市，到达终点包头市的麻池古城。1975年，史念海将这次考察秦直道的研究成果——《秦始皇直道遗迹的探索》发表在《陕西师范大学学报》上，首次明确了秦直道全程的路线，这一研究成果的发表犹如石破天惊，立即引起了中国历史学界的震动，开启了秦直道学术研究之先河。后来，学术界将史念海教授确定的这条秦直道线路，称为秦直道"西线"说。

史念海教授考察秦直道成果的发表，把秦直道从古老的史籍拉回到现实之中，引发了许多人对秦直道的关注。其中，有一个人的身份相当特殊，他就是当年自愿在延安落户工作的中央美术学院画家靳之林。身在距离秦直道不远的延安，靳之林对秦直道产生了浓厚的兴趣，成为秦直道研究的"发烧友"。在1978年到1984年的七年中，他不辞劳苦，克服困难，多次徒步考察秦直道，对沿途的文化遗存进行了仔细考察，获得了许多第一手资料。根据他的考察，秦直道到达黄陵县之后，存在另外一条向东的线路，首次提出了与史念海不同的观点。

在秦直道的起点和终点方面，靳之林与史念海的观点完全相同，只是在秦直道进入黄陵县之后的走向，靳之林与史念海的结论有所不同。靳之林考察的结论是：秦直道经过黄陵后没有向西北进入甘肃境内，而是继续沿着子午岭，向东北进入富县、甘泉、志丹、安塞，再进入榆林市的靖边、横山、榆阳，由榆阳进入内蒙古鄂尔多斯市的伊金霍洛旗、东胜区、达拉特旗，由达拉特旗向北跨越黄河进入包头市，抵达终点包头市九原区的麻池古城。可以说靳之林的观点与史念海的结论殊途同归。学术界将靳之林的这条线路称为秦直道"东线"说。

这样一来，秦直道就有了"东线"和"西线"两种说法，孰是孰非，尚难定论。其实所争论的内容，主要聚焦于秦直道中段。缘于此，2006年5月，国家文物局将陕西省咸阳旬邑段、内蒙古鄂尔多斯段秦直道遗址，列为全国重点文物保护单位，存在争议的秦直道中段并没有列入。因为在21世纪之前，有关秦直道的考古发掘工作一直没有进行，只有当考古挖掘有了更具说服力的证据，才可能得出准确的结论。

也是一次机缘巧合。2008年12月，青（岛）兰（州）高速公路陕西段开工建设，按照原来的设计，这条高速公路将从陕甘交界的延安市富县张家湾镇五里铺村桦沟口经过，正好与秦直道重叠。为了保护文物，揭开秦直道2200多年前的神秘面纱，国家文物局决定对桦沟口秦直道遗址进行考古发掘，这是国内首次对秦直道进行大面积考古发掘。

2009年3月，在陕西省考古研究院张在明研究员带领下，考古人员开始了对桦沟口秦直道遗址的发掘工作。在三个多月的发掘过程中，考古人员在不到一米的土层下，发现了上、下两个年代的路土层，路土层上遗留有大量碾压成千层饼状的车辙印、建筑遗迹、道路护坡以及铜镞、钱币等。通过对遗迹、文物的鉴定，考古人员认定下层路面的时代为秦朝至西汉早期，上层路面的时代为西汉中晚期。这一考古成果第一次为秦直道东线说提供了科学的考古依据，对秦直道的考古具有开拓意义。考古成果一经披露，在全国引起巨大反响。2010年6月，国家文物局公布了2009年度中国十大考古新发现，"陕西富县秦直道遗址"赫然在列。

2013年5月，国家文物局将陕西省延安市黄陵、富县、甘泉、志丹四个县的秦直道遗址和甘肃省庆阳市正宁、宁县、合水、华池四县的秦直道遗址一同列为第七批全国重点文物保护单位，也将秦直道的线路之谜留给了后人。相信随着考古发掘的不断深入，新的考古技术的投入运用，新的文物和遗址的不断出现，秦直道线路之谜早晚会大白于天下。

两千年风霜雨雪，两千年天翻地覆，两千年沧海桑田。当年宏大宽阔的秦直道，早已失去了它的雄姿和风采，也失去了它的交通功能，变得支离破碎，残缺不全，它的北段绝大部分已经湮没在茫茫大漠和萋萋草原之中，难觅踪影。即使是原貌保存最好的延安境内子午岭上的300多公里的路段，也因为常年水土流失而变得面目全非。今天的人们只能从看上去比较宽阔平坦的道路遗迹，依稀看到它当年的雄姿。虽然秦直道已经成为全国重点文物保护单位，但它实在漫长，加之当地有关部门保护力度不够，在秦直道遗址上竟然有人开垦种植，大块的农田里玉米茁壮成长。还有人在遗址上围起篱笆，放牧养羊，炊烟袅袅，仿佛世外桃源。直道旁的许多古墓，大都已被盗掘，一个个裸露的盗洞令人触目惊心……秦直道的现状让人伤感，让人唏嘘！

与此同时，随着国人生活水平的提高，旅游探奇热情的高涨，秦直道也成为国内许多旅游爱好者的乐园。每年春夏秋季节，人们驱车登上子午岭上的秦直道，在这里踏青、露营、驰骋越野，古老的秦直道与现代生活交汇融合，形成一道奇特的风景。2019年，一场动力三角翼"秦直道越野飞行拉力赛"沿秦直道举行，比赛穿越陕西、甘肃、内蒙古三省区的十七个县、旗，给秦直道这一历史文化遗产增添了新的活力。

面对秦直道这一历史遗迹，我们的心里生发出一种强烈的期待：在不远的将来，随着国家和有识之士的重视，保护措施的加强，旅游开发的参与，秦直道这条穿越时空的千年古道重新焕发生机，成为一张与秦长城、秦兵马俑齐名的蜚声海内外的中华历史文化名片。

| 第七章 |

西汉时期的上郡守卫者

　　自秦惠文王十年（前328），秦国从魏国手中获得整个上郡，到秦始皇三十七年（前210）蒙恬在上郡被杀，秦国统治上郡长达118年。在这漫长的岁月里，秦帝国牢牢地控制着上郡，使其完全融合于国家的统治之中。在统一六国的进程中，上郡成为秦国的战略大后方，为统一六国的战争提供了大量的人力、物力支援。

　　秦始皇统一天下后，北方匈奴的势力不断增强，逐渐形成了一股强大的军事力量，对上郡构成严重的军事威胁。为了保证西北边疆的安全，秦始皇三十二年（前215），秦始皇以蒙恬为大将，统帅三十万大军征讨匈奴，在他的指挥下秦国大军所向披靡，打得匈奴望风而逃。但是，秦始皇还是放心不下，命令蒙恬屯兵上郡，时刻警惕，并派自己的大公子扶苏千里迢迢前往监军。针对匈奴骑兵擅长驰驱的进攻特点，秦始皇命令蒙恬修筑成横亘在北方的万里长城，令匈奴望而止步，多年不敢南下侵扰。

　　后来，蒙恬惨遭秦二世杀害，陈胜吴广揭竿而起，各地诸侯贵族纷纷叛秦，武装起义此起彼伏。为了镇压各地的起义，秦王朝被迫将戍守上郡的大军调往中原平叛，辽阔的上郡边塞一时军力空虚，给了匈奴以可乘之机，他们轻而易举地重新占据了黄河河套一带的广袤土地。

这时匈奴部族的首领正是冒顿单于，这是一个非常厉害的角色。他老谋深算、心狠手辣，先后用武力消灭了东胡，打败了西边的月氏，征服了楼兰、乌孙、呼揭等二十余国，吞并了西域大部分地区，向南兼并了楼烦等部族，第一次统一了北方各草原部落，不仅占据广袤的领土，还拥有一支多达三十万骑兵的军事武装，成为北方草原最强大的国家。由于刘邦与项羽逐鹿中原，激战正酣，根本无暇顾及北方边疆，故而匈奴骑兵能够长驱南下，直抵长城脚下。

西汉王朝刚刚建立，汉高祖刘邦挟战胜项羽之威，并没有把匈奴放在眼里，公元前201年，刘邦亲率大军征讨匈奴，没想到在白登山（今山西大同市东北）被匈奴围困，七天七夜无法突围，最后靠陈平的计谋，贿赂单于的阏氏，才侥幸脱险。经此一战，刘邦被匈奴强大的军事力量震慑，再也不提与匈奴开战了。为了与匈奴讲和，他采纳刘敬的"和亲"建议，以宗室女为公主，嫁给冒顿单于，此后双方以长城为界，关系得以暂时缓和。

刘邦死后，为了休养生息，吕后、文帝、景帝对匈奴基本都采用和亲政策，尽量隐忍不发。但是，匈奴本来就是一个强悍的游牧民族，逐水草而居，为了获得人口和生活资料，必然要不断侵扰富裕的汉朝边疆，烧杀抢掠。有的时候，汉朝皇帝实在忍受不住，也会组织军队反击。

汉文帝前元四年（前176）五月，匈奴右贤王率众再次进占河套地区。匈奴这次撕毁和约入侵，惹恼了一贯宽宏忍让的汉文帝，他下诏命令丞相颍阴侯灌婴率军出击匈奴，一定要打击一下匈奴的嚣张气焰。

汉文帝在诏书中说："汉朝和匈奴约为兄弟，为了不让他侵扰边境，所以送给他的东西十分丰厚。现在匈奴右贤王离开他们的本土，率众进驻早已归属汉朝的河南地区，没有任何正当理由，就出入往来于边塞地区，捕杀我官吏士卒，驱逐守卫边塞的人民，使他们不能安居乐业。匈奴欺凌我边防官吏，侵入内地，抢劫边民，十分傲慢，不讲道理，破坏了先前的和约。现在我派遣边防骑兵八万五千人进驻高奴（今陕西省延安市），命令丞相颍阴侯灌婴带兵打击匈奴。"一向温和的汉文帝龙颜大怒，调集了八万五千骑兵，来势汹汹，一下子把匈奴人给镇住了。好汉不吃眼前亏，匈奴右贤王连忙退兵，汉军也没有去追赶。不久，汉文帝亲自来到高奴视察边疆，以表关切和重视。但这并没有从根本上解除匈奴对边境的威胁。所以，西汉文、景乃至汉武帝前期，汉王朝对匈奴基本采取防御战略。为了加强边疆的防御力量，汉王朝需要选择能臣勇将来镇守边关。

飞将军李广：神一样的存在

西汉初年，匈奴连年入侵汉朝边郡，烧杀抢掠，史不绝书。与其接壤的上郡、代郡、雁门、云中、定襄、右北平等边郡首当其冲，深受其害。其中，上郡因紧连河套，是匈奴侵扰的重点地区。

汉文帝后元六年（前158）冬，匈奴三万骑入上郡，三万骑入云中，所杀略甚众，烽火通于甘泉、长安。

汉景帝中元六年（前144）六月，匈奴入上郡，取苑马，吏卒战死者二千人。

汉武帝元朔四年（前125）夏，匈奴入代郡、定襄、上郡，各三万骑，杀略数千人……

汉高祖刘邦刚平定天下时，曾发出"安得猛士守四方"的感叹，而此时的汉王朝正面临着"安得猛士守上郡"的危急形势。由于上郡的战略位置十分重要，责任非常重大，因此，朝廷所选择的守备官员都是良将能吏。可惜的是史书并没有把这些官员一一记载下来，不能不令人遗憾。

幸亏史学巨匠司马迁和班固，他们用如椽之笔把西汉时期守卫上郡最具代表性的人物记载下来，让我们能在两千多年后仍然可以看到他们不朽的风采。

司马迁笔下的上郡守卫者,就是大名鼎鼎的"飞将军"李广。李广,陇西成纪人(今甘肃秦安县),是秦朝名将李信的后代。汉文帝十四年(前166),匈奴大规模入侵萧关,李广从军抗击匈奴,因为精通骑射,武艺高强,斩杀匈奴首级很多,被任命为中郎。李广曾跟随汉文帝出行,有冲锋陷阵和搏斗猛兽的英勇表现,受到汉文帝的高度赞扬,他不无惋惜地说:"可惜呀,你未遇到好时候,假如让你生活在高祖(刘邦)时代,封个万户侯那还用说吗?"

司马迁在《李将军列传》中记载李广曾两度担任上郡太守,时间大概都在汉景帝时期。他用生动传神之笔,记录下李广在上郡时与匈奴的一次交锋。

汉景帝中元六年(前144),匈奴大举入侵上郡,汉景帝派身边的宦官跟随李广抗击匈奴。某一天,这位没有战斗经验的宦官带着几十名骑兵离开驻地,在原野上纵马驰骋,遇到了三个匈奴人。仗着人多势众,他们将三个匈奴人包围起来。面对一大群汉军,三个匈奴人毫不畏惧,凭借高超的射技与汉军对射,不但射伤了宦官,那几十名骑兵也被射杀殆尽。受伤的宦官狼狈跑回驻地,向李广报告情况,李广对匈奴人的情况非常了解,他判断说:"这一定是匈奴的射雕者。"于是,李广带领一百名骑兵追赶这三个匈奴人。这三人没有马,徒步行走。李广疾驰几十里,便追上他们。李广命令骑兵散开,从左右两面包抄,亲自拈弓搭箭,射死二人,活捉一人,经审问,果然是匈奴的射雕者。正当他们捆绑好俘虏,将要上马返回时,发现远处有数千名匈奴骑兵奔驰而来。这些匈奴骑兵看到李广的队伍,以为是汉军诱敌的骑兵,吃惊之余,立即上山布开阵势准备迎战。李广手下只有一百骑兵,面对数十倍于己的敌人,士兵们非常恐慌,想立刻掉头往回跑。李广冷静分析了敌情,对大伙说:"我们距离大营有几十里地,如果现在就这样逃跑,匈奴会马上追赶过来,向我们射击,大家都会被射死。如果我们暂时原地不动，匈奴一定以为我们是为大军来引诱他们，必定不敢来攻击我们。"李广命令手下的骑兵前进到离匈奴阵地约二里地时停了下来，又让众人都下马解鞍。士兵们都很担心，说："敌人数量多而且离得很近，如果有紧急情况，该怎么办？"李广让大家放心，说："匈奴军队本来以为我们会逃跑，现在看到我下马解鞍，没有逃跑的意思，会更加认定我们是来引诱他们的队伍。"匈奴骑兵见状，果然不敢发动进攻，双方就这样对峙着。这时，有一个骑白马的匈奴将领走出阵地，整顿他的部卒，李广看到后，上马带十几名骑兵奔驰过去，一箭将其射杀，然后又返回来。他解下马鞍，让士兵把马放开，随便躺卧，尽量放松。这时夜幕已经降临，匈奴军队始终觉得很奇怪，认为汉军在附近埋伏重兵，准备在夜间袭击他们，故不敢贸然出击。夜半时分，匈奴军队全部悄悄地撤走了。李广在天亮时带着部下安全回到了大军驻地。其勇敢善射、沉着镇定，令部下深为折服。

后来，李广辗转担任陇西、雁门、代郡、云中等边郡的太守，都以奋力作战而闻名。驻守右北平（今内蒙古宁城县西）时，匈奴听说李广的名字，就感到害怕，给他起了一个名号叫"汉之飞将军"，几年之内都回避他，不敢入侵右北平。

李广平时没有什么爱好，就喜欢打猎射箭。有一次，李广出猎，看到草丛中有一物形似老虎，便用力张弓，一箭射中。走过去仔细一看，原来是一块石头，只见箭镞深深地射进石头里了。回过头再射，怎么也射不进去了。唐代诗人卢纶根据这个传奇故事，写下一首十分著名的《和张仆射塞下曲》："林暗草惊风，将军夜引弓。平明寻白羽，没在石棱中。"

李广为将十分廉洁，经常把自己的赏赐分给部下，与士兵同吃同饮，深受部下官兵爱戴。他爱兵如子，战斗中往往身先士卒。行军遇到缺水断食，如果士兵没有全部喝到水，他就不喝水；士兵没有全部吃到饭，他也就不吃饭。对士兵宽缓不苛，士兵们都愿意为他拼死出力。

由于种种原因，李广一生没有获得封侯，最后因在一次征伐匈奴的战斗中迷失道路，错失战机，他不愿面对刀笔吏的污辱，愤然拔刀自刎。可惜一代名将，竟落得如此悲惨结局。李广的部下听说李广自杀后，很多人都为之痛哭流涕。天下的老百姓听到这个消息，不论认识和不认识的，不论老少都为他悲伤落泪。司马迁对李广的道德人格和良将风范给予了很高的评价，他引用《论语》中"其身正，不令而行；其身不正，虽令不从"和谚语"桃李不言，下自成蹊"，深情地赞扬他、歌颂他。后代的有识之士和老百姓都崇敬他、赞誉他、怀念他。唐朝诗人王昌龄在《出塞》中写道："秦时明月汉时关，万里长征人未还。但使龙城飞将在，不教胡马度阴山。"高适在《燕歌行》中写道："相看白刃血纷纷，死节从来岂顾勋。君不见沙场征战苦，至今犹忆李将军。"诗中"飞将"和"李将军"指的都是李广。

因为李广生前曾两度担任上郡太守，陕北的百姓始终没有忘记他。今天在陕北，还存在着与李广有关的遗址，流传着李广的传说。在上郡故地绥德县就有几处传说是李广当年屯兵的营寨遗址。《大清一统志》在绥德州记载有李广寨："在州东，相传李广屯兵处。"光绪版《绥德州志》中记载："李广寨，在城东五十里，汉李广屯兵处。"明代陕西按察副使曹琏有《李广寨》一诗云："时巡几度过东岗，漫访将军古寨场。自是承平无战伐，闲花野草任芬芳。"这位官员当时就知道李广寨的存在，便亲自去寻访凭吊。

绥德县韭园沟乡有一个叫作李家寨的山村，在这个偏僻小山村的山梁上，临近山顶的耕地中，赫然残存有几段石头砌成的寨墙，石墙内是一块不大的平地。这便是人们所说的李广寨。没有任何文物证明这里曾经是李广或李广部下屯兵驻扎的营寨，但是当地的百姓更愿意相信它就是李广寨。李家寨村的人大多姓李，他们自称是飞将军李广的后裔。其实，他们的祖先李简，是明代中期才移民来李家寨居住的，与西汉陇西的李广家族没有半点儿血缘上的关系,这一点他们也非常清楚。不过,他们更愿意做李广的后人,管他有没有血缘关系呢!其中感性的成分远大于理性。这说明当地人民自古以来对李广这位古代良将保持着一份质朴的感情。

距绥德县城20多公里的义合镇,有一个叫虎墕的村庄。光绪版《绥德州志》记载,虎墕"在州东九十里,世传汉太守李广射虎于此"。虽然方志上有这样的记载,可是现在当地并没有什么直观的实物,空有其名而已。邻近绥德的子洲县是1944年设立的县,古代与绥德同属上郡。在新近编纂的《子洲县志》里,收录有一篇《石虎湾的传说》比较有意思:"裴家湾乡的石虎湾村,河滩有巨石两块,酷似虎形,称为石虎。附近有一泉水,叫宝泉。石虎夜间常去饮宝泉水,石虎湾因有石虎而得名。相传李广镇守上郡时,威震匈奴。一日,李广外出狩猎,归来时天色已晚,望见河边草丛中有一只白虎,忙取强弩,弓开满月,拼力射去。第二天早晨随从前往查看,却原是一块石头。李广所射之箭,入石数寸。李广自惊膂力,又搭弓试射,再不能入石。据说,石虎湾即为李广射虎之处,石虎即为李广所射之虎。"这一传说显然是源于司马迁的《史记·李将军列传》,虽然无法确定这里就是当年李广射虎之处,但它反映了李广的故事从古到今一直在陕北地区流传。当年的那两块形似老虎的巨石早已不见踪影。有人说一块被洪水冲走了,另一块在修公路时被掩埋了,如果是这样,还真有些可惜了!

不管怎样,陕北人民始终没有忘记李广这位守卫边疆的一代良将,世世代代以李广曾经在上郡的事迹为荣耀。今天,绥德县心灵手巧的石匠们精心制作了一座巨大的"李广射虎"的石雕。石雕上的李广身披铠甲,骑着骏马,英姿飒爽,他引弓搭箭,射中猛虎。整个画面生动形象、栩栩如生,不禁让人们回想起李广当年跃马边疆的英姿。

冯氏兄弟相继镇守上郡

继司马迁为我们留下李广在上郡的故事后，班固也在他的《汉书》中记载了李广在上郡的事迹。除此之外，班固还记载了两位曾出任上郡太守的官员。这两位是亲兄弟，他们先后担任上郡太守，留下美好的声誉。他们的名字叫冯野王、冯立。

冯野王、冯立任上郡太守时，已是西汉中期的元帝、成帝时期，距离李广任太守已经过去了将近一百年。这时，上郡的边防形势与文、景时代有了根本改变。一方面，汉武帝对匈奴进行了多次大规模打击，卫青、霍去病等大将奉命数次出塞，大量歼灭了匈奴军队的有生力量，迫使匈奴远徙漠北苦寒之地，再也无力对汉王朝构成重大军事威胁。另一方面，因战败失去广阔的漠南地区，匈奴由盛转衰，统治阶层内部围绕单于继承权展开了激烈斗争，加速了匈奴内部的动乱与分裂，匈奴的整体实力进一步削弱。因此，上郡一带的边疆不再是烽火连天的战场，反而呈现出一派和平安宁的景象。

冯野王，字君卿，上党潞县（今山西省长治市潞城区）人，其父是左将军、光禄勋冯奉世。这个冯奉世可不是普通人，是西汉赫赫有名的将领。汉宣帝时，他曾持节出使大宛，采取果断行动，平定了莎车国的叛乱，巩固了汉帝国对西域的统治，威震西域。元帝时历任执金吾、右将军典属国、光禄勋。当时上郡万余归降的胡人叛逃，冯奉世奉命率兵追击，稳定了边境形势。汉元帝永光二年（前42），陇西羌部族叛乱，冯奉世领命出征，大败叛乱羌兵，斩杀首级数千，以功封关内侯，食邑五百户。冯野王年少时因父亲的荫庇为官，任太子中庶子，可以说是典型的"官二代"。除此之外，冯野王的妹妹冯媛入宫成为汉元帝的妃子，即冯昭仪。所以，冯野王、冯立兄弟也是皇家外戚，地位显赫，但冯野王兄弟并不像西汉后期的其他外戚那样骄横跋扈,不可一世。他们属于正直清廉、务实敬业的一派,在朝堂上享有很高的威望。

汉元帝时,冯野王出任陇西郡太守,政绩突出,入朝担任左冯翊。后来又升任大鸿胪。在朝廷的二千石官员排名中,冯野王以品行好、能力强被评为第一。当时,朝廷的御史大夫职位空缺,很多官员推荐冯野王为继任人选。汉元帝也承认冯野王为人刚强正直,宁静淡泊。因为他是冯昭仪的哥哥,为避嫌疑,汉元帝没有任命他做御史大夫。许多大臣都为他惋惜。朔方刺史萧育说:冯野王品行能力高超杰出,在内政上足以考虑自身,在外交上足以谋略教化。称赞他是国家的栋梁。所以,朝廷从他的级别以及能力考虑,任命他担任上郡太守。

几年以后,冯野王的弟弟冯立也来到上郡任太守。冯立和其兄长一样,以公正廉洁、治理政绩突出,广受赞誉。在出任上郡太守之前,他已经在五原郡、西河郡担任太守。兄弟两人接连担任同一边郡的太守,这在西汉一代绝无仅有。

班固在《汉书·冯奉世传》中没有详细记载冯野王兄弟二人在上郡时的治理情况,只是概括地说:冯立在任职期间公正廉洁,治理的方式方法与他的哥哥冯野王很相似,足智多谋,待人宽厚,恩泽百姓,制订一系列规章制度。可以想见在这样的地方官治理下,当时的上郡政通人和,百姓安居乐业。

为了说明冯野王、冯立兄弟治理上郡的政绩,班固特别记录下当时上郡百姓歌颂他们的一首民谣:"大冯君,小冯君,兄弟继踵相因循,聪明贤知惠吏民。政如鲁卫德化均,周公康叔犹二君。" 歌中对冯野王兄弟"聪明贤知"的品质以及留惠吏民的德政大加褒美,将他俩的德性与西周时的周公和康叔媲美,视其政仁教化与鲁卫之政相若。周公是后人推崇的"多才多艺"的圣人,他辅佐武王克商,代成王摄政当国,受封于鲁。康叔乃武王同母少弟,为周司寇,受封于卫。二人都以德行著称于世,两国的政治也大致相似。孔子在《论语》中说:"鲁卫之政,兄弟也。"说的就是鲁、卫本为兄弟之国,而其政亦相似。虽然冯野王、冯立兄弟对上郡人民的恩惠因史料不详而无法具体得知,但上郡人民受其兄弟恩泽甚多,这是肯定的,因此上郡百姓对他们感恩戴德,赞美拥戴,为他们作歌赞颂,情感真挚,的确是发乎内心。百姓将冯野王兄弟与周公兄弟相提并论,足见其在他们心中的崇高地位。

上郡人民对冯野王兄弟的赞美固然出于感激之情,也与西汉中后期的社会政治背景有关。汉成帝即位后,耽于女色,外戚王凤专权,朝政紊乱,包括冯野王兄弟在内的正直之士遭受排挤,奸佞小人登上显位。针对朝廷贤愚不分、黑白颠倒的状况,百姓作《黄雀谣》讽刺之:"邪径败良田,谗口乱善人。桂树花不实,黄雀巢其巅。故为人所羡,今为人所怜。"歌谣批判朝廷政治混乱,暗示奸佞小人不得善终。

两相比较,人民的态度可谓泾渭分明。他们对清官良吏给予热情歌颂,对奸臣污吏大加鞭挞。不同的民谣,清楚地传达出人民的心声和爱憎的情感。

| 第八章 |

刻在石板上的陕北社会

两千年前的陕北社会是什么样子？也许，人们会觉得这是一个很可笑的问题。如果你认真地想一下，就会发现我们对东汉时代的陕北社会了解甚少。如果你去查阅史籍，获得的文字记载往往是星星点点、一鳞半爪，简直少得可怜；你去博物馆参观，看到的只是少量的出土文物，根本无法窥见社会全貌。我们无法想象当年上郡的人们车马出行、驱驰射猎的场景，我们也无从知晓当时人们的精神世界和世俗生活。流逝的岁月好像是一层厚厚的、密不透光的帷帐，将两千年前的陕北社会与现代社会无情地隔离开来，让我们无法感知当时的社会景象。

汉画像石惊现天日

1952年春天，陕西省绥德县。

某一天，县城西山寺下的一所小学建设工地正在紧张地施工。一个民工高举镢头刨了下去，他的眼前出现了一个不大的黑洞。他将洞口逐渐扩大，发现竟是一座古墓。在陕北发现古墓并不稀奇，但人们还是纷纷聚拢了过来。眼前的景象令他们十分惊讶：墓门、墓室四壁都镶嵌着石板，石板上刻满了令人眼花缭乱的图案：人物、车马、飞禽、走兽……这是他们从来没有见过的。人们议论纷纷，小学工地挖出古墓的消息不胫而走。当时绥德地委的领导闻讯后立即赶到现场，感觉这些石刻非同一般，要求有关单位将这些石刻好好保护起来，不可损毁。尽管当时人们并不清楚这些石刻是什么年代的东西，有什么重要的价值，但还是将它们完好地从墓室中拆了下来，标明它们在墓室中镶嵌的位置，妥善保管起来。这个消息传到了省里和北京，有关专家相继前来考察，发现一块石头上刻有一行铭文："永元十二年四月八日王得元室宅"。永元是东汉第四位皇帝和帝刘肇的年号，永元十二年即公元100年。专家们由此确认这批石刻的年代属于东汉中期，为汉代画像石，是研究汉代特别是东汉的重要文物。而那块刻有铭文的画像石则被运到北京，成为中国国家博物馆现存的珍宝。

上天似乎特别眷顾陕北这片古老的土地。自打绥德的古墓发现汉画像石后，陕北各县不断有汉画像石的古墓被发现：

1953年7月，米脂县张兴庄村出土了5块汉画像石。

1955年，榆林县古城滩乡南梁村出土了5块汉画像石。

1958年至1975年，在子洲、清涧、横山、吴堡等县相继出土了数量不等的汉画像石。

1983年，神木县乔岔滩乡柳巷村出土了16块汉画像石。

1996年到1998年，考古人员在神木县大保当镇的汉城遗址发掘了26座东汉墓葬，一次性出土了画像石66块，这是陕北汉画像石自发现以来集中出土数量最多的一次。

……

有关专家根据考古发现认为，在陕北无定河流域，乃至秦长城脚下的风沙草滩区，有一个汉画像石密集分布的区域。有专家统计，截至2000年，陕北榆林市的绥德、米脂、榆阳、神木、清涧、横山、靖边等县区，总共出土和收集汉画像石达800余块。陕北地区已经成为国内汉画像石集中分布的四个中心区域之一，其余三个分别是河南南阳、鄂北区，山东、苏北、皖北区和四川地区。

从陕北已经发现的有纪年的汉画像石看，最早的是东汉和帝永元二年（90），最晚的是顺帝永和四年（139），时间跨度大约有五十年。这说明墓葬装饰画像石的风气，在东汉陕北地区只流行了短短的五十年。究竟是什么原因，让刚刚开始的画像石墓葬之风，在陕北地区流行了五十年之后就悄然落幕了？人们对此产生诸多疑问。

这还得从东汉中期上郡的形势说起。东汉和帝永元元年（89），车骑将军窦宪率大军出塞，大破北匈奴，直至燕然山（今蒙古国境内杭爱山）勒石铭功而还。作为北方边关重地的上郡，在匈奴的军事威胁解除后的一段时间里经济繁荣，农牧业兴旺，加上东汉时期厚葬风气盛行，使得画像石墓葬迅速兴起和发展。但是，到了汉顺帝永和五年（140），北匈奴卷土重来，开始侵扰上郡，东汉朝廷被迫将上郡治所迁往夏阳（今陕西省韩城市），从而使陕北的汉画像石墓葬失去赖以存在的社会条件。在漫漫的历史长河中，五十年只是短暂的一瞬，但即使是短暂的一瞬间，汉画像石还是为陕北留下了一笔宝贵而惊艳的文化财富。

东汉时的上郡属于西北边塞地区，经济与文化的发展较之于中原地区相对落后，但从陕北出土的汉画像石来看，无论是雕刻工艺，还是表现手法，均不逊于山东、河南等中原地区，显示出相当成熟的水平。专家们发现，陕北汉画像石的石材均采用了当地出产的沉积页岩。这种石材遍布陕北，具有易开采、硬度小的特点，便于雕刻，自然成为当时工匠雕刻的首选材料。地处边塞的上郡为什么会出现与中原地区水平相当的石雕工艺？人们对此产生了新的疑问。有专家发现，1980年在绥德县四十里铺出土的汉画像石上，刻有"大高平令郭夫人室宅"一行铭文，认为墓主人的丈夫曾任山东高平县的县令。从它的雕刻风格看，大致完成于永元元年前后的陕北画像石繁荣期。东汉时的高平县属山阳郡（今山东省邹城市西南），是画像石的中心之一。那里的石匠以精雕细刻的工艺而享有盛誉，该地区盛行以画像石装饰墓葬的风气。专家推断时任高平县令的郭某在其妻子去世后，聘请高平县的石匠到自己的家乡绥德县按照当时山东画像石墓的样式，为亡妻修建了这样一座画像石墓。看起来这是一件十分自然的事情。上郡修建画像石墓的风气或许由此开启，并且迅速在陕北各地流行起来。当然，也不排除当时随着边疆与中原的贸易、文化交流的增加，掌握雕刻技艺的中原石匠来到上郡谋生或戍边，把画像石技艺带到上郡的可能性。

不管怎样，这些埋藏在黄土深处两千年的汉画像石，可以看作是一种刻在石头上的"历史"，为当代人们认识和了解两千年前陕北的社会面貌以及人民的精神世界打开了一扇全新的"天窗"。已故著名历史学家翦伯赞先生非常重视汉代画像石的历史资料价值，他在评价汉画像石时说："除了古代的遗物以外，再没有一种史料比绘画雕刻更能反映出历史上的社会之具体的形象。同时，在中国历史上，也再没有一个时代比汉代更好在石板上刻出当时的现实生活的形式和流行的故事来。汉代的石刻画像都是以锐利的低浅浮雕，用确实的描写手腕，阴勒或浮凸出它所要描写的题材。……不仅可以令人看见古人的形象，而且几乎可以令人听到古人的声音。……这些石刻画像假如把他们有系统地搜辑起来，几乎可以成为一部绣像的汉代史。"著名画家吴冠中看了汉画像石后，激动不已地说："我简直要跪倒在汉代先民的面前。其艺术的气概与魅力，已够令人惊心动魄了。那粗犷的手法，准确扼要的表现，把繁杂的生活场景与现实形态概括、升华成艺术形象，精微的细节被统一到大胆的几何形与强烈的节奏感中。"文史专家田秉锷称赞汉画像石："它是两千年前图画式的信息库，它是汉代先民留给后代的无言之教，后人光仰视是不够的，还要闭目聆听，潜神思索，或许才能接通断绝千百年的种族文化联系。"这些评论都非常适用于陕北的汉画像石。

汉画像石里的陕北社会景象

说到底，汉画像石是一种祭祀性丧葬艺术。实际上是人们在地下墓室、墓地祠堂、墓阙等建筑石材上雕刻的画像。东汉社会崇尚孝道，在事死如事生思想观念的影响下，厚葬之风盛行。当时人们相信人死后灵魂不会消亡，而是去西天世界继续生活了。为了表达对死者的孝敬，希望他继续拥有生前的一切财富，过上幸福安逸的生活，故在营建墓葬和随葬品方面不惜人力和财力，极尽可能的奢华。这种丧葬观和生命观直接影响了汉画像石的表现内容，其图案内容非常丰富，形成一个十分完整的人间生活和社会面貌的图像系统，充满着人间气息，不仅是墓主人生前生活场景的真实写照，也是汉代世俗社会生动形象的全方位展示。

与河南、山东、江苏等地的汉画像石相比，陕北的汉画像石在内容方面没有太大的差异，题材可谓丰富多彩，从历史到现实，从天上到地下，从缥缈的仙山琼阁到现实的衣食住行……陕北现实社会的方方面面都被工匠们形象地刻绘于石头之上。说它是石头上的历史，毫不为过。

陕北汉画像石的题材可大致分为社会生活、边塞风情、神仙传说、历史故事四大系列。

其一，丰富多彩的社会生活。

陕北汉画像石在表现现实社会生活方面可谓包罗万象，主要内容涵盖日常生活、乐舞娱乐、驰驱射猎、劳动生产等多个方面。

在表现日常生活中，车马出行绝对是一大主题。车马出行包括狩猎、赴宴、婚嫁等，正所谓"车辚数里，缇帷竟道，骑奴侍童，夹毂并引"。有的车马出行场面十分壮观宏大，由多块画像石连续组成。画面里墓主人仪仗威严，车马盈道。车马在道路上奔驰，生动逼真，极富动感。表现车马的场面有大有小，车的数量有多有少，车的样式一应俱全，有导车、主车、从车、轺车、帷车、棚车、辎车、安车、幡车、楽车、斧车、轩车等等，简直是一部汉代车辆的样式大全。值得注意的是，所有车辆出行的方向无不向着西方，寓示着墓主人去了西天世界了，符合当时人们的丧葬观和生命观。绥德县出土的一块画像石中，下部刻一乘牛车，是汉代牛车真实、具体的表现，与史书中的记载和墓葬出土的实物完全一致。所有这些汉代车辆的图式为后人研究汉代交通工具以及交通史，提供了珍贵的图像资料。

欢聚宴饮是汉代人们重要的生活方式，这样的场面自然会被工匠们刻入画像石。我们可以看到宾主端坐在一起，彬彬有礼，钟鸣鼎食，享用着热气腾腾的各种美味，后面的厨房里则一片繁忙景象。古代人际交往中少不了迎来送往、情感交流。绥德县园子沟出土一块"迎宾六博图"，十分生动地展现了当时主客欢聚的场景。工匠在长方形门楣石上，刻着由双阙合成的二层楼阁，门外侍从们整齐地排列着，迎接不断到访的贵宾，主人在门前与来宾双手握在一起，似乎有一种久别重逢的感觉。在左边的室内，两个人正促膝交谈，右边的室内有二人正在玩汉代盛行的"六博"游戏：二人宽衣跽坐，双手前伸，形象生动，神态悠然。

汉代社会的歌舞娱乐非常普及，举国上下从君主到臣民都热衷歌舞，出现了庙堂舞乐、宴饮舞乐、军队舞乐、节日风俗舞乐以及市井广场舞乐等多姿多彩的歌舞样式。这种十分昌盛的歌舞娱乐现象，也反映在陕北汉画像石之中。出土于神木市大保当的画像石中，有几块色彩鲜艳的画石，其中的舞蹈形象引人注目：舞者广袖博带，翩翩起舞。人们很难想象两千年前陕北地区的舞蹈竟是如此的婀娜动人。绥德县出土"歌舞神树"画像石上部刻有两幅歌舞图案：舞者长袖飘逸、摇曳多姿的舞姿，仿佛踏着音乐的节拍，不仅优雅美妙，而且动感十足，活灵活现。

歌舞娱乐中缺少不了高超而惊险的杂耍表演。绥德县刘家沟出土的一块画像石上，有几组击剑和杂技表演的画面。尤其是击剑的画面，令人叫绝：画面中二人对刺，右边的一人身体腾空，挥剑前冲，动作迅捷，虎虎生风；左边的一人也不含糊，身体半蹲，从容接招，看上去难分高下。绥德县四十里铺田鲂墓后室横额上，则刻绘了跳丸杂耍的场面。跳丸也叫"弄丸"或"飞丸"，是杂技艺人用手熟练而巧妙地抛接玩弄丸铃的一种技艺。两汉时期，跳丸表演十分盛行。画面中艺人们或蹲坐，或站立，双手上举，动作娴熟，场面热烈。神木市大保当出土的画像石中有驯象的画面，对驯兽、弄蛇、吞刀、吐火等杂耍技艺都有表现。这些充分说明观看歌舞杂耍是当时人们娱乐生活的一个重要方面。

汉代上郡大部属于农业地区，所以，画像石中有不少表现农业生产和劳动场面的，诸如牛耕、翻地、播种、拾粪、锄草、收割等，从春耕到秋收的生产过程都有反映，而且刻画得栩栩如生。与国内其他地区的画像石相比，这类题材在陕北画像石中尤为突出。绥德县王德元墓中出土的"牛耕图"画像石是典型代表作品之一。画面中一个农民一手高举长鞭，一手扶铧犁耕地；下方是一片茂盛的庄稼，谷穗低垂，一片丰收在望的喜人景象，寓意着人勤牛壮、五谷丰登。绥德县出土的另一块画像石上，刻画着农民耕地的情景：前面并行的二头耕牛合力拉着一部犁，似乎甚为轻松；后边的农民一手掌握着犁，一手扬着鞭，悠然自得地耕着地；在他的身后，跟着一个年幼者，手里拿着篮子，正在播撒种子。这种二牛抬杠的耕田图，再现了汉代陕北劳动人民先进的耕作方法。它表明东汉时代的上郡地区铁制农具和牛耕已经普遍使用，铁犁和牛耕技术的结合已形成当时先进的社会生产力。还有一块画像石刻着一匹行走的马，在马后边紧跟一个人，弯着腰双手在拾马粪，说明农民懂得积肥种地夺丰收的道理。绥德县延家岔出土的汉画像石上有一幅"刈谷图"：七株高大的谷子秆粗穗大，向人们展示出一个丰收的年景。右边一个农民身着短衣，双手举着镰刀，充满着喜悦之情，似乎在欣赏自己一年辛劳的成果。绥德王得元墓中有一幅"放牧图"：右边是一个骑马执鞭的牧人，一群牛羊在草原上静静地吃草，左边的牧人赶着马群在草原上奔跑，一派六畜兴旺的景象。东汉虞诩在《请复三郡疏》中说上郡"水草丰美，土宜产牧，牛马衔尾，群羊塞道"。这一情景在陕北汉画像石中都得到生动的展示，构成一幅完整的边塞农村庄园经济图。

其二，独具风采的边塞风情。

东汉时的上郡是边陲之地，经常是血与火交织的战场。这一地区的人们在交通和生活上更多地依靠马匹，马匹是人们重要的生活资料，因此，人们格外喜欢马匹。陕北汉画像石里刻画有很多马的形象，可谓千姿百态。绥德县出土的一块画像石有一幅"喂马图"：图中刻着一棵大树，树下有一匹骏马，一位妇女正缓缓走来，准备给它喂食。米脂县官庄出土的画像石下方刻有一匹飞奔的骏马，马头高扬，马嘴开张，四蹄腾空，身躯飞动，堪称神骏，其姿态堪与甘肃武威出土的马踏飞燕雕塑媲美。在榆林市汉画像石博物馆里，保存有一块非常有意思的画像石，图中有一个人牵着一匹马，马的体型高大雄硕，显然为主人所钟爱，但它并不是温顺之辈，也许觉得后面有人在侵扰它，不耐烦地扬起后蹄，将那人踢了个仰面朝天。石刻工匠以幽默的方式夸张地表现马的力量，也表达出对马的喜爱。由此可见，马在当时人们心里有着非同寻常的地位。

当然，马也是人们狩猎不可缺少的帮手。陕北汉画像石中有大量反映狩猎的图案，大都与马相关。猎手骑在马上纵横原野，张弓搭箭，射虎逐兽，获取猎物，所有的一切都建立在马的速度和力量上。一块米脂县官庄出土的画像石下方是打猎的场面：前方有一猎手骑在奔跑的马上，回过身体弯弓搭箭，射向正在扑来的猛虎；后方的另一猎手则驱马向前追逐一只兔子，为了追上兔子，马的身躯完全腾空，而兔子为了活命，拼命狂奔，简直就要飞起来了。其中还有猎人手执钢叉，合围猛虎；另一猎人则高举盾牌，与一只张牙舞爪的熊搏斗。整个场面紧张激烈，扣人心弦，围猎的情景历历在目。

两汉时期，上郡一带的边塞地区生活着匈奴、鲜卑、羌等少数民族，出现了汉、胡杂居的现象，社会生活中自然少不了"胡人"的存在，这种现象也在画像石中有所体现。在画像石中"胡人"的形象屡屡出现，大致有胡商、胡兵、胡奴、杂耍艺人等等。绥德县白家山汉墓前室西壁画像中刻绘有两个人物：一人弯腰低头做查看状，一人手臂半举，身后一群马向前飞奔，后面跟随一队骆驼，上面是两个高鼻子、络腮胡须、戴尖顶帽的胡人。这分明是当时边境贸易的场景。在绥德白家山、黄麻梁乡段家湾和神木市大保当出土的画像石里，均有胡人作为随侍者的图案：大致是行进中的车马队伍，在队伍中间或末端，都有胡人模样的随从者或骑马或步行，紧随着车马出行。

汉代为人们所喜闻乐见的乐舞百戏是胡人擅长的技艺，他们往往是乐舞百戏中的主角。因此，陕北汉画像石里有很多胡人表演歌舞百戏的图案。绥德县黄家塔和四十里铺田鲂墓分别出土了刻绘有胡人跳丸杂耍场面的画像石。神木市大保当汉墓出土的画像石上刻画了一个头戴胡帽，着左衽袍，左手持钩，右手拿一球状物，双腿略分，训练大象的胡人图案，他应该是来自异域的大象训练师。与中原各地的画像石相比，较多"胡人"形象的出现成为陕北画像石的一个明显特色。

其三，奇妙缥缈的神仙传说。

汉画像石作为一种墓葬文化形式，寄托着生人对死者的思想和情感。两汉时期，人们深受神仙及道教思想的影响，相信人死后灵魂不灭，可以羽化升仙进入天堂。这种思想在长沙马王堆汉墓出土的T形帛画中已有清楚的表现。在面对亲人的死亡时，他们希冀亲人死后灵魂能够进入美好的神仙世界，延续比生前更加精彩的生活。因此，我们看到陕北汉画像石中有数量众多的神仙世界和仙人形象，就不难理解了。

首先，陕北画像石里的神仙境界是非常美好的，充满着祥瑞氛围。许多墓葬中都有"四灵"的形象：朱雀为花冠长尾、展翅高飞的大鸟，象征着吉祥；玄武为龟蛇合体，蛇缠绕在龟体上，象征着长寿；青龙头生双角，口吐长舌，肩长双翼，有四只利爪，龙不仅能兴云雨，利万物，使风调雨顺，丰衣足食，还能导人升仙；白虎看似血口开张，凶猛可怕，也是祥瑞之兽。有"四灵"的护佑，死者的灵魂一定能够安然无忧。在许多画像图案的周边，工匠们用心地刻绘上盘曲缠绕的蔓草树叶、嘉禾灵芝以及形形色色的飞禽走兽，把一个人神杂处、神秘浪漫的仙境形象地展现在人们面前。

其次，陕北画像石也刻绘了众多仙人的形象，最主要的是西王母和东王公。关于西王母的记载最早出现于《山海经》。《山海经·西三经》载："又西三百五十里，曰玉山，是西王母所居也。西王母其状如人，豹尾虎齿而善啸，蓬发戴胜，是司天之厉及五残。"汉画像石中西王母的形象则与《山海经》中全然不同，表现得雍容华贵、温和善良，与人们想象中的仙境高度吻合。米脂县官庄出土的一块画像石，图案中心位置是一大厅，西王母和东王公端坐其中，厅外有捣药的玉兔、奔腾的骏马，以及九尾狐、青鸟、虎、羊、翼兽等，完全是一派安详静穆的仙境。绥德县刘家沟出土的画像石，刻绘着东王公拜会西王母的神仙故事。只见西王母盘腿端坐于一端，身旁二人跪地侍候。另一端是东王公坐在三足乌拉着的云车之上，云车之前有手持灵芝的仙人、九尾狐、玉兔和蟾蜍为先导。在东王公和西王母的身旁，分别刻有金乌鸟和蟾蜍，代表太阳和月亮，场面宏大，气氛热烈，祥和雍容，令人向往。所有这一切正是汉代人神仙观念的形象表现。

其四，道德教化的历史故事。

虽然上郡地处边陲，远离中原，但它一直为秦、汉朝廷管辖，中央政府不断派遣官员来执政治理，像东汉时期冯野王、冯立兄弟先后出任上郡太守，并因"政如鲁卫德化均"受到人民的赞颂。因此，这一地区的文化根脉主要来源于中原的儒家文化，民众也对其表现出高度认同。这一点在画像石中得到充分的印证。与中原各地的画像石一样，陕北画像石刻绘了许多历史故事，其中有不少是表现忠君孝亲伦理道德的。例如孔子见老子、曾母投杼、周公辅成王、老莱子娱亲、孔子弟子图、孝子丁兰等故事，显然是受到儒家思想的影响，阐述儒家伦理大义，发挥"恶以戒世，善以示后"的教化作用。

上郡地处北方边塞，生存环境相对艰难，且经常发生战争，特殊的地理和社会环境，使人民形成一种尚气重义、粗犷豪爽的性格，因此，他们更喜爱荆轲刺秦王、窃符救赵、二桃杀三士、豫让刺赵襄、完璧归赵、李广射虎等忠勇节义内容的故事，这些故事更接近或契合他们的精神气质，为他们所赞赏和喜爱。

陕北汉画像石在黄土之下深埋了两千年，最终得以重见天日，名扬四海，实乃陕北历史文化的一件盛事。几十年来，陕北汉画像石有的被国家博物馆收藏，有的陈列于西安碑林博物馆，代表着陕北这块古老土地的地域特色和文化精神。更为可喜的是，陕北的榆林市和绥德县分别建立了规模不小的现代化的汉画像石博物馆，这些质朴、生动、精美的画像石，作为陕北重要的古代文化遗产和瑰宝，每天都接受着来自五湖四海宾朋的观瞻，已经成为陕北历史文化一道迷人的风景和一张靓丽的名片。

| 第九章 |

匈奴人的最后一个政权——大夏国

罗贯中在《三国演义》开篇写道:"话说天下大势,分久必合,合久必分。"纵观中国古代封建王朝更迭变化之规律,此话还是很有几分道理的。

公元266年2月,曹魏权臣司马炎逼迫魏元帝曹奂禅让,自己即位为帝,定国号为晋,改元泰始,史称西晋。建国伊始,晋武帝司马炎积极为消灭江南的东吴进行战略规划。经过长达十年的充分准备,咸宁五年(279),晋朝大军分六路水陆并进,向东吴发起大规模进攻。前后仅用了四个多月,取得了灭吴战争的胜利,完成了统一全国的大业,三国鼎立的局面彻底结束。踌躇满志的司马炎改元太康,希望国家进入一个"太平安康"新时代。然而,事与愿违。就在他死后的第二年,西晋统治阶层内部就爆发了一场旷日持久的争夺中央统治权的内乱——"八王之乱"。

长达十六年的"八王之乱",不仅造成了整个国家的严重动乱,给社会带来深重而长久的灾难,还使得民族矛盾彻底激化。北方的少数民族匈奴、鲜卑、羯、羌、氐等乘机纷纷起兵造反,对抗朝廷。在"五胡乱华"的疾风暴雨中,短命的西晋王朝无可避免地走向灭亡。中国北方进入了历史上的十六国时期。

所谓十六国,是指在中国北部及西南部先后建立的十六个国家政权,有成汉、前赵、后赵、前凉、北凉、西凉、后凉、南凉、前燕、后燕、南燕、北燕、前秦、西秦、后秦、夏。其中的夏，是南匈奴铁弗部的赫连勃勃建立的政权，史称"大夏"，亦称"胡夏"，是十六国时期匈奴人在陕北建立的国家。

艰难中兴起的刘勃勃

中国古代许多英雄豪杰在登上历史舞台之前，往往要经历一段苦难的成长历程。大夏政权的创建者赫连勃勃也是如此。

赫连勃勃的祖先是匈奴右贤王去卑，和西晋后期建立前赵政权的刘渊是同族，因此，其祖先都以刘为姓。出生在朔方郡（今陕西省靖边县）的他，自然也就姓刘，名勃勃。

刘勃勃是一个含着"金汤匙"出生的人。他出生在一个匈奴贵族家庭。其曾祖父刘虎凭借宗室的关系，在刘渊建立的前赵政权里被封为楼烦公，任安北将军、丁零中郎将，监鲜卑诸军事，雄踞肆卢川（今山西忻州市一带）。刘虎率兵进攻鲜卑族的代国，被代国君主拓跋郁律打得大败，被迫逃往塞外。

刘勃勃的祖父刘务桓，召集部落，逐渐强盛起来。后赵皇帝石虎任命刘务桓为平北将军、左贤王、丁零单于。刘勃勃的父亲刘卫辰将驻地移入塞内。前秦皇帝苻坚任命他为西单于，督摄河西各族，屯驻在代来城（今内蒙古准格尔旗一带）。前秦分裂后，刘卫辰已拥有朔方之地，军队有三万八千人，成为北方一股较大的军事力量。这时，北魏的势力迅速扩大，北魏开国皇帝拓跋珪首先把进攻的矛头对准刘卫辰。刘卫辰命令其子刘力俟提率军抵抗，结果被强大的北魏军打败。北魏军乘胜渡过黄河，攻克代来城，杀死刘卫辰，吞并了他的地盘。刘勃勃本来是单于之子，养尊处优,尊贵无比,一旦家国沦亡,父亲被杀,便成了丧家之犬,不得不四处逃难。

刘勃勃最先投奔到鲜卑族的叱干部落。叱干部落首领他斗伏害怕得罪北魏主拓跋珪,不敢收留刘勃勃,为了讨好拓跋珪,他打算把刘勃勃送给北魏。他斗伏的侄儿叱干阿利得知此事,劝谏他斗伏,说:"鸟雀在走投无路时投入人的怀抱,尚且应该帮助免于祸难,更何况刘勃勃国破家亡,归顺我们呢?即使不能收容他,也应该让他投奔别处。现在把他抓起来送给北魏,不是仁者所为。"他斗伏没有听从。叱干阿利见劝说无效,就暗中安排勇士在途中劫走刘勃勃,把他送到后秦的高平公没奕于处。刘勃勃幸运地躲过一劫。

高平公没奕于见到刘勃勃后,马上就被他的仪表风度吸引。原来这刘勃勃是个美男子:身高八尺,仪表堂堂,风度翩翩,而且能言善辩,非常聪慧,没奕于十分喜欢他,便把女儿嫁给了他,希望他今后为自己所用。这样,刘勃勃不仅有了一个安全的生存环境,还凭借没奕于的关系,有了面见后秦皇帝姚兴的机会,迎来人生道路上的重大转机。

刘勃勃第一次见后秦皇帝姚兴时,姚兴对刘勃勃的仪表相貌甚为惊奇,认为他是一个难得的人才,对他十分敬重,当即任命他为骁骑将军,加任奉车都尉,并让他参与军事与国政大事,宠幸程度甚至超过一些有功之臣。姚兴的弟弟姚邕对此大为不满,他提醒姚兴说:"刘勃勃天性不仁,难以亲近。陛下对他宠遇太过分了,臣下们对此都有疑惑。"姚兴却说:"刘勃勃有匡时救世的才能,我正要利用他的才能,和他一起平定天下,有什么不可以的!"姚兴本准备任命刘勃勃为安远将军,封阳川侯,让他协助没奕于镇守高平,还要把三城、朔方的杂夷以及刘卫辰的部众三万人分给他统领,为攻打北魏做准备。姚邕对此极力劝谏,认为不能这么做,说:"刘勃勃傲慢地奉事主上,残忍地治理军队,贪婪暴虐不讲亲情,对于去留看得很轻,如果宠幸他超过分寸,最终会成为我们边境上的祸害。"姚兴听后，这才作罢。

姚邕一直对刘勃勃存有戒心，这不仅因为刘勃勃前来投奔不久，不宜过于提拔重用，而且他觉得刘勃勃野心勃勃，品行不佳，必须加以防范。后来事情的发展，证明姚邕对刘勃勃的评价和警惕是正确的。但是，姚兴完全被刘勃勃的表面迷惑，毫不怀疑，委以重任，而这正是刘勃勃所期待的。

东晋义熙二年（406），后秦皇帝姚兴任命刘勃勃为持节、安北将军、五原公，把三交五部鲜卑以及杂族共两万多人的部落交给他，让他镇守朔方。朔方正是刘勃勃祖先曾拥有的土地。接到姚兴这一任命，刘勃勃不由得心花怒放，他知道自己恢复祖业、称霸塞上的梦想快要实现了。

子系中山狼，得志便猖狂。进驻朔方，有了军队和地盘，刘勃勃便开始谋划向外扩张，壮大自己。不久，河西鲜卑族杜崘向姚兴进献八千匹马要渡过黄河，路过朔方。这八千匹战马对于急于扩充军队的刘勃勃简直就是到口的肥肉，他完全不顾姚兴对自己的恩情，下令把马匹全部扣留下来，用于发展自己的骑兵。

就在这一年，刘勃勃率领三万人马假装到高平川游猎。高平（今宁夏固原市）是刘勃勃的恩人没奕于的领地，他又是没奕于最为欣赏的乘龙快婿，所以，没有人对他的游猎表示怀疑。看到没奕于及部下都不加防备，刘勃勃一不做二不休，竟然发动袭击，杀死岳父没奕于，兼并了他的部众，并将高平据为自己的大本营。由此，刘勃勃的力量迅速壮大，人马达到数万人，成为朔方最强大的地方武装力量，为他后来称王建国打下基础。

创建大夏国

东晋义熙三年（407），刘勃勃公然背叛后秦，自称天王、大单于，他认为匈奴是夏启的后代，所以定国号为大夏，年号为龙升。

刘勃勃宣布赦免境内罪犯，设置任用百官。其兄弟亲信都被任命重要官职。当年救过他的叱干阿利自然成了大夏国政权的重要成员，被任命为御史大夫、梁公。

建立大夏国后，刘勃勃首先把后秦作为战略目标。接连对后秦三城以北的各处边防驻军发动进攻，均取得胜利。有的将领劝他不要连续进攻，应该坚守高平，刘勃勃不予理睬。还有将领劝他说："陛下准备统治天下，往南攻取长安，应该首先巩固根本，使人心有所依托，这样大业才可以成就。高平险阻坚固，山川肥沃，可以作为国都。"刘勃勃听后不以为然，他向众将领解释道："你们只知其一，不知其二。我们目前刚刚建国，军队不多，姚兴也是当世雄杰，现在还不是图谋关中的时候。姚兴的各方镇都听命于他，我们如果固守一城，他们一定会集合力量来对付我们，我们还不是他们的对手，很快就会消灭。我们应该用骑兵急速出击，出其不意，他们救援前军我们就攻打后军，救援后军就攻打前军，让他们疲于奔命，我们则从容自如，这样不出十年，岭北、河东就都将归我们所有。等到姚兴死后，再慢慢地攻取长安。姚兴的儿子姚泓是个平庸懦弱小儿，擒获他的计谋策略已经在我的计划之中了。从前轩辕氏也曾经二十多年迁居不定，难道只是我一个人吗？"众将领听了这番高瞻远瞩的战略规划之后，无不点头佩服，依照刘勃勃的战略，频繁侵略后秦的岭北地区，以至于岭北的各座城池风声鹤唳，白天都不敢打开城门。面对大夏不停地骚扰进攻，姚兴十分无奈，却无计可施，他非常后悔当初没有听从姚邕的劝告，感叹说："我当初没有采纳姚邕的意见，以致狼狈到如此地步！"

刘勃勃是一个睚眦必报的人。他在建立大夏之初，曾向南凉国的君主秃发傉檀求婚，请求娶他的女儿为妻，秃发傉檀并不看好这个背信弃义的家伙，直接拒绝了他。刘勃勃非常生气，感觉受了奇耻大辱，决定率军攻打南凉。他率领两万骑兵奔袭三百多里，杀伤南凉一万多人，抢掠两万七千人和数十万牛马羊而归。秃发傉檀率领军队追赶，他手下将领焦朗说："刘勃勃天性豪雄，他的军队纪律严明，不能轻视。现在他凭着抢掠到的资财，率领着盼望归去的战士，人自为战，难以和他争胜。不如从温围向北渡河，到万斛堆，凭借河流建造营寨，扼制住咽喉要地，这是百战百胜的办法。"秃发傉檀对刘勃勃恨之入骨，根本不听进去，依然率军狂追夏军，以报仇雪恨。刘勃勃听到消息后非常高兴，在阳武下狭口处凿开冰凌，埋下车轮，堵塞道路，等待秃发傉檀上钩。待到南凉军队进入包围圈，刘勃勃指挥伏兵杀出，南凉士兵射中他的左臂，他依然带伤冲杀，把秃发傉檀打得大败，大夏军队乘势掩杀，追赶八十多里。这一仗刘勃勃大获全胜，军威大振。南凉死伤数以万计，损失了十多员大将，从此一蹶不振。刘勃勃下令把南凉士兵的尸首堆成了封土的高台，取名为"髑髅台"，以示庆祝，然后班师凯旋。这样的髑髅台在陕北地区还有多座，因为是赫连勃勃所建，后来人们都管它叫作"赫连台"。"无定河边暮角声，赫连台畔旅人情。"唐人的诗歌里多次出现赫连台一词。

在接下来的几年里，刘勃勃率领大夏军队不断向后秦发动进攻，屡战屡胜。先后打败后秦大将张佛生，俘获大将齐难，逼得悍将王奚自杀，后秦将领杨佛嵩、党智隆、王买德等都来投降。王买德原是姚兴的镇北参军，十分贤能，他为刘勃勃出谋划策，成为刘勃勃最信任的军师。王买德说："自从晋朝失去纲纪，政权南移，群雄对峙，人人怀有问鼎的雄心，何况陛下累世积德，在北方世代继承前王的事业，神明威武超过汉皇，谋略超过魏祖，能不在上天开启之际成就大业吗？现在后秦国政虽然衰败，但是藩镇还稳固，希望陛下积蓄力量等待机会，准备充分后再行动。"刘勃勃对此甚是赞赏。后来，刘勃勃与群臣商议准备讨伐西秦的乞伏炽磐。王买德劝谏说："圣贤君主用兵打仗，用德来训导人，而不凶恶。西秦是我们友好国家，刚遭受大丧，如果现在攻打他，这难道是所谓的顺理而行，感应祥和之气的道理吗？如果凭恃军队强大，趁别人大丧的灾难去攻打,匹夫也羞耻做这种事情,何况陛下呢!"刘勃勃觉得王买德的劝谏很有道理,就暂时放弃攻打西秦的想法。

定都统万城

在刘勃勃的统领下,大夏国的实力日益强大,地盘不断扩大,根基已经稳固,东晋义熙九年(413),刘勃勃率军行至朔方水(今陕北的无定河)以北一带,被眼前的风景吸引,他赞叹道:"这是多么美好的一块高地呀!面临广泽,清流环绕。我走过的地方很多,自马岭以北、大河以南,还没有见过这样壮丽的地方。"当即决定在这里修筑自己的都城。为此,他宣布境内实行大赦,改年号为凤翔。任命自己最信任的叱干阿利兼领将作大匠,负责都城的建造,征发岭北十万胡汉壮丁,来完成这一浩大的工程。

大夏国的发展壮大,令刘勃勃底气十足,他觉得姓刘不足以彰显自己的高贵血统,决定改姓赫连。他发布诏书说:"我的祖先从北迁到幽朔,改姓为姒氏,因为语言和中原不一样,所以随母氏姓刘。儿子随母亲的姓,不合乎礼。古代氏族没有常规,有的是用出生地作氏,有的是用祖父的称号作氏。我准备根据义理改姓。帝王是上天之子,是显赫的徽记,与上天连在一起,所以,我现在就改姓为赫连氏,顺应天意,永享吉庆。赫连是天子之尊,其他旁出的宗族不能共同拥有,不是嫡系子孙的,都用铁伐作氏,希望我的宗族子孙像铁那样刚强,个个都能征善战。"从此,刘勃勃变成了赫连勃勃,他的儿子们都以赫连为姓。中华姓氏里首次出现了"赫连"这一姓氏。

面对赫连勃勃的大夏铁骑不断进攻和严重威胁,后秦皇帝姚兴忧心忡忡,进退失据,重压之下的他身患重病,更加要命的是他的两个儿子为争夺皇位继承权斗得不亦乐乎,加剧了政权的动荡。早先,姚兴立长子姚泓为太子，不过，他更喜爱皇子姚弼，认为他是比较理想的继承人，平时格外宠信。野心勃勃的姚弼逐渐滋生夺嫡的欲望。见姚兴病重，姚弼趁机作乱，阴谋篡位。姚兴拖着病体，平定了姚弼的叛乱，并将他处死。第二天，姚兴也在绝望中病亡。风雨飘摇的后秦政权只能由体弱多病软弱平庸的姚泓来收拾烂摊子了。所谓屋漏偏逢连阴雨。姚泓不仅要防范拥有重兵虎视眈眈的赫连勃勃，还要面对东晋刘裕北伐大军的强大攻势。

东晋义熙十二年（416）一月，在东晋集军政大权于一身的刘裕，得知后秦姚兴病亡，姚泓刚刚继位，政权不稳，认为这是灭亡后秦的绝佳机会，决定兴师北伐后秦。晋军兵锋所至，后秦守将望风降附，大军进展神速。次年（417）八月，刘裕大军进至潼关，一举攻陷长安城，姚泓率群臣投降，后秦灭亡。

就在姚泓全力抵抗刘裕大军进攻的同时，赫连勃勃也没有闲着，他领兵攻占了后秦岭北的全部郡县，然后静观姚泓与刘裕大军双方的争斗。他笑着对群臣说："刘裕攻打后秦，水陆并进，以刘裕超人的谋略，姚泓怎能保住自己！我用天时人事来考察，刘裕一定会打败姚泓。而且姚氏兄弟不和，无法抵抗强敌！但刘裕攻克长安以后，必定会迅速返回江东，留下子弟和将领来守关中。等到刘裕走后，我攻取长安就像捡起地上的草芥那么容易，不值得再让我的兵马辛苦了。"于是，他厉兵秣马，休养士卒，坐山观虎斗。

事情发展的结果不出赫连勃勃所料。刘裕进入长安，他知道自己不可能长期驻守长安，为了稳定赫连勃勃，故派使者送给赫连勃勃一封信，请求和好，约为兄弟，尽量避免与他发生战争。赫连勃勃当然明白刘裕的用意，为了从心理上取得对刘裕的优势，他玩了一个小伎俩。赫连勃勃先让中书侍郎皇甫徽写好给刘裕的回信，自己把回信背得烂熟，然后当着刘裕使者的面，口授回信。刘裕读了赫连勃勃的回信，对他的文辞和才能甚为惊奇，使者又说赫连勃勃容仪奇伟，英武绝人。刘裕由衷地赞叹说："我不如他啊！"为了稳定东晋朝廷内部的局面，刘裕在长安只待了两个来月，留下次子刘义真镇守长安，自己便急匆匆班师南归了。

刘义真虽然被封为雍州刺史，但他只是一个11岁的孩子，根本不懂得军事指挥，更无法掌控手下的各位大将。赫连勃勃看到时机成熟，果断下令夺取关中。他分兵三路南下，一支东屯潼关，一支南进商洛，自己亲率主力攻取咸阳，对长安形成大军压境之势。刘义真对此束手无策，手下大将发生内讧，只得关闭城门坚守。关中各郡县纷纷向赫连勃勃投降，长安成为孤城一座。身在江东的刘裕得悉军情，十分着急，他知道长安无法守住，下令刘义真向东撤退到洛阳。刘义真放弃长安仓皇逃窜，一路上大肆抢掠，被赫连勃勃的太子赫连璝率领三万军队尾随追杀，全军覆没，只有刘义真独自骑马逃跑了。赫连勃勃轻而易举地进驻长安，大夏国如日中天，国势进入鼎盛时期。

在大好形势之下，群臣纷纷劝赫连勃勃称帝。赫连勃勃装出一副谦逊的样子，推辞说："我本不是治世之才，不能救助广大百姓于水火，自从起兵以来，已经有十二年，但四海尚未统一，残存的敌人依然气焰嚣张，现在我不知道该怎样谢罪，流传将来！我准备选拔出身卑微但有才干的人才，把王位让给他，然后就回归朔方养老，以弹琴读书打发时光。至于皇帝的称号，岂是我这样薄德之人所能承受的！"在群臣再三请求下，赫连勃勃假意推让一番，才勉强答应。长安城外的灞上筑起坛场，赫连勃勃登坛祭拜天地，即皇帝位，改年号为昌武，在境内实行大赦。

群臣都认为长安是都城的最佳选择，纷纷劝赫连勃勃定都长安，但是，赫连勃勃坚决不同意。他说："朕难道不知道长安是历朝古都，有着山河四塞的稳固。东晋偏远，不会形成大患。东边的北魏和我们接壤，离我们的都城才几百里。如果定都长安，北面的都城恐怕会有守不住的忧患。只要朕在朔方，他们就不敢渡过黄河，难道各位没有看清这一点吗？"于是，在长安设置南台，任命赫连璝兼领大将军、雍州牧、录南台尚书事。这样，赫连勃勃才放心回师朔方。

这时，在叱干阿利严格监督下，新的都城历时六年，已经修筑完成。看到原野上雄伟的城池和城内豪华的宫殿，赫连勃勃异常兴奋，他将都城命名为统万，就是"统一天下，君临万邦"的意思。改年号为真兴。秘书监胡义周及时献上一篇词采飞扬的铭文，文中描写其城池"背名山而面洪流，左河津而右重塞。高隅隐日，崇墉际云，石郭天池，周绵千里。其为独守之形，险绝之状，固以远迈于咸阳，超美于周洛"。其城内"闾阖披霄而山亭，象魏排虚而岳峙，华林灵沼，崇台秘室，通房连阁，驰道苑园，可以荫映万邦，光覆四海，莫不郁然并建，森然毕备"。其宫殿雄伟而豪华，"悬甍风阁，飞轩云垂。温室嵯峨，层城参差。榱雕虬兽，节镂龙螭。莹以宝璞，饰以珍奇"。胡义周本是一个撰文的高手，又十分善于迎合主子好大喜功的心理，其文铺张扬厉，洋洋洒洒，极力歌颂赫连勃勃的丰功伟绩，尽情地歌颂大夏祖先之显赫，大夏建国之威风，都城之雄伟，宫殿之壮丽，功业之盛大，国运之长久。赫连勃勃看了岂能不洋洋得意陶醉其中！他命令将文章刻在城南的石壁之上，让世人都能仰视他的功德。为了表达统一天下的雄心，他把统万城的南门命名为朝宋门，东门为招魏门，西门为服凉门，北门为平朔门。

赫连勃勃真的能够梦想成真吗？

大夏国的覆灭

常言道祸福相依，盛极必衰。就在赫连勃勃为大夏国昌盛一时而踌躇满志之际，帝国的危机已隐然出现了。

危机首先来自其残暴的统治。赫连勃勃生性凶暴，嗜好杀人，有时会无缘无故地杀人。他常常身带利剑，站在城头上，谁要是惹他不高兴，就用剑杀死。大臣们有敢正面看他的，就戳瞎眼睛；有敢发笑的，就割掉嘴唇；把进谏的人说成是诽谤，先割下其舌头，然后斩首。如此，人们都躁动不安，民不聊生。

赫连勃勃的重臣、负责修筑统万城的叱干阿利在残暴方面，比其主子更是有过之而无不及。在修筑统万城时，采用蒸土筑城的方法，即用砂、黏土、熟石灰三种成分以一定比例混合的三合土夯筑城墙，城墙构筑成功一段，就派人检验其坚硬程度，如果锥子能插进去一寸，就把修筑的工匠杀掉，再重新修筑，工匠的尸体也被一并筑入墙中。不知道有多少筑城者遭到残忍杀戮。所以，统万城的城墙以坚硬无比著称。叱干阿利为赫连勃勃打造兵器，质量要求非常高，制成后如射甲不入就杀掉制弓人，如能射入就杀掉制甲人，共杀害工匠数千人。如此残暴的君臣，必然引起广大人民强烈愤怒，为大夏帝国将来的崩塌埋下了仇恨的种子。

然而，大夏国的危机更来自赫连勃勃儿子们为争夺继承权的流血冲突。北方少数民族政权的统治者似乎难以摆脱子嗣为争夺皇位导致国家崩溃的宿命，后秦姚兴如此，赫连勃勃也是如此。

元嘉元年（424），赫连勃勃想废太子赫连璝为秦王，立酒泉公赫连伦为太子。赫连璝是赫连勃勃的嫡长子，被册封皇太子已有十年。曾任抚军大将军、都督前锋诸军事，攻取长安，战功赫赫。现在又出任大将军、雍州牧、录南台尚书事，镇守长安。而他的弟弟赫连伦没有什么战功，就因为父亲的宠爱被封为酒泉公，驻守高平。赫连璝听说父亲要废黜自己而立赫连伦为太子，十分恼怒，心想一定是赫连伦在暗中使坏。于是率兵七万北伐赫连伦，赫连伦则率骑兵三万进行抵抗，双方在平城展开大战，赫连伦兵败被杀。赫连璝自以为大功告成，没想到其弟太原公赫连昌率一万骑兵突然袭来，赫连璝疏于防备，在袭击中被杀。赫连昌率兵八万五千人回到统万城面见赫连勃勃。赫连勃勃一看，两个儿子已经在互相争斗中丧命，赫连昌又拥有重兵，只得把赫连昌立为太子。两个皇子的互斗残杀，不仅无谓地消耗了大夏军队,也在一定程度上动摇了帝国的统治基础。

目睹儿子们骨肉相残,赫连勃勃非常伤心,加上多年来驰骋沙场风餐露宿,他的身体早已透支,暗潜疾病。元嘉二年(425),在丧子之痛的巨大打击之下,一代枭雄赫连勃勃竟一病不起,抛下他亲手建立起来的大夏帝国,撒手西去,年仅45岁。在兄弟争斗中渔翁得利的赫连昌,如愿以偿地继承了皇位,成为大夏国的第二位皇帝,改年号为承光。赫连勃勃没有想到,自己规划建设的宏伟都城——统万城没有迎来"统一天下,君临万邦"的那一天,在他死后不久,城头上就飘扬起北魏的旗帜;而他亲手开创的大夏国,也在他死后的第六年就灰飞烟灭,彻底灭亡了。

赫连昌的皇帝宝座还没有坐稳,北魏的铁骑已经兵临城下。这时的北魏皇帝是年轻有为的拓跋焘,他闻知大夏诸子相攻,赫连勃勃病死,赫连昌刚刚继位政权不稳,决定趁机进攻大夏。元嘉三年(426)冬天,拓跋焘亲领大军奔袭统万城。天气异常寒冷,黄河河面结起厚厚的冰,拓跋焘率两万轻骑从冰上渡河,进至黑水,距离统万城仅三十余里。当天正逢冬至,赫连昌在宫中大宴群臣,突闻消息,惊恐万状,仓促领兵迎战,大败而退,城门未及关闭,北魏军尾随攻入西门。赫连昌退入宫内,紧闭大门坚守,拓跋焘见一时难以得手,便在城中大肆抢掠,获牛马十余万头,徙民户万余家而归,统万城遭遇到建都以来的第一场浩劫。

到了第二年,北魏大军卷土重来。这次,拓跋焘将魏军主力埋伏于山谷之中,以少量军队到城下引诱夏军。赫连昌对北魏恨在心头,自率步骑三万出城追杀,正中北魏之计。魏军主力从左右两侧出击,大败夏军。情急之下,赫连昌完全顾不上统万城,仓皇逃去上邽(今甘肃省天水市),失去防守的统万城便成了拓跋焘的囊中之物。

赫连昌逃至上邽,与其弟赫连定会合,收拾残兵,继续与北魏军对抗,企图攻占长安。元嘉五年(428),赫连昌在一次战斗中被北魏将领安颉生擒,赫连定见势不好,收集残部,一路逃奔到平凉(今甘肃省平凉市），即皇帝位，改年号为胜光。这时的大夏政权势若风中之烛，只有苟延残喘的份了。

元嘉八年（431）六月，赫连定企图夺取北凉，在渡黄河时遭到吐谷浑三万骑兵的攻击，赫连定兵败被俘。次年三月，吐谷浑可汗慕容慕将赫连定献给北魏，北魏将其斩杀，大夏国就此灭亡。匈奴族在中国历史舞台上的最后一幕，就这样惨淡地宣告结束。

大夏国虽然灭亡，但是，曾经的大夏国皇帝赫连昌尚在。赫连昌当了北魏的俘虏后，被送往北魏都城平城（今山西省大同市）。北魏主拓跋焘对他还是很优待的，不仅把妹妹始平公主嫁给他，还封他为秦王，侍从在左右。然而，赫连昌不甘心做敌国的招赘女婿，暗中谋划逃离北魏，恢复大夏。在大夏国灭亡的第三年（434），赫连昌实施了他的逃跑计划，但途中被北魏军队抓住，砍了脑袋。拓跋焘闻之十分震怒，下令将他所有的兄弟全部诛杀。如此一来，赫连勃勃残留的一点血脉也被消灭得一干二净。

从公元407年赫连勃勃称王建国，到公元431年赫连定被杀，大夏被北魏灭亡，大夏国前后只存在了二十四年。在中国封建社会漫长的历史长河中，大夏国是最短命的王朝之一。它就像一道耀眼的流星从夜幕中划过，转瞬即逝。真可谓其兴也勃，其亡也忽，令人喟然长叹。

赫连勃勃死后埋葬在何处？史书记载不详。在陕北的地方志中，人们可以搜寻到一些信息。清《延安府志》（嘉庆本）记载："赫连勃勃疑冢，在延川县东南六十里白浮图寺前。有七冢，相传为夏王疑冢云。"《延川县志》也记载："白浮图寺，在县城南六十里，寺前有七冢，前人以为夏王疑冢。"《延绥揽胜》也有相似的记载："白浮图寺，在城南七十里处，相传赫连勃勃葬地。"死后隐秘埋葬之地，又设置七座疑冢，防止敌方的报复以及后人的盗掘，这倒也比较符合赫连勃勃多疑狡黠的性格。

统万城之殇

大夏国已经覆灭，统万城这座繁华的都城也摆脱不了万劫不复的命运。北魏始光四年（427）拓跋焘率军队进占统万城，大夏国永远失去了自己引以为豪的都城。史书没有详细记载北魏军队进入统万城的行径，但可以想象那些如狼似虎的鲜卑族士兵，面对大夏豪奢的宫殿、繁华的街巷进行过怎样的一番劫掠。不过，在北魏时期，统万城虽然失去大夏时的喧闹繁荣，但因其重要的战略地位，仍然备受重视，成为北方重镇——夏州的治所。在同时期郦道元的《水经注》里，统万城还是"雉堞虽久，崇墉若新"，说明至少在北魏时期统万城还保存得相当完整。

时光悠悠，物换星移。四百年过去了，到了唐代晚期，统万城仍为夏州的治所，矗立在西北的原野之上。只是随着外部环境的巨大变化，统万城已经今非昔比了。当年城下的广泽清流，风吹草低见牛羊的景象荡然无存，取而代之的是茫茫无际的黄沙。行经到此的晚唐诗人许棠，发出了"茫茫沙漠广，渐远赫连城"（《夏州道中》）的感慨。诗中的"赫连城"就是统万城。

晚唐五代之际，西北地区的党项羌族渐渐强盛，其首领拓跋思恭因协助朝廷平定黄巢起义有功，被赐姓李，封为定难军节度使，管辖夏州等地，成为统万城的主人。

北宋立国之后，党项羌族首领李继迁反叛宋王朝，时叛时降，宋朝不堪其扰，又对他奈何不得。李继迁非常重视夏州城（统万城），千方百计想占据它，但几次攻打均未能得手。宋朝君臣认为如果李继迁占据夏州城将会更难对付。为了防止李继迁占据夏州城，北宋淳化五年（994）四月，宋太宗下令毁掉夏州城以绝后患，并将城内居民迁走。当年叱干阿利历时六年修筑的统万城，北宋却用很短时间就将它变成了断壁残垣。拆毁后的夏州城已经完全失去了它的军事价值和城市功能，这座耸立朔方近六百年的坚城彻底退出历史舞台，渐渐消失在茫茫大漠之中，成了狐兔野鼠的栖息之地。

在大漠中沉睡了八百多年后，终于有人叩响了已成废墟的统万城的大门。这个人就是怀远县（今陕西省榆林市横山区）知县何丙勋。他这次来到统万城，是受他的顶头上司徐松的委托，肩负对统万城进行踏勘考察的任务。

清道光二十五年（1845），有一位叫徐松的官员出任榆林知府，这个徐松可不是普通的地方官员，而是一个著名的地理学家。他知道辖区内有一座曾经辉煌的统万城，并对废弃后的统万城充满兴趣。为了详细了解统万城废弃后的情况，他委派下属怀远县知县何丙勋前往统万城故址踏勘调查。当时，统万城故址属于怀远县管辖。因为是直属上司的委派，何丙勋高度重视，他亲自出马，携带指南针、纸笔，随步定向，沿着沙漠仔细寻找，终于发现了湮没已久的统万城。在对统万城故址进行了一番非常细致的实地考察后，何丙勋整理了自己的勘查笔录，向徐松递交了一份考察报告——《复榆林徐太守松查夏统万城故址禀》。

何丙勋在考察报告中清楚地记述道："从县城外之圁水西渡出边墙（即长城），又西渡磨姑河，又西渡黑水河，又西渡无定河，地势迤而高，曼陀二里许，至旧相传之白土城，细加相度，在怀远县正西九十七里……三道城内南面，西隅钟楼，东隅鼓楼。鼓楼仅存基址，坚筑白土墩，高五六丈，无级可乘。钟楼尚堪登眺，高十余丈，白土筑成，鸡笼顶式大厦一间，半已圮……南面列土墩七，坚硬如石，系台楼之基，北头有白土坡，似系宫殿之基……疑此即所谓故统万城也。"正是何丙勋这一份考察报告，把已经销声匿迹了八百多年的统万城再次带进人们的视野，为后来对这座古城遗址的发掘和保护，起到了重要作用。

何丙勋踏勘统万城之后，一百多年间又有无数形形色色的人相继而来，有凭吊怀古的，有好奇探险的，也有非法盗掘的，还有一些当地人在城墙上开凿窑洞，居家生活，给这座残破的古城带来新的创伤。所幸的是，近年来国家及地方政府对古城遗址进行了科学考古发掘，并采取了系统性的保护措施，使古城遗址纳入有效的文物保护范围。

1996年，统万城遗址被国务院公布为第四批全国重点文物保护单位。

2005年，统万城遗址被国家发展改革委、财政部、国家文物局列入全国100处重要大遗址。

2012年，统万城遗址被列入《中国世界文化遗产预备名单》。

2014年11月，"统万城国家遗址公园建设项目"在陕西省靖边县启动。这一项目围绕文物保护、文化展示、旅游观光、生态涵养、城乡统筹等功能业态，将以申报世界文化遗产和打造国家5A级旅游景区为目标。

2023年6月，"统万城国家遗址公园"正式建成开园，接待四方游客。

今天，从远处望去，统万城依然孤独地耸立在茫茫原野之上，它那白色的断墙残垣在阳光下发出耀眼的光芒，空旷而凄凉，它像一部凝固的史书，向人们无声地诉说着大夏国的兴衰荣辱和沧桑变化，令后人警醒、深思……

第十章

隋炀帝一场豪华的北巡

公元581年2月14日,对于北周的隋王、大丞相杨坚来说是一生中最重要的一个日子。他从长安的丞相府出发,在众多官员的簇拥下进入皇宫,走上高大雄伟的临光殿,接受了北周静帝宇文阐的禅让,登基称帝。杨坚头戴冠冕,身穿衮服,踌躇满志地坐在龙椅上接受文武百官的朝拜,一个新的封建王朝在这种充满虚伪的禅让礼仪中诞生了。杨坚定国号为隋,改元开皇,成为隋朝的开国皇帝,史称隋文帝。

登基后的隋文帝杨坚显示出雄才大略,立即着手准备统一南北方。八年之后,隋朝大军渡过长江,攻入建康城,活捉陈朝后主陈叔宝,灭亡了陈朝。自西晋灭亡以来,中国南北分裂长达三百年,终于重新实现了统一。

统一全国之后,隋文帝没有沉溺于享受,他励精图治,轻徭薄赋,发展经济,开创了为人称道的"开皇之治"。不过,在国家强盛繁荣的同时,杨坚也为自己继承人的问题头痛不已。本来在登基时,他就宣布长子杨勇为太子,明确了皇位继承人。但是,次子晋王杨广太讨人喜欢了。他容貌俊美,聪明过人,多才多艺,加上他有率兵平定陈朝的大功,成为太子有力的竞争者。杨广是个野心家,他内心狡诈,非常善于伪装。为了争夺皇位继承权，他外结朝士，重点拉拢权臣杨素；内诣母亲独孤皇后，经常在父母面前诬陷太子。开皇二十年（600）十月，隋文帝被各方面的信息迷惑，终于废黜杨勇为庶人，改立杨广为太子。仁寿四年（604）七月，隋文帝在仁寿宫不明不白地驾崩，杨广如愿以偿地登上皇帝的宝座，改元大业，就是历史上的隋炀帝。

就在杨广登上皇帝宝座之时，没有谁会想到这个看似强盛无比的隋王朝，竟然会在短短14年后土崩瓦解，灰飞烟灭。

北巡目的地：榆林郡

隋炀帝杨广生性虚荣奢靡，好大喜功，他认为隋王朝是中央天朝，各藩属国都要奉隋朝为宗主国，称臣纳贡，定期朝拜，听从隋朝的号令，梦想创建一个万邦来朝的恢宏局面。登基之初，隋炀帝便急着要把自己的想法付诸实践。他首先想到的是要去北方边疆巡视一番，向北方少数民族宣示大隋帝国的强大无敌和大隋天子的赫赫威风，借此树立自己在北方少数民族中的声威。这个任性的皇帝一旦认准一件事，谁也无法阻挡他。这一次，隋炀帝把自己北方巡游的地区瞄准东突厥启民可汗居住的地区——榆林郡。不过，当时的榆林郡并非现在陕北的榆林市，治所在今天内蒙古准格尔旗东北的十二连城，其地在秦汉时期属于上郡。隋炀帝大业三年（607），隋朝改原来的胜州为榆林郡。

说起这突厥启民可汗，我们还得回顾一下发生在一千四百多年前的一次突厥部族的内讧。启民可汗原是东突厥沙钵略可汗之子，名叫染干。后来，沙钵略另一个儿子雍虞间即位，号称都蓝可汗，而染干作为突利可汗，居于北方。突利可汗遣使向隋王朝求婚，为了分化突厥，拉拢突利，隋文帝把宗室女安义公主嫁给了他。之后，隋朝不断厚赏突利可汗，引发了都蓝可汗的强烈不满。都蓝可汗不仅与隋朝断绝交往，还联合西突厥达头可汗合力进攻突利可汗。突利可汗力量薄弱，被打得落花流水，部众只剩下数百人。为了保命，走投无路的突利可汗只好向隋朝请求归降。突利可汗请降，正合隋文帝之意，他不仅隆重款待突利可汗，还封他为意利珍豆启民可汗（意思是"意智健"，简称启民可汗），将他安置在朔州（今山西省朔州市）一带定居。因为都蓝可汗的继续逼迫，隋朝又将突利可汗迁往黄河以南，居住在夏州和胜州之间（今陕北北部及内蒙古河套南）。后来，突厥内乱，都蓝可汗被部下刺杀。达头自立为步迦可汗，被隋朝打败，投奔了吐谷浑。整个突厥部族分崩离析。在隋朝的帮助下，启民可汗逐渐聚集各残余部落，被推举为东突厥大可汗，奚、霫、室韦等部族也归附于他，如此一来，启民可汗俨然成为西北边疆最大的部族首领。安义公主病逝后，隋文帝又将宗室女义成公主嫁给他。对于隋朝的庇护和帮助，启民可汗感恩戴德，称臣纳贡，恪尽职守，西北边疆因此安宁无事。隋炀帝正是看到这一切，所以选择到启民可汗管辖的地区炫耀实力，以达到在番邦中树立自己威仪之目的。

　　为了这次北巡，隋炀帝和他的大臣们做了充足的准备，不惜花费大量的人力物力。为使自己的车驾行走方便快捷，隋炀帝下令征调河北十余郡的男丁，专门在太行山间开凿一条宽阔的驰道，从东都洛阳直通并州（今山西省太原市）。大业三年四月十一日，隋炀帝从大兴城出发北巡，跟随他出巡的有"甲士五十余万，马十万匹，旌旗辎重，千里不绝"，如此庞大的队伍浩浩荡荡，一路向北。

　　到达榆林郡地界，隋炀帝担心启民可汗受到惊吓，就先派武卫将军长孙晟前往传达他的旨意。启民可汗接到隋炀帝的诏书，立即把他所属的奚、霫、室韦等部族的酋长几十人召来。长孙晟看到启民可汗的大帐附近杂草丛生，芜杂凌乱，心里不满，但他没有直接讲出来。他想让启民可汗亲自带头除掉这些杂草，示范给各部落，以表示对朝廷的敬重。他故意指着帐前的杂草说："这草很香啊!"启民可汗是个老实人,听说后急忙闻了一下草,说:"一点也不香。"长孙晟这才说道:"天子巡幸所到之地,诸侯都要亲自洒扫,修整御道,以表示对天子的至诚崇敬之心。现在你的大帐内外杂草丛生,我以为是留着香草呢。"启民可汗马上醒悟过来,向长孙晟谢罪,说:"这是我的罪过!我的骨肉都是天子赐给的,得到为天子效力的机会,怎么敢推辞呢?只是因为边远地区的人不懂礼仪,全靠将军教诲我们了,将军的恩惠,是我的幸运。"说完拔出佩刀,亲自割除大帐外的杂草。启民部族的显贵们以及其他部族首领争相仿效启民可汗,纷纷行动起来。于是,从榆林郡往北,一直到启民可汗的大帐,突厥人和其他部族全体出动,在隋炀帝所要经过的路上洒水清扫、修补填坑,开辟出了一条宽一百步的御道,以表达他们对皇帝的敬畏之心。

四月二十日,启民可汗和义成公主专程来到隋炀帝的行宫拜见行礼。又上表说:"先帝(隋文帝)可怜我,将安义公主嫁给我,所用的东西都不匮乏。我的兄弟们嫉妒我,都要置我于死地。当我走投无路之时,是先帝可怜我,保护我,让我又活下来,并让我做了大可汗,还安抚突厥的百姓。如今陛下治理天下,仍和先帝一样养护我和突厥的百姓,使我们什么也不缺乏。我身受圣恩,感恩的话说不尽。我现在已不是过去的突厥可汗,而是陛下的臣民,我愿意率领部落百姓改装易服,同中原人民一样"。隋炀帝看到启民可汗这通感激涕零的表白,心里自然美滋滋的,但并没有同意,他在回复启民可汗的玺书中说:"由于漠北并不平静,还可能需要征战,只要你们存心恭顺朝廷,就不必变易服装了。"

实事求是地说,隋炀帝这次北巡并不光是游山玩水,他也确实察看了北部边疆的防御情况。当他看到榆林郡一带草原辽阔,无险可守,未来可能会成为外族入侵的突破口时,便下令在这一带修筑一道长城,以防御外族的入侵。他把这项工程交给随同出巡的大臣宇文恺。为此,隋朝调集上百万男丁来完成这项浩大的工程。在宇文恺的规划和监督下,一段西起榆林、东至紫河的长城仅用了二十多天便神奇地出现在北方草原的地平线上。

喜欢铺张排场的皇帝

隋炀帝本来就喜欢铺张排场,讲求虚荣,这次出塞的目的就是要向突厥人炫耀天朝上国的实力,从心理上震慑他们,所以,他要求一切活动必须场面巨大,极尽豪华,不惜金钱。

八月初六,隋炀帝的车驾浩浩荡荡地向启民可汗的牙帐行进。五十万大军旌旗招展,声势浩大,连绵千里。

为了让皇帝更舒适地观赏草原美景,也为了确保安全,宇文恺等人特地为隋炀帝制造了一座可以行走的宫殿——观风行殿。整座行殿周长二千步,以木板为主体,蒙上布匹,绘上彩画,上面有瞭望台和攻防工事,可以容纳几百名侍卫。行殿下设轮轴,可以离合,可以快速推移。胡人从未见过如此庞大而且可以行走的建筑,非常惊奇,以为有神相助。当远远望见隋炀帝的仪仗,十里之外便下跪叩头,没人敢骑马。隋炀帝坐在观风行殿上欣赏草原美景,完全没有旅途劳顿之感,心情大好。

初九这天,隋炀帝驾临启民可汗的牙帐,这时启民可汗早已准备好庐帐恭迎隋炀帝的到来。启民可汗捧着酒杯为炀帝祝寿,跪伏在地上极为恭顺。突厥王侯以下的人都袒露右臂,切割牲肉立于帐前,不敢仰视。至此,隋炀帝的虚荣心得到了极大的满足,高兴之余,他也不忘赋诗一首,以表达他踌躇满志的心情:

鹿塞鸿旗驻,龙庭翠辇回。

毡帷望风举,穹庐向日开。

呼韩顿颡至,屠耆接踵来。

索辫擎膻肉，韦鞲献酒杯。

　　如何汉天子，空上单于台。

　　"鹿塞""龙庭"均泛指边塞。"鸿旗""翠葆"均指皇帝所用的车驾和仪仗，显示皇帝出行的盛大仪仗和场面。"毡帷""穹庐"从帐篷毡房落笔，通过"望风举""向日开"的描写，展现突厥牧民夹道欢迎、奔走相告的场景。"呼韩"四句则具体描写隋炀帝接受启民可汗率众朝拜时的情景。"呼韩"本是西汉匈奴呼韩邪单于的简称。汉宣帝甘露二年（前52），匈奴呼韩邪单于为其兄所败，归附汉朝，部众迁于汉光禄塞下，后来汉元帝将王昭君嫁给了他。隋朝对待启民可汗与西汉对待呼韩邪单于十分相似，都有一种再造之恩，用隋炀帝《赐启民位侯王上诏》的话来说，就是"授以徽号，资其甲兵之众，收其破灭之余，复祀于既亡之国，继绝于不存之地"。所以，用呼韩邪单于来指启民可汗非常贴切。"屠耆"，本为匈奴最高官职，即人们所说的左右贤王。"索辫"，亦称"索头"，南北朝时北方诸族编发为辫，故南朝称北方之人为索辫，含有蔑视之意。"韦鞲"，本意为古代以兽皮制成、用于打猎的手臂套。三者均指启民可汗属下的首领及官员。启民可汗对隋炀帝恭顺之至，有对隋王朝于危难之中接纳庇护的感激之情，也有对隋王朝强大国力的畏惧之心，而作为天子的隋炀帝全然被眼前这番异邦归附的情景陶醉，觉得自己恩泽广被天下，功业超越前人，不禁有些飘飘然，甚至觉得像汉武帝这样具有雄才大略的君主，也不足与自己相比，对汉武帝屡伐匈奴却始终不能征服其心表示嘲讽："如何汉天子，空上单于台。"

　　既然来到边疆，就要充分显示天子的威风和大方，隋炀帝要举办一次格外盛大的宴会来款待启民可汗及其部属。为此，他命令宇文恺制作一座巨大的帐子，要求帐内可以容纳几千人，这在当时是一个难以完成的任务。不过，对于营建大师宇文恺来说，真没有难倒他的事情，他居然把这座巨型帐子建成了。隋炀帝在巨帐里摆下盛大的宴会，仪仗繁丽，侍卫森严,美食琳琅满目,还有欢快的音乐,妙曼的歌舞。地处边塞的各部落首领哪里见过如此盛大的场面,个个惊异无比,受宠若惊,争先恐后地向隋炀帝进献牛羊驼马,竟达几千万头。见到各部落首领如此的恭顺,隋炀帝龙颜大悦,自然不吝赏赐。赐给启民可汗帛两千万段,其部属按等级都有不同的赏赐。又赐给启民可汗天子乘坐的辂车与坐骑以及鼓乐幡旗等仪仗,给予他朝拜时特殊礼遇,地位在诸侯王之上。这样的赏赐和待遇实在是前所未有的,显然不合乎朝廷惯例。

隋炀帝如此破例地赏赐启民可汗及其下属,他身边的一些重臣很不以为然,颇有微词。其中就有执政近二十年的太常卿高颎,在灭陈战役中立有大功的光禄大夫贺若弼等。高颎德高望重,文韬武略,他认为隋炀帝对启民可汗的待遇太高,不合纲纪。贺若弼私下议论宴请启民可汗的规模太奢侈。很快有人就向隋炀帝打了"小报告",这让隋炀帝十分震怒。他早就觉得这些老臣们碍手碍脚,一时找不到好办法处置他们。这次正好抓住这个把柄,以诽谤朝政罪,将高颎、贺若弼杀掉,把高颎的几个儿子流放边地,贺若弼的妻子儿女充为官奴。其他官员看到隋炀帝如此寡恩绝情、残忍暴戾,就连高颎、贺若弼这样的重臣都因言语被杀,再也没有人敢私下议论他的所作所为了。

后来,隋炀帝如此大方地赏赐少数民族首领成了常态。大业五年(609),隋炀帝西巡至燕支山,高昌王麹伯雅、伊吾吐屯设等西域二十七国使者拜见于道左,炀帝下令都佩金玉,被锦罽,焚香奏乐,歌舞喧噪。隋炀帝登上自己的观风行殿,大肆展示金银珠宝,让高昌王麹伯雅及伊吾吐屯设升殿宴饮,其余蛮夷使者陪阶庭者二十余国,奏九部乐及鱼龙戏以娱之,隋炀帝都给予不同程度的赏赐。

大业五年,启民可汗去世,隋炀帝为之废朝三日,立其子咄吉为可汗,就是始毕可汗。始毕可汗开始时同样对隋朝表示恭顺,并上表请求娶义成公主。隋炀帝认为这是突厥部族的风俗,答应了他的请求。

大业六年（610）正月，隋炀帝召集各番邦酋长聚集洛阳，在端门街盛陈百戏，戏场周围五千步，执丝竹者万八千人，声闻数十里，自昏达旦，灯火光烛天地，终月而罢，所费巨万。自是岁以为常。

纵观中国古代历史，汉武帝虽然没有能让匈奴单于俯首称臣于朝堂之下，但他击匈奴于朔漠之外，平南越于大海之滨，开疆拓土，国家强盛，堪称一代雄主，后世君主鲜有匹者。隋炀帝倚赖先君之力，受启民可汗之拜，本不值得炫耀，但他却自鸣得意，忘乎所以，恰恰暴露出其骄狂之心理。隋炀帝此次"耀兵"塞外，排场之大，耗费之巨，在厉行节俭的隋文帝时期是不可想象的，也开启了他后来一系列近似疯狂的远征和巡游，最终葬送了隋朝的社稷江山，落得个身死国灭的可悲下场。

不过，启民可汗率部归附隋朝，接受中原文化，多次入朝觐见，在西北边境地区与汉族人民相融相处，安然无事，倒是中华民族关系史上的一段佳话。

| 第十一章 |

营建都市的旷代奇才

坐落在关中平原的西安市，汉唐时代称为长安，拥有三千多年的建城史，一千多年的建都史，有着十三朝古都的美誉和深厚的历史文化底蕴，成为今天国内热门旅游目的地。游客们漫步在古城西安街头，登上古城墙，尽情领略汉唐古都的风貌，发出由衷的赞叹。其实，今天的许多人并不知道，现在的西安城，既非汉代的长安城，亦非唐代的长安城，而是六百多年前明朝洪武年间，在唐代长安城的皇城旧址基础上扩建起来的。从现存唐代长安城的平面图看，今天的西安城只是唐代长安城的一部分。唐代的长安城到底有多么宏伟壮丽和兴盛繁华？人们只能通过史书和诗歌来想象了。

有资料显示，唐代长安城是当时世界上最大的都城，面积达87平方千米，比同期的拜占庭帝国都城君士坦丁堡大七倍，是古罗马城的六倍。城内街衢纵横，宫殿巍峨，里坊有序，百业兴旺，最多时人口超过一百万，显示出古代中国城市规划设计和建筑的高超水平。如果要问一声，如此宏大壮丽的长安城是谁设计建造的？想必一般人回答不上来。翻阅史书，人们才知道唐代长安城的设计和建造者，竟是一位陕北籍的男儿，他有一个响亮的名字——宇文恺。

隋文帝开皇二年（582），宇文恺奉诏主持设计和兴建了隋朝的新都城——大兴城。唐高祖李渊建立唐朝后，改大兴城名为长安城，继续作为都城，后来虽然有所修建和完善，但基本格局没有太大变化。因此，可以说宇文恺就是长安城当之无愧的设计者和建造者。不过，宇文恺在营造建筑方面的贡献，不仅仅是长安城，他一生中还有许多建筑和工程的杰作，是中国古代最杰出的营建大师之一。

出身贵胄的陕北才子

北魏太和十一年（487），孝文帝将统万镇改为夏州，治所在岩绿县（今陕西省靖边县）。原先居住在河北昌黎大棘的鲜卑人莫豆干，移居夏州。在夏州，他的妻子为他生下一个儿子，出于对儿子将来荣华富贵的期待，他为儿子取名宇文贵。这个宇文贵真没有辜负父亲的期望。长大后，他成为一个杰出的武将，为北魏东征西讨，功勋卓著，被封为化政郡公。后来，宇文觉废西魏，建立北周，宇文贵被封为许国公，食邑一万户，成为宇文皇族的显赫人物。其父莫豆干也被追赠柱国大将军、安平郡公。他的三个儿子都被封爵授官。宇文恺2岁时就被赠爵双泉县伯，6岁时袭祖爵安平郡公。宇文贵一门在北魏、北周时代门庭显赫荣耀无比。

西魏恭帝二年（555），宇文恺出生于夏州，随父母迁居西魏的都城长安。宇文氏一门世代都是武将，宇文恺的兄长们都继承了祖辈骑马射箭武艺娴熟的传统，唯有他是个另类。他从小并不喜欢舞刀弄枪，反而爱好学习，博览群书，写得一手好文章，而且多才多艺，颇有气度，号为名父公子。北周末年，宇文恺累迁御正中大夫、仪同三司。杨坚任北周宰相后，他又被任命为上开府、匠师中大夫，掌管城郭、宫室的建设以及各类器物度量的制造，年轻的宇文恺在建筑和工程方面崭露头角。

杨坚取代后周，建立隋朝，史称隋文帝。隋朝建立初期，隋文帝为了巩固自己的统治地位，决心清除北周的残余势力，下令大肆诛杀北周宇文宗室，宇文恺原先也被列入诛杀的名单。不过，宇文恺家族与其他宗室有所不同，因为他的二兄宇文忻拥戴隋文帝建国立有大功，加上隋文帝非常赏识他的才华，所以，隋文帝派人骑着快马宣布对他的赦免，宇文恺这才幸免一死。

隋文帝建立隋朝后，首要大事就是兴建自家的宗庙。在古代中国，皇帝家的宗庙称为太庙，是皇帝祭祀祖先的重要场所，是皇权和江山社稷的象征，具有极高的政治和宗教意义。因此，营建皇家宗庙，必须选择一个信得过的人选。宇文恺在建筑营造方面有着出众的才能，故被隋文帝委以重任，任命他为营建宗庙副监、太子左庶子，全权负责宗庙兴修事务。宇文恺深知皇家宗庙的重要意义，不敢有丝毫的马虎，他充分发挥自己在建筑方面的聪明智慧，精心设计，严谨施工，一座庄严雄伟的皇家宗庙圆满落成。隋文帝看后龙颜大悦，对宇文恺赞赏有加，封他为甑山县公，邑千户。

宇文恺的营建生涯从此开始。

"大兴城"出自他手

隋文帝杨坚建立隋朝，认为自己的王朝应该有一个崭新的气象，特别是都城长安更应该展现出宏伟壮丽的形象。但是，当时的长安城自汉代以来已存在了将近八百年，经过多次战争的创伤，这座曾经繁华的故都"凋残日久"，城垣残破，宫殿矮小，街道荒芜，给排水严重不畅。城内宫殿、官府、民居混杂，治安状况不佳，而且城池濒临渭水，存在被洪水淹没的隐患。为此，隋文帝下定决心，重新建设一座新都城。

新的都城不是在原址上重建或修补，而是另行选择新址。那么，新都城究竟应选址哪里？隋文帝对此非常重视。他亲自部署勘察了长安城附近的地形，从风水角度"谋筮从龟，瞻星揆日"，经过一番精心选择后，认为"龙首山川原秀丽，卉物滋阜，卜食相土，宜建都邑。定鼎之基永固，无穷之业在斯"。最终确定在汉长安城东南的龙首原上建设一座新的都城。

为了保证新都城建设顺利完成，隋文帝专门组建了一个规格非常高的新都城建设"领导班子"，由德高望重的左仆射高颎领衔，将作大匠刘龙、巨鹿郡公贺娄子干、太府少卿高龙叉等高官贵胄参与。但是，这些人并不擅长工程营建，隋文帝想到了一个人，他就是太子左庶子宇文恺，遂任命他为营新都副监。实际上，高颎只是一个牵头人，总领大纲，具体的规划设计和施工营造全靠宇文恺，可以说宇文恺是新都城建设工程的总工程师。事实证明，隋文帝选对了人。宇文恺的确是一个非常难得的建筑奇才。

隋朝这次兴建新都城，不是在旧城的基础上进行改建、扩建，而是完全在一片空地上规划建设崭新的城市，非常有利于设计者展开想象与创新。宇文恺领命之后，立即投入新都城的规划中。他亲自勘察，总体规划，绘制图纸，制作模型，计算工期，括算用料，很快就完成了工程的总体规划和前期准备。

开皇二年（582）六月，新都城建设全面开工。当时，隋朝调集了数十万民工云集工地，加上道路疏通维修，建材运输，后勤供给，总计约有上百万人进行施工和协作。这是一项浩大复杂的工程，需要组织者的合理调度和精心安排。在宇文恺的指挥调度下，整个工程井然有序，进展迅速。到开皇三年（583）三月，先后历时九个月，一座气势宏伟的新都城拔地而起，雄踞于龙首原上。其建设速度之快着实令人惊叹，称得上世界都城建设史上的一个奇迹。

隋文帝率领文武百官、皇亲国戚迁入新都，甚感满意。因为隋文帝在北周时曾被封大兴郡公，所以他给新都城命名为"大兴"，也寓意着隋朝兴旺强盛。宇文恺也因成功营建大兴城而闻名天下。

大兴城不仅在规划设计、施工统筹、组织管理方面精细严谨，就是在城市交通、环境美化、商业配套等多方面也显示出非常先进的水平，许多都是中国古代城市建设史上的首创。

首先，整座城市规模巨大、气势宏伟。城市南北长8.6千米，东西长9.7千米，总面积约84平方千米。城周围有宽约5米、高约6米的城墙环绕，设置有12座城门，东西南北四个方向各开3座。每座城门各开3个门洞，南面正中明德门因处在全城中轴线上开设有5个门洞。城内街道宽直，纵横交错。有南北大街11条、东西大街14条，通向城门的街道，宽度都在百米以上，构成了四通八达的城市交通网。

其次，城内规划清晰，布局分明。全城由宫城、皇城、郭城组成。沿南北中轴线将宫城、皇城置于全城的主要位置，郭城则围绕在宫城和皇城的东、西、南三面。分区整齐明确，既显示出皇权的威严，也体现了中国古代京都规划和布局的独特风格。宫城是皇帝起居、听政的地方。皇城是朝廷机关和办事机构的所在地，百官衙署行列分布。郭城是城市居民和官吏的居住区。郭城东西各有一个大型商业区，俗称东市和西市。这种把宫城、官署和居民区严格区分开来，划分整齐、布局明确、完整对称的规划思维是宇文恺的一大创举，对后世都城建设产生深远影响。

再次，重视城市环境美化，彻底解决给排水问题。原先的长安城供水、排水严重不畅，污水往往聚而不泄，生活用水受到严重污染，已经不能适应社会发展和人们生活的需要，隋文帝对此极不满意。因此，这是宇文恺规划新都城时重点考虑的问题。大兴城址位于渭水南岸，西傍沣河，东依灞水、浐水，南对终南山。根据其地理环境和河道情况，宇文恺设计开凿了三条水渠引水入城。城南为永安渠和清明渠，城东为龙首渠。三条水渠分别流经宫苑再注入渭水，不但解决了给排水问题，还有利于生活物资的运输。水渠两岸种植柳树，景色宜人，城市环境更加优美。特别是在城东南开辟有曲江"芙蓉园"，其"花卉周环，烟水明媚"，"江侧菰蒲葱翠，柳荫四合，碧波红蕖，湛然可爱"，俨然一派绮丽风光，成为京城官民游赏及进行各种文化活动的上佳之地。

后来，唐高祖李渊建立唐朝，将大兴城作为都城，改其名为长安。再后来太宗、高宗和玄宗时期都新建设了一些宫殿，但城市的格局基本没有变化。盛唐时期，长安城文化灿烂，经济繁荣，商贾云集，是当时世界上最大最繁华的国际大都市。

隋炀帝杨广即位后，认为大兴城地理位置偏于西北，交通运输不便，也不利于对全国的控制。为此，他决定在洛阳营建新都"东京"。

洛阳位于洛水之滨，是中原地区的核心，曾是东周、东汉、西晋等王朝的都城。在隋炀帝看来，迁都洛阳可以实现自己西控突厥、东抚齐鲁、北定辽东、南接淮扬的战略思想，同时还可以彰显大隋天下一统的地位。

营建新都东京，同样是一项浩大的工程。隋炀帝任命自己的心腹、尚书令杨素为营建东都大监，宇文恺为将作大匠（掌管宫室修建之官）。杨素虽然位高权重，但他知道自己在工程营建方面是外行，他非常欣赏宇文恺的才华，加之他有成功营建大兴城的经历，在城市建设方面有着丰富的经验，于是，营建东京的重任又毫无疑义地落在了宇文恺的身上。

隋炀帝大业元年（605）三月，东京建设开始动工，整个工程建设的规模较之大兴城更大。据《隋书·食货志》记载，每个月都有二百万人力投入到工地上。在城市规划设计上，宇文恺没有复制大兴城的设计，而是因地制宜，合理规划，把城市设计与洛阳的山川地貌有机结合起来，真正体现出中国传统的天人合一的理念。根据洛阳南对伊阙，北依邙山，东逾瀍河，西临涧水，洛水贯穿其间的地形特点，宇文恺使城市布局呈现出不完全对称的特点。相较于传统的左右对称的城市布局，新建的洛阳城别具风韵。宇文恺把洛阳城区分成南北两部分。宫城、皇城位于西北地势高亢之处，南部是官民居住区。宫城是皇帝居住和理政的地方，名为紫微城，皇城是朝廷机关办公所在地，为都城的外朝。城中街道宽广，里坊整齐，设有东、南、北三个规模很大的市场。宇文恺投合隋炀帝喜爱奢华的习性，将整个城市建设得更加气势宏伟，宫殿更加高大气派、富丽堂皇，是当时世界上最辉煌壮丽的宫殿群之一。

在宇文恺高效的组织协调下，东京洛阳仅仅用十个月便实现竣工。它在规划布局、建筑技术等方面均达到了很高的水平，是中国中古建筑的范例，也是世界建筑史上的典范之作。东京建成后，成为隋朝政治、经济、文化和交通的中心。

宇文恺在隋文帝和隋炀帝两代，先后成功地营建了大兴城和东京两座新都城。这两座新都城各具特色，并不雷同，都代表着当时世界城市规划建设的最高水平，充分显示了他在城市规划建设方面的杰出才能。

多才多艺杰作累累

宇文恺不仅在营建大型城市方面独步天下，在建筑、水利、制造等领域也有不少惊人之作。

隋朝统一全国后，经济快速发展，人口不断增加，而关中地区地少人众，仓廪空虚，朝廷不得不通过漕运将关东及河东的粮食运来，以供京师之用。但渭河沙多，深浅无常，不利于漕运。开皇四年（584），隋文帝令宇文恺谋划开凿漕渠，以改善隋朝关中地区运输困难的现状。宇文恺率领民工开凿了一条从大兴城东至潼关的长达300余里的渠道，引渭河水直通黄河，名曰广通渠。广通渠开通后，"转运通利，关内赖之"，关中地区的转运大为便利。

开皇十三年（593）二月，隋文帝为了盛夏避暑，下令在岐州（今陕西省麟游县）北营造一座行宫，将这项重任交给开国重臣杨素。杨素知道自己在建筑方面是个门外汉，他深信只有宇文恺能胜任此项工程，便上奏隋文帝任命宇文恺担任将作大匠,负责行宫的筹划和设计。此时,宇文恺正因为朝廷的内部斗争而赋闲在家。隋文帝立即下诏,让宇文恺来担此重任。宇文恺以天台山为中心,在杜水北岸修筑了周长一千八百步的城垣。挖山填谷,在天台山顶修建宫殿群,并用长廊将各处宫殿连接起来。在杜水上架桥直通宫内。整个宫殿"崇台累榭,宛转相属",是一组极其雄伟华丽的宫殿建筑群。宫城营造历时两年三个月,至开皇十五年(595)四月竣工。隋文帝看后非常满意,取"尧舜仁德而民长寿"之意,将行宫命名为仁寿宫。宇文恺被任命为仁寿宫监,授仪同三司。入唐后,唐太宗李世民也喜欢在夏天来仁寿宫避暑,并进行了扩建,改其名为九成宫,但在总体上仍保留了隋朝时的格局。只可惜,唐开成年间的一次大洪水,把九成宫冲毁,后代人无法一睹它的雄姿。

大业三年四月,宇文恺跟随隋炀帝北巡榆林郡。隋炀帝看到此地草原辽阔,无险可守,下令在这一带修筑长城,以防御外族的入侵。在隋炀帝的严令下,隋朝官员很快调集齐了一百万劳工,交给宇文恺调遣施工。宇文恺规划修建了西起榆林、东至紫河的一段长城,仅用了二十余天就告完工。

隋炀帝北巡榆林郡的目的是向北方少数民族宣示隋朝的实力和威风,以此树立自己在北方少数民族中的声威。为此,隋炀帝下令宇文恺制作一顶能够容纳千人的巨大帐篷。这是一项前所未有的任务,但是宇文恺同样没有被难倒。他按照隋炀帝的要求,在城东撑起这顶巨大的帐篷,隋炀帝在里面摆下盛大宴会招待启民可汗及其部属,上演音乐歌舞,使各部落的大小首领惊讶不已。

宇文恺还特地为隋炀帝建造了一部"观风行殿",供隋炀帝在巡视启民可汗部落时使用。观风行殿上面为宫殿式木构建筑,周长二千步,能容纳侍卫数百人;下面设置轮轴机械,可以推移前进。整个观风行殿用布匹包裹,上面施以彩绘,五光十色,鲜艳夺目。当它行走在草原上时,异常威风壮观，边疆的人们看到以后，以为神仙下凡，纷纷下跪叩头。

开皇十三年，隋文帝提出要建立明堂制度。所谓明堂，传说是周公建立的周代朝廷的前殿，它象征着天子的权威，有"天子坐明堂"之说。但明堂的形制是什么样子后世人们并不清楚，往往为此争论不休。所以，历代帝王都对明堂制度非常重视。时任将作大匠的宇文恺依据古代文献资料，制作出明堂的模型，"重檐复庙，五房四达，丈尺规矩，皆有准凭"，把它献给隋文帝，受到隋文帝的赞赏。但因其他大臣的异议，未能付诸实施。为了建造明堂，宇文恺花费了大量心血进行深入研究，引经据典，仔细考证，将自己的观点和结论写成一篇《明堂议表》。这是一篇很有学术价值的建筑考古学文献。隋炀帝继位后，宇文恺再次把明堂的模型献上，只是当时隋炀帝让宇文恺营建东都洛阳，就把建设明堂的事情搁置下来了。大业八年（612）十月，宇文恺在工部尚书任上去世，享年57岁。他生前一直牵挂的明堂建设，最终没有付诸实施，也许是他营建生涯中的一大遗憾吧！

宇文恺不光是一个营建和制造的实践者，也是这方面的理论家。他把建筑学方面的思想和经验都保留在自己的著作之中。有《东都图记》20卷，《明堂图议》2卷，《释疑》1卷。可惜的是，除了《明堂图议》的部分内容保存在有关史籍中，其他的都在后世亡佚了，实在是中国古代建筑学史上的一大损失。

纵观中国古代建筑史，伟大杰出的建筑作品不在少数，但这些建筑作品的设计者和建造者的名字大都湮没在岁月的长河里，不为后人知晓。宇文恺却以自己主持建造的众多令人叹为观止的建筑而留名青史，既是一种幸运，也是一种至高的荣耀。虽然这些建筑都是为封建帝王服务的，但它们所表现出来的设计理念、施工技术以及艺术价值，代表着当时世界的最高水平，是一笔光彩夺目的伟大文化遗产，值得后人珍惜和继承。

宇文恺因为这样的旷世成就，成为陕北和陕北人的骄傲。

| 第十二章 |

隋末乱世中的塞上枭雄

隋炀帝即位以来，政治混乱黑暗，生活骄奢淫逸，他完全置国家与民生于不顾，连年大兴土木，开挖运河，修筑长城，肆意挥霍，征调民夫动辄几十万，甚至二三百万。三度征讨高句丽，出动军队及民夫三百多万，却屡遭败绩，死伤惨重。繁重的徭役、兵役，造成了国内广大农村田地荒芜、民生凋敝。统治者征敛无度，加之灾年饥馑，百姓困苦，民怨沸腾，各地人民纷纷揭竿而起，举兵反抗，形成了声势浩大的全国性的武装反抗浪潮。

隋炀帝大业七年（611），山东邹平（今山东省邹平市）人王薄率先聚众在长白山（邹平市境内）起义。之后，农民起义风起云涌，席卷全国大部分地区，先后兴起的起义军大小不下一百支，强者跨州连郡，弱者据县割邑，参加的人数达数百万。其中，势力较为强大的起义武装有三支，成为反抗隋朝的主力：一支是以翟让为首领的活动在河南一带的瓦岗军，一支是以窦建德为首领的河北起义军，一支是以杜伏威为首领的活动在江淮地区的起义军。在各地农民起义浪潮的强烈冲击下，隋王朝日薄西山，摇摇欲坠，就连隋炀帝的近亲重臣、太原留守、唐国公李渊也于大业十三年（617）五月，从太原起兵，攻占长安。值此天下混乱之际，远在西北的朔方郡（今陕西省靖边县）也有一个人在密切关注着各地的起义形势，酝酿举兵割据，加入武装反隋的行列。此人就是一代枭雄梁师都。

建国称帝割据一方

这个梁师都可不是一般的社会闲杂，而是一个家族背景显赫的官宦子弟。他本名梁玄莫，字师都，祖上是朔方郡一带的豪强。他的父亲梁定早逝，从小被叔父梁毗抚养长大。梁毗自北周入仕，臣事隋文帝、炀帝父子，以刚正清廉为人称颂，官至刑部尚书，摄御史大夫事，是隋朝有影响力的重臣。因为叔父在朝中做大官，梁师都也受到了朝廷的特殊待遇，被任用为正五品的鹰扬府郎将，负责统领朔方郡的府兵。因为梁毗看不惯权臣宇文述在朝廷上为所欲为，上书弹劾宇文述，而隋炀帝有意庇护宇文述，故免掉了梁毗的御史大夫之职。梁毗忧愤而卒。叔父的离世，使梁师都在朝廷中失去了靠山，宇文述有意清除梁毗的势力，指使手下弹劾梁师都拥兵自重，趁机革除了他的官职。罢官后的梁师都郁郁寡欢，对隋朝充满怨恨，他靠着多年在朔方郡的人脉和影响力，广泛交结地方土豪和不法之徒，暗地里招兵买马，等待时机，准备起兵造反。眼见中原地区反隋起义不断，已成燎原之势，隋王朝灭亡已成定局，野心勃勃的梁师都决心放手一搏，举兵反隋。

大业十三年（617）二月初一，梁师都在朔方城（今陕西靖边县白城子）正式举兵造反。在举兵造反之前，梁师都谨言慎行，深藏不露，当地的官员居然没有发觉他的反叛行为。所以，当梁师都突然发动袭击，以迅雷不及掩耳之势率兵攻入当地衙门时，官兵猝不及防，梁师都杀死了郡丞唐世宗，轻而易举地占据了朔方郡，以此作为自己的立足之地。

梁师都还算是一个有头脑的人，他知道自己刚刚起事势单力薄，不敢当即称王称帝，只是自称大丞相，以免引起隋朝和各方势力的关注，招来打击之祸。同时，他意识到自己必须赶快找到一个军事上的合作伙伴，获得军事上的支持和依靠。从地理和实力上考虑，梁师都几乎毫不犹豫地选择了东突厥。

隋朝初年，东突厥曾发生内乱，突利可汗在走投无路的情况下向隋朝请求归降。为了进一步控制突厥部落，消除它在西北边疆的威胁，隋文帝对突利可汗恩宠有加，封他为意利珍豆启民可汗，先将他安置在朔州一带定居，后又迁居于黄河以南，夏、胜二州之间。在隋朝的帮助下，启民可汗重新振作，残余部落逐渐归附，成为东突厥大可汗。大业三年隋炀帝专门北巡启民可汗驻地，启民可汗率众竭尽恭顺，令炀帝十分满意，给予超规格的赏赐。启民可汗在位时恪守臣道，西北边疆平静无事、百姓安居。大业五年（609）启民可汗去世，其子始毕可汗继位。始毕可汗内心怨恨隋炀帝，继位不久后，就宣布与隋朝断交。到了隋炀帝末年，突厥势力重新强盛起来，拥兵百万，雄霸一方。梁师都心里清楚，东突厥不仅与朔方郡地域相连，而且力量强大，只要抱住东突厥的大腿，获得其支持，就可以站稳脚跟，再图发展，所以，他立即派人向始毕可汗求援。始毕可汗此时正对中原虎视眈眈，希望看到隋朝四分五裂的局面，更愿意培植反叛隋朝的势力，以便从中获得利益。梁师都的请求自然得到始毕可汗的支持。其实，在当时寻求东突厥支持的并非梁师都一人。大业十三年，太原留守唐国公李渊在太原起兵反隋时，自感力量不足，也担心遭受突厥的进攻，所以亲自写信给始毕可汗，希望与突厥和亲，共享财富。当时中原反隋割据势力诸如薛举、窦建德、王世充、刘武周等都曾向始毕可汗称臣。可见，交结突厥，寻求支持，是当时许多反隋武装首领们的共识。

在得到突厥始毕可汗的支持后，梁师都底气大增，胆子也越来越大，开始向周边的郡县发动进攻，不断拓展地盘，壮大力量。梁师都反叛之初，势力较小，影响也不大，隋朝忙于对付中原各处起义队伍，对他无暇顾及。但当他逐渐做大，隋朝感到了威胁，故决定派军队前往镇压。对于隋朝派兵镇压，梁师都早有预料，他为此做了精心谋划和准备。而隋朝将领张世隆显然没有把梁师都当一回事，以为他们是一伙乌合之众，可以一举将其荡平。梁师都的军队以逸待劳，利用地形优势，诱敌深入，将骄傲自大的张世隆打得溃不成军，取得了与隋朝军队作战的第一次重大胜利。这次胜利极大地鼓舞了梁师都的信心，点燃了他夺取中原的欲望之火。

趁着战胜张世隆后军队士气正旺，梁师都于大业十三年三月，派兵南下，陆续攻占了雕阴（今陕西省绥德县一带）、弘化（今甘肃省环县东南）、延安（今陕西省延安市）等郡，势力大增，一时威震西北。面对如此大好形势，梁师都高兴得合不拢口，认为称帝的时机已经到来。为了让自己称帝更加名正言顺，得到百姓的承认，他让手下事先在朔方城南埋了一颗玉印，然后大张旗鼓地在城南举行祭天，当众掘地得到玉印，向人们宣告这是受命于上天的祥瑞征兆。所以，他心安理得地在朔方城登上皇帝宝座，定国号为梁，年号永隆。于是，隋末群雄割据的局面中，又多了一个竞争者。

梁师都建国称帝，自然要得到突厥始毕可汗的同意和认可。为了鼓励梁师都继续扩张做大，听命于突厥，始毕可汗送他一面显示最高权力的狼头大旗，并赠以"大度毗伽可汗""解事天子"（意思是懂事的天子）的称号。梁师都得到突厥的封号，受宠若惊，为了回报突厥主子的"恩情"，他竟引导突厥兵马占据河套以南的广大地区，攻占了盐川郡（今陕西省定边县）。

不识时务终致灭亡

梁师都满以为依靠突厥的支持和庇护，可以蚕食中原，扩展地盘，与天下群雄争霸,继续自己皇帝的美梦。然而,一个令他没想到的局面出现了——唐国公李渊在长安称帝了。大业十四年(618)三月,隋炀帝在江都被禁军将领宇文化及等杀死,隋王朝彻底覆灭。此时,已经在关中站稳脚跟的李渊闻讯后,于五月逼隋恭帝禅位于他,在长安宣告称帝,定国号唐,建元武德,定都长安。李渊称帝后,以关中为依托,派遣儿子李世民、李建成、李元吉等不断领兵出征,征讨各地的割据势力。面对李唐王朝的强势崛起,梁师都自然心有不甘。他知道自己要扩展更大的生存空间乃至争霸天下,李渊是他的头号敌人,他唯一的选择就是与李渊拼死相抗,一争高下。所以,从李渊称帝的当年——武德元年(618)七月开始,梁师都便把进攻的重点瞄准李渊统治的地区。

梁师都原本的战略是向西发展,占据河西走廊一带的广大地区,但是,中间有李唐占据的灵州(今宁夏吴忠市)当道,梁师都必须攻占灵州,才能实现其战略方针。所以,他屡次发动对灵州的进攻,却屡遭失败。武德元年七月,梁师都进攻灵州,被唐朝守将骠骑将军蔺兴粲击败。武德二年(619)三月,梁师都再次进犯灵州,又被唐朝长史杨则击退。不甘心失败的梁师都卷土重来,他请来了帮手——突厥的数千骑兵,进犯延安,扎营于野猪岭,势在必得。这次,他的对手是唐朝延州总管段德操。段德操是一个善于用兵的将领,他见梁师都此番兵力众多,故先按兵不动,不与其交战,形成对峙,在阵地上多张旗帜,以迷惑对方。等到梁师都军队士气懈怠时,段德操命副总管梁礼率轻骑突然发起进攻。梁师都和突厥骑兵仓促应战,就在两军激战时,段德操亲率大军从后方掩杀过来,梁师都大败而逃,段德操率军乘胜追击二百余里,俘获甚多。数月后,梁师都又率步骑五千人前来进犯,段德操将其军聚而歼之,还招降了他手下将领张举和刘旻。从此,段德操就成了梁师都挥之不去的梦魇,后来只要碰到他,梁师都都会败得一塌糊涂。

在与唐军作战屡屡败绩后,梁师都感到自己遇上了一个强大的对手,他眼看着和自己一样割据的薛举、刘武周、宋金刚等纷纷被唐军平定，不由得恐惧起来，如何才能打败唐军，又能保全自己？梁师都绞尽脑汁盘算着，想来想去，他还是决定求助于突厥，希望借助突厥强大的力量实现打击唐军、保全自我的目的。于是，他派遣尚书陆季览到突厥游说处罗可汗，说："隋朝灭亡后，中原分裂为四五个小国，势单力弱，全都争着依附于突厥。如今唐灭了刘武周，国势更大，他们的兵马四处出击。梁师都不久就要被消灭。梁师都灭亡后恐怕就要轮到突厥了。希望可汗能像魏孝文帝那样，率大军南下，梁师都愿意作为向导。"处罗可汗本来就想找机会南下中原，现在有了梁师都作向导，觉得更有取胜的把握。处罗可汗设计了一个五路出兵、合击唐朝的作战方案：命令莫贺咄设进攻五原，泥步设与梁师都进攻延州，处罗自率大军攻太原，突利可汗（启民可汗之孙）与奚、契丹、靺鞨等由幽州道合兵进犯，窦建德从滏口进兵，会师于晋绛地区。处罗可汗这一招不能不说非常厉害，如果真的实施起来，会给唐朝造成很大麻烦。但上天似乎特别眷顾唐朝，处罗可汗的计划尚未实施，各路兵马还没有出动，处罗可汗就突然病亡，出兵计划也就此搁浅。

但是，梁师都还不罢休，继续勾结突厥进犯延州等地，每一次都被段德操击破。武德五年（622），梁师都引突厥、稽胡兵入寇，段德操再次击破之，斩首千余级。为了遏制梁师都，段德操改变了防御策略，由被动防御转为积极防御，主动进攻梁师都占据的石堡城（今陕西省榆林市横山区波罗堡）。石堡城是一处战略要地，梁师都恐其有失，亲自率军来救，正好遇到段德操大军，双方交战，梁师都又是大败，他与仅剩的十六骑逃回老巢朔方城。为了彻底消灭梁师都，李渊立即给段德操增兵，让他乘胜进攻朔方城。段德操也不含糊，以雷霆之势兵临朔方城下，一举攻克东城，梁师都带着数百人逃到西城。一面负隅顽抗，一面向突厥颉利可汗求救。突厥不愿看到梁师都灭亡，很快，颉利可汗率领精锐骑兵一万赶到。为避免与突厥正面交战，唐高祖下令段德操引兵撤回。梁师都得到了一次苟延残喘的机会。

梁师都自感穷途末路,为了自保,他专门去朝见颉利可汗,教唆他继续南下入寇。颉利可汗依仗自己兵强马壮,年年侵扰唐朝边陲。武德九年(626)七月,颉利可汗自率十万人马南下,兵锋直抵长安城外的渭河边。刚刚登基的唐太宗李世民隔渭河斥责颉利可汗背弃盟约,并在渭河畔与之盟誓,颉利可汗才引兵退去。因为突厥的连年进犯,唐朝需全力防御应对突厥,所以,几年来没有专门针对梁师都采取军事行动,使得梁师都的梁国政权得以延续。不过,这样的状态不可能延续太久。唐太宗登基后,以其雄才大略加快了统一国家的步伐,随着唐朝的实力不断增强,割据势力逐个被消灭,加上突厥内部开始分化,这样,梁师都的末日也就为期不远了。

经过唐军多次重大打击,惨败后的梁师都实力大减,再也无法兴风作浪,对唐朝构成威胁了。为了避免战争中人员牺牲和财物损失,唐太宗李世民决定暂不对梁师都进行军事围剿,而是改用书信劝降,希望他能认清天下统一大势,归顺唐朝。但是,梁师都完全看不清天下大势,仍幻想着依靠突厥来顽抗。他拒绝了唐太宗的好意,决心与唐朝对抗到底。唐太宗见梁师都如此顽冥不化,便下诏夏州长史刘旻、司马刘兰成伺机解决掉他。刘旻曾是梁师都的部下,对其性格和为人十分了解,他知道梁师都生性多疑,搞得部下人心惶惶。刘旻充分利用他这一弱点,将抓获的俘虏放了回去,以离间梁师都与其部下的关系。梁师都手下将领辛獠儿、李正宝、冯端暗中商量劫持梁师都,归降唐朝,但因消息走漏未能成功,只有李正宝一人归降。刘旻采取"釜底抽薪"之计,不断派出骑兵践踏朔方城外的庄稼,使得梁师都收获不到粮食,城中粮储空虚,军民们忍饥挨饿,如此一来梁师都完全失去了人心。

贞观二年(628),刘旻、刘兰成认为解决梁师都的时机已经成熟,向唐太宗上表,建议攻取朔方城。唐太宗下令大将柴绍、薛万均统军合力进行讨伐，命令刘旻率精兵直接占据朔方东城。梁师都一看大祸临头，马上向突厥颉利可汗求救。颉利可汗不愿失去梁师都这一战略伙伴，赶忙率兵来救。正好遇上天降大雪，气候极寒，羊马多被冻死。这时，柴绍统帅的唐朝大军赶到，在风雪弥漫中迎战突厥援军，唐军奋勇杀敌，突厥援军溃败。唐军直抵朔方城下，将朔方城团团围住。形势岌岌可危，梁师都无计可施，仍下令负隅顽抗。城内的人们都明白再抵抗下去完全没有出路，唯有投降一条路。梁师都的堂兄弟梁洛仁早就对他的倒行逆施不满，但碍于他凶狠残暴，不敢发难。看到唐军兵临城下，梁师都人心尽失、众叛亲离，梁洛仁趁机杀死梁师都，打开城门，归降唐朝。梁师都所建立的梁国终于覆灭，朔方城回归唐朝的统治，唐朝将其地更名为夏州。为了表彰梁洛仁斩杀梁师都、归顺唐朝的功劳，唐朝封他为右骁卫将军、朔方郡公。

  梁师都于隋末乱世起兵造反，建立梁国政权，苦心经营了十二年，最终为唐所灭，落得个身败名裂的下场。如果他能认清天下大势，归顺唐朝，不仅可以保全性命和荣华富贵，还能使一方百姓免遭战火涂炭，善莫大焉，功莫大焉。然而他执迷不悟，倒行逆施，终于被历史的车轮碾得粉身碎骨，为天下人所不齿。

| 第十三章 |

唐诗光辉耀陕北

古代的陕北，地处边鄙，土地贫瘠，不知经过多少次战争的蹂躏，多少回天灾的侵害，饱经沧桑，历尽苦难。它在文化、教育方面远远落后于中原和江南地区。当我们打开一卷卷史书，从秦汉到唐宋，在陕北广袤的地域里竟然没有出现一个真正意义上的诗人。历代那些歌咏陕北的诗歌基本出自外来官吏和文人之手。就这一点而言，唐宋以前的陕北简直就是诗歌的荒漠。

不过，陕北也不必为之哭泣。因为唐、宋以来，有不少诗人踏足这块土地，其中不乏巨星名家，写下了许多关于陕北的诗歌，在一定程度上弥补了陕北古代无诗人的缺憾。与其他朝代相比，唐代来到陕北的诗人中名家多，留下的作品数量亦多，对后世的影响很大，成为陕北古代文化史上一个非常特殊的现象。

在众多来陕北的唐代诗人中，不仅有盛唐时期的巨星，如李白、杜甫和王维，也有中唐时期的名家钱起、李益，还有晚唐时期的才子韦庄、罗隐等。他们来陕北的目的不尽相同，有的是因公出差，如王维、舒元舆等；有的投身边幕，如李益、罗隐等；有的投亲访友，如李白、韦庄等；有来做幕僚的，如罗虬；有来避难的，如杜甫。他们的诗歌所表现的内容非常丰富，有的反映现实生活，有的表现个人情感，有的描写边疆风景，有的记录风土人情，有的歌咏名人古迹……他们的诗歌犹如一幅幅生动形象的画卷，全面展现了唐代陕北的社会现实和生活风貌。透过他们的作品，一千多年前的唐代社会奔涌至我们的眼前，成为一段段宝贵的"诗史"，为这块古老的大地增添了永不消逝的光芒。

雄浑悲凉的边塞景象

根据《新唐书·地理志》：唐代的陕北属于关内道，古雍州之域，包括鄜（今陕西省富县）、坊（今陕西省黄陵县）、丹（今陕西省宜川县）、延（今陕西省延安市）、盐（今陕西省定边县）、绥（今陕西省绥德县）、宥（今内蒙古鄂托克前旗）、麟（今陕西省神木市）、丰（今内蒙古五原县南）、胜（今内蒙古准格尔旗十二连城）、银（今陕西省米脂一带）、夏（今陕西省靖边县）等州，大致为今天延安、榆林两市的地域以及以北的宁夏、内蒙古的一部分，即黄河河套地区。其南部的鄜、坊、丹、延、绥、银等州，地处黄土高原，以农业生产为主，具有典型的农耕文化特点。其北部的宥、丰、胜诸州，地处塞外，其地为大漠草原，以牧业生产为主，属于典型的游牧文化。其中部的麟、夏等州，则属于黄土高原向草原的过渡地域，兼有农耕与牧业之特色。而宥、丰、胜以及麟、夏诸州均属于边塞地区。如此鲜明的地域特征，无不在唐代诗人的笔端清晰地呈现出来。

唐玄宗天宝四载（745），年轻的王维奉命出使榆林、新秦二边郡（胜州、麟州），即今天陕北的神木市及内蒙古的准格尔旗一带，这是他第一次出使边塞。眼前的草原、大漠，与中原的地貌迥然不同，令他既感荒凉，又觉新鲜，更给了他创作的灵感。"大漠孤烟直，长河落日圆"（《使至塞上》）、"千里万里春草色，黄河东流流不息"（《榆林郡歌》）这些千古流传的诗句，就是这次出塞时的成果。晚唐诗人许棠的《夏州道中》："茫茫沙漠广，渐远赫连城。堡迥烽相见，河移浪旋生。"马戴的《旅次夏州》："嘶马发相续，行次夏王台。锁郡云阴暮，鸣笳烧色来。霜繁边上宿，鬓改碛中回。怅望胡沙晓，惊蓬朔吹催。"沙漠、堡垒、长河、胡笳、蓬草……描绘的都是典型的塞外风光。

　　唐代的陕北地区，没有秦汉时期匈奴不断南侵的连天烽烟，也没有南北朝时期的群雄割据、金戈铁马。唐初平定了朔方郡梁师都的割据政权后，虽然也有过突厥、吐蕃的侵扰，但总体上来说还是比较安定的。不过，作为西北重镇，其战略地位不容忽视，唐王朝一直很重视这一带的边防建设。唐中宗景龙二年（708），朔方军大总管张仁愿为了断绝突厥南侵之路，沿着黄河北岸修筑起了三座首尾相应的受降城。三座受降城为唐朝建立起进攻型军事体系，有效地遏制了突厥的南侵。自初唐到中晚唐，这里一直都是唐朝西北边疆的门户。一些诗人为了谋取功名，纷纷投身边帅的幕府，写下了不少反映边塞的诗歌，表现自己在边塞的生活和感受。中唐时期的李益是其中的代表。唐德宗建中元年（780）深秋，李益来到灵武，依附朔方节度使崔宁。在此期间写了《夜上受降城闻笛》《军次阳城烽舍北流泉》《从军北征》《盐州过胡儿饮马泉》《塞下曲三首》等著名边塞诗。其中《夜上受降城闻笛》最具代表性：

　　　　回乐峰前沙似雪，受降城外月如霜。

　　　　不知何处吹芦管，一夜征人尽望乡。

　　这首诗通过描写边塞秋天月夜的独特景色，抒发了戍边将士（包括他自己）浓烈的乡思和哀愁之情。

　　《盐州过胡儿饮马泉》：

　　　　绿杨著水草如烟，旧是胡儿饮马泉。

　　　　几处吹笳明月夜，何人倚剑白云天。

从来冻合关山路,今日分流汉使前。

莫遣行人照容鬓,恐惊憔悴入新年。

盐州,在今陕西省定边县。中唐时期这里是唐朝与吐蕃反复争夺的地区。"旧是胡儿饮马泉"有着双重含义:一是说这片水草丰美、景色宜人的土地,曾经沦入吐蕃之手,泉水沦为吐蕃人的饮马场所;二是唐军已成功地收复了盐州一带,吐蕃的占领已成为过去。所以,诗中才呈现出如此宁静祥和、风光旖旎的景象。不仅如此,诗中也抒发了自己的身世之感。"几处吹笳明月夜,何人倚剑白云天"二句完全是身在边疆的所见所闻。明月之夜传来的胡笳声,不仅提醒人们这里是边疆要塞,驻扎着戍边的军队,也透露出边患尚未完全解除的信息,边境上有许许多多戍边的将士枕戈待旦,警惕地守卫着国土,有了他们胡人才不敢南下牧马。"倚剑白云天",这种顶天立地、高大威武的战士形象,表达了诗人对戍边将士深情的赞美。

在官场上屡遭碰壁的晚唐诗人罗隐,也来到夏州试一试运气。写下一首《登夏州城楼》:

寒城猎猎戍旗风,独倚危楼怅望中。

万里山河唐土地,千年魂魄晋英雄。

离心不忍听边马,往事应须问塞鸿。

好脱儒冠从校尉,一枝长戟六钧弓。

诗人登城远眺,面对眼前的"万里山河",不由得浮想联翩。千百年来,这块土地经历了无数次血与火的搏杀,无数男儿为保家卫国,用生命和鲜血捍卫了这块古老的土地,他们的魂魄凝聚成为不屈御侮的民族精神。这也激发诗人下定决心,脱掉儒冠,投笔从戎,驰骋疆场,建立功业,表现出一种英雄式的悲怆和慷慨。

在陕北古老的土地上,流淌着一条大河——无定河,它是陕北最著名的一条河流,发源于陕西省定边县白于山脉北麓,跨越广袤的毛乌素沙漠和重峦叠嶂的黄土高原，流经定边、靖边、米脂、绥德等县，至清涧县注入黄河。无定河流域自古以来就是兵家相争之地，自然成为唐代诗人诗歌里的代表性意象，也成了边塞、战场的代名词。无名氏的《杂诗·其十六》是其中著名的一首：

　　无定河边暮角声，赫连台畔旅人情。

　　函关归路千余里，一夕秋风白发生。

"无定河"和"赫连台"这两个具有边塞特征的地名引人注目，极易引发人们对边塞和战争的联想。赫连台，又名"髑髅台"，是十六国时期赫连勃勃所筑的"京观"，即古代战争中战胜的一方将战败一方的尸体堆积并在上面封土以表战功的土丘。行走在无定河畔，赫连台下，又值黄昏日落，秋风萧瑟，角声哀鸣，增添了旅人的无限愁绪、孤独与悲凉，以至于"一夕秋风白发生"。

陈陶的《陇西行》，从另一个侧面将边塞战争带给人民的痛苦和灾难展现出来："誓扫匈奴不顾身，五千貂锦丧胡尘。可怜无定河边骨，犹是春闺梦里人。"五千将士为国出征，英勇奋战，以致全部丧生"胡尘"，而他们的妻子并不知道丈夫已经为国捐躯，成为无定河边的累累白骨，还在梦境之中盼望他早日归来。诗情凄婉，令人潸然泪下。

有一位诗人虽然没有来到陕北，但他一直关注着边塞事态，为巩固边防竭力呼喊。他就是白居易。唐德宗贞元二年（786），吐蕃进攻盐州和夏州，刺史杜彦光率众弃城逃跑，盐州等地失陷。第二年吐蕃因供应不继，士兵多患疾病，恋乡思归，故毁掉盐州城，驱其民而去。为了改变西北边疆的被动局面，加强西北边防，唐德宗于贞元八年（792）令著名将领浑瑊等统兵三万六千人重新构筑盐州城。为此，白居易专门写了一首《城盐州》，强调重筑盐州城的好处，批判边将们拥兵邀赏、不为国谋的行径。

　　城盐州，城盐州，城在五原原上头。

　　蕃东节度钵阐布，忽见新城当要路。

金乌飞传赞普闻，建牙传箭集群臣。
君臣赭面有忧色，皆言勿谓唐无人。
自筑盐州十余载，左衽毡裘不犯塞。
昼牧牛羊夜捉生，长去新城百里外。
诸边急警劳戍人，唯此一道无烟尘。
灵夏潜安谁复辨，秦原暗通何处见？
鄜州驿路好马来，长安药肆黄蓍贱。
……

因为唐朝果断决策和迅速行动，新的盐州城雄踞五原。这使得吐蕃君臣大吃一惊，并且无可奈何，不敢再贸然进犯。有了盐州城的屏藩，十几年来盐州一带疆场晏然，牧业兴旺，北方的好马经鄜州源源不断到达盐州，当地特产的黄芪则大量运往长安，使药市上的黄芪价格下落。盐州还发挥着安定灵、夏等州的作用，与被吐蕃占据的秦、原等州暗通往来。这充分说明了重筑盐州城在西北边防所起的重大作用，是一项眼光深远的英明举措。

陕北南部地区是典型的黄土高原地貌，与北部边塞风光迥然不同，在诗人笔下呈现出另一番景象："我经华原来，不复见平陆。北上唯土山，连山走穷谷。"（杜甫《三川观水涨二十韵》）"中部接戎塞，顽山四周遭。"（舒元舆《坊州按狱》）"雕阴无树水难流，雉堞连云古帝州。带雨晚驼鸣远戍，望乡孤客倚高楼。"（韦庄《绥州作》）陕北黄土高原深处山峦延绵、沟壑纵横的地貌图画般地展现在人们眼前。

独特的民风民俗

唐代诗人来到与中原文化差异很大的陕北，既感陌生，又觉新奇，这里的民风民俗让他们深受感染，给他们留下深刻的印象，他们将这一切表现在诗歌之中。

唐肃宗至德二载（757）闰八月，落魄的杜甫从凤翔回到鄜州的羌村探望躲避战乱的家室。对于这个素不相识的避难之人，羌村的父老们携带着自家的酒食，上门为他接风，款待他，安慰他，表现出真诚的态度和淳厚的民风。在《羌村三首》之三中，杜甫记录下了当时的情景：

父老四五人，问我久远行。

手中各有携，倾榼浊复清。

莫辞酒味薄，黍地无人耕。

兵革既未息，儿童尽东征。

尽管是农家自酿的薄酒，酒色也浑浊不清，但父老们的心意是非常真诚的。时值战乱，青壮年都去应征打仗了，家里的土地无人耕种。即使在这种艰难时世中，父老们还能热情地关照一个外来的落魄之人，这份深厚的情意，足以让杜甫的心灵深受感动。为了表达自己的感谢，杜甫唯一能做的就是即席作歌一首，表达自己的感动和感激之情。

唐昭宗乾宁三年（896），晚唐著名诗人韦庄来到陕北。当行至鄜州时，正好遇上寒食节。客居鄜州，韦庄一个人待在屋子里甚感无聊，便自斟自酌，排遣烦闷，不觉微醉，于是信步来到街上，在城里、郊外四处走走看看，以一个旁观者的身份观察鄜州寒食节里的各种风俗活动，将所见所闻都记录在《丙辰年鄜州遇寒食城外醉吟》一组七绝诗中。第一首描写一群妇女在杨柳树下荡秋千的情景：

满街杨柳绿丝烟，画出清明二月天。

好是隔帘花树动，女郎撩乱送秋千。

第二首描写人们纷纷出城踏青游春的热闹场面：

雕阴寒食足游人，金凤罗衣湿麝薰。

肠断入城芳草路，淡红香白一群群。

第三首写妇女们乘着装饰精美的车子到城外上坟祭拜：

开元坡下日初斜，拜扫归来走钿车。

可惜数株红艳好，不知今夜落谁家？

第四首写妇女们骑马奔驰的姿态：

马骄风疾玉鞭长，过去唯留一阵香。

闲客不须烧破眼，好华皆属富家郎。

第五首写人们在街巷里玩蹴鞠：

雨丝柳烟欲清明，金屋人闲暖凤笙。

永日迢迢无一事，隔街闻筑气球声。

这组诗歌虽然分为五首，但各首之间相互关联，表现了一个共同的内容——鄜州寒食里节的风俗活动。五首诗宛然一幅以女性为中心构成的陕北早春风俗生活的画卷。

唐文宗太和元年（827），坊州（今陕西省黄陵县）刺史汪㓂贪赃枉法，朝廷得知情况后，御史大夫温造任命舒元舆为监察御史，前往坊州查办汪㓂贪污一案。接到命令，舒元舆立即启程，马不停蹄地来到坊州。他所见到的坊州是地瘠民贫的荒远山区：地近羌戎，四面荒山，气候寒冷，人民生计艰难。自然条件非常艰苦，更需要地方官贤明廉洁，怀有仁爱之心，体恤民众之疾苦，如此百姓尚可勉强生存，不至于啼饥号寒，但是，现任刺史汪㓂却是一个满怀"贪狼心"的赃官：

奈何贪狼心，润屋沉脂膏。攫搏如猛虎，吞噬若狂獒。

山秃逾高采，水穷益深捞；龟鱼既绝迹，鹿兔无遗毛。

他凭着手中的权力，如同"猛虎""狂獒"一样凶残，不顾人民的死活疯狂搜刮。各种名目的苛捐杂税使得贫困已极的坊州人民不堪重负，叫苦连天，弄得坊州"龟鱼既绝迹，鹿兔无遗毛"，已到了山穷水尽的地步。

以汪㓂为首的贪官污吏自然是不会自动坦白的，他们相互勾结，狼狈为奸，千方百计掩饰罪过，企图蒙混过关，逃避法律的制裁。在问讯时，他们闪烁其词，反复无常，恰如"奸猱"之变化多端，用如簧之巧舌来文饰罪责，把事情的真相深藏起来：

及此督簿书，游词出狴牢。
门墙见狼狈，案牍闻腥臊。
探情与之言，变态如奸猱。
真非既巧饰，伪意乃深韬。

不过，这些狡诈的伎俩，最终未能蒙蔽朝廷司法官员，在铁面执法的官员面前，他们一个个原形毕露，得到应有的制裁。"恢恢布疏网，罪者何由逃。"这首《坊州按狱》真实地反映了一千多年前发生在陕北地区的一桩贪污案件，以及对此案件查处的全过程，在唐代诗歌中也罕见，足以弥补史书之缺漏，完全可以当作诗史来读。

厚重的历史文化

访古怀旧是中国文人的共同爱好。陕北虽然地瘠荒远，但也有悠久的历史和深厚的文化底蕴。黄帝陵、扶苏墓、统万城、古长城等历史遗迹，都吸引着来到这里的文人雅士。舒元舆来坊州查办汪洌贪污案，公务之余，也没忘去黄帝陵吊祭一番，写下一首七言歌行《桥山怀古》：

轩辕厌代千万秋，绿波浩荡东南流。
今来古往无不死，独有天地长悠悠。
我乘驿骑到中部，古闻此地为渠搜。
桥山突兀在其左，荒榛交锁寒风愁。
神仙天下亦如此，况我感促同蜉蝣。
谁言衣冠葬其下，不见弓剑何人收。
哀喧叫笑牧童戏，阴天月落狐狸游。

>却思皇坟立人极，车轮马迹无不周。
>洞庭张乐降玄鹤，涿鹿大战摧蚩尤。
>知勇神天不自大，风后力牧输长筹。
>襄城迷路问童子，帝乡归去无人留。
>崆峒求道失遗迹，荆山铸鼎余荒丘。
>君不见黄龙飞去山下路，断髯成草风飕飕。

黄帝是中华民族公认的"人文初祖"。他为统一华夏、开创中华文明建立了不朽的丰功伟绩，为历代华夏儿女所景仰和尊崇。著名的黄帝陵就坐落于坊州城外的桥山之巅，前往吊祭非常方便。然而，舒元舆所见到的黄帝陵并不像后代文人所描写的那样古柏苍翠、庙宇巍峨、金碧辉煌，而是古树错杂、灌木丛生，一片萧瑟荒凉；听到的是牧童的"哀喧叫笑"，看到的是月光下狐狸在游荡。中华民族伟大的先祖——黄帝的身后竟是如此凄凉，这是他绝对没有想到的，由此他设想自己蜉蝣一样短促渺小的生命终结后，埋葬黄土，化为粪壤，身名俱灭，这不能不令他产生一种人生悲哀。尽管如此，他还是为黄帝生前的丰功伟绩所倾倒，以铺叙的手法罗列了黄帝的生平功绩和传说，诸如"洞庭张乐""涿鹿大战""风后力牧""襄城迷路""崆峒求道""荆山铸鼎"等等，有些虽事涉荒诞，却俱从前人著述如《庄子》《史记》《抱朴子》等书中翻出，将这些传说和寓言故事化为令人相信的"史实"，大大增强了人们对黄帝的崇敬和景仰。

唐肃宗至德二载八月，任左拾遗的杜甫因上疏援救丞相房琯，触怒了肃宗，遂被肃宗墨制放还，强令他回鄜州羌村探家。途中经过宜君县的玉华宫时，面对破败不堪的宫殿废墟，杜甫不胜感慨和忧伤。《玉华宫》一诗，便是这种情感的真实流露：

>溪回松风长，苍鼠窜古瓦。
>不知何王殿，遗构绝壁下。
>阴房鬼火青，坏道哀湍泻。

> 万籁真笙竽，秋色正萧洒。
> 美人为黄土，况乃粉黛假。
> 当时侍金舆，故物独石马。
> 忧来藉草坐，浩歌泪盈把。
> 冉冉征途间，谁是长年者？

玉华宫建于唐太宗贞观二十一年（647），是唐太宗晚年避暑养病的地方。永徽二年（651），唐高宗废玉华宫为寺，著名高僧玄奘曾于寺中翻译佛经，后来逐渐荒废。当年营造玉华宫时，唐太宗要求工程务必节约，但实际上作为行宫的玉华宫还是十分豪华。但杜甫看到的玉华宫，已经成为一片废墟：只见溪流曲折，山风回荡，苍鼠乱窜于"古瓦"之间，断壁残垣散落在"绝壁"之下，阴冷的房舍里闪烁着青磷鬼火，溪水漫流在已毁坏的道路上。杜甫口中说"不知何王殿"？但他何尝不知道它的来历，只是出于对圣明天子和朝廷的尊敬，故意不说出其真相罢了。当年的豪华行宫，如今破败荒芜，萧条冷落，给人一种辛酸悲凉之感。诗人想象当年在行宫里侍奉帝王的"美人"。她们侍奉皇上，曾是何等荣光华贵，如今都已化作一抔黄土，乱木枯草中唯有高大的"石马"无言站立。美人化土、石马独存的反差，激发了诗人对世事沧桑变化的无限感慨，由此带出了诗人此时的内心活动——"忧虞何时毕"，表达了对国家危难、民不聊生的深切忧患。

秦始皇曾派长子扶苏到上郡做大将蒙恬的监军。两年后，秦始皇在出巡中病死沙丘。中车府令赵高胁迫丞相李斯篡改了秦始皇遗诏，宣布立胡亥为太子，继承皇位，又伪造了一封给扶苏的诏书，令其自杀。扶苏接到诏书，用剑自刎而死。后来人们为扶苏无辜而死深感哀悼，在上郡疏属山上（今陕西省绥德县）为他修建陵墓，表达怀念之情。相传当年扶苏被赐死的地方在绥德县城东的卢家湾峪内，后代人们名之为"杀子谷"，不断有人前来吊祭。唐代诗人胡曾作有《杀子谷》一首：

> 举国贤良尽泪垂，扶苏屈死树边时。
>
> 至今谷口泉鸣咽，犹似秦人恨李斯。

扶苏的冤屈实在是太深重了，以至于在千年以后的诗人看来，这种冤屈尚不能消散，它化作谷口的泉水，发出鸣咽之声，昼夜不停地诉说着不平与悲愤，充满着对丞相李斯的怨恨。陶翰的《经杀子谷》一诗也表达出同样的哀悼和叹惋：

> 扶苏秦帝子，举代称其贤。
>
> 百万犹在握，可争天下权。
>
> 束身就一剑，壮志皆弃捐。
>
> 塞下有遗迹，千龄人共传。
>
> 疏芜尽荒草，寂历空寒烟。
>
> 到此尽垂泪，非我独潸然。

至于"迹固长城垒，冤深太子陵"（许棠《雕阴道中作》），"一曲单于暮烽起，扶苏城上月如钩"（韦庄《绥州作》），都与扶苏的故事相关。

陕北还有一些有特色的事物和地方也被诗人们写进诗歌之中。中唐的"大历十才子"之一、著名诗人钱起有一首《题延州圣僧穴》，表现的是佛教中尸毗王"割肉贸鸽"的故事：

> 定力无涯不可称，未知何代坐禅僧。
>
> 默默山门宵闭月，荧荧石壁昼然灯。
>
> 四时树长书经叶，万岁岩悬挂杖藤。
>
> 昔日舍身缘救鸽，今时出见有飞鹰。

"圣僧穴"，即埋葬圣僧的墓穴。圣僧是谁？圣僧穴具体的位置在哪？诗人都没有说明。宋代沈括的《梦溪笔谈》曰："延州天山之巅，有奉国佛寺，寺庭中有一墓，世传尸毗王之墓也。"《陕西通志》云："尸毗岩在（延州）城东北清凉山，为尸毗王修行处。"应该就在延州城东北的清凉山上。诗之结尾有"昔日舍身缘救鸽"一句，由此看来此圣僧与尸毗王有较密切的关系。诗人想象这位圣僧的禅定功夫非常深厚，高深难测。至于他究竟在什么时代于此修行打坐，也很难搞清楚，想必当地也没有关于他的确切记载。所以诗人只能说"未知何代坐禅僧"。圣僧已逝，他曾经坐禅的寺院却留了下来。山门紧闭，月光如水，寂静清幽；石洞昏暗，即使是白昼也要点燃青灯。寺院周围树木参差，也许圣僧当年曾用树叶书写佛经；陡峭的石壁上爬满了青藤，或者曾用作圣僧的手杖。结尾处点出尸毗王舍身救鸽的动人故事，以弘扬佛教"常以己身及一切万物给施众生"的教义，使圣僧与佛教尸毗王联系起来。从这首诗，我们可以看到在隋唐时代的延州流传着尸毗王舍身救鸽的佛教故事。也许，因为这一佛教传说，从隋大业三年开始，延州设置了肤施县，一直延续到近代。尽管沈括在《梦溪笔谈》中力驳肤施之地名与佛教有关，但他也不得不承认"肤施之义，亦与尸毗王说相符"。也许，钱起正是受到了当地佛教传说的影响，才写下《题延州圣僧穴》这首诗。

塞上的友情与爱情

中国古人十分重视交友之道，正所谓"合意友来情不厌，知心人至话投机"。尽管陕北山高路远，也挡不住朋友之间交往的步伐。唐代诗坛的巨星李白就是这样。唐玄宗天宝三载（744），在朝廷失意的李白黯然离开长安，但他并未立即浪游梁宋、齐鲁一带，这年的冬天他冒着严寒北上坊州，与朋友王司马、阎正字会面。王司马，名为王嵩，时任坊州司马。阎正字，疑为阎宽，曾于天宝间为太子正字。在人生失意之时，又是远在他乡的坊州，能与老朋友相遇，受到他们热情的款待，让李白暂时忘掉了政治失意的不快，心中重新激起浪漫之情。为了答谢两位真诚的朋友，他写了《酬坊州王司马与阎正字对雪见赠》这首诗歌：

> 游子东南来,自宛适京国。
> 飘然无心云,倏忽复西北。
> 访戴昔未偶,寻嵇此相得。
> 愁颜发新欢,终宴叙前识。
> 阎公汉庭旧,沉郁富才力。
> 价重铜龙楼,声高重门侧。
> 宁期此相遇,华馆陪游息。
> 积雪明远峰,寒城锁春色。
> 主人苍生望,假我青云翼。
> 风水如见资,投竿佐皇极。

李白将自己比作一朵"无心云",飘然离开长安,来到了西北的坊州,为的就是与老朋友相逢。诗人用了"访戴""寻嵇"两个《世说新语》中的典故,强调自己这次是专程来坊州会友的。朋友们相聚在一起开怀畅谈,聊天叙旧。没有客套,没有虚伪,坦诚相见。酒酣耳热之际,诗人兴致大发,对朋友发出真诚的赞美。王、阎两位朋友不断鼓励诗人,希望他能实现大济苍生的理想,这让诗人更加兴奋不已,他希望朋友们能全力向朝廷推荐自己,为自己插上直冲云霄的羽翼,有朝一日能够抛弃溪边垂钓的隐居生活,辅佐君王施行政教,治理国家。当然,诗人也不失时机地描绘了坊州这座小城的风景:"积雪明远峰,寒城锁春色。"远处的山峰上覆盖着皑皑白雪,在阳光照射下寒光闪耀,以致山峰明亮起来,皑皑积雪也使小城里充满寒意。李白这次的陕北之行并不广为人知,行程虽然短暂,但对陕北来说非常难得和宝贵,就像一道耀眼的流星划过夜空,给人们留下难忘的记忆。

晚唐诗人李频来到鄜州,见到了朋友裴居言。裴居言这时正在鄜坊节度使幕府中任职。但他似乎并不专注于本职工作,整日徜徉山水,流连诗酒,以游乐为事。主管的官员对他也不加管束,任其逍遥自得。对于这位兼有幕僚和隐士双重身份的朋友，李频不但给予理解，在某种程度上还表现出了羡慕之情，作《春日鄜州赠裴居言》一首相赠：

虽将身佐幕，出入似闲居。

草色长相待，山情信不疏。

灯前春睡足，酒后夜寒余。

笔砚时时近，终非署簿书。

在人们的心目中，一旦身为幕僚，要履行自己的职责，遵守幕府的规矩，不仅整日在幕府里为长官出谋划策，起草文书，还要看长官的脸色，不敢有丝毫马虎和懈怠，更不敢擅自外出游乐。但是，裴居言却不是这样，他"出入似闲居"，并不整天劳形案牍，而是自由自在，无拘无束，毫无束缚局促之感。春天里他外出邀游春山，欣赏风景；平日间沽酒买醉，任性酣睡。即使动动"笔砚"，也非起草公文，而是写诗作赋，自我陶醉。虽然只有短短八句，却把朋友裴居言散淡的生活情趣和独特的性格特征表现得非常鲜明。

唐昭宗乾宁三年（896），韦庄在鄜州度过了寒食和清明节。其实，在鄜州他还是有一个朋友张员外陪伴的，让他没有感到孤单寂寞。在春雨蒙蒙中，韦庄要离开鄜州了，张员外来到旅店为他送行，分手之际为感谢张员外的陪伴和款待，他即席赋诗一首《鄜州留别张员外》：

江南相送君山下，塞北相逢朔漠中。

三楚故人皆是梦，十年陈事只如风。

莫言身世他时异，且喜琴樽数日同。

惆怅却愁明日别，马嘶山店雨濛濛。

从诗中看，这位张员外是诗人的老朋友。十年前他们曾在洞庭湖边的君山下相聚，没想到十年后又在塞北重逢，相聚不易，匆匆作别，让诗人十分感慨。十年前他们游历江南一起吟诗作赋，歌舞谈笑，在君山之下情意款款，恋恋难舍。分别十年里，国家内忧外患，当年那些风流倜傥的才子们各奔东西，音容渺茫，犹如一场春梦，消逝在茫茫世事之中。这一次，在塞北他乡与老朋友邂逅，令韦庄惊喜不已，但相会仅有短短"数日"，临别之际，他觉得不应让感慨嘘唏冲淡了相会的气氛，劝朋友把身世的感慨和人生的失落暂且抛在一边，充分享受眼前短短的欢聚，要弹琴放歌，对樽同饮，重温当年君山欢会的情景。天下没有不散的筵席，歧路分手，心中愁烦痛苦难以抒发，只好以眼前之景作结——"马嘶山店雨濛濛"。诗人的离别之情，恰似细雨蒙蒙，漫天弥漫；马的嘶鸣更加重了别离的感伤，情寓景中，余韵悠然。

有一位唐代诗人在陕北留下的作品数量最多，竟达一百首。这一百首诗歌只有一个主题——赞美一个鄜州的妓女杜红儿。这不仅在唐代诗歌史上是个特例，就是在中国文学史上也是一个奇观。这个诗人叫罗虬。罗虬很有文才，在晚唐时与罗隐、罗邺齐名，世号"三罗"。罗虬累举不第，只好投奔鄜州节度使李孝恭做幕僚。他为人狂宕无检束，属于狂生一类，但内心里有着深藏不露的爱情。鄜州有一位在籍妓女，名叫杜红儿，"善歌舞，姿色殊绝"，罗虬对她特别属意，倾慕已久。在一次宴会上，罗虬请杜红儿唱歌，并欲赠给她礼物，他的长官李孝恭却以"非礼"制止了他。罗虬恼羞成怒，拂袖而去。没想到第二天，罗虬竟然手执利刃，将杜红儿杀死，成为一个杀人犯。李孝恭将罗虬关押起来，准备治罪，鉴于他狂放的性格，不久后又将他释放。冷静下来的罗虬对自己的鲁莽行为深感悔恨，久久不能释怀，他对杜红儿的爱依然聚集在心底，久久不能忘却。于是，他选择古代有姿色有才德的美女，来比拟杜红儿，作绝句一百首，将其名为"比红诗"，在当时广为流传。他专门在诗前写了一小序，其序云："比红者，为雕阴官妓杜红儿作也。美貌少年，机智慧悟，不与群辈妓女等。余知红者，乃择古之美色灼然于史传之数十辈优劣于章句间，遂题'比红诗'。"唐宋时期士大夫文人与妓女交往乃是一种社会风尚，其中不乏许多风流韵事，但像罗虬这样因为爱一个妓女而持刀杀之者，绝无仅有；杀人后，又悔恨不已，还为这个无辜死去的妓女写作一百首赞美诗，更是闻所未闻。实事求是地说，罗虬这一百首组诗，在写法上颇有雷同之弊，给人以重床架屋之感，后人评之为"体固凡庸，无大可采"。但其中还是有少数的优秀诗篇，例如其中的第二十八首：

薄罗轻剪越溪纹，鸦翅低从两鬓分。

料得相如偷见面，不应琴里挑文君。

前两句从服装和发式方面来写杜红儿的美丽。"薄罗轻剪越溪纹"，薄如蝉翼的丝绸，上面有溪水的花纹，显示出衣料的轻柔，使人联想起红儿体态之轻盈，身材之优美。"鸦翅低从两鬓分"，以乌鸦翅膀比喻妇女的鬓发乌黑发亮。诗人以两鬓秀发低垂，自然分开，表现出女子青春焕发的神韵。前两句不是正面刻画而是从侧面烘托，一个青春美丽的女子的形象呈现在人们眼前。后两句，化用西汉司马相如以琴曲挑动卓文君夜奔的故事，意思是说如果司马相如偷看杜红儿一眼，就不会煞费苦心去用琴曲挑动卓文君了，以此说明红儿的确美丽无比、楚楚动人，比卓文君更具风采。

再如其第一百首：

花落尘中玉堕泥，香魂应上窈娘堤。

欲知此恨无穷处，长倩城乌夜夜啼。

以"花"比杜红儿之容貌，以"玉"比杜红儿之性情，貌如鲜花艳丽，性似玉石温润，这正是杜红儿超尘轶群与众不同的地方。"花"落尘中，"玉"堕泥内，自然是说红儿不幸离世了。他幻想红儿的香魂缥缈，当与美丽的窈娘同游，而他自己对杜红儿魂惹梦牵，对她的香消玉殒余恨绵绵。这种无尽的哀思，在月冷风清的夜晚最难排遣，常常使他辗转反侧彻夜难眠，只有城头乌鸦的阵阵哀鸣，伴随着茕茕孑立、悔恨莫及的他。

从罗虬"狂宕无检束"的狂生性格看，他平时狂躁偏执，情绪容易冲动，看到心仪已久的女人不能接受自己的爱时，便丧失理智，做出疯狂的行为。当他冷静下来恢复理智之后，终于意识到自己对杜红儿深深的爱，但一切都已不可挽回了，于是，他陷入了无尽的悔恨和痛苦，并把这种情感用《比红诗》表现出来，从中我们可以感受到罗虬的情感世界和心灵痛苦。

"物换星移几度秋。"那个曾经强盛繁荣的唐朝已经远去，但唐代那些优美宏大的诗歌一刻也没有离开过我们，不断给予我们以文化的滋养和审美的愉悦。我们要特别感谢那些曾经踏上陕北土地的唐代诗人，是他们用诗歌装点了辽远荒僻的陕北大地，给陕北留下许多宝贵的历史记忆和优美的人文瞬间，为陕北留下一笔厚重、精彩的文化遗产。

| 第十四章 |

鄜州成了杜甫的避难之地

唐玄宗天宝五载（746），长安城里繁华喧闹，一派歌舞升平的景象。除了唐玄宗更加恩宠杨贵妃外，大唐帝国似乎没有什么值得一提的重大事件。然而，对于盛唐诗坛来说，因为一颗诗坛巨星降临长安而非同寻常。这位巨星就是杜甫。

这是杜甫第一次来到长安，35岁的他意气风发，兴奋无比。当然，他不只是为着写诗作赋而来，而是怀揣着"致君尧舜上，再使风俗淳"的政治理想来到长安的。初到长安，杜甫可谓信心满满。他满以为凭借自己的不世才华和家世背景，获得一官半职不在话下，"自谓颇挺出，立登要路津"。理想很丰满，现实却分外骨感。当时腐败昏暗的朝廷，并没有给这位心高气傲的诗人戴上桂冠，回应他的是到处碰壁，走投无路。他满怀信心参加唐玄宗下诏的科举考试，却被奸相李林甫以"野无遗贤"的谎言埋没。他不断写诗干谒权要，寄希望他们援引举荐，到头来毫无结果。落魄的诗人无可奈何之下不得不向生活低头，甚至低三下四，仰人鼻息。"朝扣富儿门，暮随肥马尘；残杯与冷炙，到处潜悲辛"，正是他辛酸生活的真实写照。天宝十载（751），唐玄宗举办祭祀大典，几乎绝望的杜甫抓住了这个难得的机会，向玄宗进献了三篇《大礼赋》，终于受到皇帝的垂青。又经过近四年的漫长等待，他获得了一生中第一份官职——右卫率府胄曹参军。一个正八品下的芝麻小官，职务是看守兵甲器杖，管理门禁锁钥，说白了就是一个兵器库房的管理员。这算是杜甫十年漂泊长安、辛苦奔走得到的唯一成果。

羌村接纳了逃难的杜甫一家

虽然步入官场，但官职卑下，薪酬微薄，杜甫根本无法应付长安高昂的生活成本，不得不把妻儿送往长安附近的奉先（陕西省蒲城县）居住。天宝十四载（755）岁暮，杜甫冒着凛冽的寒风，从长安出发去奉先探望妻小。途中"朱门酒肉臭，路有冻死骨"的社会现象，激发起他对国家命运的深广忧愤。到家之后，等待他的是"入门闻号啕，幼子饿已卒"。他的幼子竟然冻馁而死，这给他忧患重重的内心增添了无尽的悲伤。

几乎与杜甫去奉先探亲的同时，"渔阳鼙鼓动地来"，震惊朝野的"安史之乱"爆发了。安史叛军从河北出发南下，一路势如破竹，所向披靡。次年五月，叛军兵锋逼近潼关，长安城内人心惶惶。杜甫赶忙返回奉先，带着家小往北逃向白水（今陕西省白水县）避难，投奔时任白水县尉的舅舅崔顼。六月，潼关失守，长安门户大开，唐玄宗仓皇西逃四川。关中州县官员和百姓望风而逃，杜甫感觉形势危急，便带着家小加入逃难的人流，继续向北逃亡。在拥挤混乱的人群里，他与家人走散，坐骑也被别人抢走，只能徒步前行。幸好一同逃难的表侄王砅找到了他，王砅把自己的马让给他骑，护送着他与家人会合。如果没有王砅的救护，杜甫恐怕真的会有性命危险。

在往北逃向彭衙的路上，杜甫一家历经饥寒交迫，千辛万苦。杜甫后来在《彭衙行》一诗中回忆了这段异常艰难的旅程：

尽室久徒步,逢人多厚颜。
参差谷鸟吟,不见游子还。
痴女饥咬我,啼畏虎狼闻。
怀中掩其口,反侧声愈嗔。
小儿强解事,故索苦李餐。
一旬半雷雨,泥泞相牵攀。
既无御雨备,径滑衣又寒。
有时经契阔,竟日数里间。
野果充糇粮,卑枝成屋椽。
早行石上水,暮宿天边烟。

深夜时分,杜甫一家来到了白水东北六十里的同家洼。这段噩梦般的旅程终于结束了。他的朋友孙宰打开大门,热情接待了风尘仆仆、饥肠辘辘的杜甫一家。孙宰和家人烧好热水,让他们洗涮休息;做好热气腾腾的饭菜,让他们饱餐一顿。在朋友家里,杜甫惊魂得以安定,身心得以放松。孙宰的真情厚谊,令杜甫感激万分,他表示要与孙宰"永结为弟昆"。

虽然在孙宰家暂时安顿下来,但杜甫还是觉得同家洼不够安全,贼兵随时都有可能到来。为了一家人能有一个比较安全的住所,他决定继续北上。在同家洼小住几日后,杜甫告别友人孙宰,出发北行,经过华原县,于七月中旬到达鄜州的三川县(今陕西省富县南)。三川县因华池水、黑源水、洛水三水汇合而得名。不巧的是,三川县连日暴雨,山洪暴发,浊浪翻滚,杜甫一家只好滞留三川县。面对浩浩洪水,杜甫忧心忡忡,写下《三川观水涨二十韵》一诗:

我经华原来,不复见平陆。
北上惟土山,连天走穷谷。
火云无时出,飞电常在目。

自多穷岫雨，行潦相豗蹙。
蓊匌川气黄，群流会空曲。
清晨望高浪，忽谓阴崖踣。
恐泥窜蛟龙，登危聚麋鹿。
枯查卷拔树，礧磈共充塞。
声吹鬼神下，势阅人代速。
不有万穴归，何以尊四渎。
及观泉源涨，反惧江海覆。
漂沙坼岸去，漱壑松柏秃。
乘陵破山门，回斡裂地轴。
交洛赴洪河，及关岂信宿。
应沉数州没，如听万室哭。
秽浊殊未清，风涛怒犹蓄。
何时通舟车，阴气不黪黩。
浮生有荡汩，吾道正羁束。

……

他心中祈祷上苍怜悯，期待早日天晴水退，重登旅程；同时，在自身遭难之时，他仍不忘天下苍生的安危，希望老百姓脱离眼前这场灾难。

终于，雨霁天晴，洪水消退，杜甫携妻小继续北上。大约在八月，杜甫把家暂时安顿在鄜州西北二十多里的一个叫羌村的小山村。

羌村，坐落在一个群山环抱的山坳里，沟底一条小河潺潺流淌，土坡之上散落着几十户人家，进出只有一条小路，是一处十分偏僻、适合隐居安身之所，贼兵一般不会到这样的荒僻之地来。杜甫租住在山坡上的两孔土窑洞里，虽然很简陋，但可以遮风挡雨，较为安定地生活。经过两个多月的奔波跋涉，杜甫一直紧绷的神经终于可以稍稍放松一下了，暂时可以与妻子儿女安稳度日。虽然身处小山村，但是杜甫心里始终牵挂着国家的命运，时刻关注着前方的战事、天下的形势和君王的消息。有一天，他听到了太子李亨（唐肃宗）在灵武（今宁夏灵武市）即位的消息，心情异常激动。虽然安史叛军依然猖狂，两京沦陷，百姓受苦受难，但新的皇帝已经即位了，国家复兴有了希望，百官和百姓有了主心骨，流落在偏远山村里的杜甫心中又升腾起国家中兴的希望。然而，究竟是奔赴灵武效忠新君主，还是留在妻儿身边照顾他们，杜甫心里非常纠结，充满矛盾，最终他对君主的忠诚超越了对家庭的责任。他决定独自奔赴灵武，毅然决然地踏上了一条充满艰难与风险的征程。

忠于君王辞家赴阙

天宝十四载十一月，安史之乱爆发。天宝十五载（756）六月，唐玄宗在逃往四川途中与太子李亨分作两路，自己继续前往四川避难，太子李亨则前往朔方军治所灵武领导平叛。李亨在灵武被拥戴登基，成为唐朝的新皇帝，即唐肃宗。唐玄宗则被尊为太上皇。

为了报效新皇帝，杜甫只身从羌村出发，计划取道延州，出芦子关（今陕西省靖边县天赐湾），再前往灵武的行在。所谓行在，就是天子在都城之外所居住的地方。不幸的是，在北上途中，杜甫遭遇安史叛军，当了俘虏，被押往已经沦陷的长安。可能叛军觉得杜甫官小职微，对他并没有严加看管，因此，他的行动比较自由，可以在长安城内独自活动。他目睹了长安沦陷后的种种惨状，忧国忧民的情怀油然而生，写下了《哀江头》《悲陈陶》《悲青坂》《春望》等诗篇。他的心里始终惦记着远在羌村的妻儿。一个月圆之夜，杜甫仰望夜空中的一轮明月，怀念亲人，感慨万千，写下了那首著名的《月夜》：

今夜鄜州月，闺中只独看。

遥怜小儿女，未解忆长安。

香雾云鬟湿，清辉玉臂寒。

何时倚虚幌，双照泪痕干。

月圆之夜，本应阖家团圆，但他身陷贼中，妻儿远在荒僻的羌村，一家人飘零离散，艰难度日，令杜甫悲伤不已。对着明月，思念亲人，情意绵绵，但他没有直接表达自己思念妻子的感情，而是从妻子写起，他想象身在羌村的妻子独自一人遥望明月，正在想念自己，而几个孩子年纪尚小，还不懂得母亲对父亲的思念。"香雾云鬟湿，清辉玉臂寒。"夜深了，他的妻子仍然在月光下伫立，冷雾打湿了她的头发，寒气侵袭着她的手臂，其关爱怜惜之情，洋溢于字里行间，令人为之动容。

唐肃宗至德二载（757）正月，天下形势发生了重大变化。安史叛军内部爆发内讧，安禄山被其子安庆绪及同伙合谋杀死，安庆绪自立为帝。安禄山的死，给叛军的士气造成十分消极的影响。与此同时，唐朝大将郭子仪率领的官军进逼长安，形成了克复长安的有利态势。唐肃宗也将朝廷由灵武迁至凤翔（今陕西省凤翔区）。凤翔距长安仅三百余里。身在长安的杜甫得知这一消息后非常兴奋，他决心逃出长安，只身前往凤翔。他暗暗寻找机会。大约是四月的某一天，趁着叛军防守懈怠，他冒死从西面的金光门成功逃出长安城。

杜甫一人跋山涉水，风餐露宿，还担心叛军的追捕，经咸阳、兴平、武功、扶风，徒步三百里，终于来到唐肃宗的临时朝廷所在地——凤翔。当衣衫褴褛、又黑又瘦的杜甫出现在朝廷时，许多人十分惊讶，深为感动。在《述怀》一诗里，杜甫记述了这段难忘经历：

去年潼关破，妻子隔绝久。

今夏草木长，脱身得西走。

麻鞋见天子，衣袖露两肘。

朝廷愍生还，亲故伤老丑。

> 涕泪受拾遗,流离主恩厚。
>
> ……

唐肃宗无疑被杜甫的忠心耿耿感动,他没想到在国家危难之际还有杜甫这样的忠臣。他亲自接见杜甫,并任命他为左拾遗。左拾遗是个谏官,负责向皇帝提意见,官阶为从八品上。虽然仅比之前所任右卫率府兵曹参军的从八品下高了一级,但左拾遗属于皇帝身边的近臣,经常在皇帝左右,参与机密事务,地位非同寻常。

抵达行在,又获授左拾遗,杜甫冒死赴阙的行动得到应有的回报,此时的他应该是心满意足的。不过,杜甫心里仍然挂念着远在鄜州的妻儿,他给家里写信,询问情况,却久久等不到家里的回音,心里开始不安起来。他听说叛军曾经到过鄜州一带,烧杀掠抢无所不为,为此他焦急万分,惶惶不安。好在不久,杜甫收到了来自羌村的家书,真是"烽火连三月,家书抵万金"啊!妻子在信中告诉他家中一切安好,他那颗久久悬着的心这才放了下来。他的欣喜之情在《得家书》一诗中表现得淋漓尽致:

> 去凭游客寄,来为附家书。
> 今日知消息,他乡且旧居。
> 熊儿幸无恙,骥子最怜渠。
> 临老羁孤极,伤时会合疏。
>
> ……

按理说,杜甫对君主如此忠心耿耿,受到皇帝的嘉许,未来一定是仕途通达,前程似锦。然而,现实再一次击碎了杜甫的梦想。这一切都由房琯而起。

房琯当时是唐肃宗的宰相,素有重名,其性格耿直,与一些朝臣关系不好。有人向唐肃宗进谗言,罗织房琯的罪过,加上他之前统军与叛军作战失利,在陈陶斜、青坂之战中损兵折将,大败而归,所以,唐肃宗罢免了房琯的宰相职务,剥夺了其实权,贬为太子少师。杜甫与房琯为布衣之交，他一向敬重房琯的为人，看到房琯遭遇陷害，蕴藏于骨子里的正义感使他不顾个人安危得失，勇敢上疏劝谏，以图救援。他在上疏中言辞尖锐，态度激烈，没想到触犯龙颜。唐肃宗下令刑部、御史台和大理寺的长官对杜甫三堂会审，欲追究其罪过，甚至想治他的死罪。幸好有宰相张镐从中说情，唐肃宗才网开一面赦免了杜甫。尽管没有被治罪，但肃宗从此疏远了他。

是年八月底，唐肃宗突然下了一道墨制，让杜甫回家去探亲，其用意明眼人心知肚明。从四月到达凤翔，杜甫已经在朝廷待了四个多月，一直没有时间回羌村探望妻小。这次皇帝亲自下命令让他回家探亲，这让杜甫既感到意外，又感到高兴。高兴的是他终于可以回家与亲人团聚，享受天伦之乐；意外的是国家正在危难之时，需要大臣们在朝廷齐心协力辅佐君主，而自己在此时却被命令离开，他的心里多少有些忐忑不安。

墨制放还重返羌村

既然君命已经下达，不可违抗，杜甫就不得不上路了。至德二载闰八月初一，杜甫告别凤翔的好友，启程前往遥远的鄜州羌村。从凤翔到鄜州有七百多里地，对于身体羸弱的杜甫来说，这是一次严峻的考验。时逢战乱，马匹都被征调到军队里了，一般官员都没有马骑，更何况一个八品左拾遗呢！杜甫与仆人开始时徒步跋涉，非常辛苦。幸运的是，他们走到邠州（今陕西省彬州市）时，杜甫遇到了正在此地驻扎的老相识——李嗣业将军。凭着老交情，杜甫从李嗣业处借得一匹马，这极大地节省了他的体力，也加快了前行的速度。

离开邠州，杜甫主仆继续沿着山路向北行走了三百多里，来到了宜君（今陕西省宜君县）。在宜君西北的玉华山上，杜甫经过贞观年间唐太宗修建的离宫——玉华宫。经过百年的风侵雨蚀，当年豪华的宫殿已经变成一片废墟，引发了杜甫对沧桑变迁、盛衰兴替的无限感慨，他悲从中来，老泪纵横，发出深沉的悲歌："忧来藉草坐，浩歌泪盈把。冉冉征途间，谁是长年者。"

离开宜君，继续北行，途经中部（今陕西省黄陵县）时已近傍晚，看到连绵起伏的群山中那条无穷无尽的山路，羌村似乎遥不可及，杜甫不禁吟出一首《晚行口号》：

三川不可到，归路晚山稠。

落雁浮寒水，饥乌集戍楼。

市朝今日异，丧乱几时休。

远愧梁江总，还家尚黑头。

所谓三川，实际指的是鄜州的羌村。多日的艰辛跋涉，令杜甫身心俱疲，不胜其烦。不过，杜甫不是那种悲观绝望之人，他往往能在悲伤之中寻找到安慰，达到一种心理的平衡。沿途的风景正是他摆脱内心困苦的媒介：栖息的大雁浮游在平静的绿水里，一群群乌鸦聚集在山头的戍楼上。看着山间一幅幅不同的景色，他似乎暂时忘却了心中的痛苦和旅途的劳顿。这种心情在他回到羌村后所作的长篇巨制《北征》中有着细致的表现："菊垂今秋花，石戴古车辙。青云动高兴，幽事亦可悦。山果多琐细，罗生杂橡栗。或红如丹砂，或黑如点漆。雨露之所濡，甘苦齐结实。"秋菊、山果、青云、古辙……山中的一切都使杜甫感到新奇和兴奋，淡化了他的疲劳和愁苦。

终于，在一个夕阳西下晚霞绚丽的傍晚，杜甫出现在羌村的村口。柴门上的鸟雀在欢叫，仿佛在迎接千里归来的游子。生离死别一年多，即将与家人团聚，杜甫自然兴奋不已。而他的妻子儿女见到他时，竟然是一脸的惊异，直到"惊定"后才流下滚滚热泪。在这兵荒马乱的年月，能活着回来简直是个奇迹。妻子儿女有这样的反应也属正常。邻居们听说杜甫回来了,纷纷爬上他家的墙头围观,为他们一家难得的团聚唏嘘感叹。一家人在夜深人静秉烛相对时,还有恍惚若梦之感。这是杜甫著名的《羌村三首》第一首所表现的情景:

> 峥嵘赤云西,日脚下平地。
> 柴门鸟雀噪,归客千里至。
> 妻孥怪我在,惊定还拭泪。
> 世乱遭飘荡,生还偶然遂。
> 邻人满墙头,感叹亦歔欷。
> 夜阑更秉烛,相对如梦寐。

第二首,写他还家之后的郁闷心情:

> 晚岁迫偷生,还家少欢趣。
> 娇儿不离膝,畏我复却去。
> 忆昔好追凉,故绕池边树。
> 萧萧北风劲,抚事煎百虑。
> 赖知禾黍收,已觉糟床注。
> 如今足斟酌,且用慰迟暮。

经历战乱偶得生还,本来应该为自己能与家人共享天伦之乐感到庆幸,然而他却郁郁寡欢。自己冒死投奔君主,却被墨制放还,只能闲置于山村,无法为国家效力,平静的家庭生活对他来说无异于苟且偷生。想到"至尊尚蒙尘",万方多难,他百感交集,忧患重重,"抚事煎百虑",生活里自然"少欢趣"了。他那深重的忧患时刻充溢于胸中,无法排遣,所以,只能期待用丰收的粮食酿出新酒,以安慰迟暮之年。

第三首,表现村里父老来慰问他的情景:

> 群鸡正乱叫,客至鸡斗争。
> 驱鸡上树木,始闻叩柴荆。
> 父老四五人,问我久远行。

> 手中各有携，倾榼浊复清。
> 莫辞酒味薄，黍地无人耕。
> 兵革既未息，儿童尽东征。
> 请为父老歌，艰难愧深情。
> 歌罢仰天叹，四座泪纵横。

就在诗人索寞抑郁之际，村里四五位父老携带酒食前来慰问他。尽管是薄酒，酒色也浑浊，但父老的心意是真诚的。在"兵革既未息""黍地无人耕"的艰难时世，陕北父老还能如此热情地对待一位客居之人，这种深厚的情意和淳朴的民风使杜甫深受感动，甚至觉得受之有"愧"。为了表达自己的感谢，他即席作歌一首。歌里的内容我们不得而知，但从诗人"歌罢仰天叹"的感慨和"四座泪纵横"的效果来看，其中必然包含着忧虞时世、感叹人生等内容。

杜甫这次被皇帝墨制放还，得以回羌村与家人团聚，看起来是一次乱世之际十分难得的亲人团聚，但他的心情却好不起来，用他在《北征》里的一句诗来概括就是"老夫情怀恶"。他为什么会"情怀恶"？原因是多方面的：一是他在归途中劳累困顿，体力透支，还可能受风寒，所以，一回到家就病倒了，上吐下泻，卧床几天；二是他看到自己的妻儿生活非常艰苦，心中难受，颇感有愧；三是他对唐肃宗不能体察自己的一片忠心，强令自己回家探亲，很是不满，只是不好说出来，只能郁结在心里。所有这一切都让他情绪低沉，难以自振。

在《北征》这首长诗中，杜甫把自己回到羌村的生活和对国家前途命运的思考、忧患细致地表现出来。他写到家中的困苦景况：

> 经年至茅屋，妻子衣百结。
> 恸哭松声回，悲泉共幽咽。
> 平生所娇儿，颜色白胜雪。
> 见耶背面啼，垢腻脚不袜。

床前两小女,补绽才过膝。
海图坼波涛,旧绣移曲折。
天吴及紫凤,颠倒在裋褐。
……

妻子面黄肌瘦,衣衫褴褛;爱子营养不良,脸色苍白,打着赤脚,肮脏不堪;两个女儿穿着补丁摞补丁、根本不合身的衣服。杜甫为之感到心酸,感到有愧。幸亏他回家时带回了一些生活用品,令妻子儿女喜笑颜开,多少可以弥补他心中的愧疚:

那无囊中帛,救汝寒凛栗。
粉黛亦解包,衾裯稍罗列。
瘦妻面复光,痴女头自栉。
学母无不为,晓妆随手抹。
移时施朱铅,狼藉画眉阔。
生还对童稚,似欲忘饥渴。
问事竞挽须,谁能即嗔喝?
翻思在贼愁,甘受杂乱聒。
新归且慰意,生理焉得说。
……

当他打开包袱,这些东西展现在妻儿的面前,他们高兴得不得了:妻子在镜前试着装扮,小女儿也模仿母亲化起妆来,脸上涂脂抹粉,居然把眉毛涂得又浓又宽。孩子们也逐渐对父亲熟悉起来,扑到父亲的怀里,扯着胡须玩耍。家庭的温暖,儿女的憨态,让他感受到难得的亲情,领略到一丝安慰,暂时忘掉了饥渴,忘记了烦恼。

中国古代遭受君主或权臣打击排斥、流落江湖的官员不计其数,大多数人因此放浪形骸,随波逐流,从此不再关心国家政治,沉溺于个人生活的小圈子。只有很少人才能"处江湖之远,则忧其君",始终忧国忧民,不改初心。杜甫就是其中的代表。他虽身处荒野，远离朝廷，但时刻心系君主，关注着平叛形势，关心着国家的命运，发表对时事的看法。这种忧国忧民的思想，在《北征》里有淋漓尽致的表现。

  东胡反未已，臣甫愤所切。

  挥涕恋行在，道途犹恍惚。

  乾坤含疮痍，忧虞何时毕？

  是啊，安史之乱尚未平息，他却被要求回家探亲，离开朝廷，实在是步履迟迟，留恋不已。山河破碎，民生涂炭，他的忧患一刻也没有停止。诗中的"愤所切""挥涕""忧虞"，无不具有强烈的情感色彩。

  杜甫积极主张平定叛乱，尽管形势正在向着有利于朝廷的方向发展，但他对朝廷向回纥借兵平叛的做法并不完全认同，而且深表忧虑：

  阴风西北来，惨澹随回纥。

  其王愿助顺，其俗善驰突。

  送兵五千人，驱马一万匹。

  此辈少为贵，四方服勇决。

  回纥，也称回鹘，唐代西北少数民族，其士兵骁勇善战。早在至德元载（756）十一月，在唐肃宗的请求下，回纥曾派来两千骑兵，帮助郭子仪击败叛军。至德二载九月，回纥怀仁可汗遣其子叶护等率精兵四千余人来到凤翔，唐肃宗之子广平王李俶与叶护结为兄弟。唐肃宗平叛心切，与回纥约定："克城之日，土地、士庶归唐，金帛、子女皆归回纥。"杜甫认为请回纥军队助阵是把双刃剑，虽然能出战平叛，但会给百姓和国家带来深重灾难，因此不宜多用。

  在杜甫看来，安史之乱终将会平定，国家必定走向中兴，对此他充满信心，也充满期待：

  不闻夏殷衰，中自诛褒妲。

  周汉获再兴，宣光果明哲。

> 桓桓陈将军，仗钺奋忠烈。
> 微尔人尽非，于今国犹活。
> 凄凉大同殿，寂寞白兽闼。
> 都人望翠华，佳气向金阙。
> 园陵固有神，扫洒数不缺。
> 煌煌太宗业，树立甚宏达！

历史上周宣王曾使周朝中兴，汉光武帝曾使汉朝中兴，他相信唐肃宗也一定能使唐朝中兴。唐太宗开创的大唐基业，一定会发扬光大，再铸辉煌。

形势的发展与杜甫的判断基本一样。至德二载九月，天下兵马元帅、广平王李俶率领唐军及回纥、西域援军共十五万人从凤翔出发东进，直逼叛军盘踞的长安，大败叛军，收复长安。广平王李俶和郭子仪率军乘胜追击，再次在陕郡（今河南省三门峡市）击败叛军，顺势收复了东都洛阳，十月二十三日，唐肃宗驾返长安，平叛取得关键性胜利，国家大势逐渐趋于稳定。

杜甫在羌村得知两京收复的消息后十分高兴，他开始为重返朝廷做准备。十一月，杜甫告别了在战乱之中为他和家人提供庇护的羌村，带领家小前往收复不久的长安，从此再也没有回到这个荒僻的小山村。其实，杜甫还是非常感激这个不起眼的小山村的。《鄜州志》记载，城南七里处，有山名曰"太回岭"。传说杜甫携家南归时，在这里回车眺望羌村，徘徊许久才登车而去，足见他对羌村的感念之情。

陕北人怀念诗圣

算起来，杜甫前后两次在羌村总共居住了一百天左右，对于一生四处漂泊的杜甫来说，羌村并不是一个重要的地方。但是，对于偏远的鄜州和荒僻的羌村来说，诗圣杜甫的小住，让以后的人们知道了鄜州，知道了羌村。

历代陕北人民始终没有忘记这位落难的诗圣。人们仰慕他的道德人格，同情他的不幸遭遇，崇拜他的沉郁顿挫，为他建祠立庙，岁时祭奠，自觉维护他曾居住的土窑。清代一位名叫谭瑀的官员，专门去羌村寻访杜甫当年的住宅，在村口发现村民为杜甫修建的庙宇：

依山聚数家，瞰水屹一寺。

佛面黯无光，神龛赫有位。

曰唐左拾遗，怵然发歔欷。

……

人们甚至相信杜甫已经成仙，追随李白而去，并传说他成仙后曾重回鄜州。在杜甫离开羌村三百多年后的北宋，鄜州一带还流传着杜甫重回三川的传说。传说中，有一个头戴轻便小帽，骑着毛驴的文人半醉微醺，长时间在原上徘徊，口中念叨着："三川已经不是原来的模样了！"不一会就消失在原上了。当地有人收藏有《杜老游春图》，根据图画对照，才知道是杜甫回来过了。虽然是民间传说，有些荒诞不经，但其中寄托着陕北人民对杜甫朴素而深厚的感情。北宋元丰年间在鄜州做官的晁说之，听到这种传说，便把它写在诗歌里：

君不见少陵有客字子美，三赋献罢胡尘起。

招魂收泪谒行在，宁论家室三川里。

云寒日淡剑阁深，翠华望断尘埃底。

狼虎食人大道旁，回首妻孥须怖此。

亦尝寄书问讯之，鲤鱼何在沧溟徙。

晚年虽卜浣花居，心折秦云恨有余。

茯苓不御丹砂就，仙去还来纵目初。

乾坤宿醉参横醒，且策东家泪寒驴。

邻里一人安可得，亦无坟冢可蓁芜。

人间逼仄何逼仄，却自骑鲸追李白。

明清以来，官员文士们因为杜甫，都要来鄜州和羌村一睹"诗圣"故居，寄托怀念之情。在距羌村约四里处的一块巨石上，刻有"少陵旧游"四个大字，为明御史中丞王邦俊所题。不少官员还题诗留念。例如清代任于宁的《羌村》：

寂寞羌村路，少陵不复游。

客来山欲暮，人去水休流。

遗咏残碑在，录幽太洞留。

悠悠无限意，俯仰已千秋。

1941年，时任陕甘宁边区政府主席的林伯渠在视察鄜县时，专程前往羌村凭吊，写下一首《杜工部遗居羌村》：

沧桑洛水毁鄜城，沟洫于今尚纵横。

落落诗魂千古在，我来何处访羌村？

延安人民为了纪念杜甫，把他经过的一条川道命名为"杜甫川"，一直延续下来。在延安市的七里铺，杜甫当年住宿过的石窟中修建了一座气势恢宏的"杜公祠"。杜公祠最早建于何年，无法详考。北宋时范仲淹主政延州，曾亲笔题书"杜甫川"三字刻于石崖，说明当时已经建有此祠。清道光二十三年（1843）肤施县（今陕西省延安市）知事陈炳林亦书"少陵川"三字刻于崖壁。道光二十七年（1847），重新修建了祠堂和望杜亭。在石窟两侧刻有一副对联："清辉近接鄜州月，壮策长雄芦子关。"对联巧妙地融入杜甫的诗意，意境高远，气势雄壮。如今，杜公祠修葺一新，还新建了亭台楼阁，成为延安市区一处重要的人文景观。

写到这里，本章本来可以结束了，但是，我觉得还应该为鄜州再花一点笔墨。鄜州历史悠久，文化延绵。春秋时秦文公在此兴建鄜畤，秦汉时为雕阴县，西魏时为敷州，隋改敷州为鄜城郡，唐改为鄜州。因为战略地位重要,唐时设置鄜坊节度使,后改为保大军。北宋时仍为鄜州,属陕西六路之鄜延路。元、明仍称鄜州,属延安府。清初,鄜州升为直隶州,归陕西省布政司直辖。民国元年,改为鄜县。1949年中华人民共和国成立,鄜县属延安。隋唐以来,鄜州之名沿用了近一千五百年,包含着深厚的历史文化内涵。

1964年,全国掀起了一股更改地名潮。原因是当时人们的文化程度普遍较低,不认得生僻字,所以生僻字眼的地名多改成同音的常用字。因"鄜"属于生僻字,便用了一个和它同音的"富"字代替。鄜县也就变成了富县。"富"字倒是简单,寄托着人们过上富足生活的希望,不过,从字面看,鄜州的历史文化内涵被粗暴地割断了,真是让人哭笑不得。

进入21世纪,随着国家经济实力的提升、人民文化程度的大幅提高,为了更好地传承历史文化传统,加强地方文化建设,树立地方文化品牌,许多曾经改名的地方又改回了原名。例如,湖北省的襄阳市,新中国成立后名为襄樊市,2010年正式更名为襄阳市;再如,陕西省的鄠县,1964年改名为户县,2016年经国务院的批准,更名为西安市鄠邑区。这样的例子还有很多,都对当地的文化建设和城市品牌宣传起了很大的作用。随着人们文化水平的提高,"鄜"字再也不是什么难以认识和书写的生僻字了。由此看来,将富县之名恢复为鄜州或鄜县的条件已经成熟。令人遗憾的是,富县更名久久不见动静。富县一名主管旅游文化的干部对我说,他们在多年前就多次向县里领导提出建议,但领导们总是说更名非常麻烦复杂,需要层层报批,这事也就一直拖到今天,尚无人过问。我们可以假设一下,如果有一天富县真的改名为鄜州或鄜县,仅这个名称就会成为一张文化名片,会大大提升当地的文化影响力和知名度,对于促进当地的经济和文化的发展将会产生非常积极的影响。我们呼吁当地的领导应该重视这一问题,也希望在不久的将来,"鄜州"这一具有浓厚文化色彩的地名重新回到现实中来。

| 第十五章 |

从夏州崛起的党项族

　　唐僖宗广明元年（880）腊月，凛冽的寒风横扫着关中大地。隆冬季节里的长安城失去了往日的繁华，生气全无。因为黄巢大军兵临城下，城内人心惶惶。城外的黄巢大军一路势如破竹，腊月初四兵锋直抵灞上，夺取长安指日可待。惊恐万状的唐僖宗束手无策，带着宦官田令孜等仓皇逃往四川，成为唐玄宗之后又一位逃往四川避难的唐朝皇帝。不久，黄巢大军浩浩荡荡进入长安，黄巢在大明宫含元殿称帝，建立大齐政权，年号金统。当黄巢及部下沉醉于攻占长安的胜利之中时，逃亡在四川的唐僖宗并没有闲着，他下诏各地"藩镇"州府火速前往长安勤王，向黄巢起义军发起猛烈反扑。

　　在长安城外众多前来勤王的队伍中，有一支来自遥远西北的宥州（今内蒙古鄂托克旗），领头的是自称宥州刺史的党项族首领拓跋思恭。这支数万人的蕃汉联合队伍，千里迢迢来到长安城下，不仅行动积极，而且作战十分勇猛。为了笼络这支难得的生力军，唐僖宗任命拓跋思恭为左武卫将军，代理夏、绥、银州节度使。得到皇帝的封赏后，拓跋思恭率军作战更加卖力。在王桥与黄巢军相遇后，双方激战，拓跋思恭败北，兵马死伤甚众。不久，拓跋思恭又与黄巢部下尚让、朱温大战于渭桥，其弟拓跋思忠孤军深入，力战而死。中和元年（881）十一月，驻扎在鄘州的拓跋思恭部，遭到黄巢军的袭击，损失惨重，只得率残部逃回夏州（今陕西省靖边县）。回到夏州后，拓跋思恭继续招兵买马，加紧训练军队，上表唐僖宗请求再次出战。征得同意后，他率军队重返关中，亲率八千精锐，屡次与黄巢军展开激战。

中和三年（883），拓跋思恭奉诏率军随同雁门节度使李克用进攻长安，接连击败黄巢起义军尚让等部，最后收复长安。在这场勤王行动中，拓跋思恭表现突出，战功赫赫，为了嘉奖他护驾勤王的功劳，唐僖宗正式任命他为夏州节度使，赐姓李，封夏国公，这对于一个默默无闻的西北边疆少数民族首领来说，是莫大的荣耀。朝廷还赐予夏州"定难军"称号，拓跋思恭统辖了夏、绥、银、宥四州的广大地域，一跃成了名副其实的藩镇。

至此，夏州的拓跋氏以李为姓，开始了对以夏州为中心的西北广大地区的长期统治。

夏州成为党项族的发祥地

在晚唐之前，羌族这个古老的民族并不显山露水。它发源于青藏高原的"赐支"或者"析支"，即今青海省东南部黄河一带。从汉代开始，羌族逐渐内迁至河陇及关中一带。隋文帝开皇五年（585），羌族党项部首领拓跋宁丛率千余户迁徙到旭州（今甘肃省庆阳市），向隋朝提出定居的请求。为了稳定这些少数民族，隋文帝授予拓跋宁丛"大将军"称号。唐朝建立后，唐太宗李世民对周边各民族采取"羁縻"政策，羌族各部落大批内附，分散居住在灵、盐、庆、银、夏、绥、延诸州。党项部居住在庆州一带的叫东山部落，在绥、延二州的叫野利部落，在夏州的叫平夏部落，等等。经过漫长的大迁徙，党项族逐渐与当地的汉民族接触、交流，接受汉族文化，不断与汉族融合，其政治、经济、文化也得以发展。唐懿宗咸通十四年（873）时，党项部首领拓跋思恭占据了宥州，自称刺史。他抓住了救援唐僖宗的机会，不但获得了唐王朝的承认，还建立了雄踞西北的地方政权，为其后代在一百五十年后建立西夏国打下了基础。

首任定难军节度使李思恭死后，由于他的儿子均早死，其孙李彝昌尚年幼，便由其弟李思谏继任定难军节度使，由此形成了夏州李氏世袭节度使的事实。唐王朝灭亡之后，在接下来的七十多年里，梁、唐、晋、汉、周等中原政权走马灯似的变化，夏州李氏一直以比较低调的姿态盘踞西北地区，与相继统治中原的几个政权维持着"臣属"关系，尽量避免卷入各个政权之间的战争。而中原的几个政权对于远在西北的夏州多少有些鞭长莫及，于是习惯性地承认李氏在夏州享有的各种特权和地位。除了后唐与其发生过一次规模不大的战争外，梁、晋、汉、周基本与其不动刀兵，和平相处。

李思谏死后，定难军节度使的位子由李思恭的孙子李彝昌继承。在一次内乱中，李彝昌被部将高宗益杀死，夏州诸将又杀死了高宗益，推举李彝昌的族父李仁福为留后（代理节度使）。后梁太祖朱温也懒得管夏州李氏的内讧，顺水推舟地封李仁福为定难军节度使，这样夏州政权依然掌握在李氏家族手中。不过，在有战略眼光的政治家看来，世代占有定难军四州且不断做大的李氏家族，军事势力强大，终究是一个巨大的隐患，必须尽快加以解除。后唐取代后梁不久，后唐明宗李嗣源就开始行动。李嗣源十分担心李仁福与契丹勾结，引发边患。当他得知李仁福去世，其子李彝超继位的消息，认为李彝超刚刚继位，位子还没坐稳，统治力还不够强，是收复夏州的好机会。他下诏让李彝超与彰武军（今陕西省延安市）节度使安从进对调职位，并立即派邠州节度使药彦稠率兵五万，前往夏州，准备武力接收。李彝超接到唐明宗的诏命，自然明白朝廷的用意，他一方面上书唐明宗，明确表示自己不愿意迁往彰武；一方面积极动员，集结党项诸部军队，准备与后唐军队决一死战。后唐大军兵临夏州城下，李彝超组织人马据城坚守。夏州城就是当年赫连勃勃建造的统万城，采用的是"蒸土筑城"方法，城墙异常坚固，后唐军队连日攻打，始终无法破城。后唐军队试图用挖地道的方法破城，但城墙坚硬无比，根本挖不进去。一百多天过去了，夏州城依然如故，后唐军队徒劳无功，只好把夏州城包围起来。李彝超明白夏州城虽然暂时守住了，但只要后唐军队一天不退，就存在一天的危险，他苦苦思索退兵之策。他发现后唐士兵长期在塞外作战，十分疲惫，士气低落，决定利用心理战术，来瓦解后唐将士的斗志。于是，李彝超兄弟登上城头，向后唐军喊话："我们夏州地域贫瘠，没有什么珍稀宝物，若有好东西，是非常愿意向朝廷进贡的。我们祖祖辈辈就住在这里，不愿意离开故土。你们来侵犯我们原本就不富裕的地方，实在是没有什么道理。如果你们不这样对待我们，我们愿意臣服朝廷，愿意积极响应朝廷的命令，跟随朝廷讨伐敌人。"后唐军队早就厌倦了在这荒野之地风餐露宿、冲锋陷阵，听到李彝超兄弟的求和，当即表示同意。唐明宗看到再打下去也不会有什么结果，无奈之下，只好命令撤军。谁知军队在得到撤退的命令时争先恐后，一片混乱。李彝超看到这种情况，当即下令出城追击，后唐军队丢盔弃甲，溃不成军，夏州军队则缴获了后唐军队遗弃下来的大量武器辎重，军事实力得到进一步增强。战后，李彝超派遣使者向唐明宗请罪，唐明宗鞭长莫及十分无奈，只好授予李彝超检校司徒、定难军节度使，李彝超也见好就收，继续向后唐称臣纳贡。经过这次战役，夏州李氏成功地粉碎了后唐政权吞并自己的阴谋，在西北各民族特别是在党项部落中提高了统治威望，此后的中央政权再也不敢轻视夏州李氏了。

后唐清泰二年（935），李彝超去世，其弟李彝殷继任定难军节度使。后汉时，汉隐帝刘承祐为了拉拢李彝殷为其所用，任命李彝殷为中书令，将静州（今陕西米脂县西）划归李彝殷管辖，从此，夏州李氏管辖的区域增加为五个州。表面上李氏地方政权臣属于中央政府,但他们在自己的管辖范围内享有税收、任免官吏等很多特权,从某种程度上来说它就是一个独立王国。

后周显德七年(960),后周禁军最高统帅、殿前都点检赵匡胤在"陈桥兵变"中黄袍加身,逼迫后周恭帝禅位,登基为帝,改元建隆,国号宋,建都汴京(今河南省开封市),一个新的统一的王朝宣告建立。李彝殷得知这个消息后,派遣使者奉表入朝祝贺。为了避赵匡胤父亲赵弘殷的讳,李彝殷还主动改名为李彝兴,他恭顺有礼的姿态,让宋太祖十分满意。李彝殷采取实际行动,积极配合宋朝的军事行动,并向朝廷献上急需的优良战马三百匹。当时的北汉割据政权多次拉拢李彝兴,都被他拒绝。宋太祖闻知后,对他大加赏赐。李彝兴去世后,为表示哀悼,宋太祖辍朝三日,追赠他为太师、夏王。任命其子李光睿为定难军节度使,加检校太保。

为了加强中央集权,宋太祖赵匡胤通过"杯酒释兵权"的方式,罢去禁军将领及地方藩镇的兵权,解决了自唐朝中叶以来地方藩镇拥兵自重的"顽疾"。李光睿得知后,自感不安,主动上表请求入朝,但没被允许。北宋开宝九年(976),宋太祖赵匡胤驾崩,其弟赵光义继位,即宋太宗。为了避赵光义的讳,李光睿主动改名为李克睿。宋太宗对李克睿进攻北汉立有大功进行嘉奖,加封其为检校太尉。李克睿死后,宋太宗辍朝二日,以示哀悼,追赠其为侍中,任命他的儿子李继筠袭任定难军节度使。总的来说,北宋开国之初的二十年间,朝廷与定难军党项李氏一直和平相处,没有发生大的军事冲突。

李继迁带头反叛朝廷

然而,北宋朝廷与定难军和平相处的表象之下危机正在酝酿。

当时以夏州为中心的党项诸部并没有完全统一，夏州李氏只不过是诸部中势力最强的一支，且李氏内部也存在矛盾冲突。太平兴国五年（980）十月，李继筠去世，因他的儿子年纪尚小，不宜继位，部分党项贵族便让其弟李继捧继位，接掌定难军。但是，党项族中有不少人对李继捧继位心有不服，认为李继捧承袭定难军节度使名分不正，一时非议纷起，其中代表者就是李继捧的从父、绥州刺史李克文。李克文上表朝廷，明确反对李继捧承袭，认为这样可能引发宗族内讧、同室操戈。李克远、李克顺兄弟更是起兵造反，进攻夏州，但被李继捧镇压下去。

面对部族内部的质疑和反对，李继捧没有别的办法，决定向朝廷献出五个州的土地，放弃世袭割据。宋太宗早就想解决西北藩镇割据的问题，只是考虑到时机不够成熟，一直引而不发等待机会。现在看到党项族内部发生分裂，李继捧又主动献土内附，认为这正是解决夏州割据千载难逢的时机。宋太宗马上下诏，让李继捧前往京都汴梁。太平兴国七年（982），李继捧入朝觐见。宋太宗见到李继捧入朝非常高兴，亲自在崇德殿召见他，赐白金千两、帛千匹、钱百万，授予他彰德军节度使，安置其全家在汴梁居住，其兄弟李克信等十二人也都封了官，可谓冠盖满门，一府荣华，十分显赫。北宋朝廷还要求李继捧五服之内的宗族都要迁到汴京定居，表面上是让李氏一族享受清福，实际上是要将他们集中在京城一带加以钳制，彻底消除他们在夏州的影响力。

宋太宗为了稳住夏州党项族，暂时任命李克文代理知夏州，不久就派大将曹光实为银、夏、绥、麟、府、丰、宥等州的都巡检使。曹光实率北宋大军进入夏州，接管政权，成为晚唐以来第一个掌管夏州的朝廷任命的行政长官，标志着传承了近百年的夏州拓跋氏政权的终结。就在北宋朝廷上下为不费吹灰之力解决了夏州问题而抵掌相庆之时，夏州党项族内部有人开始向宋朝的统治发难，公然与朝廷对抗，拉开了宋朝与党项族长期对抗的序幕。

这个带头反抗朝廷的人就是李继迁。李继迁出生于银州（今陕西省米脂县一带）的一个党项中层首领家庭，其父亲李光俨是银州防御使。在唐末镇压黄巢起义中战死的拓跋思忠是其高祖。在党项部族内部，年轻的李继迁算不上什么重要人物，但他们这一支却有着强烈的民族自尊心。其父李光俨就不买宋朝的账，并没有为避讳宋太宗，把自己名字中的"光"改为"克"。李光俨这种倔强的性格直接影响了儿子李继迁。

李继迁青年时就与众不同，擅长骑射，颇有谋略。当朝廷的使者来到夏州，组织李氏族人迁居汴京时，李继迁站出来表示坚决反对。他与汉族谋士张浦、其弟李继冲一起商量对策。李继迁说："我们祖辈在这块土地上生活了三百多年，父兄子弟列居州郡，雄视一方。现在朝廷要我们整个宗族都迁到京城，我们的生死就将掌握在别人手里，如此下去，李氏将会逐渐灭亡。"张浦为他出主意，说："如今我们受制于人，没有什么力量能抵御朝廷。不如暂且忍耐，从长计议，往北迁居，韬光养晦，再联络各部落的首领们一同举事。"张浦的建议很符合李继迁的心思，他决定按照这一计策开始行动。为了掩盖自己的行动目的，他向宋朝军队谎称自己的乳母去世，要出城送葬。他让数十名亲信扮作送葬队伍，把兵器藏于灵车中，瞒过宋兵检查，逃出银州，来到大漠之中的地斤泽（今内蒙古巴彦淖尔），以此作为大本营。地斤泽距离夏州三百里，这里天高皇帝远，李继迁公然打出反抗宋朝的旗号，一举成为党项人新的领袖。

初到地斤泽，李继迁势单力孤，党项豪族没有什么人愿意追随他。为了争取各部落首领的支持，李继迁拿出其先祖拓跋思忠的画像，向他们讲述其先祖对唐朝的忠诚及立下的赫赫战功，唐朝给党项人的信任和优待。他说党项人世代心存感激并愿意效力，而宋朝与唐朝截然不同，不仅要将他们世世代代居住的地盘夺走，还要把他们集中迁居中原，进行管制和束缚。李继迁讲起来非常动情，许多人听得流下了眼泪，于是，归附者逐渐多了起来，他的势力开始壮大。

眼看着自己手下聚集起不少人马，急于恢复祖业的李继迁野心开始膨胀，他觉得自己的首要任务就是夺回夏州。宋太平兴国七年（982）十二月，李继迁率领刚刚聚集的人马向夏州发起进攻。但是，他没有想到在训练有素的宋军面前，自己手下的乌合之众根本不堪一击，大败而归。退回地斤泽后，李继迁那颗狂热的心并没有冷静下来，他实在心有不甘，一方面重新积蓄力量，一方面等待良机。当他得知宋军在葭芦川（今陕西省佳县）和三岔口等地驻扎，便率手下人马前往偷袭，反被宋军击败。宋将田钦祚派人夜晚潜入李继迁的军营放起火来，其部众大乱，宋军掩杀过来，李继迁损失了一千多人，仓皇而逃。谋士张浦建议李继迁集中力量，攻打宋军防守相对薄弱的宥州，以横山作为屏障，据险坚守。李继迁听从这一建议，集结了两万兵马攻打宥州，又被宋朝巡检使李询指挥的蕃汉联军打得落花流水，李继迁带着残兵再次狼狈逃回地斤泽。虽然屡次用兵，屡次失败，屡遭打击，但党项人那种不服输的性格和复仇意志一直支撑着李继迁，促使他屡败屡战，不屈不挠。

所谓功夫不负有心人。宋雍熙元年（984），党项哶嵬部酋长率领南山诸部来投靠李继迁，他的力量一下子得以壮大。他得知宋军在王庭镇（今陕西省榆林市横山区西）防守松懈，便集结优势兵力突袭王庭镇。这一次李继迁终于得手了。王庭镇守军猝不及防，为李继迁所破，李继迁俘房万计，获得全胜。这次胜利令李继迁兴奋不已，让其追随者们大受鼓舞。

李继迁的胜利，引起了宋朝都巡检曹光实和知夏州事尹宪的高度重视，他们认为李继迁已经成为西北边疆的重大威胁，必须及时将其消灭，以绝后患。宋军派人暗中详细侦察李继迁的行踪，专门制订了针对地斤泽特殊地形的作战方案，而李继迁及其部下还沉浸在刚刚取得的胜利之中浑然不觉，做梦都没有想到大祸临头，即将付出惨痛的代价。搞清楚李继迁的确切位置后，曹光实和尹宪令数千精骑在夜里发起对地斤泽的突袭，李继迁及其部下四散而逃，宋军斩首党项军五百级，焚烧大帐四百余帐，抓获了李继迁的母亲与妻子，但李继迁和其弟侥幸逃脱。为了躲避宋军的追击，他们带着残兵，在夏州北部的黄羊坪隐蔽起来，以图卷土重来。

地斤泽一战是李继迁所遭受的最惨痛的一次失败。痛定思痛，李继迁开始反思，他意识到以自己目前的实力还远不是宋军的对手，必须联合党项族中有实力的部落，才有可能与宋朝持久对抗下去。野利氏是陕北党项族中很有影响力的豪族，也是李继迁争取的重要力量。他趁着妻子被宋军俘虏的时机，主动向野利氏求婚，请求他们把女儿嫁给他。野利氏等豪族看到李继迁举事以来的决断力和号召力，认为他是一个能成大事的人，便把女儿嫁给了他。通过和大族的联姻，李继迁逐渐整合各部落势力，慢慢从失利中恢复元气，把原本一盘散沙的党项各部落重新聚集成为一支强大的力量。

党项人有一个重要的特征，就是有仇必报。地斤泽惨败，老母和妻子被俘，仇恨之火一直在李继迁心中燃烧，他时时刻刻都在寻思着如何来报这一箭之仇。正好此时银州的党项部落派人约李继迁进攻银州。张浦为李继迁献上计策，要他给驻扎银州的都巡检曹光实写信诈降，信中说："我数奔北，势窘不能自存，公许我降乎？"意思是说我多次被宋军打败，走投无路，难以生存，您允许我投降吗？信中还约定日期，在葭芦川举行受降仪式。曹光实是一位久经沙场的将领，曾多次击败过李继迁，心底里根本看不起他，见他穷途末路来降，竟然深信不疑。他只想着独揽大功，不愿与其他将领商量，便自己带着几百名骑兵急匆匆前往葭芦川接受投降。李继迁早早在山谷里设下伏兵，带着数十人去迎接曹光实。曹光实见状也不怀疑，跟着李继迁进入山谷，准备纳降。这时李继迁举手挥鞭，伏兵从四面杀出，曹光实及随从仓促应战，力尽不敌，全部被杀。李继迁指挥部下换上被杀宋军的衣甲，来到银州城下，用曹光实的旗号骗开城门，借助内应，顺利地占领了银州城，然后自称权知定难军留后（代理定难军节度使），恢复定难军政权。这是李继迁起事三年来第一次占领了州城，也是取得的第一次重大胜利。这次胜利极大地鼓舞了李继迁和党项各部的士气，更多的部落前来归附，李继迁的势力得到进一步增强。

"以蕃制蕃"策略失败了

李继迁占领银州的胜利，必然引来北宋朝廷的全力镇压。

得知曹光实被杀、银州失陷的消息，北宋朝廷上下大为震惊，他们压根没想到李继迁竟能搞出如此大的动静，必须马上剿灭。北宋朝廷立即派大将田仁朗、王侁等率重兵前往镇压。宋太宗以田仁朗统兵犹豫不前，将其撤职，改令王侁为统帅。王侁指挥宋军快速推进，在浊轮川（今陕西省神木市北）与李继迁的军队遭遇，双方展开激战，李继迁的军队还是无法抵御训练有素的宋军，很快就溃不成军，损失了五千多人。李继迁被迫放弃银州，率残部逃走。王侁顺势收复银州，乘胜追击，斩杀了党项酋长折罗遇及其弟折埋乞。在宋军强大的攻势面前，党项部族纷纷投降，归顺宋朝，李继迁再次遭受重大打击。

惨败后的李继迁看到部落败溃，宋兵势盛，明白仅凭自己的力量实在无法与宋朝抗衡，必须依附一个强大的靠山才能自保。他把目光投向了北方的辽国。辽国自太祖耶律阿保机称帝建国以来，势力逐渐强大。辽太宗时曾率军南下中原，攻占开封，灭亡后晋，在开封登基称帝。北宋立国以来为收复燕云十六州数度北伐，屡为辽军所败。辽国已成为宋朝北方边境最大的威胁。李继迁接受张浦的建议，决定依附辽国，借助辽国的力量继续与宋朝对抗。他派张浦携带重金赴辽，向辽国表示愿意归附。虽然历史上夏州拓跋氏曾追随中原王朝与契丹作战，但是考虑到党项族在西边有牵制宋朝的作用，辽国还是接纳了李继迁归附，任命他为定难军节度使，都督夏州诸军事，其弟李继冲被任命为副将。辽圣宗还答应了李继迁的求婚，将宗室女义成公主嫁给他，并赠马三千匹。李继迁与辽结盟联姻，对辽国来说，可以利用李继迁在西北方向牵制宋朝；对李继迁来说，大大提高了他在党项部落的统驭力量。宋雍熙三年（986）宋太宗赵光义再次北伐辽国，正当宋辽在正面战场激烈厮杀之时，李继迁积极配合辽国，不断派兵骚扰宋朝西部诸州，在王庭镇击溃夏州守将安守忠，并围攻夏州两月有余。

李继迁在西北边疆不断袭扰，宋朝君臣不胜其烦，却又苦无良策。宰相赵普突然想到了在京城闲居的李继捧，向宋太宗献上"以蕃制蕃"之策，即让李继捧重新回到夏州统领定难军，以此来制服李继迁。宋太宗深以为然，赐李继捧姓赵，改名保忠，授夏州刺史、定难军节度使，并把夏、银、绥、宥、静等五州的军政大权交给他。李继捧奉旨重新回到夏州，凭借朝廷的支持，多次击败李继迁，初步稳定了局面。

李继迁看到李继捧依仗朝廷的支持，人多势众，一时占不到便宜，转念一想：好汉不吃眼前亏。他利用宋朝对李继捧不能充分信任，便与朝廷和李继捧玩起了时叛时降的游戏。李继迁太了解他这位气傲才疏的族兄了，他先是通过李继捧向朝廷请降，宋太宗得知后很高兴，就封李继迁为银州刺史、洛苑使。李继迁接受封赏后，并不领情，继续与宋朝为敌。不久，李继迁派手下破丑重遇贵到夏州向李继捧诈降，李继捧竟然不予怀疑，不加提防。李继迁率领兵马进攻夏州城，李继捧领兵出城迎战，破丑重遇贵充当内应，李继捧大败。第二年，宋朝派商州团练使瞿守素率兵来增援夏州，李继迁自知不能取胜，又通过李继捧向朝廷投降。为了安抚李继迁，朝廷授予他银州观察使，赐名"赵保吉"，其弟李继冲授绥州团练使，赐名"赵保宁"，其被宋军俘虏的母亲罔氏也被封为西河郡太夫人。北宋朝廷听任其占领银、绥二州。无非是希望李继迁等能安分守己，不再造反滋事。但是，事与愿违。李继迁得到银、绥二州后，还不满足，他的目标是夺回其祖先原来拥有的五州之地，因而继续攻城略地，毫不收敛。就这样，李继迁忽降忽叛，软硬兼施，要挟耍赖，反复无常，把宋朝君臣玩得团团转，使李继捧夹在中间两头受气，而他自己在政治、军事上渐渐占据主动。

李继迁言而无信、反复无常的伎俩，令宋太宗十分恼火，而李继捧软弱无能，更使宋太宗失望。朝中有人议论李继捧与李继迁互相勾结，欺骗朝廷，再一次让宋朝下决心彻底剿灭李继迁。这一次，宋太宗派遣名将李继隆带兵前往征讨，同时，赋予李继隆监督李继捧的任务，只有李继捧本人还蒙在鼓里。为了调停宋王朝与李继迁之间的矛盾，李继捧对李继迁表示出极大的诚意，他带着自己的母亲、妻子出夏州城来见李继迁，希望以此感化他，并上书朝廷请求罢兵，双方化干戈为玉帛。宋太宗已不再信任李继捧了，看到他的上书反而心生疑窦，命令李继隆加快进军。李继迁获知这一消息，夜间突然袭击李继捧的大营，李继捧从梦中惊醒，单骑逃回夏州城，辎重尽为李继迁所得。看到李继捧狼狈不堪的样子，城里的宋军将领非常气恼，就将他拘禁起来了。等到李继隆的大军开进夏州城，李继迁早已远远遁去，李继捧有口难辩。宋将侯延广等要将李继捧就地处死，李继隆认为应当让天子来做裁决。不久，李继捧被押解回京，在崇政殿上他垂头丧气，向宋太宗请罪。宋太宗对他还算宽宏大量，只狠狠地责骂了他一通，最终封他为"宥罪侯"，安置在京都闲住。宋朝苦心经营的以蕃制蕃的计划以彻底失败而告终。

为了夺回夏州城，李继迁绞尽脑汁几番争夺，都没有得逞。宋朝君臣考虑到夏州城遏制要冲，城池坚固，一旦被李继迁占领对宋朝非常不利，决定将夏州城毁掉。宋淳化五年（994）四月，雄踞西北六百年的夏州城，被宋太宗下诏拆毁。宋朝拆毁了夏州城的城墙，迁走了城内的居民，使它完全失去了防御功能，这座曾经辉煌一时的历史名城最终湮没在漫漫黄沙之中。李继迁见宋朝毁掉了夏州城，只得作罢，另作它图。第二年，李继迁派最信任的谋士张浦到宋朝汴京进贡，希望与宋朝讲和。宋太宗认为张浦是李继迁的谋主，授予他郑州团练使，希望他为宋朝出力，张浦拒不接受，宋太宗就将他扣留在京城，以此来削弱李继迁的势力。

李继迁的成功与陨落

　　李继迁与北宋争斗十几年，始终在夏州一带打转，在地盘上没有什么大的进展。眼见宋朝又把夏州城拆毁，更让他产生了另谋出路的想法。这一次他把贪婪的目光投向了被誉为"塞上江南"的灵州（今宁夏吴忠市）。灵州背靠贺兰山，襟带黄河，地处要冲，是唐、宋以来西北边疆重镇。这里沃野千里，水草肥美，农牧两宜，远比夏州富饶，对李继迁和宋朝来说，灵州都有十分重要的战略意义。

　　宋太宗至道二年（996）三月，李继迁获悉宋洛苑使白守荣护送辎重至灵州的消息，决定夺取这批辎重。经过周密策划，他在浦洛河（今宁夏吴忠市东南）设下埋伏，大败宋军，将四十万石军粮收入囊中。这下又激怒了宋太宗，他派遣五路大军，对李继迁进行围剿：命令李继隆出环州，丁罕出庆州，范廷召出延州，王超出夏州，张守恩出麟州，目的是将李继迁合围剿灭。然而，缺乏统一指挥的五路大军有的无功而返，有的不战而遁，只有王超、范廷召两军在乌白池与党项军交手，也没有占到什么便宜。这场看似声势浩大的五路围攻无果而终。

　　宋朝针对李继迁的以蕃制蕃策略不能奏效，五路围攻也无功而返，李继迁反而越来越强，越来越难以对付，宋朝君臣已经是无计可施，心力俱疲，几乎失去了平定李继迁的信心。至道三年（997）十二月，宋太宗驾崩，宋真宗即位。李继迁乘机再一次实施"诈降"的伎俩，他假装向宋真宗"复表归顺"。刚刚即位的宋真宗也不希望李继迁再生事端，于是封他为夏州刺史、定难军节度使，放回了扣押在汴梁的张浦。至此，李继迁经过十五年的不懈奋斗，终于实现了他恢复祖先故地的目标。

　　然而，这并不能够让李继迁放弃夺取灵州的野心。张浦回到李继迁身边后，建议李继迁攻取灵州，认为一旦攻取灵州，就可以控制整个西北，才有实力与宋、辽抗衡。宋真宗咸平四年（1001）九月，经过周密部署和精心准备，李继迁夺取灵州的战役正式打响，而宋朝守军信息不通，缺乏准备。李继迁指挥大军迅速攻陷清远军等灵州外围军事要塞，乘胜包围了灵州城，并切断了粮道。灵州城里只有不到一万兵力，知府李守恩在守城时战死，将领裴济挺身而出，担任守城总指挥。这时，灵州已是一座孤城，裴济只能选择坚守，等待朝廷的救援。李继迁也不急于攻城，他命令军队在城外开垦屯田，准备长期围困。灵州危急的消息传回汴京，宋朝内部却出现了两种截然不同的意见。文臣们多认为灵州地处偏僻，死守更是劳民伤财，应该予以放弃。武将们则认为李继迁攻占灵州，控制河西，等于断了朝廷买马的后路，此后就无骑兵可用了。两种意见争论不休，最后宋真宗拍板决定死守灵州。然而，宋朝的援军被李继迁的军队阻击，迟迟不能到达。咸平五年（1002），被困大半年后，灵州城被李继迁攻陷，裴济血战到底，以身殉国。从此，灵州落入李继迁之手，彻底从大宋的版图中消失了，成了李继迁政权的大本营。

李继迁以灵州作为立足之地，将它与定难军五州连成一片，形成一个地域广阔、不容忽视的割据政权，成为宋朝西北边疆的重大威胁。宋朝失去灵州后，边疆防线不得不退到环州、庆州、延州一带，关中地区受到李继迁的军事威胁，为此，宋朝只好在关中一带集结重兵被动防御。

夺取灵州，是李继迁取得的最为辉煌的一次胜利。李继迁将灵州改名为西平府。他认为"西平北控河、朔，南引庆、凉，据诸路上游，扼西陲要害"。高兴之余，他想要马上称王。张浦却劝他暂缓称王，以免引来宋朝和辽国的进攻，不如韬光养晦，乘势攻取凉州（今甘肃省武威市），扩大势力范围，为建立帝国奠定基础。李继迁接受了张浦的建议。

咸平六年（1003）十一月，李继迁集结军队于盐州一带（今陕西省定边县），扬言要进攻宋朝的环州和庆州，宋朝赶紧调集军队到环州和庆州布防。李继迁与张浦虚晃一枪，出其不意地挥师向凉州。占据凉州的是吐蕃部大首领潘罗支，他见党项军队突然杀到，自知不敌，率众仓皇出逃，李继迁顺利占领凉州。李继迁连克灵州、凉州，踌躇志满，信心爆棚。狡猾的潘罗支假装投降，陶醉在巨大胜利喜悦中的李继迁非常高兴，立即表示同意。老谋深算的张浦觉得潘罗支投降可能有诈，提醒李继迁要注意防范，李继迁完全听不进去，直接将张浦打发回灵州。他最终为自己的骄傲大意付出了生命的代价。

潘罗支见李继迁对自己诈降毫不怀疑，就召集六谷部落的首领以及军队数万人，集聚在凉州城外，对李继迁说这些军队都是来投降的，请李继迁检阅受降。第二天，潘罗支率领部众排列于校场，李继迁欣然前往。他带着胜利者的笑容，站在高台上检阅"投降"的吐蕃军队。就在检阅将要结束时，潘罗支乘李继迁不备，突施冷箭，正中他的左眼，吐蕃兵纷纷拔出刀剑一拥而上，现场顿时大乱。李继迁在众将领的拼命保护下，杀出一条血路，逃回了灵州。不久，李继迁伤重身亡。党项族的一代枭雄就此结束了他充满惊险与传奇的一生。

李继迁敢于起兵于草野，高举"光复祖业"的旗帜，与强大的宋朝进行抗争。他历经二十二年的艰苦奋战，不屈不挠，不仅重新拥有了其先祖统治下的夏、银、绥、宥、静五州的土地，还占领了塞上重镇灵州，初步建立起了割据政权，成为后来西夏帝国的奠基者。

李继迁死后，他的儿子李德明追尊他为"应运法天神智仁圣至道广德光孝皇帝"，称他为党项族历史上的始皇帝。三十四年之后，李继迁的孙子李元昊正式建立了西夏帝国，追赠他谥号神武，庙号太祖，并将他的坟墓迁葬于贺兰山东麓的皇家陵园，号称裕陵，享受着开国皇帝般的祭祀。

| 第十六章 |

党项族建立起自己的帝国

公元1004年正月二日,对于西北的党项族来说是一个悲伤的日子。这一天,他们的最高首领李继迁因为在西征凉州时,不幸左眼中箭,伤重身亡。二十多年来,党项族在李继迁的带领下反抗宋朝,历经千难万险,屡败屡战,不懈奋斗,终于从宋朝手里夺回了其先祖统治的夏、银、绥、宥、静五州的土地,还占领了塞上重镇灵州,党项族开基建国的事业才刚刚开始,首领李继迁却饮恨而亡,这不能不使党项族人对部族的前途命运充满担忧。

这样的担忧,同样也萦绕着临终前的李继迁。李继迁自知生命已经走到了尽头,只是他不甘心自己一生奋斗打下的基业因后继无人而付之东流。他非常清楚党项族占领灵州时日尚短,根基不稳,而且北方有彪悍的辽国,南边有富强的宋朝,党项人只能在夹缝中找到生存的空间。他担心自己死后,可能遭到宋朝或辽国的大规模征伐,便反复叮嘱他的继承人、长子李德明一定要奉行既向宋朝归附,又不得罪辽国的策略。他对李德明说:"我死之后,你要尽全力请求归附宋朝。如果一次上表不同意,就再次上表,即使一百次不同意,你也不要停止。"在他眼里,年仅23岁的李德明还太稚嫩,不够成熟,恐怕难以担负起统帅党项族的重任,他托付最信任的谋臣张浦,要他尽力辅佐李德明成就建立帝国的大业。

在党项人怀疑的目光里,李德明继承了父亲的衣钵,成为党项族新的统治者。

韬光养晦的李德明

李德明是李继迁的长子,字阿移,其母出身于党项重要贵族的野利氏。千万不要认为李德明是一个生于深宫、长于妇人的柔弱公子。事实上,打从少年起,他便跟随在李继迁身边,东征西战,经受过多次血与火的考验。李继迁对儿子的沉稳和机智十分赏识。李德明17岁时,李继迁就让他担任定难军行军司马,委以重任。19岁时,李德明被辽国授予辽朔方军节度使。与其父张狂急躁的性格不同,李德明显得沉稳镇定,长于权谋。当父亲猝然去世,自己在几乎没有任何准备的情况下就被推上党项族的权力宝座时,李德明并没有显得慌乱无措,在叔父李继冲、谋士张浦等辅佐下,他坚定地执行李继迁"依辽附宋"的既定战略,很快便稳住了局面。

李德明继位后的第一个举动就是遣使赴辽国,借此来维护对辽国的依附关系。叔父李继冲对李德明说:"现在我们的疆域虽然不小,但因西凉的扰乱,导致先王被害,各蕃部都感到惊恐疑惑,人心浮动。如果不利用辽国的力量震慑他们,恐怕他们心存不轨。"李德明自然清楚,要想稳定党项内部,就必须重新获得辽国的支持,如此才能震慑处于观望状态的党项各部落。于是,李德明派李继冲出使辽国,并成功地争取到辽国的支持。对辽国来说,党项政权在西北的存在,可以起到牵制宋朝的作用,这是其战略上的需要。宋真宗景德二年(1005)正月,辽国正式册封李德明为定难军节度使、西平王。这样一来,来自辽国方面的军事威胁暂时不会出现了，稳定了党项内部，还为将来与宋朝的交往增添了讨价还价的筹码。

在重新确定与辽国的依附关系后，李德明又派遣牙将王旻奉表前去宋朝东京汴梁，表示愿意归顺朝廷。第二年，李德明再次派遣牙将刘仁勖奉表请求归附，并请求将表放入北宋盟府（掌管保存盟约文书的官府），说归附宋朝是其父李继迁的遗命。面对李德明如此诚恳的归顺态度，北宋朝廷出现了两种不同的意见。一种以边疆将领、知镇戎军曹玮为代表，认为趁着李继迁刚刚去世，其子根基不稳、部族离心，应派遣大军将其一举剿灭，如果等到日后他们强盛起来，就难以控制了。另一种意见来自许多文臣，主张对李德明采取羁縻政策，只要其不像李继迁一样挑衅闹事，归顺称臣，承认宋朝中央政权，双方平安无事为佳。后者的意见很符合宋真宗的保守政策，于是，双方达成和约。宋真宗授予李德明特进、检校太师兼侍中、持节都督夏州诸军事、行夏州刺史、上柱国，并册封定难军节度使，夏、银、绥、宥、静等州管内观察处置押蕃落等使，加封西平王，还赐银万两、绢万匹、钱三万贯、茶两万斤，李德明本人还享受朝廷按内地同级官员标准发的俸禄，可谓名利双收。与李继迁时代不同的是，李德明这次被宋朝封为西平王，是党项族西北崛起之后第一次被中原王朝封王，标志着宋朝对党项族灵州政权的默许。李德明没有花费太多的力气就完全搞定了宋朝和辽国，政权得到大大的稳固。接下来，他就可以集中全部力量来对付杀父仇人、凉州的吐蕃部酋长潘罗支了。

三年前，潘罗支用计麻痹了李继迁，将他射伤。得知李继迁伤重死去的消息，潘支罗高兴了好一阵子。但他知道党项人复仇心极强，睚眦必报，李德明肯定要来为父报仇。于是，他一方面派人朝见宋真宗，请求归附，搞好与宋朝的关系；另一方面加紧整顿兵马，防备李德明来进攻。为了增强自己的力量，潘罗支想趁党项内部混乱之际，招降拉拢一部分党项部落，为己所用。当时，党项族有迷般嘱和日逋吉罗丹两个部落投奔到潘罗支手下。李德明暗中派人做这两个部落首领的工作，将他们说服，两个首领同意重新归顺灵州旗下，并愿意作为内应。有了内应，李德明大张旗鼓地发兵凉州，讨伐潘罗支。听说李德明率兵前来进攻，潘罗支急忙率百余骑前往迷般嘱和日逋吉罗丹的内帐商议，两位首领趁其不备，突然拔刀将其杀死。潘罗支一死，凉州大乱，李德明轻松占领凉州，将凉州这座丝绸之路上的重镇纳入党项族的统治之下。李德明不仅可以坐收丝绸之路贸易带来的财富，增强自己的经济实力，还对祁连山下富庶的甘州（今甘肃省张掖市）形成威胁。由此看出，李德明攻打凉州不仅仅是为父报仇，更有一种长远的战略考虑。

李德明既然与宋朝和辽国讲和，向南、向北发展都已经不可能，所以，他将党项族的拓展方向确定为向西。这样不仅能解除吐蕃、回鹘的威胁，还能向西拓疆扩土，攻占河西走廊。当时在河西地区存在着两大势力：一是盘踞西凉的吐蕃六谷浑部，另一是甘州的回鹘部。回鹘，又称回纥，主要分为甘州、沙州、瓜州、西州四部，其中以甘州的回鹘势力最为强大。甘州境内水草丰美，物产丰富，宜农宜牧，盛产良马，李继迁在世时就对其垂涎已久。因此，李德明集中力量，开始了漫长的夺取河西地区的战争。

宋真宗大中祥符元年（1008）三月，李德明派张浦率数千骑兵发起对甘州的首次进攻，但被甘州回鹘可汗夜落纥击败。之后又连续组织几次进攻，均以失败告终。进攻甘州不能得手，凉州也因内乱被回鹘占领。虽然在河西方面屡屡受挫，但李德明没有惊慌，他沉着镇定，耐心等待重新发起进攻的机会。宋仁宗天圣六年（1028），李德明趁着甘州疏于防备，命令儿子李元昊率三万精骑长途奔袭，对甘州发起突然攻击，一举攻占甘州。回鹘瓜州首领王贤顺见李元昊兵强势大，主动率众投降。宋仁宗明道元年（1032）九月，李德明又派李元昊攻打凉州，重新夺回凉州。为了实现其父李继迁提出的"西掠吐蕃健马，北收回鹘锐兵"的战略构想，李德明前后用兵二十五年，付出了巨大的代价，终于将整个河西走廊控制于掌中。令他欣喜的是，在夺取河西之地的战争中，他的长子李元昊经受了战争的锻炼，表现出超乎寻常的战争指挥才能，李德明将他立为太子，成为自己的接班人。

除了在河西用兵外，李德明与宋、辽基本保持了和平相处，给了老百姓二十多年休养生息的环境。李德明非常重视发展经济，他与宋朝谈判，在保安军（今陕西省志丹县）开设边境贸易市场——榷场，允许双方百姓进行贸易。后来，在并州和代州两地也开设了榷场，大大方便了百姓之间的交易。宋朝百姓以丝绸、香药、瓷器、漆器等换取党项人的牛、羊、玉、毡毯、药材等。李德明还十分重视将宋朝先进的农业技术和农具通过贸易引入党项人生活的地区，水稻种植就是在这时传入党项族统治的黄河流域地区的。占据河西之地后，李德明下令夺取回鹘等西域国家或地区商人的货物，或者实行高额税收政策来增加自己的税收，繁忙的丝绸之路成了李德明重要的"钱袋子"。

为了稳定内部统治，李德明重新调整了他的统治机构，重用以张浦为首的汉族知识分子。当时的王城灵州，虽然交通便利，民丰地沃，但地处平原，无险可守。李德明采纳了大臣的建议，在唐朝怀远镇的基础上，修建新的都城。这里西有贺兰山作为天然屏障，东面和南面有黄河天险，是理想的国都所在地。李德明于此大兴土木，构筑宫殿、宗庙等，一座新的都城拔地而起。新都城建成之后，李德明将其命名为兴州（今宁夏银川市），取兴旺发达之意。

一切似乎都在顺利地进行。李德明驾驭的党项政权越来越强大，朝着开创党项帝国的目标一路前进。然而，就在其子李元昊刚刚夺回凉州，党项族拥有了河西走廊后不久，李德明却突然去世，年仅51岁。其长子李元昊继位。几年后李元昊称帝，追谥李德明"光圣皇帝"，庙号太宗。

李德明在位的二十八年，成功实行了依辽附宋的外交政策，出兵夺取甘、凉二州，将河西走廊纳入统治区域，领土得到进一步扩大；对内大力发展经济，加强与宋朝的贸易，积聚了大量的物质财富，为李元昊后来建立西夏帝国奠定了相对丰厚的物质基础。他的去世，宣告了一段相对和平的时代的结束，加速了一个由党项人建立的国家在血与火的洗礼中走上历史舞台，而创建党项帝国的人正是李元昊。

野心勃勃的李元昊

李元昊生于宋真宗咸平六年（1003），小字嵬理，西夏语的意思是"珍惜富贵"。他出生的第二年，祖父李继迁被吐蕃六谷部首领潘罗支的暗箭射伤，伤重死去。其父李德明继位后，奉行依辽附宋之策，使党项李氏政权获得二十多年相对和平稳定的发展环境，李元昊就是在这样的环境中长大成人的。

青少年时期的李元昊，虽是中等身材，却长得魁梧雄健，英气逼人，刚毅中带着几分凛然不可侵犯的神态。他平素喜欢穿着白色长袖衣，头戴黑色冠帽，身佩弓矢，骑上骏马带着百余骑兵出行。与其他贵族子弟不同，他幼年喜读诗书，通晓蕃汉语言，尤其喜读兵书，对当时流行的《野战歌》《太乙金鉴诀》一类兵书，更是手不释卷，专心研读，而且对事物往往有独到见解，成为党项贵族青年中少有的兼具文韬武略的俊才。宋朝边防名将曹玮听闻李元昊的事迹，很想一睹其真容，听说他经常在边境的贸易市场出现，暗中前去几次，均没有遇见。后来，曹玮派人偷画了他的画像，见其状貌，曹玮不由惊叹："真英才也！"断定他后日必定为宋朝的边疆大患。

真正让李元昊大出风头的是他成功的奇兵突袭甘州一战。李德明继位后，曾多次出兵甘州，要么兵败，要么无功而返。宋仁宗天圣六年，年仅

24岁的李元昊率领骑兵长途奔袭，对甘州城发动突然攻击，甘州回鹘可汗仓促出逃，李元昊一举占领甘州，获得成功。此战的胜利不仅为党项立下大功，还树立起李元昊在党项军队中的威望。

李元昊成年后，对其父李德明依附宋朝的战略并不赞同，曾多次劝父亲不要再臣服于宋朝。因为李德明坚持韬光养晦，李元昊无法由着自己的性子来，也不敢造次。李德明去世后，李元昊继承王位，成了党项族的最高统治者，他可以不受任何约束地实现自己建国称帝的梦想了。尽管辽国、宋朝在他继位后，都派出使者来到兴州，为他加官晋爵，尽力拉拢和安抚，但都无法满足他建国称帝的巨大野心和强烈愿望。他就像贺兰山上一只羽翼刚刚丰满的山鹰，正在蓄积力量，随时准备一飞冲天，自由翱翔。

李元昊显然不是一介鲁莽武夫，他清楚要想建国称帝，就必须做好各方面的准备。自宋仁宗明道元年继位以来，李元昊便精心谋划，一刻不停地为此积极准备着。他采取了一系列措施，从政治、军事、文化等方面展开大规模的行动。为了适应新的统治需要，他参照宋朝的政治体制，对党项政权原来的政府机构和官员体制进行大刀阔斧的改革。新的政权机构在皇帝之下设置中书、枢密、三司、御史台、开封府等，以及翊卫司、官计司、受纳司、农田司、群牧司、飞龙苑、磨勘司、文思院等，这些机构的职能基本与宋朝相同。此外，还有一些以各少数民族称谓来命名的官职，如宁令、谟宁令、丁卢、丁弩、素赍、祖儒、吕则、枢铭等。这就形成一种特有的蕃汉合一的行政管理体制，建立起一个高度集权、行政效率比较高的中央政权。他也像其祖父、父亲一样重视汉族知识分子，将他们引入麾下，委以重任。在宋朝屡试不第的张元、吴昊来到灵州，投奔李元昊，为其出谋划策，成为李元昊手下的"智囊"。

一座规模宏大的都城，往往是一个国家强盛繁荣的象征。李德明时修建的兴州城，虽然功能齐备初具规模，但已经不符合李元昊未来国都的标准了，需要进行大规模扩建。李元昊暗地派人前往长安，绘制出长安城的建筑图，命人仿照唐代兴庆宫的形制修建宫殿。经过大规模扩建的兴州城成为西北塞上一座十分气派的城市。为此，他将扩建后的兴州城改名为兴庆府。

李元昊内心对中原文化是非常喜欢的。不过，为了实现"为帝图皇"的目的，他决心在统治区域内尽量消除中原文化的影响，不断强化党项文化，用党项文化取而代之，以增强党项人的民族意识。

首先，李元昊决定废除唐、宋赐给党项王族拓跋氏的李、赵姓氏，让党项统治氏族中的所有内亲都改姓"嵬名氏"，自己更名曩霄，号"兀卒"。在党项语中"兀卒"是"青天子"的意思。其称帝之心已露端倪。

其次，对党项人的发型和服饰提出强制要求。李元昊下令境内所有的党项人都必须秃发，说这是党项先祖在青藏高原时的发型，是党项族区别于其他部族的标志。限期三日，有不从者处死。他自己以身作则，先把自己的头发剃了，并穿耳孔，戴上又大又重的耳环。一时间党项各部落民众争相秃发。在服饰方面，也要求全面党项化。李元昊自己穿"白窄衫，毡冠红里，冠顶后垂红结绶"。官员按等级职别规定服饰。庶民百姓，只准穿青绿色的衣服，以区分高低贵贱。

再次，是创制一种全新的党项族文字。李元昊下令大臣野利仁荣主持文字创制的工作。野利仁荣是一位文化修养非常高的党项学者，他根据汉字与藏文的特点，专心研修，在短短几年时间里，演绎出西夏文字十二卷，共约六千字。西夏文字模仿汉字，字形方正，结构复杂，笔画繁多，但没有一个字与汉字一样。李元昊将这种新的文字尊为"国字"，下令向民间颁行，凡是纪事一律用蕃书。又设立蕃字院，作为传授、学习、推广的机构。与辽、宋朝往来的文书都使用两种文字书写。同时，又让野利仁荣负责主持建立"蕃学"，把《孝经》《尔雅》等汉族书籍翻译成西夏文，选拔优秀的官僚子弟进入蕃学院学习，为国家培养未来的治理人才。

党项族从李继迁开始反抗宋朝的斗争历程，使得李元昊懂得马背上打天下的道理，所以，他更加重视军队的建设。在原有部落军事组织的基础上，李元昊建立了正规的军事制度。为了战争和军政建设的需要，便于调兵遣将，党项采用地方军区性质的监军司设置，模仿宋朝军事单位厢、军制度，把全境划分为左、右两厢，共设有12个监军司，各立军名，规定驻地，设置军事首领都统军、副统军和监军使等职。在全境广布兵员，重点是护卫首都兴庆府和防卫宋、辽。除了组织由党项羌组成的"族内兵"之外，还增加了"族外兵"。所谓族外兵，就是在俘虏中挑选勇敢善战者组成军队，取名为"撞令郎"，一旦开战，让他们在前面冲锋陷阵，以减少党项军队的伤亡。经过整顿的西夏军队军容整肃，训练有素，行动迅速，具有很强的战斗力，在后来与宋朝的战争中让宋朝军队吃尽了苦头。

经过六年时间，李元昊基本完成了建国的各项准备工作，一个"东尽黄河，西界玉门，南接萧关，北控大漠，地方万余里"的党项政权已具规模。李元昊看到建国准备基本就绪，决定宣布建立国家。宋仁宗宝元元年（1038）十月十一日，秋高气爽，在贺兰山下、兴庆府南郊，一座祭坛高高耸立，34岁的李元昊身着一袭白袍，在众大臣的簇拥下，来到这里祭祀天地，宣告党项族历史上第一个帝国的建立，国号为大夏，西夏语称"邦泥定国"，意为"大白高国"或"大白上国"，改元天授礼法延祚，李元昊由此登上了皇帝宝座。因为大夏国位于夏州以西，被辽、宋乃至后来的金、元都称为西夏。

宋夏边疆战火点燃

从李继迁走进地斤泽对抗宋朝，到李元昊建国称帝，党项人经历了半个多世纪的浴血奋战和不懈努力，终于在极其艰难的环境里逐渐崛起，建立起属于自己民族的国家。然而，这个新生的国家，不得不面对辽、宋两大强敌，如何在这中间求得生存与发展，是李元昊所面临的最大的问题。他该如何来应对？如何在被动中求得主动，化不利为有利？人们都在拭目以待。

世间的事物往往有着一种莫名的矛盾性。一门心思要造反，建立一个摆脱宋、辽控制的独立国家的李元昊，在建立属于自己的国家之后，却做出了一个让人费解的举动——派人到宋朝都城汴京，向宋仁宗上了一道奏表，主要阐述自己建国称帝的合法性，请求宋朝承认他的国家和皇帝称号。不管李元昊上表的动机如何，他建国称帝的举动，犹如投下一颗重磅炸弹，让宋朝朝野大为震惊。

对于夏州党项政权，宋朝一贯以安抚拉拢、姑息迁就为主，不想大动干戈，劳师费财，不过，这一次李元昊建国称帝真的触犯了宋朝的红线，朝野上下一片讨伐之声。宋朝的反应非常强硬，宋仁宗下诏削夺了李元昊的赐姓和官爵，在边境上张贴榜文，悬赏捉拿李元昊，若有斩杀者即授予定难军节度使，赏钱二百万。同时停止互市，断绝双方贸易往来。为了应对李元昊可能发动的战争，朝廷命知永兴军夏竦兼泾原、秦凤路安抚使，知延州范雍兼鄜延、环庆路安抚使，积极备战，做好出兵讨伐的准备。

宋朝的强硬态度在李元昊的意料之中。他早已行动在先，为对宋发动战争进行准备。现在，双方撕破了脸皮，和平的基础已不复存在，战争已经不可避免。为了掌握主动，李元昊频繁派出探子到宋朝边境刺探军情，煽动诱骗宋朝境内的党项人和汉人归附西夏。西夏军队在边境地区不断挑起事端，掳掠边民牲畜、粮食等等，还不时地向宋边境城寨发动小规模袭击。

从地理上看，宋与西夏之间从东到西横亘着一座山脉——横山，东起麟州（今陕西省神木市），西至原州（今甘肃省镇原县），绵延1000多公里，形成了宋与西夏一条天然的分界线。宋朝在这条边界上进行了重点防御，配备大量军队，修建了许多堡寨，往往每三五十里就有一座，这些堡寨地势险要，易守难攻，而且彼此呼应，看上去是一道难以逾越的军事屏障。

通过各方面的情报，李元昊基本了解了宋军防御方面的情况，尤其是宋军防御的弱点和缺陷。北宋的基本国策是重文轻武，军队由文官控制，只有发生战争时将领才与军队接触，导致将不识兵、兵不识将，战斗力大受影响。宋朝的军队大都缺乏有效的日常管理，兵源良莠不齐，军事训练差，一打仗往往"望风逃溃，无复能战"。加上二十多年来夏州一带边境相对平静，没有发生过较大的战争，宋朝西北边境的军队上下都有些麻痹松懈，平时疏于训练，对战争缺乏足够的思想准备。

经过几次小规模的侵扰和试探性进攻后，李元昊决定先发制人，对宋朝发动大规模的战争。他了解到，环庆路方面堡寨密布，地势复杂，且有刘平等悍将镇守；泾原路方面城池坚固，宋军守卫严密，作战强悍。最终，他将进攻的目标确定为鄜延路的延州方向。他了解到延州地势较为开阔，堡寨稀疏，军队数量少，战斗力差，缺少有经验的将领。更让他高兴的是，当时镇守延州的宋军统帅范雍是一个胆小无谋的文官，根本不值得畏惧。

宋仁宗康定元年（1040）正月，范雍和延州军民还沉醉在新春佳节的欢乐氛围中，西夏大军在李元昊的率领下突然大举南下，兵锋直指延州。李元昊大军来得非常突然，令延州城里的范雍惊慌失措，不知该如何应对。李元昊知道范雍昏庸无能，害怕战争，便耍了一个花招，他派人送信给范雍，表示愿意与宋和谈，制造一种求和的假象，以此来麻痹范雍。李元昊"求和"的态度，正是范雍所期待的。他对此深信不疑，立即向朝廷报告，对西夏的警惕和防御自然就松懈下来了。而李元昊却在暗中调集兵力，把进攻的重点聚焦在延州北面的战略要地——金明寨（今陕西省安塞南）。

金明寨是延州的北部门户，是非常重要的军事屏障。它地势险要，周围还有众多堡寨，互为依托，互为支援，形成了一个防御严密的堡寨群。

镇守金明寨的将领是都巡检使李士彬。李士彬能征善战，勇猛过人，手中有兵近十万，人称其为"铁壁相公"。只要有金明寨，延州就可保无虞。李元昊心里很清楚，若要攻占延州，就必须先拿下金明寨，但若以武力攻打，不仅要牺牲很多士兵，而且胜负难料，更重要的是会暴露他的战略意图，引来宋军的围堵。所以，他决定智取金明寨。

为了夺取金明寨，李元昊首先实施反间计。他让人给李士彬写了一封信，信的内容是与李士彬约定叛宋降夏。然后，派人把信和一件锦袍、金带丢在金明寨附近，故意让宋军捡到，以此引发宋朝官员和将领对李士彬的怀疑。果然，这封信让一些宋朝将领对李士彬产生怀疑，只有鄜延路副都总管夏随认为这是西夏人的离间。夏随认为李士彬与党项族有世仇，如果私下相约馈赠，怎么可能让其他人知道呢？为此，他专门叫来李士彬一起喝酒，真心安抚他，李士彬感动不已。李元昊这一诡计未能得逞。

接下来，李元昊采取了诱降计。他秘密派宋朝降将刘重信进入金明寨去见李士彬，许以高官厚禄，遭到李士彬的拒绝，为了自证清白，李士彬将刘重信斩首。李元昊的诱降计也未能奏效。

尽管接连失败，但李元昊仍不甘心，采取了更加隐蔽的诈降计。他让一部分党项兵士假装向李士彬投降。李士彬刚开始并不在意。后来，看到前来投降的党项兵越来越多，他有些拿不定主意，将情况报告延州主帅范雍。范雍既无能，又不懂军事，他不仅让李士彬全部接纳了投降的党项兵士，还给他们赏赐金帛，让李士彬把他们安置各个堡寨之中，这就为后来金明寨失守埋下重大隐患。

在实施诈降计的同时，李元昊又使出骄兵计。他命令手下将士，只要遇到李士彬及其部下必须不战而退，还传话给李士彬道：我们一听说"铁壁相公"的名号，就吓破了胆，立马逃跑。李士彬听说后十分得意，以为党项人真的害怕他，更加骄横，不可一世。加之他平时对部下十分严苛，将士偶有过失，便严刑拷打，导致手下人心怀怨恨，离心离德。李元昊见时机成熟，做出一副要攻打保安军的样子来迷惑李士彬。李士彬整顿兵马，严阵以待，等了一天也不见西夏军队的动静，以为他们真的害怕而不敢来攻，便解甲就寝。不料，夜里他刚刚入睡，西夏军队与之前诈降的党项兵士里应外合，几乎没有遇到抵抗就占领了金明寨。李士彬在迷迷糊糊中就和儿子李怀宝一同成了西夏军队的俘虏。

轻而易举拿下金明寨后，李元昊立刻挥师进逼延州，将延州城团团围住。宋军主帅范雍恐慌至极，下令紧闭城门，不敢出战，马上派人急调远在庆州（今甘肃省庆阳市）的环庆路副都部署刘平、鄜延路副都部署石元孙带兵前来救援。刘平接到范雍的军令后，救援心切，率骑兵连夜行军，很快就到达延州城西的三川口。石元孙与屯驻延州附近的都监黄德和会合，巡检万俟政、郭遵都奉范雍之命前来，全军共有步骑一万多人。其时天寒地冻，满山积雪，河谷冰封，宋军远道而来，鞍马劳顿，对敌情和地形都不甚清楚，刘平等人压根没有想到这是李元昊围点打援的计策，在前方有一张密布的罗网，正等着他们往里面钻呢！

翌日拂晓，急进的宋军进入了西夏军队的埋伏圈，以逸待劳的西夏军队从四面杀出。面对突如其来的敌人，刘平沉着指挥，奋勇杀敌，左耳、右颈均中箭负伤，依然力战不退。宋将郭遵更是骁勇异常，独自冲入敌群，浴血拼杀，最终战死。战至下午，虽杀敌数千，却未能冲破包围。李元昊在战斗初期故意派出一些老弱士兵参战，宋军则以强击弱，拼尽全力。看到宋军已经精疲力竭，李元昊这才派上精锐部队，发起攻击，宋军渐渐不支。在这个紧要关头，殿后的宋将黄德和率先逃跑，导致全军大溃败。刘平仗剑且战且退，收拾残兵千余人，被西夏军包围在一个山头上。刘平率余部在山上竖起栅栏坚守。李元昊派人混入栅内试图招降刘平，刘平将其斩杀，决心以死殉国。宋军濒临绝境，孤立无援。深夜时分，西夏兵在宋营四周大喊招降："你们这些残兵，不投降还在等什么？"宋军不为所动。次日黎明，西夏军从四面发起攻击，刘平等顽强抵抗，终因寡不敌众，军队被分割成几块，最终全军覆没，刘平、石元孙力竭被俘。望着漫山遍野宋军士兵的尸体，李元昊万分得意，他觉得貌似强大的宋朝军队也不过如此，用不了多久，关中和长安就成了自己的囊中之物了，眼下最重要的是一鼓作气攻下延州。但是，延州城非常坚固，西夏军围攻七天七夜，还是没有攻下。老天似乎有意跟李元昊作对，一场大雪骤然而降，严寒中的西夏军队十分疲惫，士气低落，加上增援延州的宋军正在赶来，无奈之下，李元昊只好下令撤军，延州城幸运地得以保全。

三川口之战西夏军大获全胜，这是李元昊建立西夏国以来对宋朝军队作战取得的首场大胜，极大地提振了李元昊与宋朝抗衡的信心。

三川口之战的惨败，也让北宋朝野震惊。宋仁宗龙颜大怒，罢免了无能昏聩的范雍，将其贬知安州，将临阵逃跑的黄德和处以腰斩。宋朝君臣这时才感到李元昊是个非常难对付的敌人，必须加强防御力量，选择能臣干吏到西北前线指挥作战。于是，任命夏竦为陕西都部署兼经略安抚使，韩琦、范仲淹同为陕西经略安抚副使，力图扭转宋军在西北前线的被动局面。

当时，宋朝以为刘平、石元孙等已经阵亡，故追赠刘平为朔方军节度使兼侍中，石元孙为忠正军节度使兼太傅。其实，刘平被俘后，拒绝投降，病死在西夏。石元孙在宋夏议和后，被西夏放还。

康定元年三月，肩负朝廷的重托，临危受命的韩琦、范仲淹赶到西北前线。虽然都是陕西经略安抚副使，但二人各自负责一方：韩琦主要负责泾原路防务，范仲淹主要负责鄜延路防务。二人到任履职，采取积极防御的策略，鼓舞士气，训练军队，修筑堡寨，拔擢良将，基本稳定了前线的局势。

三川口之战后，李元昊也没有闲着，他密切关注着宋朝的人事调动和防御变化，寻找有利战机。康定二年（1041）二月，李元昊向渭州（今甘肃省平凉市）发起进攻，憋着一肚子气的韩琦早就想打击一下西夏人的嚣张气焰，便派环庆路大将任福率兵一万全力出击。李元昊见状暗喜，下令部下假装退却，沿途故意丢弃一些装备物资。求胜心切的任福不知是计，一路急追，行至六盘山下的好水川，一头撞进了李元昊布下的包围圈。宋军发现山谷间放置了一些银白色的盒子，里面还发出咕咕的声响，士兵们觉得奇怪，上前打开了盒子，一时间，一只只鸽子从盒子里腾空飞出。埋伏在山谷周围的西夏大军，看到鸽子飞起，从四面杀出，将宋军分割成三块。西夏军在山头上设置了指挥点，竖起一面高达二丈余的"鲍老旗"，西夏军看着"鲍老旗"的指挥方向行动。在西夏军持续不断有组织地冲杀下，宋军渐渐不支，相互践踏坠崖而死者甚多。大将桑怿、刘肃力竭战死。主帅任福身中十余箭，血流如注，仍奋勇杀敌，有人劝他突围，他大声喝道："吾为大将，兵败，以死报国耳！"遂用手扼咽喉自杀。其子任怀亮亦战死。此役，任福所率一万余人马全军覆没。

战后，李元昊站在山头上俯视战场，得意扬扬，他令谋士张元在崖壁上题诗一首："夏竦何曾耸，韩琦未足奇。满川龙虎辇，犹自说兵机。"充满了对宋朝将帅的嘲弄和轻蔑。宋军遭遇又一场惨败，元气大伤，被迫转入全面防御，战争的主动权仍然掌握在李元昊手中。

接连取得三川口、好水川两场大胜之后，李元昊没有停下进攻的步伐。他就像一头嗅觉灵敏的草原狼，一直在寻找着猎物，一旦发现可乘之机，立即扑上去给予致命一击。这一次，他将进攻的方向选择在泾原路。宋仁宗庆历二年（1042）闰九月，李元昊集左右厢兵十万，分兵两路，再次大举进攻宋镇戎军（今宁夏固原市）。泾原路经略安抚招讨使王沿获知西夏军来攻的消息，命泾原路副都总管葛怀敏率军增援，临行时，王沿特地告诫葛怀敏切忌孤军深入。然而，葛怀敏轻敌冒进，被西夏军围困在定川寨（今宁夏固原市西北）。西夏军切断寨中的水源，葛怀敏被迫向镇戎军突围时，遭到西夏大军合围，葛怀敏与十六位将领战死，宋军近万人被歼灭。李元昊获胜后，挥师南下，直抵渭州（今甘肃省平凉市），关中为之震动。李元昊以皇帝的口吻诏告宋朝民众："朕欲亲临渭水，直据长安。"可见，他那颗狂放的野心已不再局限于西北一隅，已经驰骋于以长安为中心的关中地区了。

尽管在战争中不断取得胜利，李元昊可以庆贺和夸耀，但战争也是一把双刃剑，在给别人创伤的同时，也会给自己带来许多损失和麻烦。三年来，西夏因不断发动战争，其原有的物资储备消耗殆尽，狭小且贫瘠的国土物产有限，很难满足连年战争的巨大消耗。加之宋朝因为战争停止了边境贸易，实行经济封锁，西夏国内物资匮乏，物价飞涨，人民生活日益艰难。西夏境内流行"十不如之谣"，表达了对李元昊连年发动战争的不满。更要命的是西夏境内出现严重旱灾，连西夏上层统治者中也发出休兵息战的呼声。面对如此国情，李元昊知道无力再与宋军连续作战，只好改变策略，与宋朝媾和。不过，他要凭借军事上的胜利向宋朝施压，逼迫宋朝妥协让步。庆历三年（1043）初，李元昊致书宋朝要求和谈，宋仁宗也被西夏的频繁进攻搞得心神不宁，急于求和，遂授意知延州庞籍与西夏交涉。双方经过马拉松式的谈判，终于在庆历四年（1044）五月达成和平协议，史称"庆历和议"。和议的结果是李元昊以"西夏主"的名义向宋称臣，换得宋朝对西夏立国的承认。宋朝则每年给西夏"岁赐"银、绢、茶等共计二十五万五千两白银，重新开放保安军与高平寨的榷场，进行互市。至此，延续数年、造成双方巨大损失的宋夏战争暂告结束，西北地区基本恢复了和平。

与宋朝媾和之后，李元昊再也没有什么大的作为，开始沉湎于享乐。他平时嗜酒好色，加之生性暴戾，任性随意，导致西夏内部日益腐朽，人心离散。为了博得年轻貌美的没移氏的欢心，他竟然废掉皇后野利氏和太子宁令哥，改立没移氏为新皇后。当他沉浸在与新欢的温柔梦乡中时，杀身之祸已悄然来临。原来，被废掉的太子宁令哥实在咽不下无故被废这口恶气，对李元昊充满仇恨。在他人的唆使下，宁令哥潜入王宫，趁着李元昊醉酒后，挥起宝剑将他杀死。李元昊这位纵横西北、叱咤风云的党项族枭雄，没有死于刀光剑影的战场上，却在46岁的壮年，窝囊地丧命于自己儿子的剑下。命运真的给他开了一个无情的玩笑！

虽然李元昊英年早逝，但在他身后留下了一个已经崛起的西夏帝国。尽管内部争斗不断，这一帝国竟然延续了一百八十年，形成了宋、辽、西夏三分天下的格局。这其中李元昊厥功至伟，无法抹杀，可以称得上党项族的一代英雄，他的名字也得以永远留存于史册之中。

| 第十七章 |

西北危局的中流砥柱

宋仁宗康定元年三月,江南越州(今浙江省绍兴市)草长莺飞,满眼芳菲。知越州范仲淹正享受着这明媚的春光。这时的范仲淹已年逾五旬,身弱多病。常年在外为官使他的身体早已透支,不堪重负。越州是山清水秀、人文荟萃的鱼米之乡,在这里他可以得到充分休息,好好调养一下身体。然而,好景不长。一天,他收到了朝廷的紧急公文,公文的内容是要他火速回到京城汴梁。算起来,他在越州待的时间并不长,从宝元二年(1039)十一月到任越州,满打满算也就十五个月。朝廷的调令十分紧急,他必须告别风光如画的越州,立即踏上北归的征程。

范仲淹到达汴京后,得知由于西北边疆战事危急,他被任命为天章阁待制、出知永兴军(今陕西省西安市)。但还没动身赴任,七月,又升为龙图阁直学士,与名臣韩琦一同出任陕西经略安抚副使,成为陕西经略安抚使夏竦的副手。从此,范仲淹的人生翻开了戎马倥偬的一页。

受命于危难之际

因为正直敢言,批评朝政,范仲淹长期被外放做官,现在,突然间被调回京城,受到重用,当然有着非同寻常的背景。

一是西北边疆形势发生了非常不利于宋朝的重大变化。宋仁宗宝元元年十月,李元昊在兴庆府(今宁夏银川市)建国称帝,宋、夏之间完全撕破脸皮,战争已不可避免。康定元年正月,蓄谋已久的李元昊率领西夏大军突然大举进攻延州,拉开了宋、夏长期战争的序幕。李元昊不仅用计攻占延州北部的战略要塞金明寨,并在延州城西的三川口伏击了赶来救援的环庆路副都部署刘平、鄜延路副都部署石元孙所部,宋军步骑一万多人全军覆没。西夏军队围攻延州城七天七夜,遭逢大雪天气,才不得不撤军,延州城侥幸得以保全。宋朝西北边疆形势十分危急,急需有能力、有担当、文武兼备的统帅到前线主持防务,稳定人心。宋仁宗环顾朝堂上的群臣,实在找不到什么合适的统帅之人,这使他不由得想起远在越州的范仲淹来。

二是重臣韩琦的鼎力推荐。与范仲淹在仕途中长期沉沦下僚不同,韩琦可谓年少得志,仕途通达。宋军在三川口覆灭后,知延州范雍自然要承担责任,被降职处理。西北边关形势告急,敌焰正炽,急需新的统帅坐镇指挥。此时,韩琦正好从四川回到京城,危难之际,被朝廷任命为陕西安抚使。但韩琦自觉势单力孤,需要志同道合的同僚共担重任。韩琦平时对范仲淹人品才能极为推重,是范仲淹政治上的盟友。现在朝廷正是用人之际,所以,他立即向朝廷推荐了这位年长自己19岁的诤臣。希望范仲淹与自己一同出任边帅,共济国难。宋仁宗当然清楚范仲淹的才干,又加上韩琦的力荐,二人携手赴边御敌,无疑是最佳组合,他自然表示赞同。

为了加强西北边疆的防御力量,朝廷任命夏竦为陕西都部署兼经略安抚使、缘边招讨使,作为西北前线的主帅;任命韩琦和范仲淹为陕西经略安抚副使,作为夏竦的副手。韩琦负责泾原路防务(泾原路治所在渭州,即今甘肃省平凉市),范仲淹负责鄜延路防务(鄜延路治所在延州,即今陕西省延安市),夏竦驻扎在永兴军。三人互相策应,组建成西北前线新的领导机构。

北宋一朝历来重文轻武，一直选派文臣作为军队的统帅，但文臣大多不通军务，这也是宋朝军队经常吃败仗的原因之一。其实，范仲淹也没有带兵的经历，带兵打仗确实非其所长，但是，在国家危难之际，需要他挺身而出承担重任。一种强烈的使命感和责任感驱使他毅然临危受命，接受挑战，投身于抗敌前线。后来的事实证明，宋朝这次的统帅选择是十分正确的。范仲淹的确是文臣中兼通军事的杰出人才。

到达延州后，范仲淹发现当地原野萧条，堡寨破败，士气低落，人心不稳。当时，接替范雍知延州的张存被这样的景象吓到，便寻找种种借口，请求调回内地。范仲淹知道他实在不堪重任，为了更有效地解决存在的各种问题，他主动要求兼知延州，显示出以天下为己任的博大胸怀和勇于担当的精神，朝廷自然表示同意。这样，鄜延路的军、政、财大权全部集中于范仲淹一身。

对于范仲淹来说，眼下刻不容缓的事情就是重新整顿边防，加紧建设防御体系。面对西夏强势的军事进攻，范仲淹有着宏观且务实的思想。他反对部分大臣立即发动五路大军讨伐西夏的主张，认为是急于求成，轻举妄动，"无功而有患"。他心里很清楚虽然西夏的兵力、财力远不能与北宋相比，但其军队的整体素质和作战能力远超宋军。李元昊的计策就是引诱宋军出战，然后利用有利地形，集中兵力，将宋军各个击破。只要宋朝加强边疆防守，不给西夏军队可乘之机，其后援补给跟不上，自然就会无功而返。再持续对其加以经济封锁，不出两三年其国内经济必然困乏，内部就会分化瓦解，这时再出兵讨伐，就可稳操胜券。因此，范仲淹并不急于发动进攻，而是把主要精力放在军队建设和训练方面。

针对宋军战斗力低下的问题，范仲淹决心组建一支训练有素作战勇猛的军队。宋朝在西北边疆的军队数量并不少，但存在着许多弊端，导致军队战斗力十分孱弱，诸如缺乏正规的军事训练，军队编制和作战方式不尽合理，等等。宋朝军队有一项十分死板的规定：把驻守边疆的部队分成若干队，部署率领10000人，钤辖率领5000人，都监率领3000人。如果有敌人来进攻，就派官职小的先出去应战，级别高的将领则率精兵在后面。范仲淹觉得这个规定非常不合理，他认为不先弄清楚敌人数目众寡就盲目出战，出战的时候，又以官阶大小定先后，这简直是败兵之道。因此，他决定下大力气整顿和训练军队，改变僵化的作战方式，采取灵活合理的战略战术。他全面检阅延州的军队，淘汰老弱军人，挑选出18000精兵，分成6队，每队3000人，由6位将领统领，每位将领3000人，分头进行严格的军事训练。敌人来进犯时，根据来敌的多寡，调派将领出兵应战。范仲淹还挑选出12位指挥使，分隶6将，专门负责军队训练工作。每一营挑选25名勇敢健壮的士兵，练习弓弩和短兵器的使用。等他们熟练掌握技能后，再派到队伍中担任教头，一个教头负责10名士兵的训练。还要求弓箭手必须学习短兵器的使用，以提高士兵的综合作战能力。经过整顿训练，延州军队的面貌焕然一新，作战能力大大提高。经过检验，范仲淹的这些方法的确行之有效，很快就在西北其他地方推广开来。

　　光有精兵还不行，还需要良将来率领。范仲淹十分注意发现和选拔优秀的将领。一代名将狄青就是被范仲淹提拔和培养起来的。狄青作战十分勇猛。每次临敌，他都披头散发，面戴铜具，出入敌阵，所向披靡。当时，他只是一个中下级军官。时任经略判官的尹洙，曾与狄青谈论兵法，觉得他与众不同，就把他推荐给了韩琦和范仲淹。韩、范二人见过狄青后，都认为他是难得的良将之才。素来爱才的范仲淹，特地送给狄青一部《左传》，语重心长地对他说："为将者若不知古今，只不过是匹夫之勇而已！"狄青颇受感动，此后发奋读书，学习古今军事理论，终成一代名将。不仅是狄青，范仲淹还发现并重用许多优秀将领，如种世衡、张亢、周美等，他们都在抗击西夏的战争中有着卓越表现，发挥了重要作用。

积极有效的防御策略

范仲淹的整体战略思想是积极防御，伺机反攻。他的主张引起了部分朝臣的反对，有人讥笑他"区区过慎"，有人指责他"坐老吾师"。不过，实践证明范仲淹这种积极防御的战略，最切合宋朝军队以及前线的实际情况，是当时最为恰当有效的战略思想。

范仲淹主张积极防御，绝不是被动地等待敌人来进攻，而是在有把握的情况下，主动出击，收复失地，修复堡寨，巩固防线。在拥有了精兵强将之后，范仲淹派多路兵马在延州周边主动出战，稳扎稳打，取得了可喜成果。范仲淹派周美率两千人，修复扼守被西夏毁掉的军事要冲金明寨、万安城。城寨修复以后，周美以少胜多，多次成功地抵御了来犯的西夏军队。范仲淹又派张亢修复丰林城，派朱吉等修复承平、南安两寨，派狄青、黄世宁等收复了芦子平、塞门寨等军事要塞，使得延州外围的军事防线得到大大加强。

范仲淹听取了种世衡的建议，派种世衡率兵在延州东北二百里的唐代故垒宽州城上修筑城寨，取名为清涧。清涧城修成后，种世衡在范仲淹的指导下，开拓荒田，招徕商人，使原先的荒凉之地，迅速恢复了生机。种世衡团结当地的羌族首领，与他们联合起来共同抵抗西夏军队。清涧城成了保卫延州的一座重要堡垒。范仲淹还派遣葛怀敏、朱观等率兵出击，攻破西夏垒寨十余处，初步扭转了被动挨打的局面，延州前线的紧张形势得以充分缓解。

西夏人看到范仲淹来到延州之后，宋军在防御方面的巨大变化，在感到惊讶的同时，也表现出敬畏，相互告诫说："无以延州为意，今小范老子腹中自有数万兵甲，不比大范老子可欺也。"意思是：咱们再不要打延州的主意了，范仲淹胸中就有数万大军，不像范雍那样软弱可欺了！因为有了范仲淹、韩琦这样的主帅坐镇，西北一带的老百姓也有了主心骨和底气，当时流传着这样一段民谣："军中有一韩（琦），西贼闻之心胆寒；军中有一范（仲淹），西贼闻之惊破胆。"

正当范仲淹在鄜延路的积极防御初见成效之时，北宋朝廷出现了派遣大军攻打西夏，速战速决的声音。其代表人物之一就是与范仲淹并肩战斗、主持泾原路防务的韩琦。韩琦向朝廷上表说：现在朝廷在西北前线拥有二十万重兵，如果只是防守，不去进攻，是怯弱的表现，自古都没有这样的情况。长此以往，前线将士的士气恐怕要消磨殆尽了。这二十万士兵需要大量的粮食和物资来供养，如果长期拖延下去，国家的经济很难支持，不如趁着现在兵马强盛，集中各路兵力，全力攻打西夏，一战即可安定西北。当时在朝廷的枢密副使杜衍不赞同韩琦的计划，认为并非万全之策，持保留态度，但急于获胜的宋仁宗希望速战速决，下令按照韩琦的计划执行。

康定二年（1041）正月，宋仁宗诏令陕西的鄜延、泾原两路军队出兵征讨西夏，并命开封府、京东、京西、河东各路，准备五万头驴骡以备西讨。范仲淹得知这个诏令后，急忙向朝廷上书，发表自己的看法。他首先劝仁宗不要立即出兵，如果年初起兵，一是军马粮草要数万，二是大军进入塞外险阻之地可能会遇到风雪大寒，行军暴露且十分艰难，要是敌人乘机袭击，损失会很大。现在各地边关的堡垒、兵甲、粮草、战马都有所准备，完全可以防守，不怕敌人先来进犯，实在没有必要急着出击，不如等到春暖之后出师，那时候敌人马瘦人饥，形势比较容易控制，还可以干扰他们的耕种，这样纵然没有什么重大收获，也不至于有什么损失。其次，他建议朝廷笼络招降羌族各部首领，以分化西夏之势力。横山一带聚集有许多羌族及少数民族部落，他们畏惧宋朝大军的威武，可以加以招降；倘若他们不投降而逃窜，也等于去掉了西夏一臂。再次，他主张尽快修复鄜延路的城寨，以此牵制李元昊东边的兵马，使他不能全力攻击西边的环庆、泾原二路。范仲淹的意见呈上后，宋仁宗觉得有道理，同意鄜延路暂不出兵，但仍命他配合夏竦、韩琦的军事行动。

作为宋军在西北前线的最高指挥官，陕西都部署兼经略安抚使夏竦主张由泾原、鄜延两路同时进讨西夏，并且确定了出兵的日期。看到范仲淹不同意出兵，便专门派经略判官尹洙前往延州做范仲淹的工作，试图说服范仲淹一同出兵。从私交角度来说，韩琦和尹洙都是范仲淹的知己朋友；从政见角度来说，他们也是范仲淹坚定的政治盟友。但在关系到国家利益、战争胜负的问题上，范仲淹的立场非常坚定。尹洙在延州居住了二十天，最终未能说服范仲淹出兵，尹洙见范仲淹如此坚持己见，就责怪他说："你怎么如此怯懦，韩琦曾说过：'用兵应果断决策，将胜负置之度外。'"范仲淹反驳道："你难道不知道大军一动，关系到几万人的性命，难道把这些人的性命都可以置于胜负之外吗？我是不敢苟同这种看法的。"

康定二年二月，就在范仲淹和韩琦还在为进攻与防守争执不下的时候，李元昊率领十万大军逼近渭州的怀远城（今宁夏西吉县）。韩琦认为战机来临，可以与西夏放手一战，他不再等待范仲淹一起出兵了，命令环庆副总管任福率兵一万绕道敌后，截断西夏军归路，寻找机会予以痛击。其实，韩琦这次派任福出征，还是很谨慎的。他反复叮嘱任福，要他务必小心，千万不要轻敌中了敌人的埋伏。任福出兵不久，便与西夏军遭遇，首战告捷，斩首数百，缴获甚多，西夏军仓皇逃窜。看到西夏军如此不堪一击，任福心中的警惕一下子放松了。为了取得更大战果，任福指挥军队一路追击，但他不知这正是李元昊的诱敌深入之计。贪功轻敌的任福率部一路追到好水川，钻进了李元昊设下的包围圈。虽然任福指挥部下奋力拼杀，无奈寡不敌众，最终任福与众多将领战死疆场，一万余宋军全军覆没。宋军遭遇到战争爆发以来又一次重大失败。

韩琦在回军的路上，遇到一群阵亡将士的家属，他们捧着死者的衣服、撒着纸钱，拦路哭泣，为死者招魂。他们哭泣道："你们跟随韩

(琦)招讨使出征,今天诏讨使回来了而你们却战死荒野了,不知道你们的灵魂能不能跟随诏讨使回来呀?"面对如此惨状,韩琦非常内疚,不禁泪流满面,驻马不前。好水川之战惨败的结果,证明了范仲淹军事战略的正确性。只是,这次惨败并没有让朝廷改变主动进攻的战略。

这时,一个戏剧性的事件发生了,使这场进攻与防守的争论画上了句号。原来,在好水川之战前,李元昊就试图与宋朝议和,派其部将高延德来到延州传递信息。范仲淹自然不会像昏聩的范雍一样轻易上当,他非常冷静地看待此事。作为一个头脑清醒、具有全局观念的政治家,范仲淹当然希望宋、夏能够实现和平,所以,他不放过任何一次可能议和的机会。但凭着以往的经验和理智的判断,他觉得李元昊这次派高延德来议和竟然连文书都没有,足见没什么诚意。为了进一步观察李元昊的表现,范仲淹亲自给李元昊写了一封信,派部下韩周与高延德一同到西夏。在信中,范仲淹首先回顾了宋、夏以往和平相处的历史,陈述了眼下战争造成的严重危害,敦促李元昊认清大势,放弃战争,真诚议和,共享和平之利。范仲淹的信晓之以理,动之以利,不卑不亢,义正辞直,如果李元昊真心议和,一定会为之所动。可惜李元昊枉费了范仲淹的一片苦心。韩周等人刚到西夏时,对方前来迎接的官员还比较友好,礼数周全,颇为恭敬。当宋军好水川惨败之后,西夏官员的态度立马来了个一百八十度大转弯,变得非常骄横无礼。韩周等人在西夏待了四十余日没有任何结果。李元昊再耍花招,又另派亲信野利旺荣为使者,带着信件来见范仲淹。在信里李元昊语气傲慢,多有无礼言辞。范仲淹看信后非常气愤。宋朝曾有过诏令:凡是外来的章表如有傲慢无礼之内容,须就地焚毁,以防其四处流传。范仲淹为了维护朝廷的脸面和皇帝的尊严,只将信中"求通好之言"部分录下副本,上报朝廷,然后当着西夏使者的面焚烧了李元昊的信件。范仲淹这一激愤之举却违背了宋朝"人臣无外交"的祖制,被视为目无君王的悖逆行为,在朝廷上引发轩然大波。参知政事宋庠甚至提出要将范仲淹斩首。顿时，朝堂气氛一下子紧张起来。正直敢言的枢密副使杜衍认为范仲淹忠心耿耿，意在为君主分忧，不应过重责罚。宰相吕夷简也同意杜衍的意见。于是，宋仁宗将范仲淹降为户部员外郎，改知耀州（今陕西省耀州区），算是一种"薄责"，他由此结束了在延州的使命，无奈地与延州告别。接替他知延州、主管鄜延路的是龙图阁直学士庞籍。韩琦也因好水川战败自请降职，改知秦州（今甘肃省天水市）。

虽然范仲淹、韩琦被降职调任，但宋朝西北前线的军务还是离不开他们。此时的范仲淹因为积劳成疾，身体状况很差，但朝廷不肯给他休养的机会。康定二年五月，在降职后的第二个月，范仲淹就改知庆州（今甘肃省庆阳市），主管环庆路的军事防务。鉴于边防形势的变化，朝廷将西北防线重新划分为秦凤、泾原、环庆、鄜延四路。韩琦负责秦凤路，王沿负责泾原路，范仲淹负责环庆路，庞籍负责鄜延路。

赴任环庆路，范仲淹延续着自己积极防御的战略思想，步步为营，稳扎稳打，修复城寨，遏制西夏的进攻。在一气攻克金汤、白豹、后桥三座堡寨后，打通了庆州与延州的通道。为进一步稳固边防，范仲淹指挥部下仅用十天时间，便在战略要地筑成一座大顺城，大大提高了防御能力。在环庆路期间，范仲淹与韩琦齐心协力紧密配合，共同构筑起宋朝西北边疆相对稳固的防线，使西夏军队再难以找到突破的空隙。

吟咏抒怀的儒帅风度

在陕北前线，范仲淹不仅是地方大员，还是军事统帅，这往往给人们造成一种印象：范仲淹在延州时整日紧张怵惕，忙于运筹帷幄处理公务。其实不然，说到底他是一介文士，其心底里始终激荡着诗情与文思。初到陕北，黄土高原独特的地貌和环境，边疆紧张的军事氛围，给他强烈的刺激。这种环境与他之前在越州时的"翠峰高与白云闲"迥然不同。百感交集之中，一首流传千古的《渔家傲·秋思》跃然纸上：

> 塞下秋来风景异，衡阳雁去无留意。四面边声连角起。千嶂里，长烟落日孤城闭。
>
> 浊酒一杯家万里，燕然未勒归无计。羌管悠悠霜满地。人不寐，将军白发征夫泪。

词的上阕主要是描绘景色。从大雁、千嶂、长烟、孤城、落日等视觉景物，到边声、画角等听觉形象，纵横写来，将西北边疆苍莽悲凉的秋天景色图画般地展现在人们眼前，使人倍感凄凉。画角长鸣，孤城紧闭，透露出一种紧张的战争氛围，充满着危机和警惕。下阕抒写边塞戍守之苦。对西北地理和气候的不适应，产生思乡情绪在所难免。但是范仲淹受命戍边，志在安边靖国，非常渴望能像古人那样指挥雄兵，驰骋塞外，驱逐侵略者，建立不朽功绩。思念家乡的个人愁绪与保家卫国立功异域的爱国激情交织在一起，呈现出苍凉悲壮的雄浑气象，也成为范仲淹复杂心理的真实写照。

这首《渔家傲》，以描绘西北边塞风光，表达戍边将士的悲苦与乡愁而脍炙人口，广为流传。宋代魏泰在《东轩笔录》中说：范仲淹守边时，作《渔家傲》歌数阕，皆以"塞下秋来"为首句，"颇述边镇之劳苦"。可惜今天我们只能看到这一首了。不经意间，范仲淹把边塞题材表现在词里，抒发了悲凉壮阔的情怀，开辟出词的新境界，有力地促进了宋词的解放，具有开风气之先的积极作用。

即使在戎马倥偬之际，范仲淹也会即兴吟出一两首小诗，抒发自己的情怀。在环庆路时，他率军修筑大顺城，顺利完成后，他欣然赋诗一首："三月二十七，羌山始见花。将军了边事，春老未还家。"看似一种轻松从容的心情，字里行间依然潜藏着"将军白发征夫泪"的悲辛。

范仲淹被降职调往耀州，前来接替他职务的是庞籍。庞籍与范仲淹是同年进士,也是好友。这次,两人相聚在西北的延州,公务交接之余,一起携手游览延州城南的柳湖。庞籍初来延州,看到延州居然有这样一处游赏之地,游兴盎然的他赋诗一首,范仲淹随即和诗酬答,写下一首《依韵和延安庞龙图柳湖》:

种柳穿湖后,延安盛可游。
远怀忘泽国,真赏即瀛州。
江景来秦塞,风情属庾楼。
刘琨曾坐啸,王粲亦销忧。
秀发千丝堕,光摇匹练柔。
双双翔乳燕,两两睡驯鸥。
折翠赠归客,灈清招隐流。
宴回银烛夜,吟度玉关秋。
胜处千场醉,劳生万事浮。
王公多雅故,思去共仙舟。

置身于柳湖边,范仲淹仿佛回到了自己从小生活的姑苏水乡,如同欣赏到传说中仙山瀛洲一般,忘记了远离故乡的忧愁。他甚至觉得江南的风景被神奇地迁移至黄土高原,而湖边的亭台楼阁就像是东晋时庾亮曾登临的武昌城楼。范仲淹与庞籍一同观赏柳湖的旖旎风光,吟诗酬唱,无拘无束,格外畅快,甚至产生一起乘仙舟遨游的想法。由此,我们可以知道当时的延州城南还有这样一处可供文人雅士游赏的风景。不久后,司马光也来到延州,与庞籍一同游览柳湖,留下《奉和经略庞龙图延州南城八咏》一组诗歌,其中描写了沿湖的迎薰亭、翠漪亭、禊堂、缘云轩等建筑,以及延利渠、供兵碾等设施。可以说柳湖是当时延州的一大景观,官员文人往往于此聚会宴饮,吟诗唱和。清代顾祖禹《读史方舆纪要》记载:延安府肤施县延利渠"在府城南。旧时灌注城市,复穿城而出,溢为柳湖,入于延水"。顾祖禹生活于明末清初,至少在他的时代,延安的柳湖还存在。可惜的是，柳湖在清末民初时干涸了，今天的人们只能从前人的文字中遥想它当年的旖旎风光了。

范仲淹在延州时不仅抽暇游览柳湖，抒发胸襟，还经常登上嘉岭山读书（相传嘉岭山有范文公读书处），表现出典型的儒帅风范。可见，他并非时刻处于"先天下之忧而忧"的状态，也有"劳生万事浮"的洒脱以及"思去共仙舟"的飘逸，不过，这并不妨碍他成为后代人们心中的圣贤，反倒觉得他是一个既有理想抱负和济世能力，又有着丰富情感和生活趣味的有血有肉的人。

虽然范仲淹早已离开了延州，但是，延州的百姓们没有忘记他，历朝历代的人们追念他的功绩和贤德，为他建庙立祠，表达景仰和感激之情。宋仁宗皇祐四年（1052）五月，范仲淹在徐州病逝。消息传来，延州及庆州等西北边疆地区的人民痛哭流涕，在佛寺专门为他哀悼三日。坐落于延州城东清凉山上的范公祠，历代不断修葺，成为文人墨客前往瞻仰拜祭之所。明朝初年，延州百姓再一次自发修葺范公祠，并请著名文人曾鹤龄撰写碑文。在碑文中曾鹤龄满怀热情地赞颂道："巍巍范公，儒而善兵。威却西羌，功著延城。延人怀之，庙祀千载。遗风余烈，凛然犹在……"后代人们无不怀着对范仲淹的景仰崇敬之情，前来瞻仰拜祭，留下为数不少歌颂的诗文。明代余子俊的《范公祠》是其中比较有代表性的一篇：

文武才名重古今，严祠何幸观簪缨。
闻风曾破羌戎胆，向日常悬忧乐心。
设鼎有烟香篆续，断碑无字雨侵苔。
枝头鸟弄春声好，似共人间颂德音。

尽管祠堂因年代久远而破败，石碑断裂，长满青苔，但依然香烟缭绕，受到人们的拜祭。范仲淹的文韬武略、丰功伟绩和高尚品格令后人景仰不已，甚至树上的鸟儿也似乎懂得延州人民的感情，那一声声鸣叫都在为这位伟人歌功颂德。明成化八年（1472），余子俊受命巡抚延绥，为防御蒙古入侵煞费苦心,甚至不惜动用大量人力财力来修筑长城。同为西北边防军事长官,同在延绥指挥防御,使他和范仲淹的角色十分相似,范仲淹的人格风范和边防功绩令他仰慕不已,很自然地把范仲淹当作自己的榜样和楷模。

今天,在延安市清凉山范公祠对面的宝塔山(嘉岭山)山下的石壁上,还保留有许多古代摩崖石刻,其中有范仲淹书写的"嘉岭山"三个苍劲有力的大字。其余大多是赞颂范仲淹的,如"泰山北斗,一韩一范""先忧后乐,出将入相""胸中自有数万甲兵""高山仰止"等等,吸引着海内外无数参观者。这些石刻历经了几百年的风侵雨蚀,看上去满目沧桑,它们从一个侧面记录下范仲淹守边御侮的丰功伟绩,表达了延州以及陕北人民对这位文武兼备、品德高尚的儒帅的热情赞颂与无限景仰。

是啊,在陕北人民心中,范仲淹的品格就像这宝塔山巍巍高耸,永世长存;范仲淹的文才恰似这延河水奔流不息,万古流淌。

| 第十八章 |

威震西北的将门世家

说起北宋时期在陕北地区抵御外族入侵的著名将领，人们首先想到的可能是麟州的"杨家将"，或者是府州的"折家将"，对"种家将"了解的并不多，甚至闻所未闻。看过《水浒传》的人可能会有一点印象，在第二回"王教头私走延安府"中，东京禁军教头王进提到"延安府老种经略相公镇守边庭"；在第三回"鲁提辖拳打镇关西"中，鲁智深也说起"延安府老种经略相公"和"小种经略相公"。这里所说的"老种经略相公"和"小种经略相公"都是历史上种家将的人物。"老种经略相公"应该是种家将里的种谔，"小种经略相公"应该是种家将里的种师道。

种氏一门代出良将，长期为国镇守西北边疆，都是抵御西夏的著名将领，都曾为保卫和安定西北边疆立下了汗马功劳。令人遗憾的是，一般人对于他们的历史功绩知之甚少，因此，很有必要为他们树碑立传，让他们的英雄事迹广为人知。

智勇双全的种世衡

种世衡是种家将的开创者。

种世衡并非陕北人，亦非将门子弟，他的一生经历了由书生、文官到武将、统帅的传奇转型。

种世衡字仲平，出生于河南洛阳的一个书香之家。他的叔父是北宋著名儒家学者种放。年少时，种世衡崇尚气节，与众不同。家族分资产时，他把自己的那一份都让给了其他兄弟，只把图书留给自己。因为叔父种放的关系，种世衡以"恩荫"进入官场，补任将作监主簿，升迁至太子中舍。

种世衡长期担任地方官员，以耿直尚气、疾恶如仇的性格闻名。他担任泾阳知县时，属下有一个管理乡里事务的小吏叫王知谦，此人以非法手段谋取私利，事情败露后畏罪潜逃了。宋朝时，朝廷每年都会在举行祭祀大礼时赦宥罪犯，王知谦很清楚这一制度。他等到朝廷的赦免令快到时，主动来到官府自首，企图以此逃避法律的惩处。种世衡对身旁的官员说：如果把王知谦送到州府，他就会得到赦免，那么，他的阴谋就会得逞。于是，他下令对王知谦施行杖击，然后向上级州府官员请罪。知府李谘知道种世衡是在主持正义，便上奏朝廷，没有追究他的责任。

后来，种世衡调任凤州（今陕西省凤县）通判。凤州有一个叫王蒙正的武将，仗着跟刘皇后娘家有点关系，经常干一些违法的事。他曾为私利要求种世衡帮助，遭到拒绝，故恼羞成怒，记恨在心，伺机报复种世衡。王蒙正听说种世衡在泾阳时依法杖击过王知谦，便诱使王知谦向朝廷诉冤，自己在暗中帮助他，种世衡因此被流放窦州（今广东省信宜市）。朝廷上许多正直之士知道种世衡是被诬陷的，纷纷站出来为他辩护。种世衡这才得以恢复官职，几经辗转来到鄜州担任判官。

种世衡在鄜州时，正遇上李元昊率领西夏大军大举进攻延州。西夏军队相继攻占了延州外围的金明寨等要塞，在延州城西的三川口设伏，全歼了赶来救援的宋军，还围攻延州城长达七天七夜。当时宋朝西北边疆形势岌岌可危。为了加强西北边疆的防御力量，朝廷派韩琦、范仲淹来到西北前线，主持边疆防务。范仲淹来到延州后，看到军队士气低落，缺乏良将，作战能力差，在抓紧训练军队的同时，十分重视发掘军事人才，悉心培养、大胆使用，使西北边疆涌现出一批优秀的将领。范仲淹与韩琦曾联名向朝廷写了一道《奏边上得力材武将佐等第姓名事》的奏章，报告选拔出的优秀将领。第一等中有四位：狄青、王信、种世衡、范全。他们评价种世衡"足机略，善抚驭，得蕃汉人情"。正是在范仲淹和韩琦的大力提携和培养下，种世衡改变了自己的仕宦之路，变身为指挥军队、镇守边疆的军政统帅。

范仲淹在延州采取积极防御的战略，在稳固防守的情况下，寻找战机，逐渐收复失地。要加强防御就必须修筑堡寨，建立军事据点，以巩固防线。种世衡了解到在延州东北二百里有一座废弃的唐代宽州城，这里地处要冲，向南可以成为延州的屏障，向东可以得到山西的粮食，向北则可进攻西夏占领的银州和夏州。他向范仲淹建议在此故垒上修筑一座城，范仲淹深以为然，于是派他率兵前往筑城。西夏人也知道此地的军事价值，当他们看到宋军前来筑城，马上派兵前来争夺。种世衡一边指挥军队与西夏兵作战，一边加紧筑城。由于城中没有水源，许多人认为不可固守。种世衡下令凿井。工匠们下挖一百五十尺，碰到石头层，还没有出水，认为石头层无法凿穿，准备放弃。种世衡认定石头底下一定会有泉水，鼓励工匠继续凿石，许诺给予重奖，一畚碎石奖励一百钱。工匠们奋力凿穿石层，清泉喷涌而出，泉水甘甜，用之不竭，万人欢庆，大呼神奇。军士们说：以后敌人来围城，我们再也不担心无水可饮了。按照这种方法，又开凿了几口井，完全满足了军民用水。该城筑成后，消息传到朝廷，宋仁宗很高兴,特赐名青涧城(今陕西省清涧县)。当时西北前线修筑堡寨往往担心没有水源,自从种世衡修筑青涧城后,各地都借鉴他的经验,解决了水源之困。为此,朝廷特地嘉奖种世衡,升迁他为供备库副使、知青涧城事。

种世衡认为青涧城虽然坚固,但缺少粮食,单靠朝廷输送,一来运输成本很高,二来如运输不及还会陷入困顿。他决定开垦营田两千顷,让士兵们进行"屯田",解决了军粮问题。他还大力发展商业,鼓励商人进行贸易,借本钱给商人,促进货物流通,增加了经济收入,使得青涧城拥有充足的后勤物资,成为抵御西夏的坚强堡垒。

当然,种世衡也没有放松对驻守军队的军事训练。在训练过程中,他让人把钱币吊起来作为靶心,有士兵射中就赏给他们,大大提高了士兵们训练的积极性,军队战斗力大增。

范仲淹评价种世衡"足机略",意思是他足智多谋。这充分体现在他巧施离间计,除掉李元昊身边的得力干将野利旺荣、野利遇乞兄弟。野利家族在党项族中很有影响力,其首领野利兄弟又是李元昊之妻野利皇后的兄长,两人均为李元昊的心腹,各自统领一支战斗力很强的精兵。野利旺荣统率左厢军,号称"野利王";野利遇乞统领右厢军,号称"天都王"。李元昊在三川口、好水川之战所采用的诱敌深入和设伏以待的战术,均出自野利兄弟。在与宋朝的多次战争中,野利家族战绩显赫,成为宋朝边防将士的心腹大患,必欲除之而无良策。在西夏内部,因为李元昊宠爱新欢没移氏,废黜了野利皇后,引起了野利兄弟的不满。李元昊与野利氏之间产生矛盾,关系出现裂痕。种世衡获悉情况后,决定利用反间计,诱使李元昊除掉野利兄弟。

就在此时,野利旺荣派浪埋、赏乙、媚娘三人前来诈降,被种世衡识破。种世衡认为与其杀掉他们,不如留下他们为离间计所用,就安排他们监督商税,给予优厚的生活待遇。种世衡身边有一个叫王嵩的和尚,勇武善射,熟悉蕃部山川道路。曾多次为种世衡做向导,大败蕃部。种世衡给野利旺荣写了一封信,将信用蜡封好,派王嵩送给野利旺荣,信中说:"浪埋等已经到了我这里,朝廷知道大王早就有了归附之心,决定授予你为夏州节度使,俸禄每月一万缗,皇帝赐给你的旌旗节钺已到,希望你能早日归附。"信写好后用枣子连缀成龟的形状,喻有早日归附之意。野利旺荣接到信之后惊恐不已,他心里明白种世衡此举的真实目的,为了表明自己的忠诚和清白,野利旺荣亲自押送王嵩去见李元昊,将事情的原委详细地告诉李元昊。尽管李元昊没有过多地追问,但生性多疑的他还是对野利旺荣产生了怀疑。他先将王嵩关入大牢,同时找借口将野利旺荣留在身边,减少他对军队的影响力。李元昊还不放心,秘密派遣心腹李文贵冒充是野利旺荣的人去见种世衡,以探虚实。李文贵见到种世衡,假意说不明白书信的意思,如果宋朝愿意讲和,希望表明态度。种世衡把此事报告延州主帅庞籍。当时朝廷也打算招附李元昊,庞籍便把李文贵召来,谕示国家宽大开纳之意,让李文贵回西夏报告此事。李元昊得到报告,出于缓和双边关系的需要,便释放了王嵩,以礼相待。不过,李元昊对野利旺荣的疑心始终没有解除,没多久,李元昊就以野利旺荣谋反将他赐死,并杀了他全家。

种世衡得知李元昊杀了野利旺荣,决定顺势除掉野利遇乞。为此,他做了精心谋划。种世衡得知野利遇乞与李元昊的乳母白姬有矛盾。野利遇乞曾在大年三十带兵深入宋境,数夜未归,白姬得知后报告李元昊说野利遇乞要叛变,李元昊虽然怀疑,但并没有发作。种世衡了解到李元昊曾赐给野利遇乞一口宝刀,于是收买党项部落酋长之子苏吃囊。苏吃囊的父亲是野利遇乞身边的红人,种世衡对他许以官职以及金带、锦袍,让苏吃囊设法将宝刀盗出来。接下来,种世衡在边境上演了一出以假乱真的活剧。他先让人四处散布野利遇乞已被李元昊的乳母白姬诬陷而死的消息,然后在边境上进行吊祭,还写了一篇祭文,在祭文中专门提到大年三十夜里相见的情况。夜晚焚烧纸钱的火光照亮了山谷。西夏巡逻兵看到火光，迅速赶到祭吊之地。宋兵故意丢下吊祭的器具以及那口宝刀。西夏士兵争抢器具时，发现宝刀以及尚未烧尽的祭文，把它们一并上交给了李元昊。李元昊自然认得这把宝刀，不禁大怒，立即就将野利遇乞处死了。可怜野利兄弟，身为西夏一代名将，却稀里糊涂地死于种世衡的反间计。

范仲淹还评价种世衡"善抚驭，得蕃汉人情"，意思是他特别善于安抚、管理边境一带少数民族，很得人心。当时在陕北横山一带分散着许多少数民族部落，争取和团结他们对于稳固边疆有着十分重要的意义。为此，种世衡经常深入到各个部落，慰劳酋长，有时把自己身上的佩饰解下来送给他们。有一次他正与客人饮酒，有羌人前来报告敌情，种世衡当即把饮酒器送给他，作为奖赏。正因为如此，各部落首领都乐于为其所用。

有一个名为牛家族的部落，首领叫奴讹，性格向来倔强，从来不去拜见地方长官，但当他听说种世衡到来时，急忙到郊外迎接。种世衡与奴讹约定，第二天到他的部落去慰劳。当天晚上天降大雪，到天明积雪有三尺深。下属们说："地势险恶不可前去。"种世衡说："我正要取信于各个羌人部落，不可以失约。"于是涉雪而行。奴讹看到这般大雪天气，觉得种世衡肯定不会来了，就在帐中睡觉。没想到种世衡竟然出现在他的帐中，奴讹大惊而起，深为感动，说："我们世代居住此山，以前从来没有官员来到我部落，您竟然不怀疑我们！"高呼："今后惟您之命是从！"率领其部众围绕下拜，俯首听命。

在羌人部落中，一个叫慕恩的酋长势力最为强大。有一次，种世衡专门请慕恩晚上到府上喝酒，并叫一名侍女出来陪酒。酒过三巡，种世衡故意起身入内，通过墙壁的孔隙窥视。慕恩几杯酒下肚，不能自持，对侍女动手动脚。这时种世衡突然出来，慕恩十分恐惧，表示请罪。种世衡笑着说："你想要她吗？"就将侍女赠送给他。慕恩因此对种世衡感恩戴德，拼死效力。诸部有反叛的，种世衡就让慕恩前去讨伐，战无不胜。有一个兀二族，屡次拒绝种世衡的召见。种世衡就命令慕恩出兵诛杀兀二族，其后有一百多帐都自动归附，再没有敢背叛的。为了加强联合防御，种世衡下令各部落都设置烽火，有紧急情况就点燃烽火，各部落出动兵马，相互支援。

种世衡在边疆的优异表现，得到朝廷的一再嘉奖，升任东染院使、环庆路兵马钤辖，镇守环州（今甘肃省环县）。当时范仲淹调知庆州（今甘肃省庆阳市），主管环庆路的军事防务。种世衡又一次成为范仲淹的下属。在环州以北有二道川，直通西夏。在二道川之间曾有一座细腰城，如果将城恢复，可以阻断西夏进攻的路线。范仲淹命令种世衡与蒋偕一同率军修筑细腰城。种世衡深知修筑此城的重要性，立即起兵与蒋偕会合于细腰城，指挥所部士兵日夜不停地筑城，仅用一个多月就将细腰城重新筑成。

没想到在筑城期间，种世衡身染风寒，一病不起，于庆历五年（1045）五月七日病逝，终年61岁。种世衡去世后，当地的官员、百姓和各部落酋长都非常悲痛，连续几日早晚都去灵柩前吊祭致哀。他一生戍边守土，深得军心、民心、"羌"心，这在北宋一代的边将中实属罕有。

作为老上司，范仲淹对种世衡的逝世十分痛心和惋惜，他是种世衡的"伯乐"，最了解种世衡的为人和事功，所以，当种世衡的儿子们请求他为父亲撰写墓志铭时，范仲淹毫不推辞，用饱含真情的笔墨概括了这位老部下非凡的一生。他在墓志铭中写道："君在边数年，聚货食，教弧矢，抚养士伍，牢笼羌夷，无贤不肖皆称之。……呜呼种君，出于贤门。吾志必立，吾力必陈。宁以刚折，果由直伸。还自瘴海，试于寒垣。权以从事，意其出人。捍虏之患，乂边之民。夙夜乃职，星霜厥身。生则有涯，死宜不泯。边俗祀之，子子孙孙。"

铭文是对种世衡热情的赞颂和褒扬。纵观种世衡充满传奇的一生，可谓是当之无愧。

战功卓著的"将二代"种谔

种世衡有八个儿子：种诂、种诊、种谘、种咏、种谔、种所、种记、种谊。其中种诂、种诊、种谔承继父业，战功显赫，关中百姓称他们为"三种"。与两位哥哥相比，种谔的事业和功劳尤为突出，成为第二代种家将的杰出代表。

种谔自幼跟随父亲种世衡出征打仗，在边疆和军队里长大，对父亲的谋略和指挥多有领悟，对陕北的地理和风土民俗非常熟悉。因父亲的恩荫，种谔被朝廷授任左藏库副使。后来，延州主帅陆诜得知种谔能力出众，便推荐他去掌管青涧城。青涧城正是种谔的父亲种世衡主持修筑而成的，这里的一切种谔都非常熟悉，加上父亲的影响力尚在，为年轻的种谔的成长提供了一个绝佳平台。在这里，种谔开启了他名震西北的军旅生涯。

种谔镇守青涧城后，继承了其父种世衡安抚、拉拢少数民族首领的政策，积极争取羌族酋长叛夏附宋。在他的努力之下，绥州党项首领令㖫宣布归附北宋。在这件事情上，种谔与他的上司、主政延州的陆诜发生了矛盾。陆诜保守怕事，担心接纳令㖫会引发宋夏之间的冲突，表示反对。种谔年轻气盛，认为既然已经成功策动令㖫来附，岂能轻易放弃？他不顾陆诜反对，坚持接纳了令㖫。果不其然，西夏派人来延州要求将令㖫等遣返，陆诜一时没有主意，便询问种谔如何来答复。种谔也不含糊，对西夏使者说："如果西夏一定要我们遣返令㖫，就用以前逃亡到西夏的宋朝人景询来交换。"西夏人看到种谔如此强硬，只好作罢。

西夏左厢绥州监军嵬名山占据绥州之地。他的弟弟嵬夷山早先已归顺宋朝。种谔通过嵬夷山来引诱嵬名山投降。种谔先用金盂贿赂嵬名山的手下李文喜，李文喜私下答应归降，但嵬名山并不知情。种谔把此事上报朝廷，刚刚即位的宋神宗正想有所作为，诏令陕西转运使薛向及陆诜让种谔全权负责招降。种谔一直关注着嵬名山的动向，担心夜长梦多失去时机，顾不得朝廷诏令的到达，便率领所部长驱直入，在李文喜的内应下，包围了嵬名山的营地。嵬名山惊慌失措，拿着长枪还想抵抗，其弟嵬夷山高声叫道："兄长已经约好要投降，为什么还要抵抗呢？"李文喜趁机出示所接受的金盂，嵬名山有口莫辩，丢掉长枪，掩面哭泣，被迫向种谔投降。就这样嵬名山手下酋长三百人、民一万五千户、军队一万人全部归宋。种谔以其超人的胆识，为宋朝立下奇功。

成功诱降嵬名山的部落后，种谔马上考虑如何能够在绥州站住脚跟，但绥州故城早些年已被李继迁拆毁，因此，有必要立即在绥州筑城以固守。可是陆诜对种谔"无诏出师"的行动十分恼火，责令他回防青涧，种谔不得已带领降众南返。西夏人怎么可能轻易放过种谔和归降的党项人？西夏集结在绥州一带的军队四万人一路尾随，在大理河边的怀远寨追上了宋军。第二天早晨，种谔刚起，正在梳头，听说西夏军队四万人已在寨墙外排好阵势。种谔沉着应战，让人打开寨门，先派刚刚归降的嵬名山率领一百人前去挑战，自己率军队紧随其后，击鼓前进，抢先占据有利地势，令副将燕达、刘甫分别率所部从两翼进攻，自己则统帅中军。随后下令关闭寨门，集中寨内全部老弱之人登城擂鼓呐喊，以迷惑敌人。这时，种谔一声令下，三军同时发起迅猛的进攻，西夏军被宋军突如其来的进攻打乱了阵势，乱作一团，大败而逃，种谔乘胜追击二十里，重新回到绥州。借助胜利之威，一举把绥州城修筑成功。绥州一战，种谔大获全胜，为宋朝赢得自宋夏开战以来的第一次重大胜利，开创了宋军在野战中击溃数万人组成的西夏兵团的先例，极大地鼓舞了宋朝军民的士气。宋神宗得知后兴奋不已，为种谔新筑成的绥州城赐名"绥德城"，后来又设置了绥德军。时隔七十多年，宋朝军队重新收复被党项人占据的绥州故土。

按理说种谔立下如此显赫战功，朝廷一定要重重奖赏他、提拔他才是，然而，事情的结局竟让人大跌眼镜。首先是种谔的上司陆诜上疏弹劾种谔擅自兴兵，不接受指挥约束，建议将他逮捕治罪。朝廷对陆诜在延州怯懦的表现很不满意，将他调往秦凤路。陆诜虽然走了，但在陕西和朝廷的保守官员们却不愿意放过种谔，他们纷纷攻击种谔，甚至提出要杀掉种谔，把收复的绥州拱手归还西夏，把归降的兵民悉数遣返的馊主意。当然，他们的目的最终没有达到，但种谔在绥州大获全胜不但没有得到朝廷的嘉奖，反而遭遇贬官四级，撤销职务，安置随州（今湖北省随州市）居住的处分。面对如此不公正的待遇，种谔别无选择，只能默默忍受。这种使亲者痛、仇者快的处理结果，对于巩固边疆没有任何益处，只能增加边疆军民对朝廷的失望。

所谓"闻鼙鼓而思良将"。宋神宗目睹国家积贫积弱的困境，意欲富国强兵，改变国家的面貌。他特别希望军队中涌现出一批能征善战的将领，肩负起守土卫国的责任。在他的心目中，种谔已然是中意的一位。所以，他没有忘记种谔，一直惦记着他。恰好大臣侯可回朝报告水利之事，宋神宗向他问起如何看待处理种谔这件事，侯可显然对朝廷处理种谔的结果感到不平，回答说："种谔奉密旨攻取绥州反而获得罪名，以后朝廷还怎么让人干事呢？"宋神宗也觉得这样对待种谔有失公允，加上西北边疆确实需要良将，便下诏恢复了种谔的官职。

然而，种谔的厄运并没有就此结束。熙宁二年（1069）二月，宋神宗任命王安石为参知政事，开始推行变法，这就是历史上著名的"熙宁变法"。王安石变法的核心在于富国强兵，以图从根本上扭转北宋积贫积弱的颓势。通过变法，宋朝军队的实力确实得到增强。熙宁三年（1070），参知政事韩绛出任陕西宣抚使，在延州设置幕府。韩绛对种谔的军事才能十分欣赏，任用他为鄜延路兵马钤辖，让众将领都听从他的指挥。在韩绛的信任和支持下，种谔提出控制横山山脉，打通鄜延至麟州府州的通道，将陕北的两个战场连为一体的设想。

熙宁四年（1071）正月，种谔率部在无定河畔击败西夏军队，夺取了西夏修筑的啰兀城（今陕西省米脂县北），占据了有利地势，开始逐步修筑堡垒，实施控制横山的计划。但是，种谔的兵力实在有限，仅有二万人，根本不够设置雄厚的防线。西夏自然不能容许宋朝控制横山，很快就派大军前来争夺。宋军兵少，相互不能支援，被西夏各个击破，朝廷见势不好，下令放弃啰兀城。种谔的计划前功尽弃，损失将士千余人。种谔因此遭受朝廷保守派官员的攻击和弹劾，再次遭遇重大打击，先被降职为汝州团练副使，再被贬为贺州别驾。直到五年后，韩绛第二次出任宰相，替种谔主持公道，肯定他之前的功劳，朝廷才逐渐恢复和提升他的官职。熙宁十年（1077）三月，种谔重新回到他熟悉的西北前线，担任鄜延路副总管。

宋神宗元丰四年（1081），西夏王室内部发生政变。年轻的西夏主李秉常为了削弱太后梁氏集团势力，接受宋朝降将李清的建议，打算与宋朝和好。梁太后获知消息后，十分震怒，将李清诱骗杀害，还把李秉常囚禁起来，自己控制朝政。李秉常被囚禁的消息一经传出，西夏朝野惶恐，人心不服，国内出现混乱。这一情况对于宋朝君臣而言无疑是一则大好消息。他们认为此时是解决西夏问题的最佳时机，宋军可以乘着西夏内乱，派大军直捣其老巢，一举荡平之。宋神宗召种谔入朝询问方略，他在皇帝面前夸下海口说："现在夏国没有什么人才，李秉常是个孩子，我前去可以抓住他的手臂，把他带回朝廷。" 宋神宗听后大受鼓舞，决定对西夏发动一次前所未有的全面进攻，即计划西起临洮，东到河东，在千里战线上兵分五路，攻打西夏，这就是历史上著名的"五路伐夏"。具体部署是，以李宪统领熙河、秦凤军队七万，加上吐蕃董毡的番兵三万出熙河，高太后的叔父高遵裕领兵九万出环庆，刘昌祚领兵五万出泾原，王中正领兵六万出麟州，种谔领兵九万出绥德，兵力共计达三十九万。从数量上看，宋朝大军占有绝对优势，一定会以泰山压顶之势，摧枯拉朽，一举荡平西夏。但是，人们没有料到的是，这场气势宏伟的出征最后竟以惨败收场。

在五路大军的主帅中，战斗意愿最强烈、行动最迅速的当数种谔。还没有等到朝廷统一出兵的命令，他已于八月提前开始行动了。在绥德，他的部队大败夏军，斩首二千余级。不过，朝廷对他提前出动非常不满，下令他接受王中正的节制，不得擅自行动。九月，种谔率领本路人马攻打米脂寨，围攻三天没有攻克，部下士气有些低落。这时，西夏梁太后派遣大将梁永能率领八万精兵来增援米脂，其中包括西夏最著名的骑兵——铁鹞子。面对前来增援的西夏大军，种谔干脆放弃攻城，改用围城打援的战术。他在无定河的平川上设下埋伏，将西夏援军拦腰斩断，分割围歼。西夏军队没有防备，在宋军的突袭之下，乱作一团，自相践踏，损失惨重。西夏米脂寨守将令介讹看见此情况，也开门投降。宋军乘胜收复了浮图、葭芦等寨。此役宋军大获全胜，为伐夏战争开了一个好头，种谔也迎来了他人生的高光时刻。捷报传到朝廷，宋神宗大喜过望，朝野庆祝，君臣共贺，文人们纷纷赋诗志喜，如尚书左仆射、门下侍郎王珪献上一首《种将军米脂川大捷》诗：

神兵十万忽乘秋，西碛妖氛一夕收。

匹马不嘶榆塞外，长城自起玉关头。

君王别绘凌烟阁，将帅今轻定远侯。

莫道无人能定国，红旗行处取凉州。

就连被贬黄州的苏东坡听到消息后，也情不自禁地写下一首《闻种谔米脂川大捷》，以表庆祝：

闻说将军取乞银，将军旗鼓捷如神。

应知无定河边柳，共得江南雪絮春。

诗中所说的"乞银"为地名，即乞银谷，在今陕西省米脂县无定河西，据说十六国时前秦曾在此放牧骢马，鲜卑语中"乞银"是骢马的意思，故后人沿用其名。"将军旗鼓捷如神"，赞美宋军在种谔的指挥下，以迅雷不及掩耳之势冲向敌军，犹如神兵天降一般，克敌制胜。诗后二句，想象战争胜利之后无定河流域重回大宋怀抱太平祥和的情景。

然而，各路伐夏的宋军，没有延续种谔米脂川大捷的良好势头，等待他们的却是一场漫长的噩梦。由于五路宋军没有一个统一指挥的统帅，导致各路大军互不联络，各自为战，军事力量分散，很容易被西夏各个击破。西夏军队针对宋军后勤补给线漫长，坚壁清野，不断进行袭扰，使宋军的补给非常困难。加上恶劣的大雪天气，宋军士兵饥寒交迫，冻饿死者甚多，无奈之下只能选择撤退。西夏军队乘势掩杀，各路大军均伤亡惨重。种谔率领的九万军队，回来后仅剩三万。宋朝发动的这场对西夏规模空前的战争，最终以损兵二十万的代价而告结束。

"五路伐夏"的惨败，并没有让宋神宗从消灭西夏的梦想中惊醒，但也促使他开始调整灭夏的战略部署，即从大军长驱直入改为步步为营、层层推进。具体的做法就是在宋夏边境地区修筑城堡要塞，逐步向西夏境内推进，以蚕食西夏的领土。横亘在宋夏边境上的横山山脉是一道天然屏障，宋夏两国的战争几乎都是围绕横山山脉展开的，哪一方占据了横山，就占据了军事上的优势。当时的朝廷对筑城御敌这一战略并无异议，但先在哪里筑城却意见分歧。种谔积极主张加强宋军在横山地区的力量，他向宋神宗建议在横山的要地银州筑城，他说："横山延袤千里，马匹众多，适宜耕稼，人民强悍善战，而且拥有盐铁之利，西夏人依仗它为生；其城垒控扼险要，足以守御。现在兴功，应当从银州开始。其次修筑宥州，又其次修筑夏州。这样三城鼎立对峙，那么横山之地就囊括其中。再其次修筑盐州，那么横山的强兵战马、山泽之利，全部归于我们。其形势居高临下，俯视兴州、灵州，可以直捣西夏巢穴。"后来的事实证明，种谔的计划比较符合实际情况，可以稳步推进，实现对横山的全面控制。

宋神宗对种谔的计划将信将疑，对究竟在哪里筑城也心里没底，他决定派一个自己信任的人前往决断。他选中的这个人就是给事中徐禧。徐禧在北宋官员中是个另类，他为人自大轻狂，不事科举，凭着向朝廷上策书，以布衣进入仕途。平时好谈军事，但不曾有带兵的经历，对西北边疆的情况更是陌生，却夸海口："西北唾手可得，只恨边疆的将帅都是胆小鬼！"就是这样一个纸上谈兵的狂士，宋神宗却信任有加，竟派他和宦官李舜举等前往西北前线，由他们决定在哪里筑城。

徐禧到达延鄜路之后，与知延州沈括会面。徐禧擅自否定了种谔筑银州城、沈括筑乌延城的提议，决定在永乐（今陕西省米脂县西）筑城。认为在银、夏、宥三个州修筑三座城费力费时，不如在三州交界的永乐筑一座大城重要。永乐"名虽非州，实有其地，旧宋疆塞，乃在腹心"。因此，徐禧执意要在永乐筑城，沈括等人不敢违抗这位钦差大人，只得表示同意，而身为镇守边疆的老将，种谔根本瞧不上徐禧这等人，他认为在永乐筑城根本不可行，坚决表示反对。徐禧没想到种谔竟敢反对自己的决定，勃然大怒，威胁种谔说："你敢耽误朝廷大事！难道你不怕死吗？"种谔毫不畏惧，大声回击："永乐城必败，城败我必死，抗拒军令也是死；不过，死在军令之下，也比丧师辱国死在异国他乡要强。"徐禧拿种谔没办法，就向朝廷告状，说种谔骄横跋扈不听命令，要求把种谔调离。此时，朝廷对徐禧言听计从，便下令种谔留守延州，不再参与筑城之事。种谔眼看宋军将要走上绝路，自己却无能为力，只得率军悻悻离去。

扫除了种谔这一最大障碍，徐禧立即将在永乐筑城的计划付诸行动。元丰五年（1082）八月，徐禧调动汉、蕃军民达二十多万人，夜以继日加紧筑城，仅用十四天，一座高大宏伟的新城就屹立在高山之巅。从地形看，此城左、右、后三面均为悬崖，正面有高大坚固的城墙，易守难攻，险峻坚固，宋神宗得知消息后赐名"银川寨"。

西夏得知宋军在永乐筑城，派大将叶悖麻等率兵三十万前来攻城。面对十数倍于己的西夏军队，徐禧屡出昏招，坐失战机，被迫退守城内固守。由于西夏军切断宋军赖以生存的水源，没有水喝，大批士兵渴死。最后，永乐城被西夏攻破，徐禧等皆死于乱军之中。宋军损失惨重，一万多将士阵亡，参与筑城的近二十万民夫也尽遭西夏军屠杀俘虏。宋神宗闻败讯后，痛哭流涕。此后再也不提对西夏大规模作战了。

永乐城的惨败，证明了种谔之前的判断是正确的。事后，有人指责种谔在永乐城被围时，因为与徐禧有隙，故意观望不救。其实，设身处地想一想，当时种谔已经奉命回守延州，且不说路途十分遥远，很难及时赶到，就是发兵前往救援，以他有限的兵力根本起不到作用，极有可能像沈括一样被拦截在半路上。况且，延州乃边防重镇，不可擅离，万一西夏对延州发起突袭，后果不堪设想。也许考虑到这些因素，宋神宗这次罕见地没有处罚种谔，或者他看到在西北边疆像种谔这样尽忠竭力的良将已经凋零无几了，还希望种谔继续来为他守土御敌，所以继续让种谔知延州，镇守西北前线。

但天公似乎不愿让宋神宗如愿。不久，种谔因背上痈疽发作去世，年仅57岁。一代将星就此陨落，实在令人扼腕。

鞠躬尽瘁的种师道

种谔虽然去世，但种家子弟依然前赴后继，继续战斗在西北边疆。第三代种家将中，以种师道、种师中、种朴著称。种朴是种谔之子，主要在河西地区驻守，曾任熙河兰会钤辖兼知河州（今甘肃省临夏县），在与叛羌部落作战中牺牲。种师道、种师中是种谔之弟种记的儿子，都是北宋末年著名将领，而种师道的表现尤其突出。

种师道以武功大夫、泾原都钤辖身份知怀德军（今宁夏固原市一带）。当时西夏要求与宋朝划分边界，西夏使者焦彦坚口口声声要得到他们的"故地"，种师道义正词严地说："如果说故地，应当以汉、唐为正,那样你们的疆土更少了。"直接把焦彦坚的无理要求给怼了回去。后来种师道调任知渭州(今甘肃省平凉市)。他统率宋军修筑席苇城,城还没有竣工,西夏的军队就已经赶到,在葫芦河对面修筑堡垒,准备与宋军对峙。种师道一边在河边排兵布阵,摆出一副要与敌军决战的样子,暗地里派偏将悄悄绕到敌人后方,形成前后夹击之势,然后同时发起攻击,把西夏军打得大败而逃。宋军俘获骆驼、牛马数以万计,最终完成筑城任务。

朝廷命令种师道统率陕西、河东七路兵马攻打臧底城(今陕西省志丹县西北),要求十天之内必须攻克该城。宋军发起进攻后,发现城池非常坚固,守敌顽强抵抗,连续攻打几日,均无功而返。种师道前往督战,发现官兵们士气消沉,有个下级军官不去攻城,反而坐在胡床上偷懒。种师道非常愤怒,下令将其斩首示众,他对将士们说:"今日如果不攻下此城,你们都和他一样!"将士们大为震动,人人奋勇争先,一鼓作气登上城墙,在第八天攻克了臧底城。宋徽宗得到捷报后欣喜不已,给种师道升官晋级。

宋徽宗宣和七年(1125),强势崛起于白山黑水的金国灭亡了辽国后,又把进攻的矛头对准了腐朽不堪的宋王朝。金军分兵两路,从山西、河北南下进犯宋朝。东路的完颜宗望一路攻城拔寨,势如破竹,兵临北宋都城汴梁城下。西路的完颜宗翰也包围了太原。宋朝形势岌岌可危,纸醉金迷的宋徽宗见势不好,把皇位禅让给了太子赵桓,就是宋钦宗,有意让钦宗来收拾这副烂摊子。

宋钦宗靖康元年(1126)正月,年逾七旬、退休在家的种师道积极响应朝廷召唤,来到汴梁城"勤王"。刚刚继位的宋钦宗听说老将军种师道来了,非常欣喜,仿佛看到一丝破敌的希望。他马上召见种师道,询问退敌之法。种师道回答说:"看来女真人并不懂兵法,哪里有孤军深入别国境内而能顺利撤退的道理。"宋钦宗拜种师道为检校少傅、同知枢密院、京畿两河宣抚使，统帅各路兵马。见种师道有病在身，宋钦宗允许他不用朝拜，可以乘坐轿子入朝。金国使者王汭本来对宋朝君臣态度非常强硬，看到种师道来了，气焰顿时有所收敛。宋钦宗笑着对种师道说："他因为你才会这样的。"

正当宋钦宗为战与和犹豫不决之际，发生了宋朝大将姚平仲偷袭金兵营寨失败的事件。金人为此兴师问罪，宋钦宗听信投降派的话，惊慌失措，一面派使者到金营赔礼道歉，一面把责任全部推给主战派李纲和种师道，下令将他们撤职，以平金人怒气。消息传开，整个汴梁城内群情激愤，义愤填膺的太学生在陈东带领下到皇宫的宣德门外上书请愿，要求朝廷恢复李纲、种师道的职务，惩办李邦彦、白时中等奸贼。城内军民听说太学生请愿，自发参加到请愿的行列，宣德门前很快就聚集了几万人。禁卫军将领担心事情闹大了没法收拾，进宫向宋钦宗报告情况。宋钦宗出于无奈，派人召李纲进宫，并且派人当众宣布恢复李纲、种师道的职务。民众们对皇帝的诏命将信将疑，正好种师道乘车经过，众人掀开车帘，一看果然是种老将军，爆发出一阵雷鸣般的欢呼声，这才放心地陆续散去。

宋钦宗接受了金人的和议条件，与金人达成屈辱的和议。金人面对宋朝不断前来勤王的军队，加之远离后方，深感压力巨大，带着敲诈来的财宝撤军北归。种师道力劝宋钦宗乘金兵渡黄河时发动袭击，以此来扭转危局，但没被宋钦宗采纳。种师道为此深感遗憾，说道："这些金军他日一定会成为国家的后患。"议和之后，宋钦宗瞻前顾后，既想和，又欲战，举棋不定。最后，还是听从投降派的主张，将李纲贬出京城。就在宋朝还在为战与和争论不休之际，金兵于八月再度分东、西两路南下，对宋朝发动更为猛烈的进攻。种师道年迈多病，昼夜操劳，加之对朝廷的内外政策深感失望，终于在十月的寒风中悲愤交加告别人世，终年76岁。在此之前，他的弟弟种师中已在援救太原的战斗中战死，种氏的第三代将领都为保家卫国献出了生命。种师道去世后，宋钦宗亲临祭奠，为之恸哭，追赠开府仪同三司。但是，再隆重的祭奠，再悲痛的追念，也不能让这位忠心耿耿、久经沙场的老将复生，也无法让奄奄一息的宋王朝避免灭亡的命运！

十一月，东、西两路金兵会师于汴梁城下。宋钦宗仍幻想着与金人和谈，但金兵主帅已看清宋朝的极度腐朽衰弱和君主的昏聩无能，决计要将它灭亡。结果是宋徽宗、宋钦宗被掳入金营，汴梁城陷入金人之手。靖康二年（1127）二月六日，金太宗完颜晟下诏废宋徽宗、宋钦宗二帝，贬为庶人，北宋王朝宣告灭亡。宋钦宗捶胸大哭道："不用种师道之言，以至于此！"

有金兵将领进入汴梁城，很想拜见一下他们心目中的偶像种师道。当听说种师道已死，就找到种师道的侄子种洌，对他说："我们过去曾在阵前见过你伯父，真是一位好将军啊！如能采纳他的意见，宋朝不会败得这样惨。现在宋朝应该知道种将军是个忠义之人了吧。"在场的宋朝官员听了，无不仰天长叹。后来，种洌护种师道的灵柩归葬于万年县神禾原，途中遇到了强盗，强盗们听说是种老将军的灵柩，都下马祭拜，馈赠金钱致意。由此可见，种师道在民间的崇高威望！

从种世衡投身抗敌前线，到种师道、种师中兄弟为国捐躯，种氏一门三代在前后八十多年的时间里，精忠报国，流血牺牲，前赴后继，书写了一段可歌可泣、惊天泣鬼的守边抗敌的历史。他们英勇无畏、艰苦卓绝的故事以及浴血沙场的功绩，足以让每一个中华儿女肃然起敬。

人民不会忘记种家将，陕北这块古老的黄土地不会忘记种家将，种家将的英名将与山河同在，与日月同辉！

| 第十九章 |

雄踞麟州的杨门英豪

陕北，神木，群山连绵，沟壑纵横，窟野河静静流淌。

在窟野河东岸的黄土山顶，一道古老残破的城墙矗立其上。断壁残垣，荒草萋萋，一座古城的轮廓依稀可见。这里下临深壑，地势险峻，在当年是易守难攻的坚固堡垒。考古专家认定这里就是北宋时期的麟州城遗址。因为麟州曾长期在当地"土豪"杨家的管辖之下，故当地人习惯称它为"杨家城"。经历了千年的战火硝烟、风霜雨雪，这座古城已成为一片废墟，其凄凉荒芜的景象令人叹惋。当我们置身于此，遥想千年前的往事，刀光剑影的场面仿佛就在眼前，麟州杨家世代保家卫国流血牺牲的事迹，仍然令今天的人们血脉偾张、心潮难平。

古老的麟州

说起麟州，许多人对这一地名比较陌生。这片看上去荒凉贫瘠的土地，却有着十分悠久的历史。

距离这里约50公里的高家堡附近的石峁山上，近年来发现距今约四千三百年的古城遗址,是目前中国已发现的龙山文化晚期到夏朝早期规模最大的城址。它不仅规模巨大,气势宏伟,建筑水平高超,还出土了大量形制各异的玉器,以及陶器、骨器、石雕、壁画……它所体现出的非凡智慧和灿烂文化,告诉人们早在四千多年前中华文明的曙光就曾闪耀在这里,产生过令人惊叹的人类早期文化。

先秦时期,这里先后属于魏国和秦国的上郡。秦始皇统一六国,将天下划分为三十六郡,这里成为九原郡的新秦县。

降及唐代,唐玄宗开元九年(721)兰池州(今宁夏灵武市境)突厥人康待宾以"六州杂胡"起兵反唐,聚众七万,进逼夏州(今陕西省靖边县)。唐玄宗命朔方大总管王晙率兵讨伐,同时,命天平军大使张说与王晙相配合,大破康待宾。张说奏请朝廷在此地建立地方政权,"以安党项余众"。唐开元十二年(724),唐朝分胜州,正式建置麟州,治所在新秦县。开元十四年(726)州、县俱废。天宝元年(742)复置,同年改为新秦郡。乾元元年(758)复为麟州。在麟州城山上,生长有三棵松树,高大参天,枝柯相连,当地人称为"神松"。诗人王维曾出使新秦郡,对这三棵松树情有独钟,作《新秦郡松树歌》云:"青青山上松,数里不见今更逢。不见君,心相忆,此心向君君应识。为君颜色高且闲,亭亭迥出浮云间。"

唐末五代,中原战争频仍,社会动荡,民不聊生,统治者走马灯似的更迭,对地处西北一隅的麟州根本无暇顾及。更加严重的是石敬瑭夺得后唐政权之后,建立后晋政权,为了自己政权的稳固,极力投靠契丹辽国,甘心当"儿皇帝",将燕云十六州拱手让给辽国。这样,麟州就与辽国隔黄河相望,契丹铁骑随时可能践踏麟州的土地。麟州之地指望中原朝廷来保护完全没有可能,只有组织起来,自己保护自己,才能免于战火和外族铁蹄的侵袭,于是,当地的"土豪"中涌现出一位杰出人物——杨信(也作杨弘信)。杨信凭借自己的智勇双全和巨大的影响力,不等朝廷的任命和册封,勇敢地站了出来,自封为麟州刺史,带领百姓保卫家乡,成为麟州的实际管理者和掌舵人。

杨信死后,次子杨重勋继任麟州刺史。由于麟州地近北汉政权,加之兄长杨业(杨信的长子,一名杨重贵)事奉北汉,故杨重勋归附北汉。之后,杨重勋在后周与北汉之间左右摇摆。北宋朝建立后,杨重勋毅然归附北宋,麟州正式纳入宋朝版图。从此麟州成为北宋的边陲重镇,杨家成为朝廷倚重的封疆重臣。宋太祖建隆二年(961),北汉进犯麟州,杨重勋率军击退之。开宝二年(969),宋太祖亲征北汉,杨重勋主动到行在朝见,受到宋太祖丰厚的赏赐。

北宋在行政区划分上出现一个非常特殊的情况:陕西最北部的麟州(今陕西省神木市)和府州(今陕西省府谷县)没有划归黄河以西的鄜延路,而是划归管辖地大部分在黄河以东的河东路。这样一来,麟州和府州成为河东路孤悬于黄河以西的一块飞地,使得本来地处陕北的麟、府二州在抗击辽、西夏入侵时分属河东、鄜延两个地区长官指挥,看起来好像是硬生生地把一个整体的战区割裂为二。那么,宋朝为什么要这样划分?难道自己给自己找麻烦?肯定不是,其中自然有道理。

今天分析来看,主要原因大致有三:其一是该地区特殊的军事战略位置。麟、府二州位于黄河西岸,与河东诸州隔河相望,但与辽、西夏接壤,是防御辽、西夏的前沿,可以起到屏蕃河东的战略作用。同时,它们可以与鄜延路相互呼应,发挥侧击和牵制西夏的作用。其二是该地区有着丰富的战马资源。战马是古代战争非常重要的资源,麟、府地区通过蓄养和贸易可以获得大量战马,成为宋朝军队重要的战马来源地。其三是宋朝采取犬牙交错的治理原则。北宋时朝廷为了弱化地方政权的实力,有意人为打破自然地理区域,以达到强干弱枝的目的,把麟、府划给河东路,在一定程度上缩小了鄜延路的地域和管辖范围,不使其过大而失控。

无论如何,麟、府二州对于宋朝的战略意义是非常重大的,必须选择合适的人来镇守。从麟州看，杨信一门最为合适。所谓乱世出英雄，杨信可以说是一方英雄。虽然史书对他的记载过于简略，司马光在《资治通鉴》中只说道"麟州土豪杨信自为刺史"，让我们无法全面了解他的身世与事迹。不过，我们从"土豪"二字可以大致获得一些他的基本信息。所谓"土"，说明他不是一个外来者，而是长期生长、生活于斯的人物。所谓"豪"，可见他勇武有力，雄霸一方。欧阳修曾经对所谓"土豪"做了论述："其材勇独出一方，威名既著，敌所畏服，又能谙敌情伪，凡于战守，不至乖谋。若委以一州，则其当自视州如家，系己休戚，其战自勇，其守自坚。又其既是土人，与其风俗情接，众亦喜附之。"这样的评价对于杨信非常合适。后来，欧阳修为杨信的曾孙杨琪作墓志铭时提到："杨氏世以武力雄其一方。"王安石为其玄孙杨畋的文集作序也说："其先人以忠力智谋为将帅，名闻天下。"以上都在一定程度上证明了这一点。杨信担任麟州刺史的事迹已经随风而去，无法得知。他的子孙们却有着十分杰出的表现，为将为官，名垂青史，尤其是他的长子杨业更成为中国家喻户晓的历史英雄人物。

千古忠烈杨家将

杨信有两个儿子。长子杨重贵（后来的杨业），是北宋一代名将。次子杨重勋（一作训），继承父业，担任麟州刺史。

杨重贵虽然是北宋名将，但由于历史的原因，他有过一段与北宋为敌的经历。公元951年，后汉枢密使郭威被部下拥立为帝，建立后周政权。后汉高祖刘知远的弟弟、河东节度使、太原尹刘崇占据河东十二州亦称帝，因其仍沿用后汉年号，故史称北汉。为了对抗后周，增强自己的实力，刘崇极力拉拢隔河而居、拥有一定实力的麟州刺史杨信。时值乱世，杨信也需要刘崇作为靠山,以求得生存,便投靠了北汉。实际行动之一就是将长子杨重贵送到太原,追随刘崇,为北汉政权服务。

杨重贵自幼洒脱任性,善于骑射,喜欢打猎,每次打猎获得猎物比别人多好几倍。他对随从们说:"将来我当将军带兵,也要像用猎鹰猎狗追逐野鸡、野兔一样。"追随刘崇后,杨重贵先任保卫指挥使,骁勇善战,屡立战功,逐渐升迁为建雄军节度使。因为每次作战都能取胜,是典型的常胜将军,故人们给他起了一个"无敌"的绰号。对于杨重贵这样优秀的青年将领,刘崇喜爱有加,竭力拉拢,赐名刘继业。在北汉刘崇的时代,杨重贵一路顺风顺水风光无限。

然而,随着刘崇的去世,北汉内忧外患,日渐衰微,杨重贵的命运也随之发生了改变。面对强大的北宋军队,北汉连连败退,难以自保。太平兴国四年(979)二月,宋太宗赵光义亲自率大军征讨北汉,宋军攻势强大,部署得当,先击溃前来救援的辽国军队,后将北汉都城太原团团围住。五月,北汉惠帝刘继元走投无路,开城投降,北汉政权宣告灭亡。而此时杨重贵还在城南与宋军苦战。宋太宗早就听说杨重贵是一员勇将,十分爱惜,要求刘继元劝降杨重贵。刘继元只得派亲信去劝降杨重贵。得知君主投降,北汉已亡,杨重贵痛哭流涕,向北再拜,然后解甲向宋朝投降。宋太宗见到杨重贵非常高兴,不但没有责罚,反而多加慰抚,恢复了他的杨姓,改其名为"业"。任命他为左领军卫大将军。从此,杨重贵改名为杨业。

宋太宗回朝后,又任命杨业为郑州防御使,给予丰厚的赏赐。因为杨业有丰富的边境作战经验,就将他调任知代州兼三交驻泊兵马部署,成为抗辽前线的重要将领之一。从此,杨业开始了为宋朝守边抗辽的铁血征程。

消灭北汉后,雄心勃勃的宋太宗备受鼓舞,他看到了从辽国手中夺回燕云十六州的希望。他决定乘胜出击,一举夺下幽州。宋与辽国的战争由此爆发。太平兴国五年（980）三月，辽景宗发兵十万来攻雁门关（今山西省代县）。镇守雁门的宋朝主将正是杨业。面对数量远超自己的敌军，杨业从容镇定，他与大将潘美商议以兵制胜。当潘美在正面与辽军对抗时，杨业领数千骑兵绕到雁门关以北，突然向辽军发起攻击。辽军腹背受敌，一时阵脚大乱，在宋军的前后夹击下大败。战斗中宋军杀死辽国驸马侍中萧咄李，活捉马步军都指挥使李重海。这一战是杨业归宋后的首次大胜，他也因作战英勇而威名远扬。此后，契丹人只要见到杨业的旗号，即刻逃之夭夭。

宋太宗收复燕云十六州的决心非常坚定。雍熙三年（986），他任命忠武军节度使潘美为主将，杨业为副将，蔚州刺史王侁、顺州团练使刘文裕为护军，再度北伐辽国。大军出雁门关后，一路连克寰、朔、应、云等州。宋朝决定将四州的居民迁往内地，命令潘美、杨业等人率领所属军队护送这些居民内移。这时，辽国萧太后与大臣耶律汉宁、南北皮室等率领十多万军队重新攻陷寰州，形势的发展对宋军极为不利。是主动攻击，还是向后撤退，宋军将领间发生了激烈的争论。杨业分析敌我力量，认为："辽军兵多势大，而且士气旺盛，此时不应与他们交战。朝廷让我们护送几个州的百姓，我们只要合理安排，稳步撤退，就能确保百姓们的安全。"王侁不同意杨业的意见，说："我们带领好几万精兵，不能如此胆小畏惧。应该直奔雁门北川，大张旗鼓地前进。"刘文裕也赞成王侁的主张。杨业坚持自己的看法，说："不行，这样一定会失败的。"王侁讥讽杨业说："将军一向号称'无敌'，现在见到敌人反而犹豫不前，难道还有别的心思吗？"杨业知道宋军将领中有人对自己心存猜忌，更明白王侁话语里的挑衅含义。他激动地说道："我绝非胆小怕死，只是觉得战机对我们不利，不能让士兵们流血牺牲，却不能取得胜利。你责怪我为何不死，我应当死在大家前面。"主将潘美虽然没有明确表态，但更倾向于对敌人发起攻击。杨业明知此时出兵完全没有胜算，迫于其他将领的态度，只好满怀悲愤，领兵出征。在出发之前，杨业流着眼泪对潘美说："这次行动一定对我们不利。我本是北汉降将，皇上没有杀我，反而信任我，让我做了将帅，交给我兵权。不是我不去进攻敌人，而是想等待有利战机，建立功勋来报效国家。现在，众人责怪我畏敌避战，我自当率先拼死杀敌。"他指着陈家谷口说："请将军在这里埋伏下步兵和弓箭手，分成左右两翼准备支援。等我战败退到这里时，你们就用伏兵从左右两边夹击敌军。否则，我们将全军覆没！"潘美和王侁没有异议，当即下令在谷口布下阵势。

杨业领兵出发后，不久就陷入辽军的重重包围。尽管孤立无援，杨业仍率领部下奋力作战，左冲右突，但无法突出重围。辽国久闻杨业威名，要求务必将他生擒。战斗进行得十分惨烈，从中午到傍晚，杨业与部下且战且退，付出了重大牺牲。他受伤十多处，仍然奋力拼杀，二子杨延玉战死疆场，手下的士兵也伤亡殆尽。当他们退到陈家谷口时，发现山谷里竟无一个宋兵前来接应，杨业手拍胸膛，悲愤交加，继续与辽兵浴血奋战。战斗中他被辽将射中，落马被俘。辽军将领见俘获杨业，大喜过望，希望诱降杨业，遭到严词拒绝。杨业仰天长叹，说："陛下待我甚厚，我期望征讨敌人保卫边境来报效他，不料被奸臣胁迫，以致兵败被俘，还有什么脸面活在世上呢！"绝食三天，壮烈而亡。辽将耶律斜轸见诱降失败，无奈割下杨业的首级，向辽国君主报功去了。

本来，宋军主将潘美已下令在陈家谷口布下阵势接应杨业，却为何在杨业到达时踪影全无呢？原来，杨业率军出发后，王侁不断派人登高瞭望，打探战况。他以为辽军已被打败了，为了争夺功劳，便将埋伏在谷口的部队撤离。主将潘美明知王侁要撤去谷口的伏兵，也不加制止。不久，传来了杨业战败，辽国大军将至的消息，他们感到恐惧，为了避免遭受辽军的攻击，马上率部向后方撤离。

杨业壮烈牺牲的消息传来，宋朝军民无不深感悲痛。宋太宗对失去杨业这样一员良将非常惋惜，他专门下了一道诏书，高度赞扬杨业为国捐躯的精神，深表悼念，特加旌表。诏书说：

> 执干戈而卫社稷，闻鼓鼙而思将帅。尽力死敌，立节迈伦，不有追崇，曷彰义烈！故云州观察使杨业诚坚金石，气激风云。挺陇上之雄才，本山西之茂族。自委戎乘，式资战功。方提貔虎之师，以效边陲之用；而群帅败约，援兵不前。独以孤军，陷于沙漠；劲果森厉，有死不回。求之古人，何以加此！是用特举徽典，以旌遗忠；魂而有灵，知我深意。可赠太尉、大同军节度，赐其家布帛千匹，粟千石。

朝野上下对于导致杨业牺牲的有关将领口诛笔伐，怨愤沸腾，所以，宋太宗在诏书中明确地进行惩罚。"大将军潘美降职三级，监军王侁撤销职务、流放金州，刘文裕撤销职务、流放到登州。"以此来平息民愤，告慰杨业的在天之灵。

杨业牺牲之后，他的几个儿子得到朝廷的封荫。其中杨延昭担任崇仪副使，杨延浦、杨延训同为供奉官，杨延瑰、杨延贵、杨延彬同时担任殿直。杨业诸子中，杨延昭继承父亲遗志，也成为宋代著名的抗辽将领。

杨延昭（一名延朗），人称杨六郎。他从小从军，杨业每次出征，都将他带在身边，有意进行培养。长期的军旅生活，父亲的耳提面命，培养了他优秀的军事素养，为他后来成为独当一面的统帅打下坚实基础。因为作战十分英勇，朝廷任命杨延昭崇仪副使知景州。宋真宗咸平二年（999）冬，辽国发动对宋朝的进攻。杨延昭驻守遂城（今河北省武强县）。辽军连续数日攻城，攻势猛烈，城内军民人人自危。杨延昭紧急召集城中所有丁壮上城墙作战，时值天气寒冷，他灵机一动，下令将水泼洒在城墙上，第二天天亮，整个城墙全结成了冰，如同穿上一副银色的盔甲，坚硬光滑，敌人根本无法攀爬，只好撤兵。宋军乘机缴获了敌人丢弃的大量兵器。杨延昭也以战功升任莫州刺史。

有一次，宋真宗驻跸大名府，专门召见了杨延昭，向杨延昭询问了许多边防事务，杨延昭都能清楚地回答，宋真宗十分满意，他对诸王说："杨延昭的父亲杨业是前朝名将，杨延昭统率军队保护边塞，有其父遗风，值得嘉奖。"咸平三年（1000）冬，杨延昭在羊山设伏，大败入侵的辽军。景德元年（1004），杨延昭率兵直抵辽境，攻破古城（今山西省广灵县），俘获甚多。宋辽签订"澶渊之盟"后，宋真宗遴选守卫边境各州的官员，亲自任命杨延昭知保州（今河北省保定市）兼缘边都巡检使。第二年，追叙杨延昭守边御敌之功劳，升任他为保州防御使。

杨延昭智勇双全，果敢善战，领军号令严明，与士卒同甘共苦。遇敌作战，必定身先士卒；战斗获胜，往往将功劳让给部下；得到的赏赐，都用来犒赏部下。他严格律己，出入时如同普通军官，有古良将之风。所以，将士们都敬爱他，愿意跟随他征战，为他出力效命。镇守边防二十余年间，契丹人非常害怕他，称他为杨六郎。宋真宗大中祥符七年（1014），杨延昭在边防前线去世，终年57岁。他的一生可谓鞠躬尽瘁，死而后已。宋真宗得知杨延昭去世的消息，甚感惋惜，专门派宫中宦官护送他的灵柩回乡。河朔一带的百姓看到他的灵柩，无不痛哭流涕，表示哀悼。

杨延昭育有三子，其中杨文广继承父业，领兵征战，延续着杨家将的荣光。杨文广以父荫为官，宋仁宗庆历五年（1045），范仲淹出知邠州（今陕西省彬州市）兼陕西四路缘边安抚使。他曾与杨文广有过交谈，对杨文广的军事才能大为赞赏，将他安排在自己的部下。

名将狄青统兵征讨邕州（今广西南宁市）反叛的蛮族首领侬智高，挑选陕西兵马赶赴广西助战，时任知德顺军（今宁夏隆德县）的杨文广被调任广西钤辖，随同征讨。宋英宗时，朝廷评价边关将领，英宗以杨文广为"名将后，且有功"，擢升成州团练使、龙神卫四厢都指挥使，迁兴州防御使。

宋神宗熙宁元年（1068）七月，为保护秦州西北边境居民，防范西夏入侵,陕西经略使韩琦派时任秦凤路副都总管的杨文广前往秦州(今甘肃省天水市)西北修筑筚篥城。由于之前宋军修建城堡,西夏都会派兵前来破坏,于是杨文广采取声东击西之策,扬言要去修建喷珠城,引诱西夏军队前去破坏,自己则率部奔赴筚篥,部署了严密的防务。次日清晨,发现上当的西夏军队赶到了筚篥,见宋军防守严密,无法推进,无奈退兵,留下书信声称回去要调动数万骑兵来驱逐宋朝的筑城部队。杨文广立即派兵发起追击,大败西夏军。有人问为什么要追击敌人,杨文广说:"先人有夺人之气。这里是兵家必争之地,如果被西夏人占据了,那么,我军就不能再有什么作为了。"在杨文广的指挥下,筚篥等三座城堡修成,宋神宗下诏书褒奖他,并将筚篥城赐名为通渭堡。

虽然杨文广的儿子们没能像父祖辈那样纵横疆场建功立业,但杨业、杨延昭和杨文广三代人流血牺牲、前赴后继、保家卫国的英雄事迹,足以感天地泣鬼神,令后人景仰和赞颂,成为中华民族自强不息、抵御外侮的民族精神的典型代表。

近千年来,杨家将的故事广为流传,妇孺皆知。通过小说、戏剧、曲艺、影视以及民间传说不断地演绎和发展,塑造了杨家一门精忠报国的英雄群像,形成了源远流长、独具一格、具有丰富内涵的杨家将文化,并且内化为广大人民群众深厚的爱国思想,成为中华民族永不褪色的精神气质。

杨门后人的儒者风范

在一般人的心目中,麟州杨家将就是杨业、杨延昭和杨文广三代人的故事,实在是只知其一,不知其二。麟州杨家将还包括长期守卫麟州,抵御外敌的杨重勋一支,他们也有着非凡的经历和感人的事迹,只是因为杨业祖孙的光辉太过耀眼,遮挡了人们认识他们的视线,以致他们的事迹鲜为人知。所以,很有必要将麟州杨重勋一支的故事向世人传颂,让世人了解杨家将的全貌。

与哥哥杨重贵(杨业)年轻时追随刘崇,远走太原不同,杨重勋则一直守在父亲杨信的身边,成为父亲的得力助手,并在父亲去世之后,继承了麟州的管辖权。由于哥哥杨重贵为北汉效力,杨重勋继任麟州刺史后也曾归附北汉。后周广顺二年(952)末,麟州遭到羌人部落的包围,形势危急之下,杨重勋只得宣称归附后周,向夏州、府州求救。对于杨重勋的归附,后周太祖郭威非常重视,专门颁布一道《宣慰麟州刺史杨仲训(重勋)敕》,以表抚慰。

在这道敕令中,郭威明确告诉杨重勋三重意思:其一是"刘崇拒命圣朝","今则蕃部兵民,助我讨违,汝等哀告蕃邻,欲谋归向。备睹变通之意"。意思是因为刘崇抗拒朝廷,边疆的蕃部军队在帮助朝廷讨伐叛逆,你们求告于附近的夏州等蕃部,希望归顺朝廷,说明你们明白变通的道理。其二是"特用宏纳之仁,宜示抚安,用奖忠顺。已指挥州府及诸蕃部,不令进攻。汝等便宜明宣朝旨,告谕军民"。朝廷以阔大的仁爱之心,对你们表示安抚,奖励你们的归顺,已让各州府及蕃部不再进攻。你们应该向军民们广为宣传朝廷的恩德。其三是"官员将校职掌,一切依旧,仍分析名衔申奏,当议等第加恩,兼之酬赏"。你们的官员职务一切照旧。可以区分名衔上报朝廷,将按照次序进行封赏。从表面上看,郭威这道敕令的确有居高临下的威严,细细品味,其中也不乏一些无奈。在郭威看来,只要杨重勋等麟州"土豪"能归顺朝廷,能帮助朝廷守御"通河东道路口岸",一切都好说。现有的官员不仅一切照旧,还可以得到赏赐。这一切都因为后周政权刚刚建立,郭威实在不愿耗费人力财力来征讨麟州这一重要的"极边"地区,为了麟州的归顺,做出一些妥协也在所不惜。虽然后来杨重勋有所反复,但最终还是再度归降后周。

建隆元年（960），后周殿前都点检赵匡胤在陈桥驿被"黄袍加身"，夺得了后周政权，建立宋朝。杨重勋认清大势，及时归附。赵匡胤十分高兴，授予杨重勋麟州防御使，使其继续统管麟州军政事务。为了配合宋朝军队，杨重勋多次击退北汉的进攻。宋太祖乾德五年（967），宋朝鉴于麟州重要的军事地位，将其升级为建宁军，杨重勋升任建宁军节度留后，继续主持军政大事。

宋朝建立后，赵匡胤吸取了唐代藩镇势力过于强大的教训，采用宰相赵普的建议逐步削弱地方的实力，加强中央集权。"徙镇"是措施之一。所谓徙镇，即有意将各边疆要地有实力的世袭"土豪"调入内地安置，另派政府官员担任地方长官。杨家经营麟州已有两代，根深蒂固，影响广泛，自然是朝廷重点的调换对象。开宝五年（972）九月，宋朝将杨重勋由建宁军节度留后内调为保静军（今属安徽省宿州市）节度留后，不久提升为节度使。麟州的军政大权，则由杨重勋年仅18岁的儿子杨光扆执掌。开宝八年（975）七月，杨重勋病逝于保静军节度使任上。

杨光扆执掌麟州军政大权，延续着杨家在麟州的实际统治地位。杨光扆执掌麟州共十三年，史书没有较多的记载。唯一的重大事件就是在太平兴国七年（982），杨光扆与府州刺史折御卿一同出兵，联手大破辽国军队于丰州（今内蒙古五原县南），将敌人追赶至河套而回。这不仅是麟州与府州联手破敌的一次重大胜利，也是史书所记载杨光扆一生中最辉煌的一次胜利。

宋太宗雍熙二年（985），杨光扆于麟州任上去世，年仅31岁。这一年，他的长子杨琪才7岁，不足以承担麟州的管理重任，从此，杨家彻底退出了经营麟州的历史舞台。

麟州杨家到了杨琪这一代，在身份和职务方面发生了一个重大转变。他们不再像祖、父辈那样"弯弓驰马跃边陲"，担任镇守边关的将领，而是弃武从文，成为饱读诗书的儒者和官员。诚如北宋著名政治家和文学家欧阳修为杨琪写的墓志铭中所描述的："君生于将家，世以武显，而独好儒学，读书史。为人才敏，谦谨沉厚，意怡如也。"杨琪曾先后担任提点河东、京西、淮南三路刑狱等官职，"无不称职"，是一个恪尽职守的良吏。尽管如此，杨琪依然没有忘记自己祖辈的光荣历史，自己身上流淌的是武将们的血液，所以他称自己"吾本武人"，显示出他对自己祖先和家族传统的高度认同。

杨琪的儿子杨畋，是麟州杨家的第五代，也是杨家当时的代表人物。从他的经历和素质来看，已经是十足的文人了。杨畋自幼折节读书，高中进士，仕途非常顺利，先后任三司副使、天章阁待制、侍读、知制诰，迁龙图阁直学士。他多才多艺，能作画，又通琴音，尤其喜爱写诗，曾与许多诗人唱和，身后留下一部文集——《新秦集》。从文献资料看，与杨畋交往的人物中，有许多是当时的名流，著名的有范仲淹、梅尧臣、宋祁、欧阳修、余靖、韩琦、蔡襄、韩维、司马光、王安石、苏辙等等，与如此众多的重臣名家交往，足见其在朝廷中的地位和声望。欧阳修曾为他的曾伯祖杨业所藏兵书作跋，为他的父亲杨琪作墓志铭。杨畋去世之后，苏辙为他作哀辞，王安石为他的文集《新秦集》作序，他们的关系显然非同一般。由此可见，杨畋在世时不仅拥有广泛的社会关系，还具有相当的社会影响力。他的为人和事迹广受当时人们的赞扬，成为麟州杨家最后的荣耀。

杨畋之后，虽然麟州杨家还有后代延续，不过再也没有出现过杰出的人才，慢慢消失在历史的长河之中。

从五代后汉时杨信的崛起，到杨畋的去世，麟州杨家五代人历经了由后周到北宋一百一十年的社会历史，在那个风起云涌、山河激荡的时代里，他们用自己的勇敢、忠诚、智慧乃至生命，书写了一段段荡气回肠、可歌可泣的人生故事，在古老的黄土地乃至中华大地上树立起一组金戈铁马、叱咤风云的英雄群像，成为世世代代中华儿女景仰讴歌的楷模和榜样，也为古老的陕北留下一笔永远闪耀光芒的精神财富。

| 第二十章 |

守卫府州二百年的折家将

五代和北宋时期，陕西最北端的麟州（神木市）和府州（府谷县），虽然地处"极边"，却因地理位置特殊而显得格外重要。这里是宋、辽、西夏三国接壤地带，处于辽与西夏的包围之中，东面与宋朝河东路阻隔着一道黄河，南面与宋朝鄜延路隔着广阔的西夏控制区，是河东路孤悬于黄河西岸的一块飞地，是宋朝抗击辽与西夏的前线，也是最为坚强的边疆堡垒。

麟州的杨家和府州的折家均为当地"土豪"，数代管辖当地，都为抗击外族入侵而浴血奋战，为保家卫国做出了重要贡献。不同的是，麟州杨家因为杨家将的故事进入小说、戏曲等文艺作品，名扬四海，深入人心；府州折家十代为将，守边二百余年，铁血御侮，艰苦卓绝，用生命和热血书写了一段悲壮的历史，堪称中国历史上"第一将门世家"，今天却鲜为人知，实在令人遗憾。因此，我们有责任、有义务把这段古老的历史展现给今天的人们，让府州折家将的英雄事迹走进人们的视野和心里。

与众不同的府州折家

　　府州折家与麟州杨家同为当地"土豪",各自执掌一州,因为山川相连,利益与共,两家经常联手抗敌,互通婚姻,结为联盟,堪称合作典范。不过,如果对杨、折两家做一番仔细分析比较,就会发现有着许多不同。

　　首先,从种族来看。杨家虽然祖籍为麟州新秦郡,但号称出自弘农杨氏,是东汉"关西夫子"杨震之子杨奉的后裔,实乃中原望族。照此说来,杨家显然属于汉族。折家则不然。在《折可适墓志铭》中,宣称折氏"其先与后魏道武俱起云中,世以材武长雄一方,遂为代北著姓,后徙河西"。这里所说的"后魏道武",即北魏王朝的创始者鲜卑人拓跋珪。《折嗣祚神道碑》也称其为"魏孝文皇帝二十七代之孙",所谓魏孝文帝,即北魏第七位皇帝拓跋宏。由此可见,折家是地道的鲜卑族拓跋氏的后裔,其祖先兴起于云中(今山西省大同市),后来才徙居府州的。尽管在漫长的岁月中折氏家族接受汉族文化的熏陶,已逐渐被深度汉化,到折御卿的四世孙已"不类胡种,虽为云中北州大族,风貌庞厚,揖让和雅,其子弟亦粗知书理",但北宋朝廷仍以"蕃官"视之,其统领的军队也被称为"蕃兵"。

　　其次,从宋朝对他们的信任度看。麟州杨家与府州折家都对宋朝忠心耿耿。不过,麟州的杨重勋在后周时曾两度投靠北汉,杨业更是长期为北汉效力,因此,即使降宋后,难免受到其他将领的猜忌和不信任。北宋朝廷为加强中央集权,实行地方长官调换的"徙镇"政策,杨重勋就被内调到安徽的保静军去了。府州的折家无论在后周还是宋初都对北汉表现出强硬的对抗态度。府州折家不仅屡次击败前来进犯的北汉军队,还多次配合宋朝军队与北汉作战,赢得宋朝皇帝的高度信任。宋太祖时,府州折家首领先后四次入朝觐见。建隆二年（961）折德扆入朝时，宋太祖特许折家世袭府州，"尔后子孙遂世为知府州事，得用其部曲，食其租入"，拥有自己的武装力量，享用当地的租税，俨然成为朝廷扶持的特殊小王国。"徙镇"政策也对府州折家网开一面，其在府州的权力没有受到任何影响。

再次，从掌管当地政权的时间长度看。从杨家首次执掌麟州大权的杨信自立为麟州刺史，并得到后周承认，至雍熙二年（985），杨光扆掌管麟州十三年后在任所去世，其长子杨琪年仅7岁，无法胜任麟州的军政大权，从此，杨家结束了对麟州三十四年的实际统治历史。与麟州杨家相比，府州折家实际统治府州的时间则要长得多。如果从唐代末年的折宗本镇守府谷（后来的府州）开始算起，到南宋高宗建炎二年（1128），折可求投降金国为止，折家掌管府州的时间竟长达二百二十余年。折家九世掌管府州，不仅得到各个时期朝廷的高度信任，还因为这一族子嗣繁盛，名将辈出，使得他们长期雄踞府州。这在中国古代历史上是极为罕见的。

最后，从抗击外族入侵的作用来看。杨家将的代表杨业年轻时远走晋阳，为北汉效力。归顺宋朝后，杨业、杨延昭和杨文广祖孙三代并没有在麟州抗击辽国的经历，他们已归属于朝廷的军队，作战地域主要在河北一带。杨重勋、杨光扆父子先后掌管麟州，杨重勋时的作战对象主要是北汉，杨光扆曾经与府州刺史折御卿联手，在丰州大败辽国军队，其余作战记录并不多见。这时夏州党项族李继迁尚未反叛。至于杨光扆的子孙如杨琪、杨畋，后来都在朝廷做官，到各地任职，与麟州已没有什么关系了。折家则不然，他们二百多年来始终像钉子一样坚守在府州，在各个时代先后经历过抗击契丹、消灭北汉、抵御西夏乃至阻击金兵等一系列重要战争，浴血奋战，守卫国土，将府州打造成为坚固的边疆堡垒，为守土靖边立下了赫赫战功。《宋史》非常肯定府州折家对宋朝"西北之捍"的历史作用，有一段非常公允的评论："折氏据有府谷，与李彝兴之居夏州初无以异。太祖嘉其向化，许以世袭，虽不无世卿之嫌，自（折）从阮而下，继生名将，世笃忠贞，足为西北之捍，可谓无负于宋者矣。"

折家管辖府州，最早是从他们的先祖折宗本开始的。折宗本生活在天下动乱的五代初期，号称泰山公，在府谷一带颇孚众望，甚得人心，当地民众争相归附他。晋王李克用认为其能成大事，便将他编入部下，任振武军沿河五镇都知兵马使，凡是自己鞭长莫及的地方，都交给他来管辖。折宗本不辱使命，他和睦百姓，招集兵马，有效地抵御了来自西北的契丹和吐蕃的进攻，以功劳被封为上柱国，可以说折宗本是府州折家的开山鼻祖，为折家后代长期管辖府州打下了基础。

折宗本的儿子折嗣伦，被李克用任命为麟州刺史，管辖麟州、府谷两地。在任期间折嗣伦十分注重教化百姓，大力发展农业生产，关心民众疾苦，是一个非常好的地方官。可惜他在50岁时，死于麟州任上。他死之后，朝廷竟然没有任命新的麟州刺史，这就给了当地"土豪"杨信一个机会，他趁着麟州无主，一片混乱，凭借自己的势力和影响力，自立为麟州刺史，把麟州军政大权抓在手中，开启了杨家一门三代掌控麟州的历史。

折家则以折嗣伦之子折从阮为核心，专心经营府谷。后唐庄宗李存勖"以代北诸部屡为边患"，而府谷地处险要，"控扼西北"，是边疆重镇，便任命折从阮为河东牙将，坐镇府谷。由于地理位置重要，加上有良将镇守，府谷的行政地位迅速提高。府谷由镇升为县，再升为州，折从阮也顺理成章地升任府州刺史。

从后唐的折宗本开始，到北宋末年的折可求，折家九代人连续执掌着府州的军政大权。他们不仅为推进北宋的统一事业立下了汗马功劳，还在抗击辽、西夏和金的战争中前赴后继，流血牺牲，书写了一段保家卫国的悲壮历史，他们守边御敌的事迹凝聚成为中国历史长河中一座丰碑。

承担起抵抗辽国入侵的重任

如果以折家将来定义,那么,府州折家可以说是十代为将,其中名将辈出,完全称得上是宋代乃至古代中国"第一将门世家"。

唐朝末年,东北的契丹部落渐渐强盛起来。唐昭宗天佑四年(907),耶律阿保机当选契丹大首领,号称皇帝。后唐时,河东节度使石敬瑭在辽太宗耶律德光支援下,夺取政权,建立后晋,坐上了"儿皇帝"的宝座。为了报答辽国的恩德,他将燕云十六州割让给辽国,连黄河以西的麟、府等州也拱手让给辽国。后晋出帝开运元年(944),辽国要把麟、府等州的民众迁徙到遥远的辽东,当地百姓大为惊恐。这时折家第三代首领折从阮率领民众,占据险要地形,拒绝执行辽国的命令。不久,后晋与辽国的关系恶化。折从阮奉后晋之命,引兵深入辽国北部,拔除了辽国十几个堡寨。晋出帝石重贵任命折从阮为府州团练使。从此,府州成了抗击辽国的坚强堡垒,折家将就是堡垒的顶梁柱。

刘知远建立后汉后,折从阮归附后汉,刘知远深知府州具有重要的战略意义,便将府州升为永安军,并将原振武军管辖的胜州以及黄河沿岸五镇都划归永安军管辖,任命折从阮为光禄大夫、检校太尉、永安军节度使。乾祐三年(950)三月,后汉隐帝刘承佑将折从阮调任为武胜军节度使(今河南省邓州市),任命折从阮之子折德扆为府州团练使,继续掌管府州。广顺元年(951),郭威建立后周政权,加封折从阮同平章事,调任静难军节度使(今陕西省彬州市),正式任命折德扆为永安军节度使。当时折从阮、折德扆父子同为节度使,实属罕见。周世宗柴荣对折德扆十分信任,认为他"素得蕃情",可继续镇守府州。赵匡胤建立北宋,折德扆顺应大势,归附宋朝,与尚在割据的北汉政权作战,破河东沙谷砦,斩首五百级。宋太祖乾德元年(963),北汉军队对府州发动围攻,折德扆从容指挥,将北汉军队击溃,活捉北汉将领杨璘。作为第四代折家将的代表,折德扆继续捍卫着府州折家的荣耀。

值得一提的是，折德扆与麟州杨家联姻，把自己的女儿嫁给麟州杨信之子杨重贵（杨业）为妻，这就是后来小说、戏曲中的"佘太君"。只是后人把"折"讹传为"佘"。折德扆也就成为抗辽英雄杨业的老岳父了。

宋太宗太平兴国七年（982）五月，辽国三万骑兵分三路入侵北宋，其中一路的进攻目标是府州。当时的府州刺史是折从阮的孙子、折德扆的次子、折家将第五代领军人物折御卿。折御卿是折家将中的杰出人才。他率兵奋勇迎敌，在新泽寨击败辽军，斩首七百级，俘虏酋长百余人，沉重地打击了辽军的气焰。至道元年（995）正月，辽国大将韩德威率万余骑进犯府州。折御卿在子河汊设下埋伏，待辽军进入伏击圈突然杀出，辽军猝不及防，乱成一团，人马践踏，坠入深谷，死者相枕。此役宋军歼敌五千人，缴获战马千匹，斩杀敌将领二十余人，生擒吐浑首领一人，韩德威只身狼狈逃窜。此战折御卿大获全胜，声威大震，此后，契丹人对他极为惧怕。

韩德威当然不甘心这次惨败，一直伺机报复。当他打听到折御卿身患重病时，便率兵再次进攻府州，想报子河汊惨败之仇。折御卿得知辽军进犯边境的消息，立即率领人马，抱病出征。韩德威听说后，大为惊叹，便停止进兵，不敢进犯。当时隆冬腊月，天寒地冻，折御卿年近八旬的老母亲担心他的身体，放心不下，派家人到军营让他回城养病。面对老母亲的挂念，折御卿非常感动，但眼下大敌当前，军中不可无帅，他毅然选择留守军营。他对来人说："我折家世代蒙受国家恩典，边境上至今没有安宁，这是我的罪过。现在两军对垒，军情紧急，我不能为了一己私利，不顾将士安危，回城养病。我绝对不能这样做。身为统帅，战死沙场，是军人的本分。你为我转告太夫人，不要挂念我，自古忠孝不能两全！"说罢泪如雨下。第二天，折御卿因病重在军中去世，年仅38岁。折御卿将个人利益和生死置之度外，可谓鞠躬尽瘁，死而后已。听到折御卿病逝的消息，宋太宗哀悼良久，追赠折御卿为侍中，任命其子折惟正为洛苑使、知府州，以表恩赐。

府州折家将不仅为守卫府州浴血奋战，而且听从国家召唤，多次慨然出征。宋真宗咸平二年（999）十月，辽国大举进攻北宋的遂城、瀛州等地，时任府州的是折家将的第六代、折御卿的次子折惟昌，在国家危难之际，他毅然率府州兵马渡过黄河，入五合川，攻破辽国言泥族拔黄寨，焚器甲、车帐数万，斩千余级，救回被辽国掳走的三百余人。景德元年（1004）十月，辽军再次大举南侵，其中一路主攻山西。折惟昌再度率兵渡过黄河，进入辽国朔州境内，攻破大浪水寨，生擒数百人。围攻岢岚军的辽兵害怕归路被切断，连忙撤军。

大中祥符七年（1014）五月，朝廷命令河东百姓往麟州运送粮食，为防止辽国军队的袭扰，让府州派兵护送。这时的折惟昌重病缠身，有人提议他延迟几日再出发，折惟昌不同意，说："古人受命忘家。死于官事，吾无憾也！"他强拖病体，带领将士出征。行军途中，风沙蔽日，天气恶劣，加重了他的病情。屯驻在宁远寨时，折惟昌强撑病体与部下宴饮聚会，谈笑风生，若无其事，众人都以为他病情有所好转了。当众人退席后，他告诉母亲梁太夫人自己的真实病情，说："我之所以强打精神，与部下宴饮，是因为在边境责任重大，担心给朝廷带来忧虑罢了。"第二天，折惟昌病逝于军中，年仅37岁。这之前，宋真宗听说折惟昌病重，已派御医前来诊视，可惜折惟昌没有等到御医就已病逝。折惟昌与其父折御卿一样，为国家战斗到生命的最后一刻，他们父子英年早逝，实在令人扼腕。

抵御西夏的坚强堡垒

府州折家将不仅抗击契丹辽国的进攻，同时还承担着抵御新崛起的党项西夏的重任。

宋太宗太平兴国七年（982），党项族首领李继迁公然反叛宋朝，虽然宋朝多次出兵围剿，予以痛击，同时软硬兼施，招降安抚，但李继迁愈挫愈勇，渐渐做大，宋朝实在拿他没有办法，便封他为定难军节度使，掌管夏、银、绥、宥、静五州，成为宋朝西北边疆最大的军事威胁。府州、麟州与夏、银等州土地相连，战略位置重要。李继迁屡次发动对府州的进攻，欲据为己有。后来，李继迁的孙子李元昊建立西夏国，更是把麟、府二州看作眼中钉，加大了对这一地区的攻势。镇守府州的历代折家将，忠于职守，奋起御敌，给予入侵的西夏军队迎头痛击，府州城始终屹立于黄河岸边，成为西夏无法逾越的一道屏障。

从宋太宗至道元年（995）开始，党项军队就在李继迁的指挥下，屡次袭扰府州，时任府州刺史的是折家将的第六代首领折惟正，他率领军队与党项军队临阵交锋，打退敌人进攻，获得朝廷嘉奖。宋真宗咸平二年（999）秋天，河西黄女族首领蒙异保及府州属部啜讹等，勾结李继迁进犯麟、府二州，同为折家将第六代的折惟昌、折惟信兄弟及其从叔折海超率府州兵迎敌，西夏军人多势众，折惟昌等有些势单力孤，但他们不惧强敌，奋勇作战。激战中，折惟昌手臂中箭，从马上坠落下来，他仍从地上捡起弓，后得到部将的马匹突围而出，而折惟信和折海超则不幸阵亡。后来，折惟昌、宋思恭等在埋井峰击退西夏主将万私保移埋，斩杀擒获甚众。景德元年（1004），折惟昌在麟州北部再次击败西夏军队，歼敌千余人，缴获马、牛、羊、驼四万余。

宋仁宗庆历元年（1041），李元昊亲率大军进攻麟州，未能得逞，转而围攻府州。这时的府州刺史是折家将第七代传人折继闵，他沉着镇定，指挥士卒坚守孤城。西夏军围攻府州一月有余，李元昊亲自在城下督战，无奈府州军民众志成城，犹如铜墙铁壁，在遭到重大损失后，李元昊无奈退兵。折继闵瞅准时机，乘势从城中出击，俘虏敌人数千。

宋神宗熙宁三年（1070），西夏进攻庆州（今甘肃省庆阳市），宋朝命大将种谔统帅鄜延、河东两路大军筑啰兀城（今陕西省米脂县北）以牵制之。身为折家将第八代的折克行及其叔父折继祖皆跟随大军出征。种谔让折克行统兵三千守护粮道。折克行抢占葭芦川，斩敌四百余人，招降一千多户，获马畜上万匹，诸位老将对他大为赞叹："真不愧是折太尉（折继闵）的儿子呀！"折克行因功知府州。元丰四年，宋朝五路大军征讨西夏。本来折克行镇守府州，可以不参加征讨大军的行动，但折克行主动要求率三千子弟兵打先锋。朝廷让他们隶属于河东路统帅王中正，随王中正的部将张世矩同行。由于宋军没有统一指挥，各路大军各行其是，导致严重失误。张世矩部粮食殆尽，只好回撤。折克行主动请求殿后。这时，西夏大将咩保吴良率万余骑兵尾随来追。折克行率部迎上去接战，大败夏军，斩杀咩保吴良。折克行统帅的府州兵十分英勇，每出必胜，西夏人对他非常畏惧，称他为"折家父"，专门增加了左厢兵，用以对付折家军。

在折家将的第九代中，涌现出北宋一代名将折可适。生长于将门的折可适，自幼就以保家卫国为己任，骑马射箭无所不精。十六七岁时，便跟随祖、父辈从军出征，在战斗中崭露头角。有一次，折可适跟从种谔出塞，在马户川与西夏军队遭遇，西夏将领见他年少，对他十分轻视，折可适出阵与其单打独斗，斩其首级，并缴获其战马而还，在宋军中名气更加响亮。鄜延路主帅郭逵见到他后，赞叹说："真不愧是名将的后代啊！"

折可适也参加了"五路伐夏"战争，有着出色表现。他率部激战三角岭，收复米脂城，杀敌众多。后来，奉命从安定堡押运粮草到前线，运粮队在蒲桃山遭遇西夏军队的伏击，折可适独自出战，击退敌兵，将粮草安全地运到前线。

元祐六年（1091），西夏梁太后率十万大军入寇，折可适率兵八千，从后楼铺转战至马岭。他判断敌军不能深入，便迅速穿插到洪德川，在敌军返回的路上设下埋伏,另派二十名骑兵驻扎在肃达。当西夏军队进入伏击圈,折可适下令发起攻击,敌军猝不及防,前军大乱,后军也被驻扎在肃达的骑兵牵制,互相践踏,掉入山沟者不计其数,梁太后带着少数亲信翻山逃跑了,宋军缴获了大量辎重。折可适因功晋升为环庆兵马都监,知岷州。

宋哲宗元符元年(1098),西夏酋长嵬名阿埋、昧勒都逋是西北边境上的两大祸患,朝廷秘密下令折可适寻找机会解决掉他们。嵬名阿埋、昧勒都逋二人以牧放为名,在边境上相会,其目的是窥探宋朝的边防。折可适获悉这一情报,果断出兵,把部下分作两路,衔枚疾走,捣其巢穴天都山,夜半时分将他们团团围住。二人大惊失色,说:"这简直是天兵,从哪里来的?"又问:"将领是谁?"人们告诉说:"是折(可适)安抚使。"他们说:"他好比是我们的父亲呀,有幸可以免除我们死罪。"二人举手投降。折可适俘虏其家族部众共三千余人,用皇帝的名义对他们进行安抚告谕,全部免除死罪。宋哲宗听闻后,专门登文德殿接受群臣祝贺,把其地命名为西安州,即日派遣宦官赐给折可适袍带兵器以及白银、衣帛等,封他为西上阁门使,洛州防御使,泾原路兵马钤辖。后哲宗觉得赏赐还不够,再次提拔他为东上阁门使。

折家数代镇守府州,抗击西夏,前后达百余年,就像一道坚固的城墙横亘在西夏铁骑的面前,使他们始终不能东渡黄河。宋朝河东广大地区因为有了府州这一屏障,得以拥有一份安宁。西夏在与折家将的战斗中屡遭失败,损兵折将,占不到一点便宜,因此对府州折家恨之入骨。

府州城在绝境中沉沦

宋徽宗宣和七年十月,宋朝联合女真金国灭亡了契丹辽国。没想,此后到女真金国悍然出兵入侵宋朝。金兵分兵两路南下。东路的统帅是完颜宗望，攻陷燕山府之后，一路攻城拔寨，轻易地渡过黄河，兵临宋朝都城汴京城下。西路的统帅是完颜宗翰，没有东路的金兵进展顺利，在太原遭到宋军将领张孝纯和王禀的顽强抵抗。虽然太原城内只有三千人马，但他们团结一心，坚守城池，誓不投降。宋朝紧急下诏各地军队救援太原。在国家存亡的危急关头，折家将的第九代首领、知府州的折可求应诏率领麟、府二州的两万精兵赶赴河东，以图解太原之围，没想到在交城被以逸待劳的金兵击溃，遭遇重挫。

宋钦宗靖康元年（1126）正月，折可求率军疾驰汴京勤王，与种师道率领的种家军会合，抗击金兵，保卫京城。汴京暂时解围后，折可求再度率部赴太原解围，在子夏山又被金兵击溃。九月，金兵攻占太原，折可求无奈率残部退回府州。可以说，在勤王抗金的战争中折可求还是尽心尽力的，展现出折家将一贯的忠诚和英勇。

在抵抗金兵入侵的行列中，还闪现着折家将其他成员的身影。在代州崞县（今山西省原平市）保卫战中，镇守崞县的宋将李翼选择了坚守。不料城内义胜军首领崔忠发动叛乱，引贼入城，李翼被俘后，誓死不降，为国殉节。与李翼一道守城的还有折家将第九代的折可与和折可存，他们也被金兵俘虏。折可与面对敌人宁死不屈，惨遭杀害。折可存则从俘虏营中逃回，不久病死。

第十代折家将、年轻的折彦质也出现在抗金的队伍中。靖康元年，他跟随种师道等老将奔赴汴京勤王，与金兵展开血战。六月，折彦质随制置副使谢潜，前往救援被金兵围困的太原，虽然最终没有成功，但他的军事才能得到朝廷认可，被擢升为河北河东宣抚副使。为了防止金兵长驱南下，朝廷派折彦质领兵十二万与同知枢密院事李回共同防守黄河，希望凭借黄河天险暂时挡住金兵南下的兵锋。然而，临时拼凑起来的宋朝军队早已军心涣散，犹如惊弓之鸟，被气焰汹汹的金兵吓破了胆，还没等金兵发起攻击就自行溃散，临时上任的主帅折彦质根本没有办法控制这群乌合之众，眼睁睁看着黄河天险被金兵突破而毫无办法。腐朽透顶的北宋朝廷当然要找一只替罪羊，把失败的原因归结于折彦质，将他一贬再贬，一直贬到昌化军（今海南省儋州市）安置。直到南宋高宗绍兴五年（1135），折彦质才被朝廷召回都城临安，先后担任工部侍郎、兵部尚书、参知政事等要职。他以一己之能力和担当，捍卫着府州折家将最后的荣光。

自后唐时期折宗本以来，折家九代人一直是府州地区的首领，执掌着府州的军政大权，历经艰难，荣耀当世，延续二百余年。天地间万事万物都会盛极而衰。府州折家自然不可避免。第九代知府州的折可求为保全性命，向金人投降，给折家二百余年的辉煌画上了一个耻辱的句号。

靖康二年二月，金兵攻破北宋都城汴京，掳走徽、钦二帝，北宋王朝宣告灭亡。五月，康王赵构在南京应天府（今河南省商丘市）即位，改元建炎，就是南宋的宋高宗。在天下动荡中登上皇位的宋高宗，龙椅还没有坐热，就被金兵撵得东跑西藏，居无定所，自顾不暇，哪里还顾得上中原的广大失地。北方大片领土落入金人之手。建炎二年十一月，金国大将完颜娄室攻占延安，而后继续北上，清涧、绥德等地相继陷落。府州、麟州完全被夹在西夏和金国两大军事势力之间，勤王败归的折可求孤立无援，府州危在旦夕，前途一片渺茫。金国主帅完颜宗弼、完颜娄室深知府州重要的战略地位，更看重折家在这一地区巨大的影响力，所以，决定招降折可求。他们清楚要招降折可求绝非易事，便制定下一条毒计，逼迫折可求就范。十一月，金人将折可求之子折彦文劫持至云中，在金人的威逼利诱之下，折彦文投降金国，亲自写信劝父投降。完颜娄室派人将书信送给折可求，许诺把关中之地封给折可求。面对金国的招降，折可求左右为难，举棋不定。一方面是折家世受国恩，极尽显荣，抵御外寇，忠贞不渝。精忠报国是府州折家世代传承的家族精神，它也深刻地影响着折可求，一下子让他背叛国家，毁掉折家世代忠贞的荣誉，他的确难下决心。另一方面，汴京沦陷，二帝被掳，中原无主，高宗初立，远在江左，麟、府已成绝地，实在难以支撑，加上爱子成为金人的人质，实难割舍。更现实的是，金兵势力强大，所向披靡，宋朝州、县要么沦陷，要么投降，少数坚守不降者都难逃城破身亡的命运。为了自己，为了儿子，也为了折氏家族，最终折可求选择了投降，他把自己掌控的麟、府、丰三州以及晋宁军九堡寨全部献给了金国，换取了自己的苟且偷生。从这一点说，折可求是极其可耻、可恨的。

既然投降，就必须听命于金人，为金人卖命。这是包括折可求在内的所有变节者都逃脱不了的命运。折可求降金之后，陕北地区几乎全部为金人所有，只有晋宁军（今陕西省佳县）等极少地方，在宋将徐徽言领导下坚守不降。金西路军主帅完颜娄室知道折可求与徐徽言是儿女亲家，便派他前往劝降。折可求别无选择，只得厚着脸皮到晋宁军城下劝降。徐徽言登上城墙痛斥折可求卖国投敌。折可求哀求说："你为什么对我如此无情？"徐徽言挽弓骂道："你对国家无情无义，我对你还有什么情？不单是我无情，我手里的弓箭更无情！"说罢，一箭射中折可求，折可求负伤而逃。金人见劝降不成，便加强攻城，遭到城上宋军的拼死反击，死伤惨重，无法破城。后来，城内被金人切断水源，粮食殆尽，有叛徒打开城门放金兵入城，徐徽言奋起抗击，不幸被俘。完颜娄室很敬佩徐徽言，劝他投降，说："宋朝二帝被我们带到北方，你还为谁守节呢？"徐徽言不为所动，说："我只愿以死报太祖太宗于地下，不知其他！"完颜娄室又以官爵来诱惑他："你如能归顺，可世代统帅延安，甚至可以管辖整个陕西。"徐徽言怒斥道："我受国厚恩，为国而死，死得其所，岂能向尔等屈膝！"完颜娄室举戟威胁，徐徽言挺胸迎刃毫无惧色。完颜娄室见硬的不行，又改为笑脸劝酒，徐徽言更不吃这一套，将酒杯掷向完颜娄室，说："我岂能喝你们的酒！"金人再次让折可求出面劝降，也被他骂得狗血喷头，狼狈而逃。完颜娄室知道徐徽言不会屈服，就将他残忍杀害。徐徽言为了民族大义忠贞壮烈，视死如归，成为抗金战争中的民族英雄，千载之下，犹凛然生气。而折可求为了求生，不惜卖国投敌，像狗一样苟活着，实在是为人们所不齿。

金人虽然灭亡北宋，占据了北宋的半壁江山，但面对北方辽阔的土地以及各地风起云涌的反抗斗争，他们感到没有足够的精力和能力来掌管，于是，决定扶植一个傀儡政权，替他们统治北方地区。南宋建炎四年（1130）九月，金人册封宋朝降臣刘豫为"子皇帝"，国号大齐，建都大名府（今河北省大名县）。尽管刘豫死心塌地为金人效力，助金为虐，残害百姓，仍不能获得金人的满意，七年之后，金人废掉了刘豫和伪齐政权，考虑选择新的代理人。在降金的一众官员中，折可求似乎最有希望成为刘豫的代替者。陕西金兵主帅完颜撒离喝明确表示支持他，金国重臣挞懒也与他关系密切。这样，折可求也做起了"儿皇帝"的美梦。没想到金人改变了主意，不再打算另立新的傀儡了。但他们担心折可求会心生怨恨，发生变故，便在酒里下了毒药，将其毒死。折可求贪生怕死，追求富贵，不惜出卖国家，背叛祖先，满以为投靠金人可以长生保命，永享荣华，却落得个被人抛弃死于非命的可悲下场。

折可求不仅梦断"儿皇帝"，也断送了折家的祖业，让折家世代祖先蒙受奇耻大辱。南宋绍兴九年（1139）三月，西夏趁着折可求刚死，麟、府二州群龙无首，发兵攻陷府州。这是二百余年来府州城第一次陷入敌手。西夏人的目的非常明确，他们得知折家的祖坟在府州天平山上，便派人将折家祖坟悉数摧毁，肆意侮辱折家先人的尸体，以此发泄对折家的深仇大恨。此时，折可求之子折彦文正为金人驻守晋宁军，听说西夏人毁掉自家祖坟，义愤填膺，发誓要向西夏报仇雪恨。但金人为了达到联夏侵宋的目的，压根不顾折氏家族的怒火，竟然与西夏结盟，把麟、府之地割让给西夏。金人担心折家人会找西夏报复，坏了金夏联盟的大事，就把折彦文调到山东青州驻守。折彦文不敢得罪金人，只得忍气吞声带着族人东迁到青州。这样，自五代以来执掌府州长达二百余年的折氏家族完全退出了陕北地区的历史舞台，其影响力从此荡然无存。

中华民族是一个崇尚英雄、成就英雄、英雄辈出的民族。府州折家将就是中国历史长河里涌现出来的杰出的英雄群体。他们为国守边，流血牺牲，前仆后继，不屈不挠，表现出精忠报国的崇高品质和英勇无畏的伟大精神。虽然出了折可求这种卖国求荣的败类，但丝毫不能影响折家将的英雄形象。天地英雄气，千秋尚凛然。历史不会忘记他们，人民不会忘记他们。

府州折家将永远是后世人们心目中顶天立地的英雄！

第二十一章

博学才子"折戟"西北

延安市新区，楼宇林立，街道纵横，一派现代景象。有一条以古人名字命名的道路——沈括路，往往会引起人们的关注。有心的人们会产生这样一些疑问：沈括？是宋代那位伟大的科学家吗？是那个《梦溪笔谈》的作者吗？他曾经来过延安吗？他在延安干了些什么？要回答这些问题，我们必须回首千年，重新回到陕北烽烟四起的北宋时期。

北宋仁宗康定元年正月，建国称帝不久的西夏主李元昊率领十万大军突然向宋朝发动进攻，拉开了北宋与西夏之间漫长边疆战争的序幕。李元昊将首次进攻的目标确定为鄜延路的延州（今陕西省延安市），用计占领了延州外围最大的军事堡垒金明寨，用"围城打援"的战术，在三川口伏击全歼了驰援延州的北宋军队，还围攻延州城七天七夜。为了加强延州的防御，宋仁宗紧急调派范仲淹知延州，担当起防御西夏的重任。之后，延州以其"禁带关陕，控制灵夏"重要的战略地位，成为北宋防御西夏的重镇。镇守延州的也大都是一些能干的大臣，如范仲淹的继任者庞籍，以及后来的狄青、吕大防、陆诜、吕惠卿等等。宋神宗元丰三年（1080）六月，延州迎来了一位新任的知州，他就是后来在中国科学史上大名鼎鼎的沈括。

有幸受命镇守边关

沈括，字存中，出生于杭州钱塘（今浙江省杭州市）一个世代官宦的家庭。其父沈周，长期出任地方官，清廉勤勉，声望极佳。少年时的沈括勤奋好学，博览群书，除儒学外，对各种杂学充满兴趣。由于父亲到各地任职，他跟随父亲到过不少地方，开阔了视野，增长了见识。

其父沈周去世后，沈括以父亲的荫庇进入仕途，出任海州沭阳县主簿。沈括是一个立志为国为民干事的人。他不以自己是"官二代"就养尊处优，无所事事，而是竭尽所能为老百姓办些实事。沭阳县有一条沭水，经常泛滥成灾，是当地老百姓的一大祸患。他到任后就请命治理沭水，获得成功，受到上司器重。不久就先后出任东海县令和宛丘县令，对于一般年轻人来说，有官做就是好事，更何况有祖上的背景，慢慢熬，终究会出人头地。沈括则不然，他觉得靠着祖上的荫庇做官，算不上本事，他要凭借自己的能力，参加科举考试，堂堂正正地入仕做官，建立一番不朽之业。

宋仁宗嘉祐八年（1063），沈括参加了在东京汴梁的会试，一举进士及第。第二年，被任命为扬州转运使司理参军，具体负责账目和文档的杂务。对于当过县令的沈括来说，这些杂务并不陌生，以他的精明才干，很快就把工作处理得井井有条。由于才能出众，工作优异，在淮南路转运使张蒭的推荐下，沈括被调入京师，就职昭文馆，负责编辑校勘国家文典的工作，俗称"校书郎"。昭文馆是皇家图书馆，藏有朝廷最全、最珍贵的文献典籍。对于酷爱读书的沈括而言，在昭文馆工作犹如进入了一座奇珍宝库，整日沉浸其中，流连忘返，乐此不疲。

熙宁元年（1068），宋神宗赵顼即位。这一年他刚满20岁。目睹国家积贫积弱、内外忧患的困境，宋神宗决心励精图治变法强国。他对法家学说，尤其对王安石的治国理政思想非常赞赏。熙宁二年（1069）二月，宋神宗任命王安石为参知政事，开始实施变法。于是，一场大规模的变法在赞扬和反对声中拉开了帷幕。王安石变法虽然得到宋神宗的大力支持，但由于新法在多方面触犯了朝廷权贵集团的利益，加上新法还有不完善之处，因此推行起来阻力很大。为了加大新法的推行力度，王安石需要提拔一批拥护新法、精明强干的官员，沈括也在提拔的名单之中。

这倒不是王安石与沈家有旧交，不讲原则地任人唯亲，而是沈括在工作中确实展示出超群的能力。熙宁五年（1072）九月，王安石把沈括推荐给宋神宗，得到神宗的信任，任命他为司天监提举，负责修订新历法。这实际就是一个"钦差大臣"的身份。司天监是掌管国家天文历法的官署机构。从小就喜欢天文地理的沈括，兴致勃勃地来到司天监就职。沈括大力改革机构，改进了浑仪、景表、五壶浮漏等仪器，重用卫朴等人修订完成了新历法，得到神宗的称赞，被神宗擢升为知制诰，参与朝廷重要政策条文的起草工作。

新法关于强兵、国防的"保甲"等法是重要内容。为了促进这些新法的落实，熙宁七年（1074）八月，沈括出任河北西路察访使，提举河北西路义勇保甲等公事。河北西路地处防御辽国的前线，沈括上任后，以高度的责任感仔细考察了河北一带边防建设，发现不少问题，经过缜密的思考，他连续向朝廷上了32道条陈，系统地提出自己对河北边防的整改意见。这趟河北之行，激发起沈括对边防和军事的浓厚兴趣。返京之后，他把自己大部分的精力放在改革军政和巩固国防上面。正好他还兼管着军器监，负责兵器的制造与储备。在他主持下对军队的弓进行改良，制造出"神臂弓"，成为宋军的制式兵器之一。他还奉命修订"九军战法"，编撰城垒、军营等建筑的营造法式。

就在沈括为朝廷努力工作之际，不谙人际关系的他被卷入官场激烈复杂的矛盾漩涡中。本来，王安石变法受到守旧派的强烈反对，围绕着变法，拥护与反对两派展开了激烈斗争。宋神宗开始有些动摇，在两派间玩起了妥协和平衡。更为要命的是变法派内部出现分裂，王安石被罢相。沈括为人比较单纯，对于如此复杂的官场自然难以适应，不免有些进退失据，遭到许多人的攻击，说他人品不良，见风使舵，导致宋神宗对他失去信任。熙宁十年七月，沈括被贬为起居舍人，知宣州（今安徽省宣城市）。沈括对朝廷的满腔热情，换来的却是当头一瓢冷水。

元丰二年（1079），经过十年变法，北宋的实力得到明显增强，宋神宗认为到了彻底解决西夏边患的时候了。为了实现这一目标，他进行了一系列的人事调整。延州作为西北边防重镇，需要选择一个既熟悉民政，又懂得军事的人前去坐镇。这时，宋神宗想到了远在宣州的沈括，认为他是最合适的人选，于是，下诏任命沈括知延州，兼鄜延路经略安抚使。沈括一下子成为西北边疆集军、民、政大权于一身的封疆大吏了。

贬谪宣州四年，沈括对朝政多少有些心灰意冷，没想到来了知延州的诏书，这令他异常兴奋，心中的进取之火重新被点燃。他终于有机会在西北边疆展露才能，为国家建功立业，实现自己的人生抱负。在备感鼓舞的同时，沈括感到自己肩上的责任重大，他决心全力以赴不辱使命。时不我待，他立即踏上赴任延州的征途。但是，他完全没有料到，此次赴任延州将会遭遇仕途中的最大挫折，彻底改变了他的人生轨迹。

元丰三年八月，沈括到达延州上任。他深知要取得战争的胜利，必须拥有一支英勇善战的军队。所以，他把军队建设放在重要位置。在军队训练上，沈括动了不少心思。他用朝廷的赏钱买酒，组织边民子弟开展骑马射箭比赛，对技艺超群的获胜者，亲自举酒祝贺，边境的百姓热情高涨，带着弓箭争先恐后地参加。活动持续了一年，选拔出精锐之士一千余人，充实到部队里，大大提高了军队的战斗力。延州的军队因此声威大振，远超其他州府。

元丰四年，宋神宗发动了对西夏前所未有的全面进攻。从西到东的千里战线上，同时出动五路大军，军队人数达到三十九万。这就是历史上著名的"五路伐夏"。沈括所在的鄜延路是其中的一路，由北宋名将、鄜延路副总管种谔率领出征。为了鼓舞出征将士们的士气，沈括特地写下了一系列歌颂胜利、鼓舞士气的军歌——《凯歌》，让士兵们传唱。

其一："先取山西十二州，别分子将打衙头。回看秦塞低如马，渐见黄河直北流。"

其二："天威卷地过黄河，万里羌人尽汉歌。莫堰横山倒流水，从教西去作恩波。"

其三："马尾胡琴随汉车，曲声犹自怨单于。弯弓莫射云中雁，归雁如今不寄书。"

……

这些《凯歌》大力渲染宋军声威，创造宏壮场面，昂扬着英雄激情，气势豪迈，朗朗上口，给予将士们以极大的鼓舞。其中，我们也能感受到沈括那种渴望建功立业、载誉凯旋的心情。

为了军队能够取得胜利，沈括还下令重修了延州嘉岭山的英烈王庙，并专门写了一篇碑记，希望神灵保佑宋军不断胜利，捷报频传。

从实际情况看，沈括这番心血没有白费。参加"五路伐夏"的鄜延路九万大军在种谔的率领下，进展十分顺利。种谔在米脂无定河川设伏，大败前来增援的西夏大军，逼迫米脂寨守将投降，并乘胜收复了浮图、葭芦等战略要地。

西夏打听到鄜延路大军北上，延州一带兵力空虚，聚集数万人进攻延州要塞顺宁城（今陕西省志丹县境内）。沈括得知消息后，没有慌乱，他仔细分析敌情，认为敌我兵力悬殊，不能硬来。他想出一招"疑敌计"：先派将领李达带领一千人，掩护大量满载粮食的车子出城，扬言这是为即将来到的十万大军准备的军粮，以此来迷惑西夏人。接着，沈括先发制人，派出勇将景思谊带三千兵马突然向西夏军队发起进攻，士兵们高喊：

沈括带领的十万大军到了。西夏将领不知虚实，纷纷溃散，宋军乘势掩杀，攻下了被西夏占领的磨崖寨，俘获败兵万人，牛羊三万头。

沈括虽然是个文官，但在治理军队方面有魄力，不但能做到令行禁止，还能奖罚分明，铁面执法。种谔出征西夏，到达五原时遇到大雪，粮饷不继，部下将领刘归仁率部二万擅自南逃入塞，影响甚是恶劣。沈括了解实际情况后，当面质问刘归仁："你说是回来运粮的，为什么没有种谔将军的军符？"刘归仁无言以对，沈括怒不可遏，直接下令将其斩首示众，以儆效尤。这一果敢举动震惊了西北前线所有的宋军将领，连京城里的宋神宗也被惊动，还专门派内侍前来了解情况，沈括据实做了汇报。

宋神宗发动的"五路伐夏"由于各路大军缺乏统一指挥和协调，各自为战，加之气候恶劣，后勤补给跟不上，都损失严重，最终惨淡收场。只有沈括属下的鄜延路战果最为卓著。宋神宗以沈括"守安疆界、就副边事有劳"，擢升他为龙图阁学士。

永乐惨败的"替罪羊"

宋朝的"五路伐夏"铩羽而归，宋军损失惨重，令宋神宗始终耿耿于怀。大战之后，双方暂时都无力再进行大规模作战，如何来稳定当前的局面，巩固取得的领土，成为宋朝君臣们关注的焦点。

从地理上看，陕北的横山山脉横亘在宋朝与西夏之间。横山山脉西起定边，东至绥德，东西长约200公里。其北有靖边、横山诸县，其南有吴起、志丹、安塞诸县。西部诸山较高，东部诸山较低。它是关中的天然屏障，战略意义十分重要。对于宋朝来说，只要控制了横山山脉，就可以有效地遏制西夏的南下进攻。对于西夏而言，夺取横山，就能凭借有利地形，随时发动对宋朝的进攻。所以，自宋夏战争爆发以来，双方就在横山一带不断展开你死我活的争夺。为此,宋朝制订了控制横山的战略,即"筑城攻城,移寨攻寨",就是沿着横山大量修筑城寨,稳扎稳打,步步为营,遏制西夏军队南下。这一战略一度取得不错的效果。在当时的形势下,朝廷一些大臣建议继续在横山修筑城堡。

身处延州前线的沈括持同样的观点。经过对横山地理形势的仔细考察分析,他向朝廷建议在唐代废弃的乌延城旧址上重新修筑乌延城(今陕西省靖边县镇靖古城)。其理由是乌延城背靠横山,面临沙漠。如果西夏军队越过沙漠来进犯,首先就会受到沙漠的困扰,缺粮缺水,前进艰难缓慢,战斗力会大打折扣。古乌延城东距夏州80里,西距宥州40里,可以形成掎角之势,互相支援,既有利于防守和屯集军马,城南一带荒地可以开垦,又靠近盐池和河流,能够保证城里军民的生活。如果着手修复这座古城,先补山城,再修平城,驻扎军队,鼓励移民,以此为基地逐步延展,几年之内就可以与夏州、宥州连成一片,构成一道抵御西夏的屏障。

鄜延路主将种谔也建议在横山筑城,但他认为应该在银州(今陕西省米脂县一带)筑城,他说:横山延袤千里,马匹众多,适宜耕稼,人民强悍善战,而且拥有盐铁之利,西夏人依仗它为生。银州的地势控扼险要,足以守御。现在我方修筑城堡,就当从银州开始,其次修筑宥州,又其次修筑夏州。这样三城鼎立对峙,那么横山之地就囊括其中。

沈括与种谔在筑城选址上意见虽然不同,但思路比较接近,而身居朝廷之上的宋神宗和大臣们对于西北边疆的山川地形完全没有概念,自然无法判断谁的意见最为正确。为此,宋神宗专门召种谔进京让他说明情况,最终也没有得出一个明确的结论。就在君臣们犯难之际,宋神宗突然想到一个人来,觉得派他前往处理最为稳妥。这个人就是给事中徐禧。

徐禧这个人确实有些与众不同。他年少时就胸怀大志,广览博学,长得气度不凡,但不参加科举,喜欢四处周游,颇有古代纵横家之风。王安石实施变法,他献上自己写作的《治策》二十四篇,受到当权大臣吕惠卿的青睐，以布衣进入仕途，授予检讨官职。宋神宗听说后召见徐禧，听了他一番高谈阔论，认为他是个难得的人才，提升他为馆阁校勘、监察御史里行。从此，徐禧受到宋神宗的信任。尽管他没有带兵的经历，对西北边疆军事情况也不熟悉，但他却以军事专家自居，曾夸口"西北唾手可得，只恨边疆的将帅都是胆小鬼！"也许徐禧平时的夸夸其谈，让宋神宗觉得他是主持横山筑城的最佳人选，故下诏让徐禧与宦官李舜举等前往主持筑城，等于是钦差大臣，而作为边疆主帅、熟悉边疆事务的沈括反而要听命于他，成了协助者。这种人事安排本身就有问题，为最终的失败埋下了隐患。

元丰五年七月，徐禧、李舜举两位钦差趾高气扬地来到延州。在沈括陪同下去横山一带考察了一圈之后，徐禧直接否定了沈括关于乌延城的筑城方案，也否定了种谔在银州故城筑城的意见，他自作主张，决定在永乐（今陕西省米脂县马湖峪）筑城。沈括一听，当即表示永乐筑城不合适，认为永乐虽是天险，但位置过于接近敌境，又处于狭窄的路口，西夏人一定前来争夺。战胜了难以固守，失败了难以接应，看起来好像与米脂、绥德形成掎角之势，实际上地形复杂，道路崎岖，将来与敌人交战，恐怕接应不及。徐禧哪里听得进去，他直接向宋神宗汇报："银州虽占据明堂川和无定河的交汇之地，但城东南已为河水淹没，西北又阻天堑，实不如永乐地势险要。"认为在银、夏、宥三个州修筑三座城费力费时，不如在三州交界的永乐筑一座大城重要。永乐"名虽非州，实有其地，旧宋疆塞，乃在腹心"。宋神宗和大臣们竟然同意了徐禧的方案，下令徐禧在永乐筑城。沈括心里明知在永乐筑城不可行，但面对至高无上的皇权，他没有选择据理力争，只能无奈地表示服从。身为镇守边疆的老将，种谔对徐禧等人所作所为非常反感，对在永乐筑城更是明确表示反对。徐禧觉得种谔是他筑城最大的障碍，便向朝廷告状，说种谔骄横跋扈不听命令，要求把种谔调离。朝廷这时对徐禧是言听计从，居然将种谔调回防守延州，不再参与筑城之事。排除掉种谔这个最大障碍，这下子徐禧就可以为所欲为了。

元丰五年八月，徐禧调动汉、蕃军民达二十多万人，夜以继日加紧筑城，仅用十四天，一座高大宏伟的新城就屹立于高山之巅。从地形看，此城左、右、后三面均为悬崖，正面有高大坚固的城墙，形势险要，易守难攻。宋神宗得知消息非常高兴，赐名"银川寨"。不过，从筑城之始，悲剧就已经注定。因为永乐城坐落在山上，城中无水，一旦被敌人切断山下的水源，难以长期坚守。其实，宋军在以往筑城时，都会考虑水源的问题。种世衡筑青涧城就是一个典型，并被宋军作为筑城的经验来推广。如此简单且现实的问题，徐禧居然不加重视，可见其轻敌张狂到了什么程度。见大功告成，徐禧领着李舜举、沈括等人回米脂休息去了。这时，距离不远的西夏正在紧急调动军队，准备前来攻城，大战在即，徐禧竟不闻不问，置之脑后。

西夏得知宋军在永乐筑城，对自己构成严重威胁，决定派大将叶悖麻、咩讹埋等率三十万大军前来攻城。徐禧闻讯后，还满不在乎，以为西夏军必定不敢前来攻城。直到镇守永乐城的大将曲珍一再急报，徐禧这才相信，他把沈括留下守米脂，自己带着李舜举等人前往永乐城。出发前他自信满满，对部下说："敌人来得越多越好，正是我们立功取富贵的好机会啊！"

当时，西夏军队十数倍于宋军，徐禧却命令宋军在城下列阵迎敌。大将高永能见西夏军队还没有齐集，提出趁西夏军队尚未列好阵势发起突然攻击，徐禧不听。西夏的精锐骑兵铁鹞子开始抢渡无定河，大将曲珍和高永能又建议趁敌人半渡时发起攻击，又被徐禧拒绝。西夏铁鹞子骑兵渡过河后，向宋军发起猛烈攻击，宋军难以抵挡，很快就被击溃，被迫退守城内。西夏军将永乐城团团围住，并切断宋军赖以生存的水源。眼看城中的饮水就要用尽，徐禧这才让士兵们开始挖井，但都没有成功。由于没有水喝，许多士兵被渴死，有的士兵甚至从马粪中榨汁来解渴。众将知道无法坚守，劝徐禧及早突围，也被徐禧拒绝。留守米脂的沈括闻讯后率兵来救援，途中遭到西夏军队的阻击，无法到达，不得已只好退守绥德。当时镇守延州的种谔也因为路途遥远，鞭长莫及，无法派兵救援。

九月二十日，天降大雨，西夏军队攻城更加猛烈，新城多处崩塌，终于被西夏军攻破。徐禧、李舜举、高永能等皆死于乱军之中，仅有曲珍等人逃脱。此役宋军损失惨重，一万多将士阵亡，参与筑城的近二十万民夫尽遭西夏军屠杀俘虏。攻占永乐城后，西夏军兵临米脂城下，耀兵三日而还。宋神宗听到兵败的消息后，痛哭流涕，连饭也吃不下去。从此，再也不提与西夏大规模决战了。

永乐城破，教训极其深刻。主要原因是徐禧决策失误，轻敌妄动，指挥无方，导致宋军遭受到一场空前的惨败。其次是宋神宗所用非人，对徐禧言听计从，也是导致失败的重要原因。当然，皇帝的错误是不可能被人追究的，必须有一个替罪羊来承担责任。沈括是鄜延路的最高长官，他自有不可推卸的责任。元丰五年十月，沈括被连降数级，贬为均州团练副使，在随州（今湖北省随州市）安置。实际上成为一个没有任何实权，被地方管制的罪官。至此，沈括的政治生涯已经结束。

也许，沈括至死也想不明白，他来到延州殚精竭虑、鞠躬尽瘁，一心为着国家和君主着想，甚至把个人安危都置之脑后，没想到竟落得个如此下场。究竟错在哪里？他实在想不明白……

《梦溪笔谈》里的陕北故事

从仕途发展看，沈括的确是一个失败者。但是，仕途的失败，却成全了他一个伟大科学家的荣耀。上帝给你关闭一扇门，也会为你开启一扇窗。人生的沉浮得失就是这样。

元丰八年（1085）三月，宋神宗驾崩，宋哲宗继位。之后，沈括逐渐恢复自由。宋哲宗元祐四年（1089），沈括获得朝廷准许，举家搬迁至他早年在润州（今江苏省镇江市）购置的梦溪园，在这里，他完成了汇集自己一生见闻与智慧的伟大著作——《梦溪笔谈》。

《梦溪笔谈》是一部涉及古代中国自然科学、工艺技术及社会历史现象的综合性笔记体著作。世界著名的科学史学家李约瑟对它给予高度评价，称赞它是"中国科学史上的里程碑"。这本著作内容十分广泛，涉及天文、数学、物理、化学、生物等多个学科门类，具有很高的学术和历史价值。虽然沈括在延州生活只有两年零两个月，但陕北的人文地理给他留下了深刻的印象，他自然要把自己在延州的许多见闻记录在著作中。纵观《梦溪笔谈》，其中有关陕北的记载主要有三大类：一是地理，二是军事，三是奇闻轶事。

在地理方面，沈括在世界上第一次提出了"石油"这一科学名词。他发现在鄜州、延州境内出产一种黑色液体，形似纯漆，当地人常把它采集到瓦罐里，用于照明，燃起来像烧麻秆，冒出很浓的烟，能把帐篷熏黑。沈括给它取了一个全新名字——石油。他还试着用石油的灰来制墨，黑光如漆，比松墨的效果还好，于是大量制造，命名为"延川石液"。他认为"石油至多，生于地中无穷"，预言"此物后必大行于世"。时间过了一千年，石油已成为当今人类生活的重要能源，如此看来，沈括的预言是多么的超前啊！公元1907年，当年延州下属的延长县，建成了中国第一口陆地油井，开启了中国陆地石油产业的历史。

沈括还以戏谑的口吻专门写了一首关于石油的诗歌："二郎山下雪纷纷，旋卓穹庐学寨人。化尽素衣冬未老，石烟多似洛阳尘。"真实地反映了当时延州人使用石油的情况，称得上是世界上第一首关于石油的诗歌。

有一次，沈括听说延州永宁关附近的黄河堤岸崩塌，在黄土下面几十尺的土壤里，发现了如同树林的竹笋，共有几百棵，根干相连，都成了化石。他认为这个自然现象十分奇怪,因为延州天寒地旱,向来不生长竹子这类植物。而这些竹笋埋藏在几十尺的地下,不知是何年何月哪个时代的植物。由此,他推断在远古有人类之前,延州是一个地势低下、气候潮湿,适宜于竹子生长的地区。这种推断与近代有关延安地区的古气候学和地质学的研究成果十分吻合。

在军事方面,沈括考察过延州由赫连勃勃所筑的丰林故城(今延安市宝塔区李渠镇)。他发现这座古城的城墙并不很厚,但有一显著特点,就是马面很长而且很密。马面,是古人在修筑城墙时在外侧增加的凸出部分,从正面看上去形如马头,故名。沈括让人测量了丰林故城的马面。此城的马面都长四丈,每个之间的距离只有六七丈,正因为马面分布很密,所以城墙不需要太厚。敌人如果来攻城,马面长就可以从侧面射击城下进攻者。马面密则可以用弓箭和石头打击城下之敌,使敌人无法到达城下。他认为这是一个强化守城的好办法。当时宋朝边疆城堡的城墙虽然很厚,但马面极短,而且距离较远,敌人可以直接攻到城下,对城墙形成威胁。所以,沈括认为赫连勃勃筑城的方法,非常值得宋朝借鉴和效仿。

《梦溪笔谈》记载了北宋名将狄青与西夏军队作战时的果敢和智慧。宋夏战争爆发不久,宋朝新招募了一支军队号称万胜军,因为是新兵,没有怎么打过仗,所以,在与西夏的交战中经常失败。狄青在前线与西夏军作战,他指挥的是宋军的精锐——虎翼军。有一次,为了麻痹敌人,狄青下令虎翼军全部打着万胜军的旗帜。两军对阵,西夏军望见是万胜军旗号,以为很容易对付,完全没有重视,命令全线出击,没想到碰上的却是宋军战斗力最强的虎翼军,一下子被打得落花流水。

还有一次,狄青以寡敌众,他想出一种出奇制胜的战术。战斗之前,狄青命令部下舍弃弓弩,全部使用短兵器。他告诉将士们,听到第一声钲响,全军停止前进;听到第二声钲响时,保持阵形并假装后退;钲声停止,就大声呼喊发起冲锋。等到与敌人相遇,还没有交战,狄青下令敲响钲,将士们全部停止前进;接着,狄青下令再次敲响钲,将士们假装后退。西夏军队见到这种情形,哈哈大笑,互相讥笑说:"谁说狄天使勇敢?"(当时狄青作战十分勇猛,西夏人称呼为"天使")狄青看到敌人注意力已分散,突然停止敲钲,所有将士以迅雷不及掩耳之势发起冲锋,西夏军队猝不及防,阵势大乱,互相践踏,死伤无数。宋军大获全胜。

在奇闻轶事方面,《梦溪笔谈》记载了李元昊围攻延州城时的一则轶闻。说西夏军队围攻延州有七天了,城防几度告急。知延州范雍心里十分焦急,忧形于色。这时,有一个老军校找到范雍,告诉他:"我生长在边疆,遭遇到敌人围城的情况好几次。形势与现在差不多,因为西夏人并不善于攻城,最终城堡没有被攻破。今天我向您保证,延安城绝对没事。如果有事,大人您砍了我的头。"范雍被这个老军校一番豪言壮语感染,心情也略微安定。幸好后来下了一场大雪,天寒地冻,李元昊无奈撤军。事后,老军校得到了范雍的奖赏和提拔,称赞他懂得兵法,料敌如神。有人私下对老军校说:"当时你大胆妄言,万一城破,你一定会被砍头。"老军校笑道:"你想没想过,如果城破了,他哪里顾得上杀我呢?我只是想安定大家的心情罢了。"在沈括看来,这个普通的老军校,在见识和心理方面似乎比主帅范雍要强得多。

宋哲宗绍圣二年(1095),沈括在梦溪园走完了他的人生旅程,享年65岁。他的后人将他安葬在杭州太平山下的沈家祖坟。临终之前,他完成了凝聚着自己一生心血的著作——《笔谈》。不久,《笔谈》开始在社会上广为流传,引起轰动。后人为了区别于一般的笔记小说,在书名前面加上"梦溪"二字,从此,《梦溪笔谈》成为该书的正式名称。

随着时代的推移,《梦溪笔谈》流传越来越广,影响越来越大,评价越来越高,被认为是中国古代社会的百科全书。人们忘记了那个在官场上连连失意、不断碰壁的沈括,却永远地记住了一个"中国整部科学史中最卓越的人物"(李约瑟语)——沈括。

1979年7月1日,中国科学院紫金山天文台将发现的2027号小行星命名为"沈括",得到了国际天文组织的认可。在浩瀚的宇宙中,科学家沈括闪烁着耀眼的光芒,获得了永恒的生命。

今天的延安人民,在延安新区专门用沈括来命名街道,说明延安人民没有忘记一千年前曾经在这里生活和战斗的"父母官"沈括。我想,如果沈括在天有灵,一定会为之欣慰的。

第二十二章

"绥德汉"的杰出代表

不知从什么年代开始,在陕北地区流传着一段顺口溜:"清涧的石板,安定的炭;米脂的婆姨,绥德的汉。"这段顺口溜传播甚广,在陕北妇孺皆知,甚至在全国也有不小的影响。"清涧的石板,安定的炭",讲的是物产;"米脂的婆姨,绥德的汉",则是在夸赞人。其中"绥德的汉"是说绥德男人自古以来生的高大、英俊、剽悍,颇有阳刚之气,其杰出代表人物一是三国时期的吕布,二是宋代的韩世忠。尽管有资料显示,吕布是五原郡九原人,大概在今天内蒙古包头市一带,但是陕北人特别是绥德人更愿意相信吕布就是绥德人。不过,宋代的韩世忠确确实实是绥德人。《宋史》中记载韩世忠是延安人。没错,绥德当时就隶属于延州(延安)。自宋代以来,方志均认定韩世忠就是绥德县崔家湾纸坊沟人。

今天,在绥德县城的千狮桥头矗立着一座韩世忠的铜像,他身披战袍,穿戴盔甲,佩带宝剑,面目清癯,神情刚毅,目光炯炯,双手紧握身后的宝剑,警惕地凝视前方,仿佛是站在前线观察敌情,随时准备率领兵马迎敌。塑像基座上有国务院原副总理邹家华的题词:"民族英雄韩世忠。"

打开《宋史·韩世忠传》,字里行间充满着惊险与传奇,弥漫着战火与硝烟，我们看到一位浴血沙场、忠心耿耿、刚直不阿的爱国将领的形象，感受到他保家卫国、恢复中原的爱国情怀，为他冲锋陷阵、勇冠三军的武艺而折服，为他的丰功伟绩而自豪。现在，就让我们追寻历史的踪迹，走近这位名震古今的绥德汉子。

顽皮少年"泼韩五"

绥德，地处黄土高原深处。山峦起伏，沟壑纵横，放眼望去是延绵不断的黄土山丘。古老的无定河穿越境内，默默地流向黄河。老天没有赐予这片黄土地丰饶的物产，偏僻、荒凉、贫瘠是它的代名词。然而，正是这片古老而贫瘠的土地，却养育了一代又一代勤劳、朴实还有些强悍的儿女。韩世忠就诞生在这片土地上。

宋哲宗元祐四年十二月二十三日傍晚，绥德纸坊沟一户韩姓人家的窑洞里，发出数道红光，邻居们以为韩家失火了，纷纷拿着工具前来救火。当大伙来到韩家院门前，发现一切安然无事，只听得屋里传出一阵婴儿洪亮的啼哭声，原来，韩家的第五个儿子诞生了。众人见状，无不感到神奇，都觉得这个孩子非同一般，将来可能会出人头地。在中国古代的历史中，类似这样诞生异象的记载很多，屡屡出现在一些封建帝王将相的身上，反映了古人天命所归、君权神授的思想意识，当然没有什么科学的道理可言。

据说这户韩姓人家，其祖先也是非同凡响的，是战国时期韩国的贵族。这孩子的曾祖父韩则，在乡里是一个很有声望的人。他颇有家资且乐善好施，经常救济贫困百姓，帮助他们看病买药，因此，许多百姓对韩家感恩戴德。他去世后，有一个风水先生指着他的墓地说："他的后代一定会出现公侯。"

韩则看到这个刚刚出生的婴儿双眸流转，目光有神，甚为惊奇，感觉这孩子将来会给家族带来荣耀，于是，就为他取名"世忠"，字"良臣"，对他寄托了无限希望。然而，希望归希望，在现实的乡村里他依然是一个农家子弟。因为他是韩家的第五个儿子，老乡们图方便，都叫他"韩五"。

韩五少年时，韩家的境况十分窘迫，到了"家贫无产业"的地步。少年韩五并没有因为家境贫穷而循规蹈矩，他性格豪爽，不受拘束，整日里与一帮朋友喝酒打闹，惹是生非，乡里人便送他一个绰号——"泼韩五"。

有一次韩五遇到一个叫席三的算命先生，为他算了一卦，席三说卦象很吉祥，你将来可以位居三公。韩五听了不喜反怒，认为席三有意拿他开心，是在侮辱自己，就将席三痛打了一顿。

随着年龄的增长，韩五长得身材魁梧，容貌英武，尤其是拥有一身神力，勇敢超人，再难驯服的野马被他骑上都变得服服帖帖。难能可贵的是他非常讲义气，敢于主持正义。乡里有一个老赖欠账不还，韩五就替他把钱先还了，老赖知道后很是羞愧，马上拿着钱过来道歉。乡里的地痞流氓都惧怕他，争着为他效劳。老百姓有了冤屈，不去县里衙门诉讼，来找韩五寻求帮助，都得到了妥善解决。因此，他在绥州一带的名声很响。

青年韩五早早就结婚成家，妻子姓白，是距离绥州不远的米脂寨人。有一次，他到米脂老丈人家赴宴喝酒，等他喝完酒返回绥州时，已是夜幕降临，城门早已关闭了。他在城门下高声呼喊，要守城的军士开门。军士们见是一个老百姓，根本不予理睬。韩五一看就火了，径直走到城门下，伸出双手，运动全身力气，使劲一推，竟然将城门的门闩推断，然后若无其事地走进城门。守城的军士们都被他这一举动惊呆了，不但没有追究他的罪责，反而对他佩服不已。

还有一个传说更为神奇。说韩五年轻时，可能是生活条件不好，身上长了很多疥疮，搞得他浑身难受。夏天，韩五到小河里洗澡，不料，河边的一条巨蟒发现了他，并悄悄地向他靠近，他却浑然不觉。巨蟒突然扑了过来，韩五大吃一惊，但没有慌乱，他顺势抓住巨蟒的头，两只有力的手将巨蟒的嘴巴掰开，不使它合上。巨蟒进攻没有得逞，反而遭到韩五反制，更加恼怒，就用身体将韩五紧紧缠住。韩五一边与巨蟒搏斗，一边想办法脱身。他明白时间一长，自己体力耗尽，就会成为巨蟒的腹中美餐，所以必须尽快结束战斗。他挣扎着站起身来，带着缠绕的巨蟒，向着家里飞奔。他的妻子白氏见状，吓得魂不附体。韩五让她拿刀去砍蟒头，她吓得已无法动弹。韩五只好自己找到一把刀，用力按住巨蟒的头，砍了起来。没想到这巨蟒的皮非常厚，很难砍下去。他就用刀在蟒头上来回拉锯，终于把蟒头锯了下来，至此，他已用尽了全部力气，瘫倒在地上。第二天，韩五缓过劲来，把巨蟒宰杀了，架锅烹煮，连肉带汤吃了个精光。几天后，他惊讶地发现自己身上的疥疮全部好了，肌肤变得洁白如玉。

地处陕北的绥德，自古就是征战之地，这里的男子世世代代"高上气力，以射猎为先"，往往走上一条从军征战的人生道路。青年韩五家贫无产业，又没有文化，根本没可能走求学或经商之路，更不可能进入仕途，他唯一拥有的资本是强健的身躯和超人的骑射功夫。因此，应征从军是他最佳的出路。宋徽宗崇宁四年（1105），年仅17岁的韩五在家乡应征从军。不过，他从军还有另一个原因：青年韩五凭借自己出色的身体和武艺，经常在乡里行侠仗义，抱打不平，免不了与别人打架斗殴，触犯法禁。有一次，他被官府抓获，竟然判了死刑。在生死关头，韩五保持着一般人少有的镇定，他不愿意如此窝囊地被杀，宁愿戴罪立功，效命沙场，他大声对当地官员说："我韩世忠勇敢强悍，绝不是怕死之辈，现在境外的敌人就要来了，为何不让我到战场上杀敌赎罪，反而要杀掉一个壮士呢？"当地官员爱惜他是一条好汉，终于网开一面，让他走上了从军之路。从此，绥州乡里少了一个经常打架闹事的"泼韩五"，宋军的队列里多了一个武艺高强、勇猛过人的战士韩世忠。

从士兵到将军

农民韩世忠走进军营,开启了他非凡的军旅生涯。

天赋的健壮身材,出色的武艺技能,证明了他天生就是一块当兵的料。韩世忠自幼练就骑马的本领,不仅骑术高超,还能驾驭未经驯服的野马。有一次,他骑着一匹骏马,在二郎山的峭壁间奔驰,山下的人看得提心吊胆,没有一个人敢像他那样。他身强力壮,能拉开一石硬弓(约一百斤),而北宋禁军选拔士卒的标准是九斗(约九十斤)。他自己独用一张铁胎弓,所射必中,即使是金石也能贯穿。拥有如此骑射绝技,韩世忠在军队中出类拔萃,引人注目。

崇宁四年,为了对西夏进行军事打击,宋朝鄜延路的军队决定出兵攻打西夏的银州城(今陕西省米脂县一带)。对于即将第一次走上战场的韩世忠来说,既新鲜,又兴奋,他摩拳擦掌积极备战,只等上战场杀敌立功。他的父母得知消息后,担心他殒命沙场,希望他能留在家乡。韩世忠非常理解父母的心情,但他上战场杀敌的决心丝毫没有动摇,他对父亲韩庆慷慨陈词:"大丈夫应当建功立业,博取公侯,怎么可以窝窝囊囊一辈子?"父亲韩庆没想到儿子居然有着如此远大的志向,就不再加以劝阻。韩世忠跟随出征的大军,奔赴他从未经历过的战场。

宋军来到银州城下,多次发起进攻,都被西夏守军击退,伤亡不少,进攻受挫。这时,韩世忠所在部队开始参与攻城。他一马当先,冲到队伍的最前列。在人们的惊呼声中,他如同一道闪电冲到城下,用力撞开城门,杀了进去。西夏守军还没反应过来,韩世忠已挥舞铁槊冲上城墙,将守卫城门的西夏将领杀死,砍下他的首级,扔到了城外。城下的宋军备受鼓舞,喊声震天,如洪水一般涌进城内,银州城终于被攻克。就这样,韩世忠以一种近乎神奇的表现,完成了他沙场征战的"首秀"。

对于西夏人来说，丢失银州实在难以接受，他们聚集大军，准备重新夺回银州。宋军在蒿平岭与西夏军展开激战，双方全力厮杀，难分胜负。西夏军队见自己没有占到便宜，另生一计，暗中派出一支精锐军队，绕到宋军背后，突然发起攻击。宋军没有防备，被打了个措手不及，一时乱了阵脚，正面的西夏军队乘势发起进攻。宋军腹背受敌，形势十分危急。在这紧急关头，只见宋营中冲出一小队战士，为首的正是韩世忠，他袒露着上身，手挥铁槊，直接杀入西夏军中奋力拼杀，把西夏军的阵形搅得大乱，为宋军反击争取了宝贵的时间。宋军主将趁机聚拢队伍，率兵发动反击，与韩世忠一道将西夏军队击退。

这时战场的形势已经对宋军非常不利，宋军只能向后撤退。西夏军队则紧随其后，企图将这支宋军吃掉。韩世忠的小队殿后，掩护大军撤退。他们且战且退，西夏军则步步紧逼。韩世忠发现西夏军中有一员身着金甲、手拿红旗的将领，身边还有护卫，气焰嚣张，很可能是指挥官。他向俘虏的西夏士兵打听，俘虏说此人是西夏十军监军驸马兀移，是这支西夏军的主将。韩世忠听罢，二话不说，手提铁槊，拍马冲进敌人阵中，杀到兀移面前。兀移大吃一惊，仓促应战，几个回合，便被韩世忠挑于马下。西夏军见主将阵亡，顿时陷入混乱，宋军回过头来发起反击，将敌人打得落荒而逃。

银州、蒿平岭两次战斗，韩世忠锋芒初露，立下大功，在宋军中威名大震。战斗结束后，宋军长官为韩世忠请功。这时，主持西北军事的是奸臣童贯，他不相信韩世忠小小年纪就能立下如此大功，怀疑其真实性，只给韩世忠升了一级。这样的赏赐明显不公，许多人都为韩世忠鸣不平。

经历了大大小小战斗的洗礼，年轻的韩世忠逐渐在战争中成长起来。宋徽宗政和七年（1117），韩世忠跟随鄜延路总管刘延庆出征，目标是攻占西夏人在佛口谷新近修筑的要塞——成德军。由于西夏守军顽强防守，宋军的进攻屡屡受阻。一天的战斗结束后，夜幕降临，山谷里一片寂静，韩世忠凝视着敌方黑漆漆的城头，心里在琢磨这座城堡攻不下的原因。突然间，他心底产生一种强烈的冲动：到城上看个究竟。一不做二不休，只见他只身一人摸爬到城墙之下，身体紧贴城墙，像壁虎一般手脚并用，向上攀爬，神不知鬼不觉地爬到城上。两个守城的西夏士兵自恃城墙又高又陡，宋军不可能爬上来，正放心地呼呼大睡，没想到在睡梦里被韩世忠结果了性命。韩世忠不慌不忙，割了二人的首级，还觉得意犹未尽，又割下了一块护城毡作为见证，然后才悄悄地从城上下来。他的这一举动，震惊了整个宋营，大家纷纷称赞他是孤胆英雄，而西夏军队则担惊受怕，惶惶不可终日。在此后的几次战斗中，韩世忠屡有斩获，凭借战功，接连晋升，成为一名进勇副尉。虽然这一职务只是宋军武官六十级中的五十九级，但也算是一名下级军官了，这是他在通往将军道路上迈出的第一步。

就在韩世忠在西北边疆与西夏军队作战之际，宋朝的东南地区爆发了方腊领导的农民起义。这场起义声势浩大，发展迅猛，短时间就聚集数万之众，他们攻城略地，占据几十座城池，并建立政权，给宋王朝造成重大威胁。为了镇压方腊起义，宋朝四处调兵遣将，甚至不惜将西北前线战斗力最强的军队调来"剿匪"。宋徽宗宣和三年（1121），韩世忠随部队从西北来到江南参与平叛。

其时方腊在宋朝军队的猛烈攻击下大势已去，撤退到睦州青溪县（今浙江省淳安县）一带山中躲藏。宋朝军队在山中撒下大网，仔细搜索方腊的踪迹。在搜寻过程中，韩世忠从当地一个农妇口中获悉方腊藏身于帮源峒里。他马上派人给大军报信，自己则单枪匹马进入洞里。洞里一片昏暗，地形复杂，一般人根本不敢进入。韩世忠有着一股天不怕地不怕的勇气，他挥戈力战，一路砍杀，竟然将方腊生擒。当他押解着方腊等人走出山洞时，遇到刚刚赶到的宋朝大将辛兴宗。韩世忠见辛兴宗是高级将领，便将方腊等俘虏交给他。辛兴宗却把生擒方腊的战功记在自己的头上，受到朝廷的重奖，韩世忠的功劳则完全被埋没了。知道情况的人都为他鸣不平。后来，另一位参与平定方腊的将领杨惟忠受到宋徽宗接见，他将韩世忠生擒方腊的情况告诉了徽宗，宋朝皇帝这才得知真正生擒方腊的是韩世忠，而非辛兴宗。但朝廷已经重奖了辛兴宗，韩世忠只得到一个小小的承节郎头衔。立下大功，却被别人抢走，命运似乎与韩世忠开了个大玩笑。不过，生擒方腊已成为他军旅生涯中重要的经历。

宋徽宗宣和七年八月，之前与宋朝合作灭亡契丹辽国的女真金国，突然与宋朝翻了脸，他们分兵两路，大举南下进攻宋朝。此时，宋朝在歌舞升平中已极度腐朽，面对金国的凌厉攻势，宋朝君臣仓促应付，数量庞大的宋军在剽悍的金兵面前不堪一击，连连失败。为了阻止东路的金兵渡过黄河，宋朝调集十四万大军扼守黄河的主要渡口，其主将是胆小平庸的梁方平。韩世忠当时正在梁方平的麾下。韩世忠向梁方平分析战局形势，希望他抓紧组织防御，防止金兵渡河。梁方平不仅不采纳韩世忠的建议，反而认为民间武装红巾军是最大的威胁。韩世忠据理力争，结果遭到梁方平一通训斥，并当即下令韩世忠带领一小队骑兵去做"硬探"。所谓硬探，就是武装侦察，其实就是梁方平的借刀杀人之计。但韩世忠没有让梁方平计谋得逞，他非但没有死于金兵之手，还带回来确切的敌情。对此，顽固的梁方平依然拒绝承认，对防御金兵并不用心。当得知金兵即将到来时，这个宋军主帅竟然撇下手下的十四万大军和黄河防线，可耻地逃跑了。本来就畏敌如鼠的宋军，一听说主帅逃跑，顿作鸟兽散，让金兵轻而易举地占据了黄河渡口。韩世忠当时还没来得及撤退，就被金兵包围。只见他拍马挺枪，杀向敌阵，接连挑翻几个金兵。金兵见他如此勇猛，纷纷躲避，韩世忠率领部下杀开一条血路，突出重围。突围后，他回头看到黄河上的浮桥还在，如果不马上将浮桥毁掉，金兵就会长驱直入，宋军将会更加被动和危险。必须毁掉浮桥！韩世忠拨转马头，孤身一人杀了回去，来到浮桥头，一把火将浮桥烧毁，然后回归部队。如果没有对国家高度的责任感，没有超越常人的勇气和武艺，是绝对不可能做到的。所以，韩世忠称得上是真正的孤胆英雄！宋钦宗对他在战斗中的表现予以嘉奖，鼓励他继续为国英勇作战，并将他的军衔提升为武节大夫。不久，他又被宰相李纲提拔为统领，晋升为宋军的中级军官。

靖康二年二月，金太宗下诏废宋徽宗、宋钦宗为庶人，北宋就此灭亡。同年五月一日，康王赵构在南京应天府（今河南省商丘市）即位，改元建炎，是为宋高宗。这期间，韩世忠一直率军护卫着宋高宗，拥立高宗登基。凭着拥立大功，高宗授予他光州观察使，不久，又升为定国军承宣使，成为宋军的高级将领。这一年韩世忠38岁。

建炎三年（1129）三月，宋高宗身边将领苗傅、刘正彦在临安（今浙江省杭州市）发动政变，逼迫宋高宗让位给3岁的儿子赵旉，改年号为明受。高宗名义上是太上皇，实际被软禁起来。朝中大臣吕颐浩联络韩世忠、张浚等大将前来平息叛乱，以解救宋高宗。在大是大非面前，韩世忠态度明确、立场坚定，誓言消灭苗、刘，保卫宋高宗，马上率部向临安进发。苗、刘得知消息，在临安外围的临平构建坚固的工事，阻击韩世忠大军。他们依山构筑阵地，在江中打入木桩，以阻止大战船航行。这些防御工事确实给韩世忠的进攻带来很大麻烦。韩世忠率军到达后，见江上无法通行，只得下令部队舍船登陆，发起攻击。滩涂上一片泥泞，将士们一边在泥中艰难跋涉，一边还要与叛军作战，渐渐落于下风，出现败退的迹象。这时，韩世忠挺身而出，他下马持矛，带头冲锋，大声命令士卒："今日当以死报国，面不被数矢者皆斩。"将士们见主帅如此，士气大振，一鼓作气突破叛军的阵地。苗、刘二人听说后仓皇出逃，韩世忠率众进入临安的皇宫，将宋高宗解救了出来。宋高宗告诉他，中军统制吴湛与苗、刘是一伙的，此人不除，宫中难安。韩世忠立即带兵去捉拿吴湛，并在与吴湛握手时顺势折断吴湛的中指，喝令将其拿下。又擒获叛乱的谋主王世修等，一并斩首于市曹。因救驾大功，韩世忠被任命为武胜军节度使、御营左军都统制。随后，他主动请求率兵追捕出逃的苗、刘二人，成功地将刘正彦及苗傅之弟苗翊抓获,苗傅在逃亡途中被擒。至此,苗、刘之乱全部平定。宋高宗亲自书写"忠勇"二字赐给韩世忠,加授他检校少保,武胜、昭庆军节度使。此次平乱韩世忠功勋卓著,从此确立了他在南宋朝中的显赫地位。

南宋初期的中兴名将

虽然平定了苗、刘叛乱,但此时的南宋朝廷并不安全稳固。北方的金国一直对它虎视眈眈,在江淮地区屯集重兵,随时都有可能饮马长江,对新生的南宋朝廷形成巨大威胁。

建炎三年十一月,金国以完颜宗弼(兀术)为元帅,率领十万大军南侵,并突破长江天险。宋高宗闻讯,向诸将询问对策,张俊、辛企宗等劝他到长沙避难,韩世忠当即表示反对,他慷慨陈词:"国家已丢失河北、河东、山东诸地,再把江淮丢掉,还有什么地方可去?"主张积极防御,等金兵回撤时进行背后邀击。他的这一主张,得到了宋高宗的认可。金兵渡江后,兵锋强盛,接连攻破建康、临安等地,宋高宗逃往浙东,乘船到海上避难。韩世忠为避开金兵锋芒,自镇江引军退守江阴。金兵一路南下,在江南水网地区生活极不习惯,行动受阻,没有如愿抓到宋高宗。到了第二年春天,江南天气开始炎热,完颜宗弼只得向北撤退。韩世忠获悉消息,率部赶赴镇江设防,准备给不可一世的金兵以迎头痛击。

三月,金兵退至镇江。韩世忠早已占据长江边的焦山等有利地形,他把舰队围成一个大圆形,牢牢控制着长江航道,严密封锁沿江渡口,切断金军退路。完颜宗弼来到宋军阵前,观察形势,看到焦山上树有"韩"字大旗和宋高宗御书的"忠勇"锦旗,不禁大笑起来说:"这些不过是我桌子上的肉食罢了。"看来他压根没有把韩世忠放在眼里。但是,他万万没有想到，正是这个韩世忠，让他吃尽苦头，差一点命丧江南。他派使者到宋营下战书。战书的语言十分狂妄，对宋军的极度轻蔑。韩世忠也不含糊，约定来日交战。

交战当日，双方各自在长江上摆开阵式。完颜宗弼仗着自己麾下有十万大军，可以一举荡平韩世忠手下的区区八千人，完全不把宋军放在眼里。待双方第一战打下来，完颜宗弼就领教了韩世忠的厉害。原来，金兵虽然有人数上的优势，而且长于骑射，但他们不熟悉水上作战。而韩世忠的部下风里来浪里去已是家常便饭，更重要的是他们拥有高大的战船。双方一交手，金兵的小船根本无法与宋军的大船对抗，被宋军打得落花流水。韩世忠和部下研究出来的新战法在战斗中发挥了决定性作用。之前，韩世忠命人打造了许多大铁链子和大铁钩子，大铁钩子挂在大铁链子上，每艘大船都有配备。战斗开始后，宋军的大船尽量靠近金兵的小船，士兵们扔出铁链，用大铁钩子钩住金兵的小船。这样金兵的小船不是被宋军的大船拉沉，就是被宋军俘获，完全没有还手之力。宋军在大船上居高临下，放箭、抛石，给予金兵大量杀伤。就在韩世忠率船队与敌人在江中交战之际，他的夫人梁氏在战场高处树立战旗，亲自擂鼓为宋军助威，宋军上下士气大振，喊声震天，把金兵打得大败。此役宋军大获全胜。

骄横惯了的完颜宗弼没想到在镇江被韩世忠打得狼狈不堪，觉得很窝囊。他看到江边的金山地势很高，便带着四个随从登上金山观察宋军阵势，想寻找击败韩世忠的办法。没想到，他们刚到山上的龙王庙，还没有站稳，庙里突然杀出一股宋军，完颜宗弼一行赶紧逃跑，宋军一路追赶，竟让他跑掉了，只抓住两名随从。宋军从抓获的两名随从口中得知，刚刚逃脱的竟然是金兵主帅完颜宗弼。原来，韩世忠料定金人会来金山上观察地形，就命令部将苏德率兵四百人布下埋伏，二百人埋伏在庙中，另外二百人埋伏于山下，约定金人到后，击鼓为号，江岸伏兵先断其退路，庙内伏兵继出，前后夹击，将他们活捉。不料寺内的伏兵立功心切，不等信号便一涌而出，山下的伏兵来不及断其归路，竟让完颜宗弼跑掉了。韩世忠听闻后扼腕长叹，痛惜失掉抓捕完颜宗弼的绝佳机会。

  侥幸脱身的完颜宗弼回到军营反复思量，自认无法战胜韩世忠，决定向韩世忠求和。他派人向韩世忠表示，愿意全部归还在江南掠夺的人畜、财物，献出名马，只求放开一条生路，但遭到严词拒绝。没办法，完颜宗弼只得率船队沿长江南岸西上，以寻求渡江之路。韩世忠则率船队进行堵截。金兵不熟悉长江水道，在宋军堵截下慌不择路，驶入建康东北的黄天荡。黄天荡是长江上一条废弃港，只有一个进口，没有其他出口。韩世忠见金兵船队钻入黄天荡，抓紧时机，封锁了出口，让金兵成了瓮中之鳖。完颜宗弼这才知道陷入绝境，多次组织突围，均被韩世忠打了回来。他只好厚着脸皮，再次派人向韩世忠求和借道，韩世忠答复说："只要你们答应归还我国两位皇帝，恢复我国的疆土，就可以让你们活着出去。"完颜宗弼无计可施，只好贴出了告示，重金征求脱离困境的计策。还真有一个汉奸贪图钱财，向金人献上一条脱身之计。他说黄天荡内有一条老鹳河，可以通往建康的秦淮河，老鹳河年久淤塞，只要挖通此河，就能从水路逃出。完颜宗弼听后大喜，马上组织部下连夜挖河。为了逃命金兵全体出动，竟在一夜之间把河道挖通了。金兵沿着水道逃出，途经牛头山，正好碰上刚刚收复建康的岳飞大军，被岳家军一阵猛打，无奈又退回黄天荡。

  完颜宗弼突围无望，便出重金寻求攻击宋军大船之计策。当时有一王姓汉奸，为金人献上一计。他让金兵在小船里中填土，上铺平板，以防止小船在风浪中颠簸以及宋军用铁钩钩船；在小船的两侧增加船桨，以加快行船速度，便于机动作战，有风时不出，等无风才出动；并在船上准备火箭，专射宋军大船的船篷，进行火攻。完颜宗弼下令连夜赶制火箭。第二天，天晴无风，金兵以小船载善射兵士靠近宋军大船，用火箭射燃宋军船篷。宋军船体庞大，行驶缓慢，被火箭射中后燃成一片火海。宋军在火中纷纷逃生，将领孙世询、严永吉等战死。金兵乘势追杀过来，宋军全线溃退七十余里。完颜宗弼收兵退回建康，不久渡江北撤。

黄天荡战役，韩世忠以八千人马围困号称十万的金军长达四十八天，给骄横狂妄的金兵以沉重打击，激起了江淮地区人民的抗金热情。金兵从此不敢轻易渡江，南宋半壁江山暂时得以保全。虽然宋军最后被金兵火攻击溃，但总体而言，此次战役具有非常重大的战略价值。韩世忠凭借黄天荡一战，名扬四海，成为人民心目中的抗金英雄，百姓"知国有人，天下诵之"。他也与岳飞、张俊、刘光世并称"中兴四将"，成为南宋初期保卫国家的中流砥柱。

宋高宗绍兴四年（1134）九月，金国以完颜宗弼为统帅，与伪齐皇帝刘豫组成联军，大举南下攻宋，渡过淮河后，兵锋直指南宋都城临安。面对来势汹汹的金齐联军，临安皇宫里一时人心惶惶，宋高宗在派人向金人求和的同时，也向诸位大将下达诏书，希望他们英勇杀敌保卫国家。韩世忠接到皇帝的诏书后，当即对部将大声说道："主忧如此，臣子何以为生！"立即义无反顾地带领所部渡江北上，开赴抵抗金兵的第一线。江北阴雨绵绵，地面一片泥泞，韩世忠指挥各支部队冒雨前进，到达扬州西北的大仪镇。他让大军布下五个大阵，设伏二十多处，准备给予金兵迎头痛击。第二天，金将挞孛也率前锋数百骑兵进至大仪镇东。等金兵进入伏击区，韩世忠一声号令，宋军伏兵四起，金军猝不及防，拼死抵抗。韩世忠命战斗力最强的背嵬军各持长斧，上劈人胸，下砍马足，只见长斧舞动，金兵人仰马翻，血肉飞溅，大部分金兵送了命，金将挞孛也等二百余人被俘虏。此战虽然没有大量消灭敌人，但是一场漂亮的歼灭战，全歼了敌人的先锋部队，使金兵的正面进攻严重受挫。

针对金兵不断南下侵扰，威胁南宋长江防线，南宋朝廷决定在长江北岸建立坚固的防线，以阻挡金兵的进攻。这就需要一员大将进驻淮南，担负起拱卫江南的重任。绍兴五年闰二月，在诸多将领畏敌如虎逡巡不前之时，韩世忠毅然请命率部进驻楚州（今江苏省淮安市），在楚州开置官署。韩世忠之所以选择楚州驻防，是因为楚州地处淮河和大运河的交界之处，是宋金交战的前线。同时，楚州紧靠大运河，地形便利，有利于大军粮草供应。然而，连年战争对楚州造成严重破坏，城池残破，百业凋敝，人民流离失所，处处残垣断壁，杂草丛生。韩世忠率领将士们在废墟上披荆斩棘重建家园。他的妻子梁氏也带领妇女参与劳动，"亲织薄为屋"，与士卒百姓同甘共苦。在韩世忠和部下共同努力下，楚州渐渐恢复了往日的生机。"抚集流亡，通商惠公，创新营垒，民心安固，军气日益振厉。于是，曩时煨烬瓦砾之场，化为雄都会府，隐然为国长城矣。"楚州成为淮南东路宋军的核心堡垒，形成了进可攻、退可守的有利态势。

为了提高军队的战斗力，韩世忠下令部队展开严格的军事训练。对于一些胆小怯战的士兵，就让他们佩戴上女子配饰，打扮成女子的模样表演节目，以此刺激这些士兵的自尊心，使得他们在将来作战时不再畏惧。韩世忠进驻楚州后，给刘豫伪齐政权在这一地区的统治造成严重威胁，为此刘豫如芒刺在背，昼夜不宁。他们千方百计对楚州进行骚扰，想把韩世忠挤出这一地区。不过，他们的各种袭扰和进攻都被韩世忠及部下击退，始终不能得逞，韩世忠占据的楚州就像一颗钉子牢牢地钉在淮南地区，有效地遏制了金人和伪齐对南宋的入侵。

刚正不阿斥奸佞

就在韩世忠、岳飞等爱国将领在抗金前线浴血奋战、力图恢复中原，并不断取得胜利之际，宋高宗在秦桧的怂恿下，与金国开展丧权辱国的和谈。一贯以妥协苟安为国策的宋高宗，担心宋军的胜利影响他与金人和谈，更害怕将来岳家军从金国迎回徽、钦二帝，从而威胁到自己的帝位。绍兴十一年（1141）四月，宋高宗一意孤行，与金国达成和约，史称"绍兴和议"。这个和议的内容包括宋向金称臣；划定疆界，东以淮河中流为界，西以大散关为界，以南属宋，以北属金；宋每年向金纳贡银、绢各二十五万两、匹，等等。这一不平等和议，虽然结束了宋、金长达十余年的战争状态，换来了短暂的和平，但它使宋朝军民在此之前用鲜血和生命取得的抗金成果付之东流，最终形成了南宋朝廷偏安一隅的局面。

为了讨好金人，表示对和议的诚意，宋高宗与秦桧解除了韩世忠、张俊、岳飞三员大将的兵权。韩世忠被擢升为枢密使，明为升官，实际上是又一出"杯酒释兵权"的把戏。岳飞就没有他那么幸运了，父子被宋高宗和秦桧残忍杀害。当时，南宋朝廷上秦桧一手遮天，气焰嚣张，没有人敢对他说半个不字。只有韩世忠对岳飞父子身陷囹圄甚感不平。他面见秦桧，当面诘问道："岳飞父子何罪？为何将其关押？"秦桧自然说不出什么道理来，只能含糊其词地说："岳飞之子岳云与张宪（岳飞部将）书，虽不明，其事体莫须有。"韩世忠怒斥道："'莫须有'三字能服天下吗？" 秦桧忌惮韩世忠在朝廷的威望，不敢对他造次。有朋友劝韩世忠不要得罪秦桧，小心其日后报复，但韩世忠不为所动，他冷冷地说："今天我惧怕惹祸而附和奸贼，等我死后，难道就不怕在地下遭受太祖（赵匡胤）的铁杖？"大将中像张俊之流，对秦桧巴结逢迎，而韩世忠虽与秦桧同在朝廷为官，除了见面行礼外，从来不与其交谈。秦桧对韩世忠怀恨在心，暗中指使党羽找他的麻烦，但都被宋高宗压了下来。

这里不得不提一下韩世忠与岳飞的关系。韩世忠与岳飞同为行伍出身，功勋卓著，最终位列大将。韩世忠年长岳飞十二岁，从军也早，在宋高宗初立时已经是高级将领了，而岳飞还是一个名不见经传的下级郎官。岳飞没有做过韩世忠部属。二人在抗金作战中各自为战，没有什么交集。不过，岳飞后来表现出杰出的军事才能，连战连捷，屡立大功，很快跻身高级将领的行列，与韩世忠、张俊等人平起平坐了。对此，作为前辈的韩世忠多少有一点不服气，但是岳飞对于韩世忠却是非常尊敬。岳飞平定杨幺之乱后,将缴获的一艘大船送给韩世忠,韩世忠对此十分高兴,完全改变了对岳飞的态度。后来,岳飞来到楚州,了解到韩世忠部下仅有三万人,却坚守楚州多年,金人不敢进犯,心里更加佩服这位老将了。岳飞身陷牢狱,秦桧指使酷吏折磨他,想要他诬告韩世忠,被岳飞严词拒绝。所以说,韩世忠和岳飞虽非至交,但都希望北伐恢复中原,都是正直忠心之人,这样他们才摒弃个人私心,惺惺相惜,声气相投,成为南宋的栋梁之材。

宋孝宗即位后,为岳飞平反昭雪,下诏归还之前没收的岳家财产。岳家的财产大多在九江,由于时间已久,产业几次易主,官吏们狼狈为奸拖着不办。韩世忠之子韩彦直恰好做江州知府,他积极办理,把岳家的财产全部归还。此时,韩世忠已经去世,他生前对岳家的态度肯定影响了韩彦直。爱国诗人陆游曾在诗里写道:"堂堂韩岳两骁将,驾驭可使复中原。"诗在高度称赞他们的同时,流露出对他们未能恢复中原的巨大遗憾。

鉴于朝廷上以秦桧为首的投降派势力占据绝对优势,以及岳飞无辜被害的残酷现实,韩世忠已经对朝廷心灰意冷,他决定从这个充满尔虞我诈、钩心斗角的政治漩涡中彻底退出来。绍兴十一年十月,朝廷批准韩世忠以太傅、醴泉观使、奉朝请、福国公的官爵致仕。戎马半生的韩世忠开始了退休养老生活。

退休之后的韩世忠,基本上把自己封闭起来,一方面出于对朝廷政治的极度失望,另一方面出于避祸保身。他闭门谢客,即便是当年的老部下,他都一概不见。人们常见到西湖边上,有一个骑着毛驴的老者,慢慢悠悠地闲逛,身后跟随着两个背着酒壶的仆人。到了一处风景优美之地,他会席地而坐,细品美酒,观赏湖山美景。知情的人说,他就是当年威震四方的大将军韩世忠。

当年目不识丁的韩世忠,到了晚年对文化有了兴趣,通过努力学习,他的文化水平明显提高。他喜欢佛教和老子，还给自己取了一别号——清凉居士。他居然学会了填词，作品还像模像样，如《南乡子》：

  人有几何般。富贵荣华总是闲。自古英雄都如梦，为官。宝玉妻男宿业缠。

  年迈已衰残。鬓发苍浪骨髓干。不道山林有好处，贪欢。只恐痴迷误了贤。

虽然谈不上有多高的艺术性，但寄寓着他对人生的感慨和彻悟，可以说是他退休后心理状态的真实写照。

绍兴二十一年（1151）八月五日，韩世忠走完了他戎马倥偬、充满传奇的一生，享年63岁。朝廷追封他为太师、通义郡王。宋孝宗即位后，追念这位功勋卓著的老将，追封他为蕲王，谥号为忠武。"忠武"二字准确地概括了他为国征战出生入死的一生。

韩世忠去世后，被安葬在苏州城外的灵岩山下。在他的有生之年，再也没有回到生他养他的故土，也没有看到沦陷敌手的中原光复，这对于他来说恐怕是一生中最大的遗憾。然而，在他的家乡陕西省绥德县，父老乡亲们没有忘记他，为缅怀他为国家做出的丰功伟绩，在绥德县城南5公里的一步岩为他建起庙宇，逢年过节都会有人上香祭奠，中小学生们在老师的带领下专门前去瞻仰拜谒，聆听这位老前辈保家卫国的故事，并引以为自豪。

韩世忠已经成为绥德乃至陕北人民群众心中不朽的英雄。

第二十三章

一心南归的铁血将军

靖康二年,对于宋朝的君臣百姓来说,是刻骨铭心、充满耻辱的一年。

二月,北宋都城汴京正遭受着来自北方寒潮的侵袭,寒冷无比。然而,居住在汴京的上百万北宋臣民的心情似乎更加寒冷。北方金国女真人的铁骑践踏着黄河两岸,数量庞大的北宋军队面对金国的进攻分崩离析,溃不成军。金太宗完颜晟下诏废宋徽宗、钦宗二帝,贬为庶人,北宋宣告灭亡。一年前还看似强大的北宋王朝仿佛一夜之间坍塌了。

所谓国不可一日无君。五月初一,康王赵构——宋徽宗诸子中唯一没有被俘虏北去的亲王,在南京应天府(今河南省商丘市)即位,改元建炎,这就是南宋第一位皇帝宋高宗。新即位的宋高宗已被强势的金兵吓破了胆,唯恐重蹈父兄被掳的覆辙,当他听闻金兵前来进攻的消息,只带领少数随从仓皇渡过长江,一路狂奔到了杭州,把杭州改名为临安府,作为临时都城。由于宋朝王室南渡,接下来的几十年时间里,大量中原汉族人民为了追随朝廷和皇帝,也为了逃避金人的侵害,纷纷南渡长江,出现了大规模向江南移民的现象。

在北方人南迁的过程中,出现了许许多多非凡的人物和感人的故事。

宋高宗绍兴三十二年（1162），一位山东起义军的年轻将领，在首领耿京被叛徒杀害后，率领五十多人从几万人的敌营中将叛徒张安国活捉，然后南渡回归朝廷。这一壮举成为当时和后来人们津津乐道的故事，这位年轻的起义军将领就是后来南宋著名豪放派爱国词人——辛弃疾。

然而，有一个人南归时辛弃疾尚未出生，他南归的故事比辛弃疾更加曲折，更加悲壮。他就是南宋著名的抗金爱国将领——李显忠。

历尽艰险南归宋朝

宋徽宗大观三年（1109）的一天，在绥德军青涧城（今陕西省清涧县）里，宋朝鄜延路将领李永奇焦急地在家门外踱步，不时地向屋里张望，原来是他的夫人正在生产。但是，几天过去了，孩子还没有生下来，这让他整日心急火燎。这时，有一个和尚从李家门前路过，得知情况后对李永奇说："你夫人生的是一个奇男子，你把宝剑、弓箭放在她的身边，孩子马上就会出生。"病急乱投医。李永奇让家人立即照办。不一会，一个男孩生了下来。相传这个男孩刚刚出生，就能站立在床铺上，让现场的人们惊讶不已。李永奇看到这孩子出生如此奇异，而且身体健壮，觉得他长大后一定会成为国家的栋梁之材，对他寄予了很大的期望，于是，给他起名世辅，意思是国家的辅佐之臣。这个李世辅就是后来大名鼎鼎的李显忠。

李世辅的出生充满着传奇色彩，他长大之后表现出来的超人能力和胆识，也证明了他确实非同常人。因为出身将门，身强体壮，李世辅自幼习武，17岁便跟着其父李永奇加入军旅，出入战阵。金兵进犯延安，主将王庶命李永奇挑选两名机智勇敢的士兵去侦察敌情。李永奇先挑选了一个叫张琦的勇士，但另一个人选让他颇费思量。这时，李世辅自告奋勇，请求父亲派他担任侦察任务。李永奇说:"你年纪还小,又没有经验,去了会拖累张琦,还是算了吧。"李世辅不甘示弱,他自信地对父亲说:"我虽然年纪小,但我的胆量和气魄不小,我去了绝不会拖累张琦,您就让我和他一起去吧!"李永奇见儿子如此自信,就答应了他。果然,李世辅与张琦紧密合作,出色地完成了几次重要的侦察任务。

有一次,李世辅发现在边界深山的一个山洞里有一小股敌人在宿营,决定前去偷袭。借着夜色的掩护,他悄悄地接近山洞,腰间绑上绳索,从山洞顶上滑下。洞里共有十七个敌人,睡得正香,完全没有发觉有人进来。李世辅一气连砍带杀,将敌人全部解决。他割下两个人的首级,选了两匹好马。其余的马带不走,他就把马腿砍断,然后骑上马回到营地。鄜延主将王庶得知李世辅夜袭敌人的消息,大为惊异,破格提拔他为承信郎。李世辅一举由士兵成为一名军官。

宋高宗建炎二年十一月,金兵攻陷宋朝鄜延路治所延安府。迫于金兵过于强大的形势,李永奇和李世辅父子暂时归附了金人。金人为了笼络人心,授予李永奇和李世辅官职,以求为己所用。但李家父子并非真心降金,心里装的还是宋朝。有一次,李永奇流着眼泪对李世辅说:"我是大宋的臣子啊,世世承受国家的恩典,怎么能够为金国人服务呢?"父亲的哭诉震撼了李世辅的心灵,更坚定了他寻找机会南渡归宋的决心。机会说到就到。被金人册封的刘豫伪齐政权助金为虐,准备征调中原兵力大举进攻南宋,命令李世辅率领延安府兵马去东京(今河南省开封市)集结。临行之际,李永奇告诫儿子说:"你这次东行,如果有机会就南归宋朝,不要因为我在敌人手里而改变主意。如果南渡归宋成功了,我也会留名后世的。"带着父亲的嘱咐,李世辅来到东京,伪齐政府授予他南路钤辖。借此机会,李世辅秘密派遣心腹雷灿带着蜡书南渡到临安,向南宋朝廷报告自己将率部南归的事情。

不久,金人废掉了刘豫的伪齐政权。一日,金兵主帅完颜宗弼率部在淮河一带打猎,他让李世辅陪同一起出猎,二人间的距离很近。他突然冒出一个非常大胆的想法——绑架完颜宗弼回南宋。他暗地里派属下吴俊去勘察淮河水情,寻找可以骑马过河的地方。见吴俊回来了,李世辅急忙骑马赶去询问情况。只见吴俊摇摇头说:他的坐骑被竹刺刺伤,只好半途而返。一次成就大事的机会就这样丧失了。不过,这次陪同出猎,李世辅还是有所"收获"。完颜宗弼十分欣赏他的才能,授予他承宣使,知同州(今陕西省大荔县)。赴任同州之前,李世辅回到鄜州探望父母,李永奇教导他说:"同州进入南山,是金人往来的驿路,你可以找机会抓住敌人的首领,渡过洛河、渭河,从商丘回归朝廷。你得手后马上通知我,我一定率兵攻取延安,然后南归。"李世辅到同州就职后,立即派心腹黄士成等人带着书信由四川转道临安,再次向朝廷报告南归之事。

金兵元帅撒里喝来到同州,李世辅作为地方官员表面上对他热情接待,撒里喝甚感满意,完全放松了警惕。李世辅觉得南渡的机会来了。他制定了一个缜密的抓捕计划。按照计划,李世辅顺利地抓住了撒里喝,押着他骑马出城。来到洛河边,只要渡过河,金兵只能隔河兴叹了。不料,最坏的情况出现了。原来安排的渡船没有按时赶到,一下子无法过河。这时,金兵得知撒里喝被李世辅劫持,从后面追了上来。实在没办法,李世辅只好掉过头来与追兵战斗,屡次打退追兵。他退到一道高坡上暂作休息,远远望去,追兵越来越多,他明白自己的计划已经失败,不可能带着撒里喝南渡归宋了。于是,李世辅决定与撒里喝进行谈判:李世辅不杀撒里喝,放其归金;撒里喝归金后,不得伤害同州百姓,不得伤害李家亲人。撒里喝为了保命,表示完全同意,二人折箭为誓。李世辅将其推下山坡,被金兵救起,身体没有大碍。李世辅则带着人向北疾驰,到达鄜州城附近,派人告知其父李永奇,约好会合,一同南归。李永奇带着一家老小急忙出城,金人闻讯派兵来追赶。由于李家老小行动缓慢,中途被金兵追上,一家二百余口皆被金兵杀害。这一天大雪纷飞,天昏地暗,延安一带的百姓听说李家满门遇害都悲伤落泪。

李世辅在万分焦急中没有等来父母及一家老小，等来的却是父母家人遇害的噩耗。他悲痛欲绝，五内俱焚。但是，形势十分危急，金兵随时可能追上来，以他身边的人马，根本无法抵挡金兵的进攻。他果断做出一个决定：去投奔西夏。这是当时唯一可以保身继而复仇的出路。

金国为了南下灭宋，极力拉拢西夏，与之建立同盟关系。西夏此时的势力已大不如前。它一方面十分畏惧新崛起的金国，另一方面更乐见金国打击与其世代交战的宋朝，甘愿成为金国的小弟，两国互派使节，政治上互相支持，军事上共同进退。在金国灭亡北宋的过程中，西夏趁势占据了包括麟州、府州在内的陕北广大地区，捞到不少好处。当然，西夏与金国并非铁板一块，也希望在宋灭亡后获得更多的利益。李世辅带着手下来到西夏都城兴庆府，拜见西夏主李乾顺，向李乾顺哭诉自己父母家人的不幸遭遇，发誓与金人不共戴天，要向金人报仇雪恨。他向李乾顺借兵二十万，发誓活捉仇人金帅撒里喝，为西夏攻取陕西五路。李乾顺早就听闻李世辅的名声，见他勇武过人，是难得的将才，心中十分喜欢。又听李世辅说愿意为西夏攻取陕西五路之地，更是乐不可支。他对李世辅说："你如果能为西夏建功立业，我可以借兵给你。"

为了考验李世辅，李乾顺先给他派了一项艰巨的任务。当时，西夏境内有一个外号叫"青面夜叉"的部落酋长，长久以来与西夏为敌。西夏主李乾顺对他十分头痛，便让李世辅为他们除掉这一"顽疾"。为了赢得李乾顺的信任，李世辅带领三千骑兵，昼夜疾驰，以迅雷不及掩耳之势到达"青面夜叉"的营帐，将其生擒而归。李乾顺见此非常高兴，对李世辅更加信任。他觉得有了李世辅，夺取陕西五路已经不成问题。绍兴九年二月，李乾顺任命文臣王枢、武臣移讹为陕西招抚使，李世辅为延安招抚使，率领骑兵二十万南下，夺取陕西五路。

就在李世辅领西夏兵南下之际，陕西的形势已经发生了重大变化。

原来，宋金两国经过一年多的秘密谈判，双方达成议和协议：金国同意把陕西之地归还南宋。这是李世辅完全没有料到的。当李世辅抵达延安城下时，发现城头上竟然飘扬着宋朝的旗帜。南宋鄜延路总管赵惟清在城上大声喊道："鄜延路现在重新回归宋朝了，我这里有朝廷颁布的敕书。"看到南宋朝廷的敕书，李世辅百感交集，他一家为了回归宋朝经历千辛万苦，付出了二百余人的性命，现在延安已是宋土，回归就在眼前，不由得悲从中来，放声痛哭。他的部下也跟着痛哭起来，围观的百姓们被李世辅的忠诚感动，纷纷哭泣落泪，延安城下哭声一片。这哭声流露出陕北人民沦为亡国奴的委屈和悲伤，也表达了他们对宋朝的忠诚和依恋。

南宋重新拥有陕西之地，让李世辅顿时了却了回归朝廷的愿望，但是，眼下最为棘手的是如何回复西夏，如何让西夏的二十万骑兵打道回府。李世辅一人做事一人当，率领旧部八百余骑去见西夏的王枢和移讹。告诉他们："我已经到了延安府，现在陕西之地已经属于宋朝了，我见到了宋朝颁布的敕书，因此我决定回归宋朝，请你们带领本部军队回国吧！"身为武将的移讹一听就火冒三丈，说："当初你跑到我们西夏乞求借兵，来攻取陕西之地。事到如今，你竟然让我们率兵回去？"李世辅知道没有办法说服移讹，便拔出佩刀砍向移讹，移讹见势不好，闪身躲过，立即逃走。王枢是文官，来不及逃跑，被李世辅绑了带回。移讹当即组织西夏战斗力最强的骑兵——铁鹞子向李世辅发动进攻。李世辅并不慌张，他指挥部下列好阵式，自己催马向前，挥舞双刀，杀入敌阵，左冲右突，所向披靡，西夏兵全线溃败，被杀以及践踏而死者近万人，宋军大获全胜，缴获战马四万匹。李世辅打着南宋的旗号在当地张榜招兵，每招到一人，给予马一匹。当地人民听说李世辅招兵，踊跃投军，十天工夫就招到万人，都是骁勇的青壮年。李世辅抓住那些杀害自己父母家人的人，将他们全部在东城斩首，终于报仇雪恨。当他率军到达鄜州时，已有马步军四万余人。此时金兵主帅撒里喝驻扎在耀州，他领教过李世辅的厉害，听说李世辅来了，非常害怕，连夜逃跑了。

李世辅率军归来的消息迅速传开。抗金名将、四川宣抚使吴玠派属下张振前来迎接，说："宋金两国已议和交好，现在不能生出事端，你可以带领部属到临安，面见皇上。"不久，吴玠在河池接见了李世辅，吴玠看到李世辅对朝廷如此忠心耿耿，大为感叹，称赞说："忠义归朝，惟君第一。"犒赏以银、绢、金带，授予指挥使、承宣使。到达临安后，宋高宗赵构专门接见历经千辛万苦、远道归来的李世辅，多次抚慰犒劳，赐名显忠，赏赐他镇江一带的田地。从此，李世辅改名为李显忠，开启了他力主北伐、奋勇抗金的波澜壮阔的人生历程，成为一代抗金名将。

北伐失利饮恨终身

南宋与金国在绍兴九年的和议基础并不稳固。虽然宋高宗与主和派兴高采烈，感觉得到了满意的结果，准备开始过太平日子，但金国内部却就和议展开激烈的争辩。主张南侵灭宋的实力派完颜宗弼掌握了金朝军政大权后，撕毁了南宋奴颜婢膝换来的和约，率军大举南侵，使得宋高宗的和平美梦化为泡影。

沧海横流，方显出英雄本色。完颜宗弼率领的金国铁骑南下入侵，给了刚刚回到朝廷怀抱的李显忠一个报效国家的机会。朝廷任命李显忠为招抚司前军都统制，与将军李贵一同出击，在灵璧县（今安徽省灵璧县）击破金兵。李显忠为南宋朝廷首次出战，便传捷报。绍兴十一年，金兵再度南侵，进犯合肥，宋高宗手诏李显忠，要他率军与大将张俊会合。李显忠到达孔城镇，与金兵激战，将金兵击溃。完颜宗弼知道李显忠勇武，对部下说："李显忠刚刚回归宋朝，还没有立下大功，这个人非常果敢勇猛，我们应该回避他。"于是，焚烧庐江城撤军。李显忠欲继续追击，与其决一死战。张俊奉旨监护李显忠，担心他在战斗中有失，下令停止追击，引军而还。宋高宗的生母韦太后从金国回到临安，李显忠入朝觐见，被加封保信军节度使、浙东副总管。

绍兴二十九年（1159），金人又一次撕毁和平协议，发兵南侵。朝廷派李显忠以本部军马抵抗金兵。李显忠手下的统制官韦永寿打仗非常英勇，李显忠派他带领二百骑兵发起冲锋，一举击退金将小韩将军率领的五千金军。不久，金军增兵万余人，气势汹汹，来与宋军交战。李显忠亲自率骑兵出战，从早上激战至中午。在他的带领下，宋军士气高昂，越战越勇，用大刀砍杀敌阵，金兵抵挡不住，败溃而走，被掩杀落入淮河者不计其数。此战，李显忠名扬淮上，威震敌胆。

绍兴三十一年（1161），金主完颜亮征调大军，分兵四路，企图一举消灭南宋。完颜亮亲率主力进攻南宋淮西地区。负责淮西防务的宋军主将王权畏惧金兵，不肯进军，驻守庐州不战而逃，使得金兵长驱直入，进抵长江北岸，准备自采石（今安徽省马鞍山市）渡江。朝廷将王权撤职罢官，委派李显忠代替王权的职务，承担正面抗金的重任。李显忠接到诏命后，马不停蹄赶赴长江前线。就在他到前线达之前，宋军在中书舍人虞允文的指挥下与金兵在江上展开激战，成功挫败了金兵的渡江行动。李显忠到达前线军中，了解到虞允文指挥作战的情况，十分佩服。他立即部署兵力，亲率一万精兵渡江，奋力杀敌，将淮西失地全部收复。南宋形势转危为安，李显忠因此名声日盛。朝廷赏赐他五子金带，授予淮西制置使、宁国军节度使等职，擢升太尉。

绍兴三十二年（1162）五月，宋高宗宣布禅位，皇太子赵昚正式登基，是为宋孝宗。宋孝宗即位后志在恢复中原，希望有所作为。他起用老臣张浚都督江淮军马，积极准备北伐。李显忠在高宗时期就主张北伐，曾多次上书，遭到秦桧等人的压制。现在，宋孝宗主持北伐，非常符合他的心愿，使他有了领军北伐的机会。宋孝宗隆兴元年（1163）四月，以张浚为主帅，宋军开始出师北伐。一路由李显忠率军攻取灵璧，一路由邵宏渊率军攻取虹县。李显忠在出师之前，暗中策反了金兵统军萧琦，萧琦答应作为内应，这样宋军可以从宿州、亳州取得突破，然后直捣汴京，再由汴京进兵打通关中。鄜延路人民熟知李显忠的威名，必定蜂起响应，他的旧部也将归附，可得数万人，然后再取河东，中原恢复有望。不料，李显忠渡过淮河到达陡沟时，萧琦背叛约定，反而带领拐子马抗拒宋军。李显忠怒斥其背信弃义，率军与萧琦交战，将其击败。萧琦不甘失败，又背靠灵璧城列阵，李显忠奋勇当先，率将士鏖战，萧琦抵挡不住，落荒而逃，宋军乘势收复灵璧城。入城之后，李显忠发布安民告示，不杀一人。中原归附之士，踵接而来。

邵宏渊攻打虹县，却久攻不下，影响整个北伐的进展。李显忠为此十分着急，他派灵璧的降卒前去虹县劝降，促使虹县金国贵戚大周仁及蒲察徒穆出城投降，宋军这才进占虹县。作为主将的邵宏渊觉得虹县不是自己攻打下来的，很没面子，对李显忠心怀不满。李显忠为了团结，想将此功让给邵宏渊，但邵宏渊并不领情，出于嫉妒，他拒绝了李显忠的好意。两位大将关系不谐，为宋军北伐后来的溃败埋下了隐患。

李显忠建议乘胜进攻宿州（今安徽省宿州市），心胸狭窄的邵宏渊却按兵不动，李显忠只好独自率部进攻宿州。金兵前来增援，被李显忠打败，斩杀其左翼都统以下数千人，追击20余里。邵宏渊姗姗来迟，看到李显忠取得的战果，他心里不得不佩服，嘴上还酸溜溜地说："您是真正的关西将军啊！"

为了攻打宿州城，李显忠下令关闭营门，让全体将士休息，但是邵宏渊等并不同意。李显忠让部下杨椿悄悄爬上城墙，打开北门，不多久便占领北城门。邵宏渊等见李显忠已经得手，才指挥部下渡过护城河，登上城墙。宋军与金兵在城中展开巷战，斩杀数千敌人，生擒八十余人，光复宿州。宋孝宗听闻捷报，大受鼓舞，亲自手书慰劳曰："近日边报，中外鼓舞，十年来无此克捷。"升迁李显忠为淮南、京东、河北招抚使，邵宏渊为副使。邵宏渊本身气量狭窄，觉得做李显忠的副手是耻辱，向主帅张浚表示拒绝接受李显忠的节制，而张浚对邵宏渊的要求也不加制止，反而迁就，造成了将领之间的严重隔阂。因为打了胜仗，邵宏渊要打开仓库犒赏士兵，李显忠却认为北伐才刚刚开始，现在犒赏士兵并不合适。他下令军队出城安营，只发给士兵们赏钱。士兵们没有得到犒赏，本来就不高兴，又在邵宏渊的挑唆下人心浮动，严重地影响了士气。

　　大敌当前，前线将领不和，矛盾升级，要想取得胜利是不可能的。金人丢失宿州后，马上派遣大将孛撒率十万主力来进攻宿州。双方在城外列下阵势，李显忠亲自率军在城南与金兵作战，双方激烈交战，孛撒大败而走。在战斗中，统制李福、统领李保消极避战，为严明军纪，李显忠将他们斩首示众，以儆效尤。第二天，敌人增加了兵力，又来进攻。李显忠让邵宏渊从两面夹击敌人，邵宏渊却按兵不动。李显忠只好独自率领所部与敌力战，杀死敌人的左翼都统及千户、万户，斩首五千余人。不久，敌人又增兵来攻城，李显忠指挥部下用克敌弓将敌人射退。

　　就在李显忠和部下与敌人奋力苦战之时，邵宏渊不仅不施以援手，反而说起风凉话："这大热的天，摇着扇子还嫌不凉快，何况在烈日下披甲苦战！"如此军心愈加涣散，士兵们斗志全无。半夜时分，邵宏渊手下中军统制周宏首先击鼓喊叫，假称金兵来进攻了，说完自己带着部下逃跑了。在他的影响下，其他部队也开始溃退。金兵乘宋军混乱之际开始攻城。李显忠指挥部下奋力防守，杀敌两千余，敌人的尸体堆积，把城下的羊马墙都填平了。二十多个金兵从城墙的东北角爬上来，李显忠发现后，从部下的手里夺过斧子，向前一阵砍杀，才将敌人杀退。李显忠说："如果我军各部形成掎角之势，从城外发起攻击，那么，敌兵就可以消灭，敌帅可以生擒，河南之地指日可复矣！"邵宏渊却说："金兵增加了二十万，如果我军现在不撤退，恐怕会发生意外。"李显忠知道邵宏渊没有固守之心，自己势力孤单，难以支撑，长叹道："老天难道不愿意恢复中原吗？为何这样苦苦阻挠我们！"于是率部撤退。没走多远，宋军队形开始混乱，无法控制，以至于全线崩溃，军资器械丧失殆尽。金兵见状，乘机发起追击，宋军损失惨重，宿州城得而复失。至此，这次北伐宣告失败。因为溃败发生在宿州的符离，所以历史上把这场溃败称为"符离之溃"。

北伐失败，李显忠心情无比沉重，他知道自己必须承担责任，就去面见主帅张浚，交还将印，等待朝廷发落。宋孝宗因为此次北伐失败非常难过，他恢复中原的雄心遭受到重大打击。李显忠作为前线指挥官，对战败负有责任，自然逃不脱干系，被朝廷贬为果州团练副使，潭州安置。这样的贬谪，意味着失去了实际官职，差不多就是一撸到底了。李显忠本来悲伤的心，更增添了一重悲凉。后来，宋孝宗了解到符离之战败退的实际情况，觉得李显忠不应该承担主要责任，对他的处罚确实有些重，就将他重新任命为抚州安置。

两年之后的乾道元年（1165），朝廷安排李显忠回到会稽（今浙江省绍兴市）居住，恢复了他的官职，并给予丰厚赏赐。宋孝宗专门召见了这位传奇老将，这是他第一次见到李显忠，对李显忠高大魁梧的形象十分惊奇，特地命人在皇宫中为他绘像。

晚年的李显忠身体多病，尽管生活优渥，备受尊崇，但他再也不能重返前线领兵作战，不能回到他日夜思念的中原故土。宋孝宗淳熙四年（1177）七月，李显忠在孤寂和悲伤中走完他充满传奇与悲剧的一生，享年69岁。朝廷追赠他开府仪同三司，谥号忠襄。他去世后，被安葬于绍兴的老虎山上。《宋史》中对他有一段很公允的评价："李显忠生而神奇，立功异域，父子破家殉国，志复中原，中罹诖构，屡遭废黜，伤哉！"

李显忠于绍兴九年渡江归附南宋，再也没有回到过他的故乡——陕北的清涧县。但是，一千年来，陕北人民没有忘记这位从黄土高原走出的爱国将领，人们缅怀他的丰功伟绩，各县为他建祠立庙，血食祭祀。明、清时期的保安、安塞、安定和清涧等地都建有李显忠的庙宇。

还有一段神奇的传说在陕北地区流传。大意是：明英宗有一次在北方狩猎时，晚上睡梦中看到一个金甲神人，在帷帐外护卫。英宗问他是什么人，金甲神回答说："臣是宋代领将李显忠，现居保安。"明英宗梦醒后，追封李显忠为顺惠王，命保安、安定、安塞每年进行供奉祭祀。这样的传说，虽不足为信，但它曲折地反映了李显忠在陕北地区的影响力以及在人民心中的地位。

清末诗人侯昌铭吊祭李显忠庙之后，写下一首《谒顺惠王李显忠庙》：

古庙苔封径掩蒿，家仇国恨付胥涛。
穷途大胆千夫壮，乱世孤忠两字褒。
石马长嘶呜咽水，弓衣犹带赫连刀。
北巡久断通天路，野祭何人唱董逃？

诗中"穷途大胆千夫壮，乱世孤忠两字褒"两句，是对李显忠过人胆略和耿耿忠心的高度赞美。"穷途大胆"指李显忠敢于在金人统治下举起义旗，勇敢地冲破重重阻截，南渡归宋。如果没有过人的勇气和胆略，恐怕连想都不敢想，更遑论付诸行动。"乱世孤忠"则称赞李显忠在南宋朝廷上不顾以秦桧为首的投降派的压抑和排斥，敢于抗言恢复中原，为北伐尽心竭力，奋勇杀敌，其赤胆忠心天日可鉴。"石马长嘶呜咽水，弓衣犹带赫连刀"两句描写寺庙的景象。庙前伫立的石马与呜咽的溪水相对，显得十分凄凉；庙里的塑像依然身着戎装，佩戴战刀。这两把"赫连刀"曾伴随着他南征北战，冲锋陷阵，每逢战斗"驰挥双刀，所向披靡"。他的塑像仿佛在注视着战场上的千军万马，仿佛在为北伐中原呐喊。这说明家乡的人们对这位爱国将军还是非常了解的。

今天，陕北志丹县在马头山的原址上对李显忠庙进行了恢复重建，供人们对这位陕北籍的爱国名将吊祭和缅怀。千年江南游子李显忠如果地下有灵，终于可以魂归故里，接受家乡人民这份尊崇与爱戴。

| 第二十四章 |

镇守延绥的元戎与功臣

公元1368年正月,农民出身的朱元璋在南京称帝,大明王朝宣告建立,年号洪武。朱元璋不给元朝以喘息的机会,下令征虏大将军徐达等指挥明朝大军迅速北上,攻城略地。明朝大军一路势如破竹,锐不可当,直逼元朝大都(今北京市)城下。元顺帝仓皇逃往上都(今内蒙古锡林郭勒盟),宣告了蒙古贵族统治中国的时代结束,明朝取得了长城以内地区的统治权。此后,为了彻底扫除元朝的残余势力,朱元璋先后发动了六次北伐,消灭了残存的北元政权,蒙古的军事力量基本上被消灭。

然而,后退到蒙古草原以及西伯利亚地区的蒙古贵族依然拥有辽阔的领土和众多的人口,逐渐形成鞑靼、瓦剌、兀良哈三大部,仍有可能对明朝形成新的军事威胁。明成祖朱棣在永乐年间,曾五次出兵打击这些蒙古割据势力,同时在西北边疆设置不少卫所,以防备蒙古势力向南扩张和侵袭。但到了明仁宗、宣宗时,不再把打击、遏制蒙古势力作为重要国策,导致边境武备废弛,将领腐败,军队涣散,战斗力急剧下降。明英宗正统初期,蒙古瓦剌部势力逐渐强大,瓦剌部首领也先不断发动南侵,正统十四年(1449)七月,明英宗在宦官王振的怂恿下,率二十余万大军御驾亲征,结果在土木堡(今河北省怀来县)遭到瓦剌军队伏击,全军覆没,明英宗当了俘虏。瓦剌军队趁势打到北京城下，若不是于谦等大臣誓死抵抗，击退瓦剌军队，北京城难免沦陷敌手。"土木堡之变"成了明朝由盛转衰的分水岭。从此之后，明朝再没有足够强大的军队对蒙古势力发动大规模有效的打击，从而由主动进攻被迫转入了被动防御。

"土木堡之变"后，蒙古鞑靼部开始强盛起来。明宪宗成化元年（1465）蒙古鞑靼部孛来、小王子、毛里孩等先后进入河套地区，袭扰抄掠延绥、平凉、灵州、固原以及大同等地。河套，就是今天内蒙古和宁夏境内贺兰山以东、狼山和大青山以南的黄河沿岸地区，土质肥饶，水草丰盛，耕牧兼宜。之前，鞑靼部侵扰内地，往往劫掠之后就离开了，危害边疆的时间并不长久。自从他们占据河套地区以后，河套就成为他们侵扰明朝的一个桥头堡，"套寇"也就成为明朝中期的主要边患。

成化六年（1470），乩加思兰、孛罗忽、满都鲁等部入据河套。他们"无岁不深入，杀掠人畜至数千百万"。

成化九年（1473），在河套的蒙古各部"去辄复来，迄成化末无宁岁"。

明孝宗弘治年间，被称为小王子的达延汗崛起，"渐往来套中，出没为寇"。

弘治十四年（1501）"小王子以十万骑从花马池、盐池入，散掠固原、宁夏境，三辅震动，戕杀惨酷"。

明武宗正德八年（1513），小王子"以五万骑攻大同，趣朔州，掠马邑"。

明世宗嘉靖六年（1527）春，"小王子两寇宣府，参将王经、关山先后战死"。

嘉靖二十九年（1550）六月，俺答率军犯大同，总兵张达和副总兵林椿战死。八月，俺答移兵由蓟镇攻古北口入犯，直抵北京城下，"大掠村落居民，焚烧庐舍，火日夜不绝"。

……

面对蒙古鞑靼部的不断侵扰，孱弱的明王朝只有招架之功，实在没有什么好招，却又不得不进行防御。为此，从成化年间开始，明朝在长城沿线由东向西逐步建立起一道边防线，在这条边防线上设置九大军事重镇，号称"九边"，亦称"九镇"，依次为辽东镇、蓟州镇、宣府镇、大同镇、山西镇、延绥镇、固原镇、宁夏镇和甘肃镇。延绥镇、固原镇、宁夏镇是防御"套寇"的最前线，其中的延绥镇更是防御的重中之重。

延绥镇地处陕北黄土高原，北边与毛乌素沙漠相连，地扼要冲，是河套进入内地的重要通道。延绥镇治所最先在绥德，后来北移至榆林。其防御范围东起黄河西岸的清水营（今陕西省府谷县清水镇），西至花马池（今宁夏盐池县），在约800公里漫长的边防线上，设置有延安、绥德、庆阳、榆林四个卫和36座营堡，形成了一个相对完备的边疆防御体系，对阻止鞑靼及蒙古各部南侵发挥着十分重要的作用。为加强延绥镇的边防，明王朝不断派出重臣坐镇，以确保边疆的安定。

余子俊力主修筑"边墙"

2017年5月18日，榆林市榆阳区的沙河公园里，有一座纪念馆正式开馆迎客。纪念馆大门上方有"余子俊纪念馆"六个鲜红的大字。余子俊是何许人？他与榆林有什么关系？为什么要纪念他？这让许多人云里雾里搞不清楚。当人们走进纪念馆，才了解了余子俊的生平事迹，知道了他对陕北和榆林的重大贡献。纪念馆中生动的资料和影像，将人们带进了五百多年前那一段烽火连天的峥嵘岁月。

算起来，明代延绥镇先后有八十多位巡抚，这当中最有作为、贡献最大、影响深远的就是余子俊。

明成化六年，明朝"九边"之一的延绥镇治所绥德城里迎来新一任巡抚。新上任的巡抚刚刚四十出头，身形瘦弱，四川口音，一身文官打扮，他就是因在西安知府任上清廉能干而被提拔起来的余子俊。

延绥镇当时是明朝西北边疆防御的重点,有"天下之势,西北为首,而夷虏之患,全陕为最"的说法。成化初年以来,蒙古鞑靼部不断进入河套地区,频频侵袭延绥等地,边防形势十分严峻。如何有效地抵御"套寇"?是摆在新任巡抚余子俊面前的一道"难题"。

所谓"没有调查就没有发言权"。要想了解抗敌前线的真实情况,就必须亲自深入边关,做一番深入的调查研究,才可能做出合理的结论,制定出符合实际的有效对策。余子俊没有坐在衙门里听取下属官员的汇报,而是带领下属们沿着边疆进行仔细考察,每天徒步数十里,将地形地貌和防御设施全部了解清楚,记录在案,然后提出自己的御敌方案。余子俊认为,河套地区地域辽阔,地势平坦空旷,非常有利于蒙古骑兵活动,他们利用骑兵的机动优势,来得突然,去时无踪,让明军防不胜防,应接不暇。如果修筑一些城墙和堡垒进行防御,可以大大迟滞蒙古骑兵的进犯速度,为明军防守和反击赢得时间,是这一地区最为有效的防御手段。经过仔细分析和反复论证,余子俊上疏朝廷,提出在延绥边疆修建长城的建议。

其实,在余子俊之前,延绥巡抚王锐也曾提出过类似的想法,但是被朝廷否决了。这次,从国家的长治久安出发和延绥的实际情况考虑,余子俊再一次向朝廷提出更加成熟完善的建议。他说:"三边只有延绥到庆阳一带地势平坦开阔,非常利于驱马疾驰。蒙古鞑靼各部屡次入侵,俘获边民作为向导,进入河套长期驻扎放牧。这样,敌寇好像居于塞内,我们反而屯于塞外,因此,沿着边疆修筑城墙和堡垒是当务之急。况且原来的界石还在,高山多悬崖陡壁,我们可以依照山形,随着地势,运用铲削、垒筑、挖壕沟等方法,延绵相接,形成边墙(长城)。这对于边墙工程来说是较为便利的。"当时朝廷里的兵部尚书白圭认为陕西的百姓生活贫困,无力承担这一工程,让朝廷暂缓批准这一工程。不久,鞑靼军队入侵府谷的孤山堡，进而入侵榆林，余子俊指挥军队赶走了鞑靼骑兵。这一事件的发生，更加凸显出修筑边墙的重要性，而且刻不容缓。

为此，余子俊再次上疏朝廷，强调修筑边墙的重要性。他为朝廷算了一笔账："现在朝廷为征讨套寇，驻扎在延绥的兵马有八万多，粮食和牲口饲料依靠内地运输，如果今年冬天敌寇还不向北退却，那么，国家又需要准备下一年的军需供应。姑且用今年的数额约略估计，米豆需银94万两，草料需银60万两。每人运米豆6斗、草4束，需要动用407万人次，费用大约需要825万两银子。公私冗杂繁乱到这种地步，不改变谋划怎么能行呢？我之前要求筑墙建堡，诏书说要等陕西的事情安定后再说。现在我请求于明年春夏敌寇人马疲乏时，役使陕西运粮百姓5万人，供给食物，让他们铲凿山峦，墙壁如同城墙，高可达二丈五，山坳川口处则修筑高墙连接，再修建一些墩台堡垒，增加防守，可以两个月完工。"这次白圭仍然表示反对，但明宪宗权衡利弊，觉得余子俊的建议有理有据，比较可行，便下诏让他迅速实施这项工程。

恰好在成化九年九月，明朝兵部尚书、大同总制王越对河套的鞑靼老营——红盐池发动了一次奔袭战，一举拔除鞑靼在河套的据点，迫使鞑靼军队远去，延绥镇的边患暂时得以缓解。余子俊利用这一非常难得的安定时期，抓紧时间，全力开工，发动士兵4万人，"遇山铲削，逢谷填壑"，"山坳川凿口，连筑高垣"，"随其曲折，铲削如城"，每隔二三里建置瞭望台、崖栅作为巡视警戒之用。在东起清水营，西抵花马池，连绵1770里的边疆长城上，建筑城堡11座、边墩15个、小墩78个、崖栅819个。整个工程进展非常顺利，不到三个月就全部完工了。这道后来被人称为"边墙"的长城及其配套的营堡设施，形成了一个完整有效的军事防御体系，成为明长城中部最大的防御枢纽，对防止和遏制蒙古鞑靼的入侵起到了重要作用。后来的十多年里，蒙古骑兵入侵明显减少，边疆百姓安居乐业。余子俊因此升任兵部尚书，他曾不无自豪地说："两月之间，边备即成，到今十余年,虏贼不敢犯。"

在修筑边墙的过程中,余子俊全身心地投入这项浩大的工程之中。他每天巡视工地,日行数十里,随身仅携带一个皮囊水袋,口渴时就抿上一口。在山区时,他常常住在山洞里,办公和睡觉就在一块石板上。平日的餐食是与士卒一样的粗粮。余子俊非常关心工地上的士卒,当他听说士卒在严寒中没有寒衣时十分着急,专门向朝廷申请了"胖袄鞋袴各二万五千一百余付",及时解决了士卒的御寒问题。正是在余子俊尽心竭力的运筹和呕心沥血的操持下,这项浩大的工程才能如此顺利和迅速地告竣。

延绥边墙的建成,不仅具有极高的军事防御价值,也显示出较大的经济价值,在很大程度上减轻了明王朝西北边防的军费负担。首先是边墙之内有着辽阔的土地,可以交给边防军队屯垦,一年收获粮食多达6万石。其次是延绥镇的驻军人数由成化八年时的8万人,削减至5万人。这样一来,可以为朝廷节省一大笔军饷、粮食以及运输等各种费用。

随着边墙的建成和发挥作用,延绥镇的治所绥德城因远离"边墙",越来越不能适应边疆形势的需要。为了更加方便快捷地管理和指挥,余子俊决定将治所北迁到榆林卫。有些人留恋比较安逸的绥德城,对迁往荒凉的榆林卫提出异议,余子俊力排众议,于成化九年将延绥镇治所由绥德迁到榆林,将边防指挥中心向北推进250余里,从而更加有利于边防的及时决策和快速反应。

为了把榆林建设成为一座边疆重镇,余子俊增加守卫军队,扩建城墙,完善各种攻守器械。光有城墙和守备还不够,必须有足够的人民,他把外地的五千多户人家安排迁入榆林城居住,让这座新兴的城市不仅是边防堡垒,还充满着人间烟火。此外,他开市通商,倡学兴教,兴修红石峡渠(后称广泽渠),引榆溪河水灌溉农田。榆林在余子俊的有效领导下得到迅速发展,成为雄踞西北的塞上重镇。

由于余子俊在延绥镇的卓越政绩，成化十二年（1476）他被擢升右都御史，调为陕西巡抚。后来又升任兵部尚书。余子俊为人刚直清正，有宦官韦敬诬陷他在修边墙时侵吞财物。明宪宗不明真相将他革职，命他回四川老家养老。一年后真相大白，明宪宗再次任命他为兵部尚书，加太子太保。年老多病的余子俊为官恪尽职守，尽心竭力，在明孝宗弘治二年（1489），病逝于任上，享年61岁。他去世之后，被誉为"有明一代文臣之宗"的丘濬在为他作传时，写下这样一段评论："今余公之建功，在延绥、环庆之间，盖二公（范仲淹、韩琦）故壤也。而榆林边墙之修，延袤余二千里，虏人望望而去，边民优游以嬉者，余二十年矣。使继公者人人皆体公心，踵而葺之，使毋致废坏，则公之功留于后世者，岂下二公哉？"在丘濬看来，余子俊修筑边墙的功绩简直可以与宋代守边御寇的名臣范仲淹、韩琦相媲美。平心而论，丘濬之评价并不为过。

余子俊对延绥边防的重大贡献足以使他彪炳史册。正因为如此，榆林人民世世代代缅怀他、纪念他，尊称他为"榆林之父"。

三边总制杨一清

余子俊修筑的"边墙"大部分是用土夯筑而成，常年处于塞外的风沙侵蚀之下，损毁较快。要想防御套寇入侵，就必须不断地进行维修加固。这是后来主持延绥防务的官员必须面对的严峻问题。

余子俊之后，对陕西及延绥防务最有贡献和影响的官员首推杨一清。

明孝宗弘治十五年（1502），48岁的杨一清出任陕西巡抚。在考察过延绥边防后，他感到边防形势极为严峻，为此，他提出自己对边防的新思路。他认为："陕西各边，延绥据险，宁夏、甘肃扼河山，惟花马池至灵州地宽延，城堡复疏，寇毁墙入，则固原、庆阳、平凉、巩昌皆受患。

成化初，宁夏巡抚徐廷璋筑边墙绵亘二百余里。在延绥者，余子俊修之甚固，由是，寇不入（河）套二十余年。后边备疏，墙堑日夷。弘治至今，寇连岁侵略。"

杨一清提出的边防策略主要有四：一是修浚墙堑，以固边防；二是增设卫所，以壮边兵；三是经理灵、夏，以安内附；四是整饬韦州，以遏外侵。如果说第一、第二条还是沿用余子俊的边防策略；那么，第三、第四条就有主动出击、积极防御的新主张。具体来说就是进占河套，驱逐鞑靼，掌握军事主动权。"复守东胜，因河为固，东接大同，西属宁夏，使河套方千里之地，归我耕牧，屯田数百万亩，省内地转输"，这是上上之策。

杨一清一贯思路清晰，作风干练，敢作敢为，是明朝中期少有的干才。他来到陕西边疆后，立即进行大力整治。在军事上选卒练兵，整顿军队纪律，弹劾贪污平庸的总兵武安侯郑宏，罢免其官职；新建平虏、红古二城支援固原，沿着黄河修筑城墙。有一次，数万鞑靼骑兵进攻固原，总兵官曹雄拒不派兵援助。杨一清率轻骑从平凉昼夜行军，用疑兵之计，逼退入侵的鞑靼军队。

陕西北部沿边的延绥、宁夏、甘肃三镇，往往各行其是，各自为战，遇到敌人入寇，不能相互支援、共同协防，导致军事上屡屡失败，需要一个高级官员对三镇进行统一领导，协调指挥，以适应新的边防形势。于是，明朝专门设置"总督陕西三边军务"一职，简称"三边总督"，后来也称"三边总制"，总揽三边大权。杨一清以熟悉边疆、能力出众，首任"三边总督"，成为陕西边疆最高领导者。到任后，杨一清立即规划延绥的边防建设："安边营石涝池至横城三百里，宜设墩台九百座，暖谯九百间，守军四千五百人；石涝池至定边营百六十三里，平衍宜墙者百三十一里，险崖峻阜可铲削者三十二里，宜为墩台，连接宁夏东路。"这是一个宏大的边防建设计划，明武宗对此非常赞赏，专门从国库拨款数十万，让他实施边防计划。但明武宗信任太监刘瑾，使其在朝廷一手遮天。正直的杨一清不肯依附阉党,遭到刘瑾的诬陷而被迫辞职,曾一度被捕入狱。他的边防建设工程刚刚开始便遭夭折。

不过,杨一清的厄运并没有持续多久。正德五年(1510)四月,驻守在宁夏的藩王安化王朱寘鐇发动叛乱。明武宗闻讯非常着急,却找不到合适的人去平叛。没办法,只好起用被贬在家的杨一清总制军务,挂帅西讨。这是杨一清第二次出镇陕西边疆,总制三边军务。后来佞臣钱宁乱政,受到杨一清的指责,其与江彬等人勾结,在武宗面前诋毁杨一清,迫使杨一清再度致仕归乡。

明世宗即位后,重新起用杨一清,任命他为兵部尚书、左都御史,总制陕西三边军务。这是他第三次总制三边军务,也开创了明代以尚书身份担任边疆大臣的先例。杨一清非常重视西北边疆的防御,狠抓军队的训练,督促边疆诸将经常进行演习,他曾说:"无事时当如有事堤防,有事时当如无事镇静。"给事中陆粲请增筑边墙,杨一清认为非常有必要,批准了这一工程。杨一清经常到边墙巡视。有一次,他来到府州的孤山堡(今府谷县孤山镇)视察,登上城楼,眺望边疆内外的景色,挥笔写下一首七律:

簇簇青山隐戍楼,暂时登眺使人愁。
西风画角孤城晚,落日晴沙万里秋。
甲士解鞍休战马,农儿持券买耕牛。
回思未筑边墙日,曾得清平似此不?

当他看到"甲士解鞍休战马,农儿持券买耕牛"的和平景象后,甚感欣慰。有了孤山堡这道屏障,能够有效地遏制蒙古骑兵的进攻,虽然朝廷和百姓付出了大量的人力财力,但换来西北边疆的安宁,士兵们不再整日铠甲在身,高度警惕;老百姓也免除了繁重的劳役和运输差使,可以安心地从事农业生产,这在修筑边墙之前是难以想象的。在诗歌结尾处,他不无自得地写道:"回思未筑边墙日,曾得清平似此不?"不仅充分地肯定边墙的战略作用,还表达了自己踌躇满志的心情和继续加强边防建设的决心。

杨一清一生号称"出将入相,文德武功",才华堪与唐代名相姚崇媲美。他三度总制三边,为整治和加强陕西边防精心筹划、殚精竭虑,做出了积极和重要的贡献,仅凭这一点就足让陕北人民世世代代铭记他的功绩,不忘他的英名。

壮志未酬的曾铣

杨一清之后,又一位有勇有谋的能臣继任三边总制。他就是曾铣。

明世宗嘉靖初年,蒙古土默特部俺答汗逐渐强盛,不断袭扰陕西、山西等边疆,尤其是陕西边疆形势吃紧,急需一个优秀的统帅来坐镇边疆。嘉靖二十五年(1546),朝廷调兵部侍郎曾铣担任陕西三边总制。朝廷之所以选择曾铣,看重的不仅是他的胆略和担当,更重要的是他在山西巡抚任上曾成功地击退过俺答的进攻。

曾铣刚刚到任,就遇上俺答的大举进攻。当时,十余万蒙古骑兵从延安西北的宁塞营(今陕西省吴起县东北)入侵,在延安、庆阳境内大肆侵略。曾铣手下的军队只有数千,兵力悬殊,正面交战无异于以卵击石。但他并不慌乱,从容应对,一面率军坚守地形险要的塞门寨,一面派参将李珍绕到敌人后方,捣毁敌人在马梁山的老营,杀敌一百多人。敌人听说老营被摧毁,不敢再进攻,被迫撤退。

敌人虽然暂时退兵,还随时有可能发起入侵。可行的办法就是重新修筑长城,以阻挡蒙古骑兵凌厉的攻势。曾铣与延绥、宁夏两位巡抚共同上奏,计划西从定边营,东到黄甫川,修筑边墙1500里以防御蒙古入侵,请求银两数十万,工程三年完工。奏章到了兵部,部里大臣感到经费很困难。但是，明世宗非常支持曾铣的计划，下令拨款二十万两，用来修筑边墙。

　　成化年间余子俊修筑延绥边墙，使它成为防御蒙古入侵的重要屏障。但是，余子俊当时为了节约经费，缩短工期，在修筑边墙时尽量利用山地的险要地形，将大片屯田隔离在边墙之外，成了耕作禁区，损失很大。为了挽回屯田的损失，明孝宗弘治年间延绥巡抚文贵在余子俊的边墙之外又修了一道边墙，用以保护屯田。为了加以区别，人们把这道新边墙命名为"大边"，把余子俊所修的边墙称为"二边"。长城防御的重心也随即向大边转移。不过，文贵所修的大边只是一道辅助工事，不仅多建于平地，而且城墙高与厚不过一丈，很容易被突破。因此，必须进行加高加固，提升它的防御能力，以适应边防战争的需要。嘉靖二十四年（1545），在曾铣的主持下，对大边的加固扩建工程全面开工，此后三年间工程持续进行，到嘉靖二十七年（1548），这道西起定边营，东至黄甫川，全长1521里的新长城在荒原和沙漠之上延绵不断巍然屹立。新加固的大边沿线共设城堡34座、墩台170座，保护了大片屯田，成为明朝西北长城的重要组成部分，对防御蒙古骑兵的南下入侵发挥了重要作用。

　　经过新修加固后，大边充分发挥了它的防御功能，与此同时，余子俊所修的旧墙（二边）仍然可以利用，形成前后两道长城的独特现象。明朝人称之为"夹道"。在明代长城全线中，只有延绥这一段出现了这种夹道的结构，可以看出明朝对河套防御的高度重视。

　　当时蒙古人长期驻扎在河套，在长城不远处放牧，零散的骑兵随意往来，长城内的老百姓却不敢出去砍柴放牧。曾铣对于这种现象深感忧虑，他认为修筑长城只是权宜之计，是被动的防守，要解决根本问题，必须收复河套地区，把蒙古入侵者彻底赶出去。为此，他向皇帝上疏，提出自己收复河套的构想。他说："蒙古人占据河套，侵扰边疆将近百年了。孝宗想收复，武宗想征讨，都没有实现，让吉囊占据作为巢穴。他们出河套就能侵略宣府、大同和三关,甚至可以威胁京师地区;入河套就可以入侵延绥、宁夏、甘肃、固原,扰乱关中。"只有收复河套,拔除俺答进窥中原的落脚点,才能确保西北边疆的长久安宁。曾铣收复河套的提议,得到了当朝首辅大臣夏言的全力支持。不久,曾铣再度上疏,请求朝廷收复河套。他说:"我们大明不担心没有军队,担心的是军队没有训练好。收复河套的费用,不过是宣府和大同两个军镇一年的军费。敌人之所以肆无忌惮地进攻大明,是因为他们认为中原没有有才能的人。"他的战略构想是:秋季时马匹肥壮,是蒙古人密集进攻边塞的季节,明朝的对策是做好防守;等到冬天河水结冰,马无隔夜之粮,春寒阴雨,土地没有干燥的地方,蒙古人的优势就会大大减弱,明朝就利用这一时机发起进攻。明朝集中精兵六万,加上山东枪手两千,每当春夏之交,携带五十天的粮饷,水陆交进,直捣他们巢穴,步骑齐发,炮火如雷激荡,敌寇就不能支撑。这是一劳永逸的办法。曾铣会同陕西、延绥、宁夏三位巡抚和三镇总兵联名向朝廷提出《复套方略》十八条,又上《阵营八图》,从战略和战术,形成了一整套完整的用兵方案。

  曾铣是一位杰出的军事人才。他针对蒙古以骑兵为主的特点,购置了大批战车。双方交战时,将战车环立布阵,在车上配置一定数量的弓箭手,战车四周配备士兵。当蒙古骑兵发起进攻时,战车上弓箭手矢发如雨,战车四周的士兵趁机斩马足,挑骑兵,打得敌寇大败。蒙古兵对此非常恐惧,把曾铣的军队称为"天兵"。曾铣还善于运用火炮杀敌。一次,蒙古人来围城,只见城门口立一高高的木架,架上的木偶载歌载舞,而城上却偃旗息鼓,没有一丝动静。蒙古将领不敢贸然攻城,士兵也感到好奇,纷纷聚集在一起观望。突然间,城中军号响起,架上的巨炮首先发射,城楼各处火炮相继怒吼,蒙古士兵彻底被打蒙了,这时城内士兵蜂拥而出,把敌人打得落荒而逃。

  有一年的除夕之夜,塞上没有警情,一片祥和气氛,将士们都沉浸在过年的喜庆之中。曾铣突然命令诸将带兵出征。当时诸将已经摆好酒宴，准备过年，哪里有心思在这个时候出去打仗。但军令不可违，将领中有人贿赂曾铣身边的侍从，请他向曾铣求情，不要在大年除夕夜里出兵。曾铣为之震怒，当着诸将领的面，断然将侍从斩首。诸将无不震惊，只得在半夜三更披甲出征。途中，果然遇到敌人，诸将奋战，大获全胜。第二天，诸将入帐祝贺，问其原因。曾铣笑着说：听到乌鹊叫得有些蹊跷，所以预料敌寇会进犯。诸将听后非常佩服。

就在曾铣在西北边疆率兵杀敌，准备收复河套大展宏图之际，一场无妄之灾悄然降临他的身上。正受皇帝宠幸的奸臣严嵩觉得首辅大臣夏言是自己独揽大权的障碍，时时想找机会整垮夏言，自己取而代之。夏言的岳父苏纲是曾铣的好友，两人私交很好，曾铣收复河套的主张得到夏言的大力支持。为了扳倒首辅夏言，严嵩先拿曾铣开刀。他在明世宗面前攻击曾铣欺骗皇帝，为了私利而开边，诋毁曾铣掩败不奏、克扣军饷、贿赂当权者，诬陷曾铣与夏言结党营私。昏庸的明世宗居然听信严嵩的谗言，将曾铣逮捕下狱并处死，死时年仅39岁，其妻儿被流放两千里。不久，明世宗连首辅夏言也一并处死，造成了明代的一大冤案。临刑之际，曾铣慨然赋诗"袁公本为百年计，晁错翻罹七国危"，借西汉时晁错的故事，诉说自己的冤屈。可惜一代御边名将英年遭祸，他没有为国战死于疆场，却冤死在昏君奸相之手，真是令人扼腕痛惜，当时"天下闻而冤之"。后人将这一冤案编成一本戏剧《盘夫索夫》，成为当时名剧。

明世宗这样冤杀曾铣，无异于自毁长城。自曾铣死后，明朝的边备更加废弛，边患更加严重，以至于嘉靖二十九年（1550），蒙古俺答汗大举入侵，长驱直入，进逼北京城下。这时人们更加怀念曾铣这样杰出的统帅。明穆宗即位后，宣布对曾铣等人平反昭雪，然而朝廷之上再也没有人能像曾铣那样为国家忠心耿耿，立志收复河套了。

涂宗濬修建镇北台

在有明一代八十多位延绥巡抚中,涂宗濬的名气和事功算不上十分突出。但由于他在延绥巡抚任上时,主持修筑了镇北台,因此让后人记住了他的名字。

明神宗万历三十四年(1606)七月,涂宗濬受命担任延绥巡抚,来到榆林。正值盘踞河套的蒙古部落气焰猖獗,不时进犯。涂宗濬刚到榆林,立即部署防御,修缮城墙,准备火器,欲给来犯之敌以痛击。他沉着指挥,先后在安边寨击溃火落赤部,在保宁堡击败摆言太部,在高家堡击败沙计部,可谓三战三捷,有力地回击了蒙古势力的进攻,打击了他们的嚣张气焰。不久,他又在红山一带打击来犯之敌,逼迫蒙古的漠南部落相继投诚,边关出现安定景象。

延绥镇边疆漫长,长城之外驻扎放牧的蒙古部落众多,如果火落赤等联合其他首领一同进犯,明朝军队肯定应付不过来,因此,必须尽可能地分化敌人的力量。涂宗濬采取了"拉拢诸酋,打击火酋"的策略,即尽力安抚其他蒙古部落首领,专门对付火落赤等部,以此来分化蒙古势力,孤立火落赤部。这一策略收到很好的效果,火落赤部等发现其他部落纷纷归附明朝,自己孤立无助,难以继续与明朝对抗,只得向明朝谢罪,请求恢复相互贸易,开设边贸市场。涂宗濬与总督徐三畏分析了当时蒙古各部落的情况,认为通贡互市的条件已经具备,便上奏朝廷,请求开设延绥的边贸市场,得到朝廷批准,于是,榆林城外的红山边境市场重新恢复开放。

边境贸易市场的恢复开放,对于促进边疆地区经济,稳定边疆形势,增进民族间交流都有着十分积极的作用。每当到了交易的日子,四面八方的民众集中于红山市场,熙熙攘攘,好不热闹。不过,涂宗濬没有陶醉于眼前这种商贸繁荣的景象,他心里那根防备的弦始终紧绷着。红山市场距离榆林城只有十来里路,每逢交易日市场上聚集有上万人,万一出现突发事件,就会直接威胁到榆林城的安全。因此,涂宗濬认为应该在市场旁修筑一座高台,监控市场的情况,以防不测。他的这一提议很快得到朝廷的批准,并拨专款1260缗。万历三十五年(1607)四月,在涂宗濬亲自主持监督下,这项重要的边防工程动工兴建,到万历三十七年(1609)七月完工。历经两年零三个月,一座雄伟的高台耸立在榆林城外的长城之上,涂宗濬将它命名为"镇北台"。

镇北台呈正方梯形,总高28.5米,外砌砖石,内夯黄土。台共四层,从下向上面积逐渐递减。第二层门洞上镌刻着"向明"二字,为涂宗濬所书。取自《周易·说卦》:"圣人南面而听天下,向明而治。"表达了涂宗濬本人勤于政事、恪尽职守的思想,又体现了向着大明王朝、向着光明的含义。台上每层四周设置垛口、望孔,凸显出它的军事功能,成为延绥长城沿线最重要的边防要塞之一。

镇北台建成之后,涂宗濬带着同僚兴致勃勃地登台参观。置身台顶,极目远眺,方圆数十里景色尽收眼底。为了铭记这一重大工程,他写下一篇《镇北台记》,记录了镇北台修筑的背景和目的,以及修筑它的作用和意义。

站在镇北台上,涂宗濬不禁想象更远处的河套地区"黄河如带,青山阴阴",发出由衷的感叹:"美哉,山河之丽,这是我大明高祖、成祖成就的伟业!"但是眼下的情况是河套之地为蒙古所占据,成了今日西北边疆的重大边患。他不由得感叹道:"黄河以南之河套,历为我朝兵民屯住之地。由于戒备松懈才使得蒙古人乘虚而入。如果在成化年间,我们在阴山一带全力设防,依托受降城故址增设墩堡,加强守备,那么屯田可以实现,粮食可以充足,军队可以强大,就不会有整个陕西边疆的祸患。"虽然现在边境安宁,各族百姓安居乐业,但仍需居安思危,保持警惕,应该在长城沿线地形险要的地方,修筑工事,加强防守,一旦敌人来犯,我们可居高临下,张弓发矢,就可以有备无患了。由此可见,身为边疆大员的涂宗濬始终保持着清醒的头脑和高度的警觉，这一点在明代中期的官员中显得尤为难能可贵。

镇北台建成以来，以其特有的军事作用，承担着延绥边防的重任，它北瞰河套，南蔽三秦，锁长城要津，控关陇门户，为西北边关贸易、民族和谐做出了特殊的贡献，涂宗濬可谓厥功至伟。他离开延绥后，他的继任者刘敏宽巡视边防登上镇北台，远眺四围平静祥和的景象，诗兴大发，赋诗一首：

重镇秋声霁色开，巡行不是为登台。
千山远向云霄列，一水还从沙漠来。
戍阁崔嵬天阙近，塞垣缭绕地维回。
凭高极目狼烟靖，恍是逍遥茛苑偎。

涂宗濬不仅能带兵打仗，还是一位饱学之士。他主政延绥期间，十分关心当地的文化教育事业，大力支持创办榆林卫学及武学，主持续补刊印了《延绥镇志》，为延绥地区教育文化事业的发展做出了重要贡献。

斗转星移，沧海桑田。五百多个春秋在历史的风尘里悄然消逝。今天，当年由余子俊、杨一清和曾铣修筑的明代长城经历数百余年塞上的雨雪风霜，早已坍塌倾圮，有的被夷为平地，有的消失于漫漫沙漠，断断续续，若隐若现，失去了当年的雄姿和风采。只有镇北台几经修葺至今巍然屹立，成为明代长城沿线最为宏大壮观的墩台，被誉为"万里长城第一台"。虽然今天的镇北台已失去当年的军事功能，但它雄伟的外在形象，深厚的历史底蕴，仍散发着无穷的魅力，令人震撼，引人登临。

登临台顶，我们仿佛看到当年台下金戈铁马、旌旗招展的军阵，听到鼓角齐鸣、风吼马嘶的边声，历史的风云在眼前交汇，那一个个为国御边的英雄正在向我们走来：余子俊、杨一清、曾铣、涂宗濬……他们的名字流芳青史，他们的功业永记人心。

| 第二十五章 |

明武宗驻跸榆林城

在明朝十六位皇帝里，真正有大作为的只有两位，一位是开国皇帝太祖朱元璋，另一位是发动"靖难之役"夺取皇位的成祖朱棣。其余十四位中，只有一位可称为明主，那就是孝宗朱祐樘。这不仅是历代史学家的共识，就是在明朝时也是公论。万历年间的内阁首辅朱国桢说："三代以下，称贤主者，汉文帝、宋仁宗与我明之孝宗皇帝。"把他与汉文帝和宋仁宗并称，评价不可谓不高。

是的，明孝宗的确是个好皇帝。他18岁即位，从父亲明宪宗朱见深手里接过来的是一个朝政紊乱、国力凋敝的烂摊子。为了振兴国家，他勤于政事，躬行节俭，任用贤良，励精图治，兴利除弊，轻徭薄赋，发展经济，在位的十八年里，一定程度上扭转了朝政腐败的状况，是明朝历史上经济较繁荣、人民基本安居乐业的和平时期，被史家称为"弘治中兴"。

就是这样一个好皇帝，却没有教育好自己的儿子，没有培养出一个称职合格的继承人。明孝宗英年早逝，去世时年仅36岁。弥留之际他对几位顾命大臣说："太子人很聪明，但是年龄还小，又好逸乐，你们要好好教导他读书，辅佐他成为有德之君。"可见，他对自己的儿子、皇太子朱厚照还是有一些了解的，其中"好逸乐"是他非常担心的。可惜的是，他的继承人、后来的明武宗朱厚照非但没有成为一个他所希望的能够担当大任的有德之君,反而成了一个以荒淫著名的"奇葩"皇帝。

明武宗即位时只有15岁,当上皇帝的他丝毫没有把心思放在国家治理上,一心纵情逸乐,把自己的"好逸乐"演绎到了极致。与明孝宗对宦官严加管束不同,明武宗则完全信任、依赖以刘瑾为首的宦官集团,朝廷大权落入宦官之手。以刘瑾为首,马永成、丘聚、谷大用、张永等八人把持朝政,当时人称之为"八党"或"八虎"。刘瑾更是一手遮天,权倾朝野。在他们的引导和怂恿下,明武宗每日声色犬马,游戏玩乐,荒淫无度,把朝政当作儿戏。刘瑾专门建立了所谓的"豹房",其实就是明武宗寻欢作乐的场所,里面有许多乐工、美女供他日夜作乐。刘瑾伏诛之后,明武宗又宠幸江彬、钱宁等宦官,继续他荒淫无度的生活。即使这样,紫禁城和北京城已经放不下他那颗狂野不羁的心,在江彬等人的撺掇下,明武宗开始热衷于频繁地出巡。

一场荒唐的出巡

正德十三年(1518)七月,在佞臣江彬的诱导下,明武宗又开始谋划新的出巡线路了。为了给这次出巡找一个冠冕堂皇的由头,他传下圣旨:"北寇屡犯边疆,我担心边防守备废弛,其辽东、宣府、大同、延绥、陕西、宁夏、甘肃,尤为要害。今特命总督军务威武大将军总兵官朱寿,率六军往征。"这道圣旨中所谓"总督军务威武大将军总兵官朱寿",其实是明武宗为自己封的官名和起的名字。这次出巡虽然名义上是巡视边防,但真正的目的还是游赏玩乐、搜奇猎艳。朝廷内阁大臣们从维护明王朝的统治出发,纷纷上疏表示反对或劝阻,结果都是白费口舌,徒劳无功,根本阻挡不住明武宗出巡的步伐。七月初九,明武宗带着他的亲信和大队人马，浩浩荡荡离开京城，开始了他的第四次出巡。

明武宗这一次出巡的线路是，先向北出居庸关，历怀来、保安诸城堡，经宣府，八月到达大同。在大同，降敕自封为镇国公。九月二十四日住宿山西偏头关。十月初四，到达晋陕交界的唐家会（今山西省河曲县）准备过黄河，前往陕西。听说皇帝到来，晋陕两省的官员都麇集于此，车骑云屯，旌旗夹道，声震山谷。明武宗见到如此盛大的场面十分兴奋，他亲自祭祀了河神，观看乡民在河中戏水表演，然后渡过黄河，进入陕西府谷县。

途经神木县时，明武宗听说神木城西有一座二郎山，山势蜿蜒，巍峨险峻，在峻峭的山脊上错落有致地分布着一百多座庙宇。二郎山因山体中部凹陷，两边凸起，状如骆驼双峰，又名"驼峰山"。明武宗来到二郎山下，远远眺望，觉得山的形状很像案头的笔架，便赐名"笔架山"。

离开神木，明武宗起驾前往榆林城。榆林城是他这次出巡的重点。自余子俊在成化九年将延绥镇治所由绥德迁到榆林，榆林城已经由一个军事堡垒，发展成为一座边疆重镇。进入榆林城，明武宗看到街道楼阁相望，里巷俨然，行人川流不息，远处东山上庙宇高耸，蔚然壮观，完全出乎他的意料，高兴之余，他脱口说道："榆林真乃小北京也！"从此，榆林城便有了"小北京"的美誉。

当地官员知道皇帝要来榆林，早早就为他准备好了下榻之所。他们将武宗的住所安排在榆林城的南门城楼。当地人将这座城门称为"怀德门"。此城楼高约8米，基础为砖拱洞门，南北通达大街。楼上有二层木楼建筑，分为南北两院，楼之四角均有角楼。楼上视野开阔，远眺大漠浩瀚，俯瞰市井巷陌，为榆林城之胜景。在武宗到来之前，这里已被装饰一新，富丽堂皇。武宗登临观赏甚感满意，信奉道教的他感觉这座建筑非常符合自己的宗教观念，便将怀德门改名"太乙神宫"，将它作为自己在榆林的安乐窝。

明武宗本来就沉溺女色，这次出巡更成了他的猎艳之旅。之前在山西偏头关时，他就让手下在太原大肆招揽女乐妓，带来供他享乐。在众多乐妓中有一位相貌美丽而且善于长歌的女子，武宗一见便十分喜欢，将她召来询问，得知是乐户刘良的女儿，晋府乐工杨腾的妻子。武宗可不管她是有夫之妇，将之据为己有，整天与她一起饮酒嬉戏。这次还把她带到榆林，陪伴在身边，号称美人，宠幸有加。武宗身边的侍臣们对她无不毕恭毕敬，都管她叫"刘娘娘"。

仅有一个刘娘娘，远远满足不了好色成瘾的明武宗。他的手下打听到绥德州总兵戴钦有一个女儿十分漂亮，将这个消息报告给他。武宗一听心花怒放，便专程临幸戴钦的府第。皇帝驾临一个普通总兵官的家里，对戴钦来说简直是喜从天降，莫大的恩赐。于是，戴钦心领神会地将女儿献上，武宗看了满心欢喜，便将戴女收在身边。戴钦因此成了皇帝的老丈人，接受了皇帝赐给的尚方宝剑、征西将军印，风光一时。

另有一个叫马昂的人，曾是延绥的总兵官，因奸贪骄横被罢官。他整天想着找门路恢复官职，却无法达到目的，为此十分苦恼。这次看到戴钦献女而发达，一下子受到启发，感觉自己有了出头之日。原来马昂有个妹妹颇有姿色，而且善歌舞，能骑射，不过前些年已经嫁给了一个叫毕春的普通军官。为了自己的官职和富贵，马昂不由分说，强行将妹妹从毕春家里夺回，然后托人将她进献给武宗。武宗见了极为宠爱，不仅让马昂官复原职，还提升他做了右都督。

住在榆林太乙神宫里，明武宗非常惬意，大有乐不思蜀之势，这可急坏了朝中的一帮大臣。以首辅大学士杨廷和为首的大臣们三番五次给明武宗上书，请求他早日返驾回朝。眼见快到年底了，皇帝出巡已近半年之久，还没有回京的意思，这样下去如何得了啊！于是，杨廷和再次上书。他在上书中说："自从驾圣出关，由宣大以至延绥，跋涉数千里，自秋初以至冬季经历五六月，上有太后深切的思念，下有臣民们的瞻望依恋。大家都说京师是国家的根本重大之地,皇帝如果长期不居住守护,宗庙神灵久失归依,宫廷禁苑长久不临幸,朝廷礼仪将要废掉,祖宗一百五六十年来的成规定制将荡然无存。虽然臣子们不敢言,天下不敢议,然京城远近惊疑,人心惶惑,甚至室家妻女不相保持,奔窜流移号泣道路。陛下只知道驰骤鞍马,纵情弋猎,以取快于一时,左右之人亦惟知曲为顺承,先意迎合,以图希恩固宠,哪里知道京城里的百姓人情惶惶一至于此。况且边塞萧条,冰雪交加,物资困乏,供给不继,行宫内外扈从人马数多,其中饥寒愁苦,疾病呻吟,千态万状哪里能一一传达到您的耳中。又况且北房屯牧在河套不下二三十万,自西而东在边墙外日夜窥伺,欲骋奸谋,万一中了他们的奸计,智勇俱困,那将怎么办呢?凡此利害关系实在不轻。还有事体重大至急者,就是今年的郊祀。今年腊月初一日,礼当先往视牲,您如果不返驾东归成此大礼,以尽事天之敬,恐各处宗藩及天下之人纷然异议,必不能免。有人来具奏问故,陛下将怎么回答?所以,我们这些辅佐大臣,与国家陛下休戚相关,这时候再不发言,死有余责。因此冒昧上陈,伏惟嘉纳,宗社生灵不胜庆幸。"杨廷和不愧是首席大学士,深谙为臣之道,既要劝说皇帝收拢逸乐之心早日回京,又要言语委婉不触怒皇帝,有理有节有度,让皇帝不得不认真考虑。其实,明武宗尽管不理朝政,胡作非为,但他心里还是有一条底线的,那就是他需要一个人来帮助他守住江山社稷,他身边那些"八虎"们显然承担不起这一重大责任,他认为只有杨廷和才是最合适的人选,所以,杨廷和的话有时他还是听的。

正因为如此,杨廷和这道上书还真是起了作用。过了腊八节,明武宗意犹未尽地从榆林起驾,经过米脂、绥德,东渡黄河,历石州、文水等地,抵达太原府。在第二年的二月,经由宣府,回到京城。至此,明武宗这次长达七月有余的出巡终告结束。

现在看来,明武宗这次出巡西北,特别是在陕北的一段经历,应该是比较惬意的。不仅一路游山玩水,更达到了猎艳的目的,满足了声色之欲，可谓不虚此行。之后，他再也没有踏上陕北和榆林的土地，重续他的美人梦。两年之后，他因病驾崩于豹房，年仅31岁，只留下一个腐朽昏暗的王朝和荒唐不经的名声。

榆林城里流传的明朝往事

虽然明武宗不是什么好皇帝，但他毕竟是正统的封建王朝皇帝，他所到之处都记载于历史，还给当地留下了一些文化印记与传说。在榆林，明武宗当年的一些奇闻轶事，至今仍然是当地老百姓茶余饭后的谈资。

当年明武宗住过的太乙神宫，城楼依然耸立在榆林古城的大街中部。明正德十六年（1521），延绥巡抚姚镆击败了蒙古军队的入侵，为了庆祝自己取得的胜利，他在楼前举行了祝捷仪式，将楼改名"凯歌楼"。"文革"期间它遭逢厄运，被强行拆毁，直到2006年才按原样恢复重建。重建后的凯歌楼保留了原来的三层结构，城门上的二层木楼华丽壮观，加上四角的角楼更显得气势宏伟。如今，这座古建筑已成为榆林古城的一大景观。当地人总是饶有兴趣地对外地来的游客介绍说：这座楼就是当年明武宗的行宫。

据说明武宗驻跸榆林时，当地的官员为了博得皇帝的欢心，千方百计向他进献榆林的特色美食，其中有一款点心名为枣夹子。这是一种宽五寸、长七寸、状如羽扇、内夹枣泥的面点。武宗吃了之后，感觉非常可口，称赞为世间美食。后来他离开榆林返回京师时，还带了许多枣夹子作为干粮。如今，枣夹子也成了榆林的传统美食，古城里还有许多店铺做枣夹子出售，是当地人们和游客喜欢食用的点心。

明武宗每次出巡都带着宫中的歌伎、乐工，所到之处都要大摆宴席，观赏歌舞，尽情作乐。驻跸榆林时，他还带着红极一时的歌女刘娘娘，每日里莺歌燕舞，管弦齐鸣，音乐之声在城楼上空回荡。榆林城里喜欢音乐的人常常驻足聆听，随之低吟附和，一些曲调竟然被当地人记了下来。到了清代康熙年间，榆林同知、浙江人谭吉璁在任期间，将清新柔婉的江南小曲带来塞上。此二者深深影响了榆林当地的音乐，逐渐形成了融宫廷音乐、江南丝竹和陕北民歌于一体的"榆林小曲"。几百年来，榆林小曲一直是陕北人民喜闻乐见的艺术样式。2006年5月，榆林小曲列入第一批国家级非物质文化遗产名录。

在榆林老城里，有一条巷子叫作瓷店巷。它的由来也与明武宗有关系。据说明武宗出巡时，带着大量景德镇官窑特制的碟、碗、盘等瓷器，明武宗在榆林时经常将这些瓷器赏赐给当地的官员。因为是皇家特制的瓷器，品质上乘，非常精致，是稀罕物件，一些精明的商人从地方官员手中把瓷器买过来，再开起瓷器店售卖。这条巷子也因此而得名，一直沿用至今。

在榆林民间曾有这样一种风俗：女子出嫁后给娘家寄东西时，常用黄色布做包袱。按理说在封建时代黄色是皇家御用的颜色，民间是不可以随便使用的。那么，为什么在榆林有此风俗呢？据说是总兵戴钦的女儿被明武宗带进北京的皇宫，她非常思念家乡的父母，故常常用皇家的黄布包裹东西寄给父母。榆林民间得知这一情况，纷纷效仿，渐渐成为一种民俗。

俱往矣！不管封建帝王生前如何骄奢淫逸、作威作福，终究逃不脱归为尘土的命运。明武宗一生极尽任性荒唐，骄奢淫逸，无法无天，的确是古代帝王中的"奇葩"。他的奇闻轶事不应该只是后人谈论的话题，也应该成为后来者的借鉴！

| 第二十六章 |

明末农民起义的发源地

在中国漫长的封建社会里,当一个帝王开创新的王朝后,总是希望自己的子孙能够世世代代将王朝延续下去。雄才大略的"千古一帝"秦始皇在横扫六合统一天下后,曾踌躇满志地说出一段充满豪气的名言:"朕为始皇帝,后世以计数,二世、三世至于万世,传之无穷。"他天真地梦想着自己开创的王朝可以延续万代。但他万万没有想到,自己死后没多久,貌似强大的秦王朝就在洪水般的农民起义中覆灭,秦朝只传二代即告灭亡。

时光又过去了一千五百多年,叫花子出身的朱元璋奇迹般地建立了明王朝,他吸取了蒙古元朝暴政短命的教训,勤俭节约,励精图治,剪除元勋,希望王朝能够长治久安,国祚绵长。即便如此,朱元璋仍为自己的王朝到底能延续多久而忧心。他实在太想知道这个答案了。据说,朱元璋找来了足智多谋、精通占卜的刘基寻求答案。刘基见皇帝提出这样一个难题,非常为难,但又不得不回答。经过一番慎重思考,回答道:"我大明王朝福泽长久,陛下当传万孙!"朱元璋一听,知道刘基在搪塞自己。刘基越是这样,朱元璋越是想问出个究竟。看到皇帝如此较劲,刘基知道不说不行了。于是,在纸上写了四个字,交给朱元璋。朱元璋一看,只见上面写着"遇顺则止"四字。朱元璋连忙询问:"这是什么意思?请先生明示。"刘基摇了摇头,说:"我只能说这么多了,毕竟天机不可泄露。"朱元璋见刘基不肯透露,也没有勉强。他反复琢磨着四个字,将其中的"顺(繁体为順)"字拆分,得到"川""百""八"三字。他似乎发现了玄机——原来我明朝可以享国三百八十年,至少也是三百零八年。若果真如此,朱元璋也感觉到满足了。然而,之后历史的发展证明了朱元璋的解法是错误的。明朝末年,闯王李自成在陕西西安建立大顺政权,最后杀进北京,推翻明朝政权。这与"遇顺则止"第一次暗合。另一支起义大军,由张献忠率领,占据四川成都,建立大西政权,其年号竟然也是"大顺"。这与"遇顺则止"第二次暗合。最后,清王朝入主中原,彻底结束了明王朝的统治,第一个入主中原的清朝皇帝的年号是"顺治",这与"遇顺则止"第三次暗合。

这个故事的确有些玄妙,不管它真的是刘基的神机妙算,还是后代人们的杜撰附会,不争的事实是,明王朝并没有像朱元璋所期望的那样延祚三百八十年,而只有二百七十多年便宣告灭亡了。导致明王朝灭亡的原因很多,但有一个原因最为直接,那就是爆发于陕北的那场席卷中原、声势浩大的农民大起义。

天灾人祸酿成了农民起义的疾风暴雨

两千多年的中国封建社会里,农民起义此起彼伏、连绵不断,像秦末、汉末、唐末及元末的农民大起义,都直接导致了旧王朝的灭亡。但是,与明朝末年的农民起义相比,其他朝代的农民起义无论在规模之大、历时之长、影响之深远等方面均有不及。200多年来,明王朝的统治者纵情享受,纸醉金迷,将大量的社会财富据为己有,对老百姓横征暴敛,残酷压榨，导致阶级矛盾日益尖锐，整个社会如同一座沉寂已久又在不断聚集能量的火山，蓄势待发。这座火山终于在明末的崇祯初年，在贫瘠荒僻的陕北地区爆发了。它喷发出的巨大能量，惊天动地，摧枯拉朽，最终把腐朽不堪的明王朝彻底吞噬。

明末农民大起义之所以在陕北地区爆发，有着深刻的社会原因和残酷的现实原因。

陕北地处黄土高原，沟壑纵横，土地贫瘠，耕作期短，农业生产落后，粮食产量很低，甚至"亩不满斗"。一代代农民过着面朝黄土背朝天，在黄土里刨食的艰难生活。屋漏偏逢连夜雨，就是这样贫瘠的土地，在明代中后期以来频频遭受各种自然灾害的侵袭，使得老百姓本来就艰难的生活雪上加霜，难以为继。仅清雍正年间编纂的《陕西通志》记载的明代中期以来陕北地区接连不断发生的各种自然灾害，就让人触目惊心，其中：

明神宗万历十年，西、延大旱，饥，人相食。

十九年，延绥、榆林二卫所八月霜雹相继，禾苗尽死。

二十五年，榆林怪风拔木，吹人有至三四里者。

二十六年，延安大水，漂人畜甚多。

三十七年，延安旱，饥。

三十八年秋八月，不雨，至次年夏四月，民多疫死。

四十四年夏六月，合省大旱。

明熹宗天启四年八月，陕西地震。

六年，延长大水。

七年，米脂地震……

其实，《陕西通志》中有关万历至天启年间陕北地区遭受的自然灾害的记载，并不完全。如《怀陵流寇始终录》记载，天启七年（1627）"陕西北境，连年大旱，赤地千里"。综合各种文献看，万历初到天启末前后五六十年间，陕北地区几乎无年不灾，涉及旱、蝗、风、雹、水、霜、地震、山崩、瘟疫等等。如此频繁的自然灾害，不断降临到贫困至极的陕北劳动人民头上，他们怎么能够承受和生存呢？

崇祯二年（1629）四月，礼部行人马懋才路过他的家乡延安府，目睹了延安地区遭受大旱之灾后，农民们身处死亡边缘的不幸生活。他满怀悲伤，将自己的所见所闻写成一道奏疏，详细地报告给紫禁城里的崇祯皇帝。他在给皇帝的上疏里这样描述：

> 臣乡延安府，自去岁一年无雨，草木枯焦。八九月间，民争采山间蓬草而食，其粒类糠皮，其味苦而涩，食之仅可延以不死。至十月以后，而蓬尽矣，则剥树皮而食。诸树唯榆树差善，杂他树皮以为食，亦可稍缓其死。迨年终而树皮又尽矣，则又掘山中石块而食。其石名青叶，味腥而腻，少食辄饱，不数日则腹胀下坠而死……最可悯者，如安塞城西，有粪场一处，每晨必弃二三婴儿于其中，有涕泣者，有叫号者，有呼其父母者，有食其粪土者，至次晨则所弃之子已无一生，而又有弃之者矣。更可异者，童稚辈及独行者一出城外，更无踪影。后见门外之人炊人骨以为薪，煮人肉以为食，始知前之人皆为其所食。而食人之人亦不数日面目赤肿，内发燥热而死矣。于是，死者枕藉，臭气熏天。县城外掘数坑，每坑可容数百人，用以掩其遗骸。臣来之时，已满三坑有余，而数里以外不及掩者，又不知其几矣。小县如此，大县可知，一处如此，他处可知。

在这样的极端恶劣处境中，陕北农民是绝对活不下去的。为了活下去，寻找一条生路，这些农民不得不铤而走险，纷纷"相聚为盗"。

> 民有不甘于食石以死者，始相聚为盗，而一二稍有积贮之民遂为所劫而抢掠无遗矣。有司亦不能禁治，间有获者，亦恬不知畏，且曰："死于饥与死于盗，等耳；与其坐而饥死，何若为盗

而死,犹得为饱死鬼也。"

面对严重的灾难和饥饿垂死的农民,地方官吏首先应该开仓放赈,拯救百姓于水火之中,但当地的官吏却不然,他们对百姓的死活漠然置之,无动于衷,依然不停地催缴赋税,迫使老百姓走上"劫盗"的道路:

> 国初每十户编为一甲,十甲编为一里,今之里甲寥落,户口萧条,已不复如其初矣。况当九死一生之时,即不蠲不减,民亦有呼之而不应者,官司束于功令之严,不得不严为催科。如一户止有一二人,势必令此一二人而赔一户之钱粮;一甲止有一二户,势必令此一二户而赔一甲之钱粮。等而上之,一里一县,无不皆然。则见在之民,止有抱恨而逃,飘流异地,栖泊无依。恒产既亡,怀资易尽,梦断乡关之路,魂消沟壑之填,又安得不相率而为盗者乎!此处逃之于彼,彼处复逃之于此,转相逃则转相为盗。此盗之所以遍秦中也。

不得不说,正是地方官吏的"严为催科",才将大量的老百姓"逼上梁山",参加到反抗官府的起义队伍里来。当越来越多的老百姓,还有那些被朝廷裁撤下来的驿卒、领不到军饷的边疆士兵等等,加入反抗明朝的行列,有史以来最大规模的一场农民起义就这样不可避免地爆发了。

崇祯元年(1628),陕西大旱,澄城知县张斗耀不顾饥民死活,仍然催科逼税。白水县饥民王二聚集了数百农民冲进澄城县城,杀死张斗耀,揭开了明末农民起义的序幕。这犹如一个火种投进了铺满干柴的原野,顿时燃起了漫天的燎原大火。陕北各地的农民纷纷响应,揭竿而起,一时间农民起义风起云涌,势不可挡。

府谷县农民王嘉胤率众造反,一度攻占了府谷县城,王二率部北上与他会合,形成一股势力较大的起义武装。后来,他们南下转战,以黄龙山区为据点。紧接着,王左挂、苗美等在宜川起事,自称闯王的高迎祥在安塞起事，王虎、黑煞神在洛川起事，王和尚（一说即紫金梁王自用）、混天王在延川起事。当时农民起义队伍很多，规模较大的有七十二营。崇祯二年正月，陕西巡抚胡廷宴、延绥巡抚岳和声联合向崇祯皇帝上奏，说："洛川、淳化、三水、略阳、清水、成县、韩城、宜君、中部、石泉、宜川、绥德、葭、耀、静宁、潼关、阳平关、金锁关诸处，流贼恣掠。"可见，整个陕北乃至陕西全境都出现了农民起义的踪影。

陕北爆发的农民起义震惊了明朝统治者，他们感到这次起义非同寻常，可能会严重冲击自己的统治，于是，马上调集军队，对农民起义进行疯狂的围剿，大量的起义者被屠杀。与此同时，明朝统治者还采取了剿抚兼施的策略，用花言巧语和物质利益对一些农民起义首领进行招安，以瓦解农民起义队伍。在金钱和利益的诱惑下，有不少起义首领先后接受了朝廷招安。但是，农民起义的大势已不可逆转，不仅更加声势浩大，而且向着中原以及更加广大的地区发展和蔓延。

在陕北农民起义早期的队伍中，最具代表性和影响力的首领分别是王嘉胤、神一魁和高迎祥。

率先举事的王嘉胤

崇祯元年，陕北遭遇大饥荒，老百姓没了活路。在边境上当兵的府谷人王嘉胤，逃归故乡。不甘心被饿死的他率领饥民在府谷揭竿而起，劫富济贫，与明朝官兵对抗。在澄城起义的王二听说王嘉胤在府谷起义，便率部北上与王嘉胤会合，两股起义队伍聚集起六千多人马，成为陕北地区势力最大的起义武装。崇祯三年（1630），王嘉胤率领起义军攻破府谷县城，开仓放粮。六月攻破边防重镇皇甫川堡，并渡过黄河，进军山西的河曲县城和保德州城，在进攻受阻的情况下，王嘉胤率军南下转战到黄龙山中，以黄龙山森林为掩护不断袭击延安、庆阳两府，搞得官军四顾不暇。不久，王二在一次与官军的战斗中不幸牺牲，王嘉胤独自继续指挥队伍。陕北地区的高迎祥、王自用、张献忠等起义武装都响应王嘉胤的号召，遵从王嘉胤的领导，起义队伍迅速发展壮大，影响遍及陕西，并蔓延到邻近晋、宁、甘三省。

明朝廷看到王嘉胤的起义队伍发展势头很快，认为必须尽快围而歼之。明朝廷任命洪承畴为延绥巡抚，都督各路官兵对王嘉胤所部进行围剿。经过多次激战，起义军遭受重大损失，被迫向北转移。崇祯三年十一月，为躲避官军的锋芒，王嘉胤率部再次东渡黄河，直逼山西河曲城。这年十一月，王嘉胤又突然逼视河曲城。山西总兵王国梁竟然开动西洋大炮轰击义军船只，义军跳进黄河，游上对岸，与官兵展开肉搏。河曲人王可贵从城里杀出引王嘉胤入城。王嘉胤以河曲为据点，向黄河两岸出击，并在河曲建立政权，自号横天一字王，封王自用为左丞相兼军师。

为了夺回晋北要地河曲城，官军调集两万余人，连营十九座，截断起义军的汲道和粮道，四面包围，连续攻打。王嘉胤在缺粮断水、没有外援的情况下，英勇奋战，坚守五个多月，最后不得已放弃河曲城，向晋南转移。

明军将领曹文诏率领官军，从晋北到晋南，一直尾随王嘉胤起义军。因为曾经领教过王嘉胤队伍的厉害，曹文诏始终不敢冒险逼近，有意与起义军保持一定距离。正当曹文诏为如何战胜王嘉胤起义军一筹莫展的时候，他的部下中有一个名叫张立位的人，主动向他献上诈降计。原来，这个张立位是王嘉胤的妻弟。他请求曹文诏让他去"投奔"王嘉胤，混进起义军内部，寻找机会刺杀王嘉胤。曹文诏听后大喜，立即命令张立位前往王嘉胤军中。王嘉胤并不清楚张立位的来历，见到小舅子前来投奔喜出望外，不但不加怀疑，还封他为帐前指挥，成为身边的亲信。为人厚道的王嘉胤做梦都没有想到这个小舅子竟是明军派来的刺客。死神已经降临身边，他竟浑然不觉。

张立位很快与另一位混藏在起义军内部的奸细王国忠暗中勾搭上了。其实，这个王国忠和王嘉胤是同族、同村的熟人，不知道什么原因，对王嘉胤怀恨在心，竟然与张立位合谋，制定下杀害王嘉胤的计划。

崇祯四年（1631）六月初二晚上，王嘉胤喝了不少酒，醉得不省人事，卧于帐中。这时，张立位和王国忠二人手持宝剑，假装护卫，守候在帐外。三更时分，夜深人静，张立位见时机来到，悄悄潜入帐中。只见王嘉胤仰面而卧，身边没有任何人。张立位挥动手中剑将王嘉胤杀害，割下了他的首级。可怜一代豪杰王嘉胤，在睡梦中丢了性命。暗杀得手后，张立位和王国忠在起义军营内放起火来，早已等候在营外的曹文诏看见火起，立即指挥官军发起进攻。起义军群龙无首，加上毫无防备，黑夜中被官军大肆掩杀，伤亡惨重。

王嘉胤虽然被暗杀了，但农民起义军并没有完全垮掉。各路起义军首领共同推举紫金梁王自用为新的领袖。王自用不负众望，团结各路起义军，结成大小三十六营，继续与明朝军队进行殊死战斗。这三十六营中，就有老回回（马守应）、闯王（高迎祥）、八大王（张献忠）、曹操（罗汝才）、闯塌天（刘国能）等起义首领，都是明末农民起义军的重要人物。

两个暗杀王嘉胤的叛徒也没有好的下场。张立位虽被明朝封为左卫协副将，但在后来的战斗中重伤而死。王国忠被封为蒲州协副将，因与李自成起义军交战失败被明朝免职，他害怕遭到王嘉胤部下的报复，不敢回原籍府谷，寓居在绥德。后来，李自成起义军攻占绥德，抓住了隐藏在此的王国忠，大将李过奉李自成之令，将其就地正法，为王嘉胤报了仇。

时反时降的神一魁

明朝末年政治黑暗，军政腐败，戍守边疆的士兵们经常被拖欠饷银，军官们贪污克扣更是司空见惯。许多边兵生活十分艰难，甚至靠卖儿鬻女、质盔当甲来维持生计，导致兵变时有发生。边兵们要么结队逃亡，要么聚众造反，成了加速明王朝灭亡的一股力量。

崇祯三年十二月，缺饷已达四年之久的三千多名陕西延绥镇的边兵再也不能忍受军官们的欺凌压榨，他们聚集在一起，群情激愤，找当官的理论，却又得不到一个满意的答复，无可奈何的他们只能走上造反的道路。带头的就是下级军官神一元和高应登。

神一元和弟弟神一魁，是陕西吴起宁塞堡（今陕西省吴起县长城镇黄涧村）的贫苦农民，为了生存，兄弟俩都到延绥镇当兵。明朝腐败的军队管理，早就让他们兄弟俩深恶痛绝，只是担心自己势单力薄不敢发作，将怒火强压在心里。如今，看到这帮穷哥们闹事造反，兄弟俩便把自己长期压在心底的怨恨发泄出来，带领着他们举起了造反的大旗。

神一元不愧是军旅出身，他手下的兄弟们也都经过军事训练，因此，他们不同于一般农民起义军散漫无纪律，而是一支具有较强军事素质和战斗力的起义武装。神一元非常熟悉陕西边镇的军事部署，制订了明确的战斗计划，在他的指挥下，起义军首先攻克新安边营，占据宁塞营，杀死明朝参将陈三槐，接着围攻靖边堡，攻克柳树涧营。随后又攻占了保安县（今陕西省志丹县），屡战屡捷，"其锋不可挡，官兵望风奔溃"。他们还与早先起义的王嘉胤取得联系，互为呼应，形势一片大好。

看到神一元的起义军势力逐渐壮大，明朝马上调集大军，赶到保安进行镇压。在副总兵张应昌带领下，官兵开始围攻保安县城。起义军内部有奸细把作战计划泄露给明军，导致起义军陷入明军的包围，激战中神一元、高应登等战死，起义军遭受重大损失，所幸县城得以保全。神一元牺牲后，为了起义军的生存，众人推举神一魁为新首领。在起义军生死存亡的关头，神一魁毅然继承兄长的遗志，承担起领导起义军的重任，继续指挥起义军同明军作战。此时，明军总兵贺虎臣、杜文焕带兵赶到保安，将保安城围得水泄不通。继续坚守肯定是死路一条。神一魁当机立断，决定突围。他率领千余骑兵从保安突出重围，向西奔向宁夏。宁夏都指挥王英胆小如鼠，听说神一魁的起义军到来，还没有交锋，就弃城南逃，给了神一魁一个休养生息的大好机会。

崇祯四年二月，神一魁带领的起义军渐渐恢复了元气，他决定率众由宁夏南下，攻打西北军事重镇庆阳府（今甘肃省庆阳市），一举攻克庆阳东关。由于庆阳城池坚固，一时难以攻下，老冤家张应昌带兵赶来救庆阳，神一魁被迫从庆阳撤退。在转战过程中，神一魁指挥部队攻下庆阳府的合水县城，俘虏了知县蒋应昌，以此为临时据点。起义部队也发展到六七万人。

神一魁起义军行动迅速，战斗力强，明朝追剿的官军疲惫不堪，毫无办法。此时官军兵力不足，后勤给养难以为继，想要彻底剿灭神一魁以及其他众多起义军，真是难上加难。为此，地方官员一筹莫展，陕西三边总督杨鹤更是茶饭不思，寝食难安，便想采用招抚这一策略。朝廷上虽对杨鹤的招抚政策有不同看法，可崇祯皇帝眼见除此之外也没有其他更好的办法，故同意了杨鹤的请求。有了朝廷的允许，杨鹤便赶紧派人前去招安神一魁，许以各种优厚的条件。而此时，神一魁遇到了起义以来最大的困难。几个月来，起义军每天都在应付官军的围剿，行军打仗，连遭挫败，人困马乏，无论身体还是心理都承受着巨大的压力，更重要的是他们看不到自己的前途何在，心里一片迷茫。杨鹤派来的人紧紧抓住神一魁及其手下的这种心理，花言巧语，连哄带骗，让神一魁似乎看到一条生路。本来就没有什么思想和主见的神一魁，稀里糊涂就答应了杨鹤的招安。

当然，神一魁对朝廷和杨鹤还没有彻底放心，为了更加稳妥起见，他先派自己的女婿到宁州（今甘肃省宁县）杨鹤处了解情况，探个虚实。为了招安神一魁，让他死心塌地地投降，身为明廷大员的杨鹤居然放下身段，热情接待神一魁的女婿，甚至与他"同卧起"，打得火热。神一魁的女婿受宠若惊，将情况反映给神一魁，于是，神一魁那颗悬着的心完全放了下来。他又派手下头目刘金、刘洪儒到宁州与杨鹤的舍人刘可观再次谈判，反复确认，杨鹤又"反复开谕"，最终谈成了这笔招抚"生意"。

三月初九，神一魁派遣手下孙继业、茹成名等大小头目六十余人来到宁州杨鹤的驻地，并送回了先前被俘虏的合水知县蒋应昌和保安县印。孙继业等大小头目按照杨鹤的安排接受了招抚，由杨鹤发给免死文牒。有了前面的铺垫，一切看起来万无一失。到了四月，神一魁这才亲自到宁州向杨鹤投降。成功招抚了神一魁，对于杨鹤来说可谓是天大的好事。一来，他可以向朝廷证明他的招抚政策是行之有效的；二来，神一魁被招抚会对陕北其他的农民起义军产生示范效应，他平定陕北农民起义眼看就要大功告成了。看到神一魁的到来，杨鹤尽量控制内心的狂喜，不过，表面工作还是要做的。他当众宣布赦免神一魁破宁塞、保安、新安、合水，围庆阳，杀参将陈三槐等十宗罪状，授予他守备官衔。老奸巨猾的杨鹤对神一魁并不完全放心，将他及其部众四千人安置在宁塞营一带，派参将吴弘器进行监管。而随神一魁起义的六七万民众，则被遣散归乡。一支曾经声势浩大的起义军，在杨鹤的招抚下就这样悄无声息地瓦解了。

在神一魁的起义队伍里，也有人对官府和杨鹤不信任，始终保持着警惕，他就是起义军重要头目郝临庵。只有他没有将队伍解散，仍然保持着武装，为这支起义队伍保存下了"火种"。

杨鹤对起义军的招抚本来就是一个看上去很美好的骗局。被招抚的神一魁和他的部下们很快就发现自己上当受骗了。他们了解到被遣散归乡的弟兄们并没有得到杨鹤所说的优待，反而受尽凌辱。有些人重新聚集起来,打家劫舍,攻城掠寨,又遭到官军的残酷镇压。他还听说,延绥巡抚洪承畴命守备贺人龙,假意设宴慰问接受招抚的人员,等众人酒醉后,将他们杀死,有三百多人遇害。即使是神一魁本人也没有因招抚而享受清福,反而生活窘迫,还经常受到监管者的刁难。这些监管者甚至故意散布神一魁要谋反的谣言。神一魁手下头目茹成名不能忍受监管者的不公平待遇,一时恼怒,动手打了监管的军官,竟然被杨鹤秘密处死了。茹成名的死惊醒了神一魁和他的部下们,他们担心有一天也会像茹成名那样被处死。重新造反的想法开始在他们头脑中酝酿。

九月,神一魁的部下张孟金、黄友才等人决心再次起义反明,他们把这个想法告诉神一魁,希望他参与到造反的行列里来。神一魁多少有些犹豫不决,他的部下们则不愿再忍气吞声地活着,宣布重新起义,并迅速攻占宁塞营,抓捕了明军官范礼等人,起义获得成功。

神一魁眼见部下发动起义,自己已无法改变,只能身不由己地参与其中。他与活动在环县、合水一带的老部下郝临庵、刘五联络,准备重新联手,共同对付官军。经过第二次起义,神一魁在起义军中的地位和影响力大不如前了,而黄友才的影响力大大提升。黄友才是一个没有头脑的莽汉,他觉得神一魁的存在有些碍手碍脚,索性将神一魁杀死,还把他的首级送给明军,表示"乞降"。领头反明的神一魁没有轰轰烈烈地死在与官军拼杀的战场上,反而死在自己的部下手里,实在有些窝囊,令人感慨。

黄友才杀死神一魁后,表面向明军乞降,并没有乖乖地出降,仍然据守宁塞营。明军将领曹文诏、张应昌早就准备消灭这支重新造反的队伍,随即对宁塞营发起猛攻,黄友才知道守不住,便带着千把人突围,逃往铁角城(今陕西省定边县南)。后来,黄友才联合郝临庵、刘五等共同抵抗官兵,在一次战斗中被打死。至此,神一元、神一魁领导的起义军在不到一年的时间里几起几落,最后零落殆尽,消失在茫茫的黄土高原之中。

英勇就义的高迎祥

在陕北众多的农民起义军里,有一支是在自然灾害最严重的地区之一——安塞揭竿而起的,这支农民军的首领,名字叫作高迎祥。当时,农民起义的首领们都有自己的外号,诸如飞山虎、大红狼、点灯子、不沾泥、撞塌天等等,大多比较粗俗,与其他起义首领不同,高迎祥给自己起了一个响亮的外号——闯王。

高迎祥,字如岳,是安塞(今延安市安塞区)土生土长的农民。但他不是一个普通的农民,他善于骑射,臂力过人。正因为如此,他不愿过逆来顺受、忍饥挨饿的生活,早早地加入"响马"的行列。所谓响马,就是一些啸聚山林劫富济贫的绿林好汉,在地方官员那里则称之为强盗。高迎祥手下有百余人马,出没在陕、甘一带。当他听说府谷的王嘉胤带着农民起来造反,便在老家安塞打出起义的旗号,自号为闯王。

走上造反道路的高迎祥深感自己力量不够,要想成就大事,就必须抱团结伙,联合行动。当时,王嘉胤的起义军势力最大,高迎祥就带着自己的人马前往会合。崇祯三年十一月,他跟随王嘉胤东渡黄河,进入山西作战。王嘉胤被人杀害后,在紫金梁王自用的主持下,陕晋各路起义军结成三十六营,高迎祥是领袖之一。在这前后,李自成、张献忠等人也加入高迎祥的队伍,后来都发展成为闯王帐下的中坚力量。

身为起义军领袖,高迎祥待人真诚,虽沉默寡言,但打起仗来非常英勇,常穿着一袭白袍,头戴白巾,身先士卒,冲锋在前,深受起义军将士们拥戴,也吸引来许多起义队伍的加盟,逐渐发展成中原地区实力最强、影响力最大的一支起义武装。

后来的事实证明,高迎祥的确具有很高的军事指挥才能。崇祯五年(1632),高迎祥与张献忠、李自成等部联合行动,对山西境内的蒲州、大宁、泽州、寿阳等地展开凌厉进攻,整个山西为之震动。明朝罢免了镇压不力的山西巡抚宋统殷，调集明军精锐主力贺人龙、左良玉、张应昌、艾万年各部，对起义军围追堵截，妄图将起义军一举剿灭。没想到高迎祥迅速跳出包围圈，向南翻越太行山，进入河南，一路攻城略地，转战河北，直捣顺德（今河北省邢台市）、真定（今河北省正定县），进逼京畿地区，京城之内一片惊慌，赶紧调名将卢象升进行阻击。高迎祥也不与之硬拼，他虚晃一枪，率师转入太行山区休整去了。

崇祯六年（1633）六月，高迎祥从太行出奇兵，沿摩天岭西下抵武安，击溃明朝大将左良玉的部队，乘胜袭取怀庆（今河南省沁阳市）、彰德（今河南省安阳市）二府，进攻卫辉。在之后的三年时间里，高迎祥带领着队伍声东击西，避实就虚，纵横中原地区，游走黄河两岸，跨秦岭，进四川，走湖北，过安徽，进如疾风，退则无踪，让明朝大军防不胜防，疲于奔命。更为重要的是，高迎祥治军严格，队伍纪律严明，战斗力强，令明朝官员们头痛不已。明兵科给事中常自裕在一个奏疏里这样描述闯王高迎祥："流寇数十万，最强无过闯王。所部多番汉降丁、将卒亡命，其锐不可当也。皆明盔坚甲、铁骑利刃，其锋不可当也。行兵有部伍，纪律肃然不乱，其悍不可当也。对敌有冲锋、埋伏，奇正合法，其狡不可当也。攻城无不破，对垒无不摧。"这与其说是对高迎祥起义队伍与其他起义军区别的阐述，不如说是对其队伍勇敢善战的称赞。

当然，高迎祥也不是神，他也经常失败，甚至有陷入绝境的时候。由于受到时代和思想的局限，高迎祥始终没有建立一个稳固的大本营，一直处于"流寇"状态，在变化多端极其危险的环境里，他有时难免出错，陷入绝境，不过凭借过人的胆量和出色的应变能力，他往往能够化险为夷，平安脱身。

崇祯七年（1634），明朝任命陈奇瑜为兵部侍郎，总督山陕、河南、湖广、四川诸路军马，与郧阳抚治卢象升，水陆并进，四面包围夹击高迎祥。高迎祥与李自成率部由湖北进入陕西南部，在官军的追赶之下，仓促间带着队伍走入兴安（今陕西省安康市）的车厢峡中。车厢峡，顾名思义，就是一道像车厢般狭窄的峡谷，长达40多里，两边都是悬崖峭壁，中间只有一条崎岖小道，如果峡口被人堵住，那真是上天无路，下地无门，只有等死的份了。起义军进入车厢峡中不久，峡口就让地方民团用巨石堵死，进退不得，困于峡里。时逢雨季，阴雨连绵，峡谷内到处积水，马匹倒毙，弓箭脱落，粮食将尽。高迎祥与众将领心急火燎，毫无办法。危急之中，李自成部下顾君恩献上一条向敌人诈降的计策。高迎祥和李自成觉得有一线希望，决计试一试。他们派人去见陈奇瑜，表示愿意投降，并用重金贿赂陈奇瑜身边的人。陈奇瑜当然愿意接受高迎祥所部投降，这样他就可以为国平定叛乱建立大功。但是他对高迎祥的投降还有些怀疑，一时拿不定主意。他手下那些被贿赂的官员，则极力劝说他接受投降，最终陈奇瑜同意了起义军的投降。为了防止万一，陈奇瑜把收编的起义军每百人编一队，每队派一名监督官，押送他们返乡。事情像高迎祥和李自成预想的那样，刚走出峡口，他们即刻动手，杀死监督官员，重新聚集起来，向明军发起进攻。明军猝不及防，让起义军接连突破，就这样高迎祥率部惊险脱身，突入关中地区。朝廷听闻起义军突围，大为震怒，把罪过全部集中于陈奇瑜，将他罢官，流放广西戍边。

明朝君臣早把高迎祥视为心腹大患，然而，令崇祯皇帝对高迎祥咬牙切齿的是他焚烧了凤阳的皇陵。崇祯八年（1635）正月，高迎祥、张献忠、李自成等率部进入安徽，一路破城杀将，来到明朝开国皇帝朱元璋的老家——凤阳。凤阳是明朝的中都，这里有规模宏伟的皇陵，埋葬着朱元璋的父母和兄嫂。凤阳留守朱相国带兵抵抗，但他哪里是起义军的对手，被起义军斩于阵前，起义军不费什么工夫就进入凤阳城。知府颜容暄见势不妙，换上囚服，藏到监狱里，企图蒙混过关，起义军在释放囚徒时发现了他，将他处死。出于对明王朝的痛恨，高迎祥下令一把大火烧毁了整个皇陵的地面建筑，砍光了皇陵区域的松柏，整个皇家陵园被毁坏殆尽，一片狼藉。祖坟被毁的消息传入京城，崇祯皇帝震惊不已，痛心疾首。他换上白色丧服，停止听政，亲自到太庙向祖宗谢罪，并命令百官全部穿上丧服。崇祯皇帝下令追究凤阳失守和皇陵被毁责任，将凤阳巡抚杨一鹏处死，巡按吴振缨流放戍边。当然，他最为心切的是向高迎祥起义军展开疯狂报复。

为了报复高迎祥起义军，明朝调集了大量精兵强将进行围剿，欲将其彻底消灭。面对强大官军的步步进逼，高迎祥各部沉着应战，给予官军大量杀伤，但毕竟官军势大，高迎祥接连遭受挫败，在作战不利的情况下，他指挥部下灵活地后退转移。崇祯九年（1636）七月，高迎祥在陕西南部活动，为了改变被动局面，他决定挥师关中，回到自己最熟悉的地区寻找机会。考虑到各条大路都有官军堵截，他权衡利弊，选择走一条不太为人熟悉的小路——子午谷。这是一条通往关中的捷径，可以出其不意地杀回关中，打官军一个措手不及。可惜的是，这一次高迎祥失算了。陕西巡抚孙传庭断定高迎祥会走子午谷，早早在盩厔（今陕西省周至县）的黑水峪设下埋伏，等着他们的到来。

高迎祥带领全部人马在子午谷里行军多日，人疲马乏，十分辛苦，只要通过黑水峪，关中大平原就在眼前，队伍就会像鱼儿游入大海一样来去自由了。起义军刚刚到达黑水峪，以逸待劳的官军从四面杀出，疲惫不堪且毫无准备的起义军一下子被官军打得乱了阵脚，溃不成军。在官军猛烈的冲击下，高迎祥与众将领根本没法约束队伍，只能且战且退。战斗中他不幸身负重伤，被部下藏在一个山洞中。官军在搜山时发现了山洞，高迎祥与部将刘哲、黄龙等一同被俘。孙传庭见抓到闯王欣喜若狂，马上报告崇祯皇帝，将高迎祥等解押送往北京。崇祯皇帝听到高迎祥被俘的消息后，竟然不敢相信，直到他亲眼见到高迎祥，才信以为真。他对高迎祥痛恨至极，为解心头大恨，下令将高迎祥凌迟处死。一代闯王九年间跃马扬鞭纵横天下，最后在北京城英勇就义。

高迎祥的牺牲以及其部队的覆没，对于整个明末农民起义是一个巨大损失，也是一次前所未有的大挫败。不久后，明朝军队在镇压各地的起义时连连得手，明末农民起义由此转入一个低潮期。但是，各地的起义军并没有完全屈服，他们推举李自成为新的闯王，在李自成的领导下继续与明朝军队进行着不屈不挠的战斗。八年之后，崇祯十七年（1644）三月十九日，李自成率领起义军进入北京城，崇祯皇帝见大势已去，独自跑到煤山自缢身亡。由朱元璋开创的明王朝至此宣告灭亡。

第二十七章

米脂出了个李闯王

地处黄土高原腹部的米脂县，山峦起伏，沟壑纵横，古老的无定河由北向南穿越而过。因为当地的土壤非常适宜种植谷子，出产的小米颗粒圆大，色泽金黄，米汁如脂，黏糯爽口，其地因此得名曰"米脂"。

明朝末年之前，小小的米脂县一直默默无闻。自从明朝崇祯年间出了一个造反的闯王李自成，让这个大山里的小县一下子变得有名起来。虽然李自成功败垂成，饮恨而死，被封建统治阶级视为"盗匪"，斥为"流寇"，但是，在他的家乡米脂县，父老们却认为他是一条好汉，是一代英雄，并以其在北京的紫禁城里坐过皇帝的龙椅而自豪。即使李自成最后失败了，也还算是一个皇帝。

米脂县城北门外有一座盘龙山，上面有一组气势宏伟的古代建筑群，原本是供奉道教真武大帝的真武庙，现在被当地人称为"李自成行宫"。盘龙山气势不凡，可谓虎踞龙盘，当地的人们认为这样的地势蕴藏着帝王之气，甚至传说盘龙山下压着许多龙，将来会出很多皇帝，李自成只是其中之一。米脂县曾流传过这样一首民谣："远照米脂一座城，近照米脂没西门。西门角楼底里压着九条龙。老鼠掏，狐子刨，出了个闯王李自成。"歌谣正是当地人们这种思想意识的真实写照。

20世纪60年代末的一个春天，米脂城西水门附近的一处建筑工地上刨出了一窝蛇，大大小小花花绿绿有好几十条，据说大的头上还长着角。当时正值"文革"时期，工人们便将这些还处于冬眠的蛇扔进了不远处的无定河中。当地老年人说这些蛇就是压在盘龙山底下的龙的子孙，哀叹龙子龙孙被一窝端掉了，米脂恐怕再也出不了皇帝啦！总之，在米脂民间，关于盘龙山、李自成、龙、皇帝是一个绕不开且为人们津津乐道的话题。

传说归传说，迷信归迷信。我们还是回到四百多年前的明末，从李自成这个靠造反坐上皇帝龙椅的米脂农民的人生历程说起吧！

在苦难中成长

在米脂县城以西约200里处，有一个偏僻的小山村，名叫李继迁寨。这个李继迁就是北宋时期党项族的首领，他率众反抗宋朝二十余年，其孙子李元昊创建了党项西夏王朝。李继迁后来被西夏尊称为"神武皇帝"。据说李继迁当年就出生在这里，村名由此得来。

明万历三十四年（1606）八月二十一日，在这个小山村一户李姓人家的窑洞里，一个男孩呱呱坠地了。男孩的父亲名叫李守忠，一个老实巴交的农民。李家世代务农，承担着为官家养马的差事，家道贫苦。李守忠前面的妻子为他生下一个儿子，也是他的长子，取名李鸿名。二十年后，李守忠再娶的妻子又为他生了一个儿子，这让年过五旬的他喜不自胜，他为这个男孩取名李鸿基。这个李鸿基就是后来的李自成。传说李自成出生之前，李守忠梦见一个穿着黄衣服的人走进了他家的土窑洞，因此，他给新生的儿子取了一个小名叫作黄来儿。

李鸿基出生一个月后，他哥哥李鸿名的妻子也生下一个男孩。李守忠晚年得子、添孙，十分欣喜，便给孙子取名"双喜"。这个双喜就是后来的李过。李过长得很像他的叔父李鸿基，两人年岁相差无几，个头也差不多，经常有人把他俩当成兄弟。不幸的是，李过出生不久，他的父亲李鸿名就生病去世了，三年后，他的母亲也改嫁了。李守忠夫妇抚育着年幼的儿子和孙子，一家祖孙三代，老小四口，艰难度日。

李守忠虽是一个勤劳朴实的农民，但他懂得文化的重要性。他希望儿子、孙子能读点书，识文断字，不要成为睁眼瞎。所以，他宁可自己省吃俭用，也要让孩子们上学念书。8岁时李鸿基就和侄儿李过一同上了村塾。在村塾里，李鸿基表现出聪明、记性好、肯动脑筋的特点，但他生性活泼，精力充沛，不爱读书，喜欢打打闹闹。一有机会就和李过一起溜出村塾，与村子里的孩子们玩耍、打斗。尽管经常受到家长和塾师的责罚，他们依然玩性不改我行我素。

无忧无虑的童年时光并没有持续太长。13岁那年，李鸿基的母亲去世了，家里只剩下祖孙三代三个男人，生活更加艰难。加上陕北连年闹灾荒，家中断粮，为了寻找活路，李守忠一度把儿子送到寺庙里当和尚，以免被饿死。迫于生计，李鸿基还给地主家放羊牧马，经常受到欺压虐待。

虽然日子过得非常艰辛，但李鸿基和侄儿李过在艰苦的环境中一天天成长起来。少年李鸿基身材强壮魁梧，雄健有力，尤其善于快跑，甚至能追上奔跑的马匹。他性格坚强勇敢，不畏强暴，特别能吃苦耐劳。李过和叔父差不多，身强体壮，刚毅勇猛，只是在智力上稍逊于其叔父。

李鸿基自幼喜欢练武，他曾对同伴们说："吾辈须习武艺，方可成大事，读书有何用？"还说："大丈夫当横行天下，自成自立，若株守父业，岂男子乎？前三年，我曾梦到一个雄伟的将军叫我李自成，今天我就改名自成，号鸿基。"从此，他就以李自成作为自己的姓名。16岁时，李自成听说延安府有个叫罗君彦的退伍军官，武艺高强，在家收徒传艺，便暗下决心，到延安寻师学艺。他瞒着父亲，一个人来到延安，拜罗君彦为师。他练功十分刻苦，悟性也高，进步很快，深受师傅的喜爱和器重。这段习武的经历,为他后来从军征战打下坚实的基础。

18岁那年,父亲李守忠也离开了人世。李自成只能自己挑起家庭的重担。为了谋生,他去过酒肆当佣工,给铁匠当过学徒,还给一家地主扛长活,整天流汗干活,地主却说他偷懒,把他辞退了。迫不得已,他向县里的富豪艾举人借了一笔高利贷。这笔还不清的高利贷最后将李自成逼上杀人造反的道路。

眼看没办法生活下去,正好米脂的银川驿招募驿卒。银川驿在米脂县城内,北至榆林的鱼河驿有90里路程。驿卒是个苦差事,一年到头风里来雨里去,投递公文,护送往来官员,非常辛苦,但有一份微薄的收入,可以勉强维持生活。李自成自然不会放过应募当驿卒的机会。凭借着强壮的身板,他成为一名驿卒。然而,好景不长,崇祯皇帝为了筹措抵抗后金的军费,大规模精简驿站裁撤驿卒,银川驿也在裁撤之列,这下李自成又失业回家。因为还不上艾举人的高利贷,他被艾举人告到米脂县衙。县令给他戴上木枷脚镣游街,要将他置于死地,幸亏亲友们想办法才将他救出。仇恨的怒火在他心底里燃烧,但他只能默默地忍受。

接下来发生的事情更让李自成忍无可忍,蕴藏在他心底的怒火,如同火山一样爆发了。事情是这样的:李自成以前当驿卒,经常不在家,县里的衙役盖虎儿趁机勾搭上了他的妻子韩氏。李自成得知他们的奸情后怒不可遏。有一次,他突然回家,在家里正好碰上盖虎儿。李自成持刀便砍,盖虎儿夺门而逃,愤怒之下他一刀结果了韩氏的性命。背负杀人的罪名,如被官府抓捕,一定会被判死罪偿命的。这时,李自成明白要想活命,就必须立刻逃跑,远走他乡。临走时,他咽不下艾举人多年来对他欺压的恶气。一不做二不休,李自成横下一条心,带着侄儿李过杀了艾举人,连夜逃往甘肃投军去了。

前路茫茫,李自成不知道前方等待他的是什么,但他别无选择,为了活命只能大胆地走下去。

从"闯将"到"闯王"

明崇祯元年,李自成与李过长途跋涉来到甘州(今甘肃省张掖市),在甘肃巡抚梅之焕部下当了兵。身强体壮、武艺出众的李自成,很快得到长官的青睐,被提升为管辖五十名士兵的"总旗"。在这段时间里,李自成结识了做响马的高迎祥。当时高迎祥带着一帮贫苦农民在甘肃东部一带啸聚山林,劫富济贫,与官府对抗。一次偶然的机会,李自成与高迎祥相遇,二人交谈甚为投契,结为异姓兄弟。在后来的起义战争中,李自成追随高迎祥四处征战,二人同舟共济,紧密协作,互相信任。

崇祯二年冬,东北后金大汗皇太极趁明朝农民起义风起云涌,明朝顾此失彼之时,大举南下,直逼北京。为了确保北京的安全,明朝诏令各镇兵马火速驰援勤王。甘肃镇的边兵也在征召之列。李自成跟随参将王国向京城进发,途经金县(今甘肃省榆中县),士兵们向县里索要军饷,知县却闭门不见。士兵们群情激愤,开始闹事,王国与知县串通一气,责打带头闹事的士兵。李自成站出来为士兵们出头,愤怒之下的士兵们杀死了王国,最终酿成兵变。这样一来,李自成就没法继续在官军里待下去了,摆在他面前只有一条路,那就是起义造反。于是,他带着李过和一部分士兵毅然参加了当地的农民起义军。

李自成最初加入的是王左挂的起义队伍。第二年,王左挂在陕北怀宁河被官军打败后,接受了朝廷的招抚,李自成见状愤然离去。之后,他转投不沾泥张存孟,做了队长。但不沾泥多次为洪承畴等官军所败,竟然主动乞求朝廷招抚,甚至不惜为此杀害自己的起义兄弟,李自成对其非常失望。他听说闯王高迎祥正在山西活动,便率领自己的部下东渡黄河,前往投奔闯王高迎祥。不久,农民起义军首领王嘉胤被明军奸细杀害,在紫金梁王自用的主持下,各路起义军结成三十六营,闯王高迎祥是领袖之一。

李自成在闯王帐下能征善战，被称为闯将，深得闯王信任，成为闯王的左膀右臂，也得到起义军其他将领的认可。

随着明朝对起义军围剿力度加大，各路起义军不得不分散行动，各自为战。李自成跟随高迎祥转战黄河两岸，出入秦岭南北，顺利时攻城杀将，连连告捷；失利时损兵折将，仓皇转移。崇祯八年正月，李自成跟随高迎祥进入安徽，打下明太祖朱元璋的老家——凤阳，焚烧和破坏了凤阳的皇家陵园，让崇祯皇帝和明朝廷震惊不已。有时，他也与高迎祥分头行动，独立指挥一支队伍，取得许多骄人战绩。

崇祯八年六月中旬，李自成偕同过天星、乱世王等部在宁州襄乐镇，伏击了明军副总兵艾万年、刘成功、柳国镇等部，三千官兵被李自成部团团包围，艾万年等左冲右突，始终不能突破包围圈，只得退入巴家寨。起义军将该寨围困数匝，艾万年、柳国镇在战斗中丧命，官军惨败，千余人被歼。这一仗沉重打击了官军的嚣张气焰。

明军总兵曹文诏是镇压农民起义的主要将领，对起义军的情况十分了解。当他听到艾万年等阵亡的消息，怒气冲冲地拔刀砍地，叫嚷着要报仇雪恨。他向总督河南、山西、陕西、湖广、四川五省军务的洪承畴请战，发誓要消灭李自成部。曹文诏部下三千人是明军的精锐，自宁州出发，他让侄子曹变蛟为前锋，自己殿后。李自成仍然采取诱敌深入的战术，且战且退，曹变蛟以为起义军不堪一击，奋力狂追，直至真宁县（今甘肃省正宁县）东的湫头镇。见官军进入伏击圈，李自成一声令下，数万伏兵从四面杀出，将官军拦腰截断，把曹文诏、曹变蛟分割包围。起义军起初并不知道陷入埋伏的官军将领是谁。激战中，一个官军俘虏对着正在作战的将领高声喊道："曹将军救我！"起义军这才知道被围困的不是别人，正是双手沾满起义军鲜血的官军总兵曹文诏。起义军战士满怀愤怒，奋力拼杀，一定要向曹文诏讨还血债。战场上杀声震天，起义军勇不可当，官军死伤惨重。曹文诏身负重伤，自料无法脱身，拔刀自尽。曹变蛟侥幸突围逃脱。农民起义军大获全胜。曹文诏、艾万年等都是明军悍将，曹文诏更是在官军中以"勇毅有智略"著称。在一场战役里官军连丧两员悍将，让洪承畴心惊胆战。这场胜利显示出李自成出色的指挥能力和统帅素质。他在连续征战中逐渐成熟起来，威望日益增高，声望逐渐与高迎祥、张献忠并驾齐驱，他率领的队伍也发展成为起义军的主力之一。

就在各地农民起义已成燎原之势的时候，却传来了让李自成和所有起义军都痛心疾首的噩耗。崇祯九年九月，闯王高迎祥在子午谷黑水峪战败被俘，在北京城被残忍杀害。高迎祥的牺牲是农民起义事业一个无法估量的损失，也是明末农民起义以来一次前所未有的重大挫败。作为高迎祥的部下，更是他的亲密战友和得力助手，李自成的悲痛可想而知。然而，此刻他心里明白，必须勇敢地站出来，继承闯王的遗志，团结各路起义军，继续与官府斗争，才是唯一的出路。在李自成的号召下，各路起义军重新振作起来，闯王下辖的各路起义军首领共同推举李自成继承闯王名号，成为各路起义军名义上的最高领袖，继续领导起义军与官军开展斗争。不过，出于对老闯王高迎祥的尊敬与怀念，以及一贯的谦逊低调，李自成并没有立刻自称闯王，对外还是自称闯将。直到五年之后，打下洛阳城，他才正式打出闯王的旗号。

高迎祥牺牲后，李自成便成了明朝重点围剿的对象。尽管李自成率领起义军南征北战，屡败明军，但是明军对他围堵的巨网已悄然形成。明兵部尚书杨嗣昌制定下"四正六隅，十面张网"的方案，其重点是针对李自成率领的起义军主力。崇祯十一年（1638）九月，李自成在汉中作战不利，退居四川梓潼、剑州一带。老谋深算的五省总督洪承畴仔细分析了李自成的行军习惯，预判他必定经过潼关（今陕西省潼关县）东走河南，便下令陕西巡抚孙传庭调集明军主力在潼关南塬设下三重埋伏，要将李自成所部一网打尽。这一次李自成未能察觉到明军的作战意图。十月，他率部毫无戒备地进入潼关南塬，立即被数倍于己的官军包围。经过一天的激战，起义军几乎全军覆没，李自成与部将刘宗敏、田见秀等十八骑突出重围，逃进商洛山中躲藏起来。这是李自成起义以来所遭遇到的最为惨痛的一次失败。

似乎老天也在护佑李自成。正当明军准备围剿商洛山区，要将李自成等斩尽杀绝之时，大清的军队侵入河北，京城告急，崇祯皇帝急召洪承畴、孙传庭率所部北上勤王。剩下的官军也就放松了对商洛山区的清剿，李自成幸运地躲过一劫。在商洛山区里，他一面养精蓄锐，暗中积聚力量，一面关注着天下形势的变化，准备卷土重来。

就在李自成在潼关南塬遭遇大败之前，另一支起义军主力——张献忠部也在湖北一带接连失利，为了保存实力，张献忠在湖北谷城（今湖北省谷城县）假装接受明朝总理南畿、河南、山西、陕西、湖广、四川军务的熊文灿的招安。一时间，声势浩大的农民起义似乎偃旗息鼓，走向低潮。但是，蛰伏在商洛山里的李自成没有丧失信心，他坚信自己终有一天一定能够东山再起。他暗中与谷城的张献忠联络，并带着少数亲信冒险来到谷城，与张献忠相会。另一位被招安的起义军领袖罗汝才（外号曹操）也赶来相会。三位起义军领袖相会时具体谈了些什么，我们不得而知，但从李自成返回商洛山中半年之后，张献忠和罗汝才再举义旗宣布反明来看，他们一定谈到了有关重新起义等重要内容。

崇祯十二年（1639）五月六日，张献忠在谷城重新打出造反旗号，高调宣布反抗明朝。几乎同时，罗汝才也在房县宣布起义。张、罗联手，连克谷城、房县等地。蛰伏在商洛山中的李自成听闻消息，立即率领数千人马赶往谷城，与张、罗会合。三股起义武装汇聚一起，声势浩大。消息传到北京，崇祯皇帝龙颜大怒，下令将主持招安张、罗的熊文灿革职查办，不久又将其处死弃市。由于性格不同、思想观念的差异以及农民意识的局限，李自成与张献忠终究不能长久合作。在短暂会师之后，他们选择了率部各自为战。不过，两支起义军分头行动，在客观上分散了明朝军队的力量，在一定程度上减轻了起义军的压力，为继续南北征战争取到主动权。

趁着明军集中主力围剿张献忠之际，李自成率部在四川、湖北一带活动，一度被围困于巴西鱼腹山中，最终还是惊险地突出重围，转战于湖北、陕西、河南之间，力量逐渐发展壮大。崇祯十三年（1640）冬天，李自成率部进入河南。这一年中原地区遭遇罕见的旱灾和蝗灾，百姓啼饥号寒，饿殍遍野。李自成所到之处，打开粮仓，赈济饥民。"远近饥民荷锄而往，应之者如流水，日夜不绝，一呼百万，而其势燎原不可扑。"一些小股起义军也闻风前来归附，李自成的队伍迅速发展到数十万人，形势一片大好。

崇祯十四年（1641）正月，李自成率大军攻克偃师县城，对河南重镇洛阳形成包围态势。洛阳在河南是仅次于开封的大城市，是明朝福王朱常洵的封地。洛阳城内居民数十万人，商贾聚集，十分繁华。福王朱常洵生性贪婪，生活奢靡，拥有大量田产和财宝。正月二十日，李自成命令开始大举攻城，经过一天鏖战，未能得手。到了晚上，洛阳总兵王绍禹的部下发生哗变，混乱中有士兵打开城门，起义军顺势如潮水一般涌入城内，李自成占领了自起义以来最大的一座城市，取得了空前的胜利。福王朱常洵与其子朱由崧在黑暗中缒城逃跑，第二天朱常洵被抓获，朱由崧则侥幸逃脱。福王朱常洵是个大胖子，体重达三百多斤。见到李自成时，他浑身战栗，立即下跪，叩头乞命。李自成当众宣布了他的罪状，命人将其斩首示众。他下令打开福王府的粮仓和库房，向饥民发放大米数万石，金钱数十万，并将豪华的福王府付之一炬，大火三日不熄。起义军在洛阳举行盛大的祝捷宴会，将福王的血与鹿血混合在酒里，名为"福禄酒"。全军上下举杯同贺，欢声雷动。李自成发布《九问》《九劝》檄文，号召起义军同心协力推翻明王朝的统治。李自成正式打出了"闯王"的旗号，赢得了起义军上下的一致拥护。

李自成领导的起义军节节胜利，一些失意的文人出于不同的目的加入到起义队伍里来。代表人物如牛金星、宋献策、李岩（原名李信）等。李岩劝李自成"尊贤礼士"，"行仁义，收人心"，"据河洛取天下"，选拔地主阶级知识分子当官吏，建立以洛阳为中心的政权。他还遣人扮作商贾，到处宣传闯王是仁义之师。李自成也严格管束部下，不杀、不淫、不掠，所到之处秋毫无犯，商贾不惊，市民不扰，深受老百姓拥护和欢迎。于是，中原一带流行起来"杀牛羊，备酒浆，开了城门迎闯王，闯王来时不纳粮""吃他娘，穿他娘，开了大门迎闯王，闯王来时不纳粮"等民歌。这些民歌反映出当时的民心向背，成为李自成取得胜利的一个重要原因。

成功攻占洛阳，让李自成信心大增，他将下一个进攻的目标确定为开封。开封是河南最大的城市，又是北宋故都。不仅水陆交通便利，更是商业名区，也是明朝周王朱恭枵的封地。周王所拥有的财富超过了洛阳的福王。凭借攻克洛阳的心理优势，李自成和部下们信心满满，对开封势在必得。然而，开封城高墙厚，十分坚固，又有重兵把守，之前洛阳的失守，让周王和守城将官们高度警惕。

崇祯十四年二月初九，开封攻坚战正式打响。尽管起义军战士们冒着矢石，勇猛冲锋，还是无法突破城防。十七日，李自成亲临城下观察地形，不料被城上的冷箭射中左眼，伤势严重。由于闯王受伤，起义军只好暂时撤离。经过多方救治，李自成的左眼还是没有能保住，从此成为"独眼龙"。之后的一年中，李自成两次围攻开封，付出不小代价，均未取得成功。眼见开封无法攻下，李自成心有不甘地撤围。继续率部转战河南、湖北一带，寻找攻克开封的战机。这时，开封已经成为李自成与明朝军队较量的中心，双方都清楚这场战役的重要性，一场大决战在所难免。

崇祯十五年（1642）五月，明朝派遣"督师"丁启睿率总兵左良玉、虎大威等一众干将从各地汇集于开封以南四十里的朱仙镇，总兵力达二十万余，气势汹汹来救援开封。李自成亲率大军前往朱仙镇，扎下营盘，与官军对垒。起义军兵力占优，士气旺盛，粮草充足，官军则是乌合之众，离心离德，粮草不济。在李自成起义军的强大攻势面前，官军中最为精锐的左良玉部率先不战而逃，其他各部见左军逃跑，相继溃逃。一时间逃兵如决堤之水，不可收拾。起义军乘机掩杀，大获全胜。官军在中原一带的主力基本被消灭，此后再也无法与李自成进行大规模作战，明朝在中原地区的失败已成定局。

消灭了明军中原主力之后，李自成立即回师开封城下，对开封城进行了长达五个月的围困。为了保存自己的性命，城内的周王及河南巡抚高名衡等不顾开封附近百万老百姓的性命，竟然采取"决河灌敌"的毒计。九月十四日夜里，他们下令掘开黄河大堤，汹涌的河水呼啸着冲向开封城下，围城的万余起义军当即被河水冲走。开封城外顿时成了汪洋泽国。城内的周王带着宫眷和守将们乘着早已准备好的船只逃离这座危城，遭殃的却是普通百姓，有数十万人葬身鱼腹，真是惨绝人寰。

眼见李自成领导的起义军已成燎原之势，难以扑灭，明朝上下恐惧不已，却又无可奈何。不知道是谁给崇祯皇帝出了一个馊主意——挖掘李自成在米脂老家的祖坟，这样可以破坏李家的风水，毁掉李自成的"龙脉"。真是病急乱投医，崇祯皇帝竟然觉得这一招可行，便密令陕西总督汪乔年执行此事。汪乔年不敢怠慢，立即命令米脂县令边大绥去挖掘李自成的祖坟。边大绥带着一帮人来到李自成家的墓地，首先挖开李自成祖父李海的墓穴，出现的一幕让所有在场的人毛骨悚然：只见骨黑如墨，头骨上长着六七寸的白毛。当挖开李自成父亲李守忠的墓时，更把所有的人惊呆了：墓里盘踞一条约一尺二的白蛇，看见人时昂首张口，十分吓人。为了给皇帝复命，这帮人也顾不得害怕了，在墓地原址挖了一个大坑，将尸骨"聚火烧化"，并把周围的大小树木悉数砍伐，觉得这样可以将李自成的"运气"毁掉。

然而，这些封建迷信的伎俩根本无法阻挡李自成走向胜利的步伐。崇祯十六年（1643）二月，李自成号称"奉天倡义文武大元帅"。回到襄阳后，他开始着手筹建政权。下令把襄阳改名为襄京，自称"新顺王"。十月，李自成挥师西进。在汝州，与老对手、兵部尚书孙传庭带领的明军主力展开激战，一举将其击溃。起义军乘胜追击，在潼关将孙传庭杀死，终于报了当年南塬惨败之仇。李自成指挥起义军一鼓作气攻克西安，并迅速占领了陕西全境。崇祯十七年一月，李自成在西安建国称王，国号大顺，改元永昌，定都西安。中国古代又一个新生的农民起义政权诞生了。

西安建国只是李自成心中的一个小目标，下一个更大的目标就是北京——明朝皇帝的紫禁城。

从胜利走向失败

崇祯皇帝朱由检自即位以来，被各地如火如荼的农民起义和东北后金政权的不断侵犯搞得焦头烂额、狼狈不堪，加上各地自然灾害频发，官僚体系腐朽，本已千疮百孔的明王朝雪上加霜、风雨飘摇。正是在这样的背景之下，刚刚在西安建立大顺国的李自成开始了向明朝京城进军的征程。

崇祯十七年二月初一，继大将刘宗敏等发兵后，李自成统率数十万大顺军从禹门口东渡黄河，大顺军声势浩大，所向披靡。除部分城市官员进行抵抗城破身亡外，山西各地州县要么开门投降，要么望风而逃。山西巡抚蔡懋德坚守山西境内最大的城市太原不降。只可惜他手下的官军根本不是大顺军的对手，在大顺军暴风骤雨般的攻势面前，太原城不到三天便被攻克。

攻下太原后，李自成分兵三路，直扑北京。一为南路，一为东路，中路为主力。刘芳亮率南路偏师攻破彰德府，引兵北上进军大名、河间，直逼保定。任珍率东路偏师，攻克固关，不费吹灰之力就进入真定府，再北上破定州，进军保定。两路偏师围困保定，不仅有着牵制各地勤王官军的作用，也有阻止崇祯皇帝南逃的考虑。李自成则率领中路主力北上，一路势如破竹，除在宁武关遇到明军的顽强抵抗外，大同、阳和、宣府等军事重镇均不战而降，顺利抵达北京城外最为险峻的关隘——居庸关。守关的总兵唐通开关投降。这样一来，进入北京的门户完全打开了。

过了居庸关，到北京就是一马平川了。路经昌平，眼前是一大片红墙绿瓦的建筑群，这里是明代的皇家陵园，埋葬着十二位明朝皇帝。与当年起义军焚毁的凤阳皇陵相比，这里规模更大，地面宫殿更加金碧辉煌。出于对明朝统治者的仇恨，也夹杂着对崇祯皇帝派人捣毁自家祖坟的强烈怨愤，李自成下令将几座陵园里的建筑全部焚毁，松柏悉数砍伐，以解心头之恨。同时，李自成向民间发布告示："知会乡村人等，不必惊慌，如我兵到，俱公平交易，断不淫污抢掠。"以此来安定民心。

此时的北京城内则是人人惊恐，一片凄然。守城的只有羸弱兵士五六万人，毫无斗志，而且各怀心思，有人甚至公开放言"只图今日，不过明朝"，"贫富贵贱，各自为心"，"流贼到门，我即开门请进"，等等。紫禁城里的崇祯皇帝坐在龙椅上独自伤心垂泪，束手无策，群臣们唯有陪着流泪，别无作为。三月十八日，李自成下令向西直门、平则门、德胜门三座城门发起攻击，隆隆炮声传入紫禁城，令崇祯皇帝和后妃们胆战心惊。下午时分，太监曹化淳等打开彰仪门，迎接大顺军进入外城。

暮色降临，崇祯皇帝与周皇后、袁贵妃正在乾清宫对饮，突然有太监进来报告说外城失守，崇祯一听知道大势已去，气急败坏到了极点。他拿起宝剑，把想起身逃离的袁贵妃砍死。周皇后见状，知道不能自免，立马回到坤宁宫，悬梁自缢。崇祯皇帝赶到后，见皇后已死，连声大叫："死得好！死得好！"接着仗剑来到寿宁宫，将16岁的大女儿坤仪公主砍下一条胳膊，又将只有几岁的小女儿昭仁公主砍死。之后又杀死一个亲近的嫔妃。然后回到乾清宫，与太监王承恩对饮，喝得烂醉。两人出了紫禁城玄武门，一路来到万岁山（煤山）东头山坡的寿皇亭，崇祯在一棵老槐树上自缢而死，王承恩也在附近的树上缢死。历史表现出惊人相似的一面，二百七十六年前饥民出身的朱元璋推翻了蒙古元朝的统治，建立了明王朝；二百七十六年后同样是饥民出身的李自成推翻了朱明王朝，建立了大顺政权。

三月十九日中午，北京德胜门前旌旗招展，鼓乐喧天，李自成迎来了他一生的高光时刻。只见他骑着一匹乌驳马，头戴毡笠，身穿淡青色窄袖箭衣，在牛金星、宋企郊等人的陪同下，以胜利者的姿态从德胜门进入城内。街道两旁的居民则在家门前"焚香张彩"，以示欢迎。李自成一行沿着西长安门来到承天门（后来的天安门）前，此时的他踌躇满志，心情正佳，当看见城楼上高悬"承天之门"的匾额，顺手张弓搭箭，对众人说道："如能射中天字中心，就能安定天下。"言毕箭发，却射在"天"字下面，未能正中。李自成多少有些尴尬，善于左右逢源的牛金星赶忙在一边打圆场，说："中其下，当中分天下。"李自成听后哈哈大笑，在太监曹化淳等引导下进入金碧辉煌的紫禁城。

就在李自成进驻皇宫，坐上了明朝皇帝的龙椅，享受到皇帝一样的待遇后，他的人生来了一个完全意想不到的大反转。所谓"朝为田舍郎，暮登天子堂"，是用来形容农家子弟入京做官改变了命运，而李自成此时不但登上天子堂，而且成为天子堂的主人，不能不让人有几分梦幻的感觉。文武功臣如刘宗敏、田见秀、李过、牛金星等也纷纷住进明朝王公贵戚的府第，尽情享受权贵的奢靡和京城的繁华。大顺军上上下下都得到封赏。北京城内看上去是一片喜气洋洋的景象。入城之际，李自成采纳宋献策的安民建议。他发出谕令："兵入城，伤一人斩。"入城后，又张贴安民告示：民间照常生理，不准罢市。"大师临城，秋毫无犯，敢有擅掠民财者凌迟处死"，竭力维持城中的秩序。客观地说，大顺军刚进入北京城时纪律相当严明。但是，时间一长，军纪开始涣散，奸淫抢掠时有发生，造成了很坏的影响，老百姓的失望和抱怨与日俱增。在一片欢腾声中，李自成和起义军首领们开始为胜利所陶醉，许多将领过上了花天酒地的享乐生活，军队上下出现了腐败迹象，这些都为不久后的失败埋下了伏笔。

虽然李自成没费什么力气就拿下了北京城，但远远谈不上拥有天下。江南以及西南的广大地区依然被明朝势力掌控，就是距离北京不远的山海关还驻扎着吴三桂的明朝边防大军，关外还有虎视眈眈的清政权。因此，对于李自成来说争取吴三桂的归顺是当务之急。本来，在李自成的极力招抚下，吴三桂已表示同意归顺，还计划来北京朝见李自成，不料，因为起义军大将刘宗敏占有了吴三桂的爱妾陈圆圆，并对其父吴襄进行关押拷问，吴三桂得知消息后被彻底激怒了，态度来了个180度大反转，反而决定投靠关外的清政权。李自成看到吴三桂反复无常，决定消灭这一心头大患。这两年来他纵横中原，所到之处打得明军溃不成军，因此他也没把吴三桂太当回事。然而，他忽略了一个非常重大的潜在风险——吴三桂有可能已经降清，而清军具有非常强悍的作战能力，李自成并没有对此做出充分准备。

当李自成率大军来到山海关前，面对吴三桂的军阵，他充满自信，势在必得。四月二十二日，战役打响，情况正像李自成所预料的那样，大顺军杀声震天，勇猛进攻，吴三桂军竭力抵抗，但渐渐落于下风，眼看就要支持不住，大顺军胜利在望。就在这时，数万以逸待劳的大清骑兵从吴三桂军的左右两翼杀出，大顺军没有思想准备，被打了个措手不及。吴三桂军又掉过头来，对大顺军发起猛攻。战场的形势瞬间发生了改变。在大清骑兵和吴三桂军两面夹攻下，大顺军终于支持不住，全面溃败，损失惨重，主将刘宗敏身负重伤。这是大顺军两年多来遭遇的最为惨痛的一场失败，李自成不得已率败军退回北京城。

山海关的惨败，让李自成一下子清醒过来，他认识到自己目前无法对抗大清与吴三桂的联合进攻，只能暂时退出北京，回到关中西安再做打算。

四月二十九日，李自成在紫禁城武英殿即大顺皇帝位。第二天早晨，李自成和大顺军匆匆撤出了占据仅仅四十二天的北京城，向着山西方向退去。令李自成没有想到的是，这一撤退引发了如同大山崩塌般的一系列溃败。

五月二日，清军在多尔衮的带领下进入北京城，成为这座城市的新主人。对于北京来说，真可谓"城头变幻大王旗"，还不到两个月的时间，就两易其主。清军没有像李自成那样在北京城停留下来，而是马上对大顺军展开了穷追猛打。对李自成更为不利的是，河北、山西、河南等地原来已经投降大顺的府、州、县官员，见到李自成开始败退，纷纷倒戈，他们杀死大顺的官员，聚众反抗大顺，使得李自成和大顺军十分被动，狼狈不堪。

回到西安的李自成并不甘心失败，他曾派出军队向河北、河南方向出击，试图扭转被动局面，但都没有成功。十月，山西重镇太原被清兵占领。不久山西全省尽为清军所有。十二月底，清兵集结潼关外，准备破关进入关中。为了阻止清兵进入关中，李自成亲赴潼关指挥作战。大顺军与清兵在潼关外多次展开激战，均告失利，李自成不得不退回西安。清顺治二年（1645）正月十三日，清兵攻占潼关。与此同时，清英王阿济格率领的清兵从山西进入陕西北部，陕北大部落入清兵之手，李自成失去了最后的据点。这时，西安已陷入腹背受敌的险境，无奈之下，李自成只能选择向商州转移，然后再转向湖北一带。清兵则一路追赶。李自成刚刚在襄阳落脚，阿济格率领的清兵随即赶到，李自成自知难敌，只得退出襄阳，进驻武昌，没想到才到两天，清兵就追到城外。

面对非常不利的局面，李自成决定渡过长江夺取南京，与清兵抗衡。然而，清豫王多铎率领的清兵已攻占扬州，正在逼近南京，形势变得更加不利，此时再去攻打南京已无希望。无奈之下，李自成于顺治二年五月率部进入湖北、江西交界的九宫山地区，与清兵周旋。饥饿、疾病严重地损耗着大顺军，加上地方民团武装不停地袭击和骚扰，大顺军的境况越来越艰难，以至于李自成不久就牺牲。

至此，由李自成领导的这场轰轰烈烈的农民起义基本宣告失败。李自成死后，大顺军余部在李过、高一功、郝摇旗、李来亨等首领的率领下，联合明军何腾蛟部，在西南一带继续坚持抗清，人称"夔东十三家"。康熙元年（1662），李来亨兵败自焚，大顺军残存的最后一支武装彻底覆灭，留下一个令人扼腕叹息的结局。

生死成败后人评

李自成彻底失败了，他的牺牲距今已有三百七十多年，但是关于他的生与死，野史、方志、笔记多有记载，众说纷纭，一直存在争议，让人难辨真伪，成为一桩历史疑案。具有代表性的说法有如下几种。

一说，战死于湖北通城九宫山。这是一种最流行的观点。据说李自成经过通山县九宫山时，率领十八骑离开大队人马，登山观察地形，被当地山民程九伯率众包围，李自成等人奋起抵抗，但寡不敌众，全部遇害。山民们并不知道死者是谁，在清理遗体时看到一人"龙衣金印，眇一目"，这才知道是李自成。有山民不忍他的尸骸暴露，便在九宫山西麓的牛迹岭下将他草草埋葬。后来人们将此地称为闯王陵。1955年，通山县专门修缮了闯王陵，历史学名家郭沫若专门为墓碑题写"李自成之墓"。1988年国务院将其列为全国重点文物保护单位。

二说，湖南石门出家。据说李自成在顺治二年并未死去，而是到湖南省石门县夹山寺出家为僧，自称奉天玉和尚。他与当地官员交往密切，于康熙十三年（1674）去世。1981年，考古人员在湖南石门县夹山寺发现一座墓主人为奉天玉和尚的古墓，墓中出土了奉天玉和尚的舍利子、镇墓符、残断墓碑等物，发现其葬俗与本地葬俗不同，而且违背僧规。有人认为奉天玉和尚很可能就是李自成。尽管此说疑点重重，但这一说法让许多为李自成惋惜的人感到些许安慰。

三说，被困自缢。说李自成被清兵追得穷途末路，仅有20多个步卒相随，为乡民所包围，无法脱身，最后被迫上吊自杀。

……

无论李自成最终的结局如何，他失败的事实是无法改变的。清代以来，封建文人学者都斥其为盗贼、流寇，只有他的家乡陕北米脂的人民认为他是一个帝王，是一个了不起的英雄。这当然源自当地人民朴素的家乡观念，也与李自成成为起义首领后的两次返乡有关。

据传崇祯九年，李自成率部在陕北作战，曾顺路回过一次米脂县。为了不惊扰父老乡亲，他将军队驻扎在城北的马鞍山（即盘龙山），唤出当时的知县边大绶，对他说："米脂是我的家乡，不要欺凌我的父老们。"并送给重金，让其修缮文庙。

崇祯十六年十一月，李自成再次回到故乡。这一次，他已经在西安建国称王，可以说是衣锦还乡。他回故乡的主要目的是修葺被官府毁坏的祖坟。为了报祖坟被毁之仇，他杀死了为毁坟当向导的当地人艾诏，对县里的百姓则无所侵扰。他把米脂县改名为天保县，把城北的马鞍山改名为盘龙山，把延安府改名为天保府，以示荣宠。

1926年，米脂县城内有一个叫李健侯的文人，他对李自成做了深入研究，对他产生了仰慕之情。李健侯认为李自成"崛起草泽，战必胜，攻必克，十余年间覆明社稷，南面而王天下"，其业绩可与刘邦、朱元璋相媲美；他不贪才、不好色，光明磊落，有古豪杰之风，是一位了不起的伟人。他为"吾乡有此不世出之伟人，而竟听其事迹湮没，莫得搜考而表彰之，时时引以为憾"。所以，他立志要为李自成著书立传。他潜心收集各种资料，参考多种古籍，纠正其谬误，考辨其真伪，历经四年，六易其稿，写成一部章回体历史小说——《永昌演义》。书中描写了李自成起义的兴衰始末，对李自成给予了充分的肯定，第一次把李自成当作英雄来歌颂。

《永昌演义》写成后,当时没有公开出版。20世纪40年代初,身为米脂人的陕甘宁边区副主席李鼎铭把《永昌演义》推荐给毛泽东主席。毛泽东阅读了全书,对书稿非常欣赏,并让秘书手抄一本,以备将来再次翻阅。1944年4月29日,毛泽东写信给李鼎铭。在信中,毛泽东对李健侯多年来的苦心创作深表赞赏,他认为"吾国自秦以来二千余年推动社会向前进步者主要的是农民战争,大顺帝李自成将军所领导的伟大的农民战争,就是两千年来几十次这类战争中极著名的一次。这个运动起自陕北,实为陕人的光荣"。从历史唯物主义的观点出发,毛泽东指出了书中的不足,即"此书赞美李自成的个人品德,但贬抑其整个运动"。在信的最后,他提出了对此书的修改意见:"此书如按上述新历史观点加以改造,极有教育人民的作用,未知能获作者同意否?"他还热情地邀请李健侯来延安一游。李鼎铭把信转给李健侯,李健侯看后非常激动。不久,他应邀来到延安,受到毛泽东的热情款待。毛泽东奖给他二百元边币,两石小米,聘请他担任陕甘宁边区参议员。新中国成立后,李健侯担任陕西省文史馆研究员,根据毛泽东的建议,继续修改《永昌演义》。遗憾的是,书稿修改尚未完成,他竟不幸辞世。不过,他积累了大量历史资料,为后人研究李自成和明末农民大起义提供了重要参考,特别是对姚雪垠后来创作长篇小说《李自成》发挥了重要的参考作用。20世纪80年代初,《永昌演义》终于正式出版面世。

在李自成牺牲后的三百多年后,他家乡的人民依然对他充满敬意。米脂人把城北盘龙山上的一组规模宏伟的古建筑群,称为"李自成行宫"。这里最早是道教的真武庙,李自成当年回乡时曾在这里暂住。崇祯十七年,李自成的侄子李过回乡,曾对真武庙进行扩建。李自成失败后,这组建筑被当地父老以真武祖师庙保护下来。后来几经修缮,得以完整地保存。古建筑群顺山势而建,气势恢宏,构思精巧,主要由乐楼、梅花亭、捧圣楼、二天门、揽胜楼、启祥殿、兆庆宫等组成。行宫入口处矗立一座李自成塑像，只见他头戴毡帽，肩披斗篷，骑在骏马上，右手举剑指天，仿佛在指挥千军万马纵横驰骋，透露着一股英武之气。这大概就是家乡人民心目中李自成的英雄形象。

今天，四面八方的人们纷纷来"李自成行宫"参观凭吊，追念这位杰出的农民起义领袖。站在李自成塑像前，人们心底里总是交集着复杂的感情，为他当年揭竿而起、叱咤风云、推翻明王朝的丰功伟绩叫好，也为他后来盲目骄傲、决策失误、败死荒山的结局而叹惋。但是，尽管岁月流淌，人事代谢，李自成这个名字已经镌刻在中国的史册中，留存在人们记忆的星空里，永远闪烁着熠熠光芒。

| 第二十八章 |

定边有个"大西王"

明朝末年,一场惊天动地的农民大起义在陕北的黄土地爆发了。这场旷日持久遍及全国的大起义最终推翻了明王朝的统治,改变了古代中国的历史和命运。

在这场大起义中涌现出无数农民首领,其中最杰出、最具代表性的有两位:李自成和张献忠。这不仅因为他们的队伍最强大,影响范围最广,对明朝的打击最沉重,还因为他们分别建立了"大顺"和"大西"政权,即使在他们牺牲之后还有着深远的影响。

中国文化有着盖棺定论的传统。虽然李自成和张献忠都是农民起义的杰出领袖,但后世人们对他们的评价并不相同。概括而言,对李自成的评价褒贬不一,对张献忠的评价却是一致的加以贬斥。主修《明史》的清朝大员张廷玉认为李自成"不好酒色,脱粟粗粝,与其下共甘苦。(罗)汝才妻妾数十,被服纨绮,帐下女乐数部,厚自奉养,自成尝嗤鄙之"。肯定了李自成的良好品格和人格魅力。著名学者郭沫若在他的《甲申三百年祭》中说:"李自成是农民革命史中一位伟大的人物。他从陕北发动革命,以抗粮均田为号召,转战十余年,卒以一六四四年三月推翻了明朝的统治。"著名历史学家吕思勉评价道:"(张)献忠系粗才,一味好杀,

（李）自成则颇有大略。"小说家姚雪垠的长篇巨著《李自成》更是把他塑造成一位雄才大略、文武双全的起义领袖，给读者留下十分美好的印象，成为人们心目中的起义英雄。

张献忠就没有那么走运了，封建时代的文人对他的评价几乎全是负面的。《明史》说他"性狡谲，嗜杀，一日不杀人，辄悒悒不乐"，"惟献忠最狡黠骁勍"，"献忠无他技巧，止以阴谋多智，暴豪嗜杀，可乘之敝，正自不少耳"，不一而足。总结起来就是张献忠"嗜杀"，是一个杀人不眨眼的恶魔。除此之外，乏善可陈。今天，如果我们仔细地思考一下，就会发现这样评价张献忠有些以偏概全，不够公允。张献忠以一介细民，崛起于草莽，在众多起义首领中脱颖而出，十六年间英勇善战，纵横四海，创建大西政权，声震天下，绝非平庸之辈所能及。客观地说，张献忠在多年征战中尤其是在占领四川期间，他和他的部下的确有过不少残暴虐民的事情，但并不完全像清代文人描述的那样大肆屠杀，到了疯狂变态的程度。当历史的迷雾散尽之后，进行一番实事求是的补偏救弊，我们可以看到一个比较真实的张献忠。

从贫寒中奋起的顽皮男儿

人世间有许多十分巧合的事情。明万历三十四年（1606），明末农民大起义的两大领袖李自成和张献忠竟先后降生于陕北这块古老贫瘠的土地上。八月二十一日，李自成出生于米脂县城以西200里处的李继迁寨。九月十八日，张献忠也出生于李继迁寨以北的定边县柳树涧。因为明代的定边县隶属于延安府，所以也有人把张献忠说成是延安人。似乎在冥冥之中，明朝覆灭的命运在这一年就被决定了。

张献忠出生在一个贫寒之家。世属军籍，就是说这家的男人们世代都要为朝廷去当兵打仗。他的父亲张文兴曾经当过兵,后来回家种地。张献忠是家里的第八个孩子,张文兴给他取了个小名叫八旺,希望他能给家庭带来兴旺。尽管家里生活拮据,但张文兴依然希望自己的儿子能识文断字,不做一个睁眼瞎,就省吃俭用把他送进乡里的私塾读书,给他取大名为献忠,字秉忠,希望他能够出人头地。

张献忠显然不是一块读书的材料。他生性顽皮,任性好斗,经常打架斗殴,搅得私塾不得安宁。张文兴看到儿子在私塾里的顽劣表现,很是失望,两年后就让他辍学回家了。定边地处边塞,当地民风彪悍,喜好舞枪弄棒,张献忠从小受到熏染。他身材魁梧,身手矫捷,心狠手辣,武艺出众,很快就成为当地青少年中的领头人物。因为他面色微黄,人们都叫他"黄虎"。闲来无聊时,张献忠经常带着一伙混混做一些偷鸡摸狗、泼皮无赖、喝酒打架的事,乡里人拿他们没有办法。张献忠的父亲曾经到四川骑驴贩卖枣子,在内江县因驴粪弄脏了街道,被当地富人强迫用手将驴粪清理干净。这件事对少年张献忠刺激很深,在他的心底里埋藏下对豪绅地主的仇恨。

明万历、天启年间,陕北地区灾荒不断,老百姓饥寒交迫,生计艰难。青年张献忠不愿在家过忍饥挨饿的生活,听说官军招募新兵,便跑到延绥镇当了一名大头兵。即便进了军营,张献忠也不是一个安分守己的人。他很快加入一个士兵团伙,到处捣乱生事。因为触犯军法,张献忠被总兵王威下令斩首。临刑之前,恰逢主将陈洪范来到军营视察,张献忠见状,大呼救命,陈洪范见他状貌奇异,就向王威求情,免掉他的死罪,打了一百军棍,将他赶出军营。张献忠在军队里形成了任性敢为的习性,离开军队的他不愿回到乡里过受人欺负的穷苦日子。他在陕北四处游荡,凭着勇猛果断,粗通文字,聚集起一杆人马,在米脂十八寨占山为王,对抗官府。

崇祯元年,陕北各地爆发了声势浩大的农民起义,一时间烽烟四起,如火如荼。府谷有王嘉胤，宜川有王左挂，安塞有高迎祥，洛川有张存孟，延川有王和尚……受到各地农民起义的影响，崇祯三年，张献忠带领部下加入王嘉胤领导的起义军，成为起义军中作战勇猛的一支队伍。与其他起义首领都有诨名绰号一样，张献忠自号"八大王"，在起义军中非常有名。王嘉胤被内奸暗杀后，在紫金梁王自用主持下，起义军结成三十六营，张献忠名列其中。其时，李自成还属于高迎祥的部下，没有独立成营。此后，张献忠率部独立活动，有时与高迎祥、罗汝才等联合作战，转战于山西、陕西、河南、四川等地。

崇祯八年正月，高迎祥与张献忠进入安徽，出其不意地攻克了朱元璋的老家——凤阳，一把大火烧毁了明朝皇帝的祖陵，并将皇陵区域的松柏悉数砍伐，让崇祯皇帝震惊万分，痛哭流涕。离开凤阳后，高迎祥与张献忠分兵行动，高迎祥西走河南商丘，张献忠则南下合肥。二人在陕西凤翔再度会师，突破明朝兵部尚书洪承畴设下的包围圈，给予官军以迎头痛击。这时的张献忠无论是实力，还是影响力，在起义军中已经与高迎祥不相上下了，成为起义军重要的领袖之一。

为了生存谷城受抚

就在农民起义军纵横黄河两岸之际，明朝也不断调集大军，布下一张清剿的大网。崇祯九年九月，闯王高迎祥在子午谷的黑水峪被陕西巡抚孙传庭伏击，高迎祥负伤被俘，后在北京惨遭杀害。高迎祥的牺牲使起义军遭受了无法估量的损失，也使整个起义斗争暂时走向低谷。

高迎祥牺牲后，明朝将清剿的重点瞄准李自成和张献忠领导的两支起义军。崇祯十年（1637）四月，明朝兵部尚书、内阁大学士杨嗣昌策划了"四正六隅，十面张网"的围剿战略，形势对起义军非常不利，张献忠的日子很不好过。崇祯十一年一月，张献忠计划偷袭河南南阳，不料被明朝大将左良玉军识破，双方交战中，张献忠受了伤，被部下力救脱险，损失不小，只好退守湖北谷城（今湖北省谷城县）。在此之前，长期与张献忠联合行动的农民军首领闯塌天刘国能等人投降了明朝，更使得张献忠的处境雪上加霜。张献忠必须想办法面对十分凶险的生存环境。

这时，新任明朝兵部尚书、总理南畿、河南、山西、陕西、湖广、四川军务的熊文灿看到官军接连取得大胜，起义军势力逐渐被削弱，认为招抚起义军的机会到了，力主采取招抚政策。在成功招抚闯塌天刘国能等人后，熊文灿招抚张献忠的信心大增。鉴于眼下形势不利，队伍损失很大，供给不足，急需休整，经过反复思考，张献忠决定向熊文灿"投降"。崇祯十一年四月，张献忠宣布接受朝廷招抚。不过，他接受招抚是讲好条件的，即受招抚后，其军队不接受改编，不听官府调遣，不接受官衔，充分保持独立性。他把部下四万人安排在谷城周边，积极囤积粮草，打造军器，招兵买马，训练士卒。张献忠还研究《孙子兵法》，随时准备东山再起。看到张献忠如此"投降"朝廷，许多官员都认为他是假投降，纷纷要求熊文灿干掉张献忠。但是，熊文灿害怕承担招抚失败的后果，不愿承认张献忠是假投降，更害怕张献忠的军队，不想去招惹他。这就给张献忠养精蓄锐、休整队伍争取了一段难得的时间。

崇祯十二年（1639）夏天，经过一年多的休整，张献忠的实力有所增强。他像一只在园林中吃喝无忧的老虎，养肥了身躯，磨利了爪牙，准备重返自由自在的山林了。他暗中联络同样接受招抚的罗汝才等人，约定一同举事。五月初，张献忠突然宣布重举义旗。并迅速占领了谷城县城，下令焚烧县衙，杀死县令阮之钿，打开城中的仓库，释放监狱里的囚犯，拆毁城墙。更有意思的是，在离开谷城时，他把接受过贿赂的大小官员的名字，受贿的数字和时间，一一公布在城内外的墙壁上，让老百姓看透明朝官员的腐败。驻扎在房县的罗汝才等人响应张献忠的号令，同时宣布起义，与张献忠合兵一处，共同作战。此时的起义军兵强马壮，与一年前大不相同。

熊文灿听闻张献忠、罗汝才等人造反的消息，如梦方醒，赶忙派左良玉、罗岱率军追击。张献忠料定官军一定会追来，早早就在房县以西的罗猴山布下罗网，等待官军的到来。当官军毫无准备地进入埋伏圈，张献忠一声号令，起义军从四面杀出，杀得官军丢盔弃甲，溃不成军，主将罗岱死于乱军之中，左良玉伏鞍而逃，连军符印信也丢失了。此役，起义军歼灭官军一万多人，取得了重新起义以来的第一场重大胜利。崇祯皇帝听到消息，十分震怒，下诏将熊文灿撤职，逮捕解押京师问罪；左良玉降三级，戴罪随军立功。隐伏在商洛山中的李自成听说张献忠重举义旗，也重整旗鼓，率领人马进入湖北。农民起义经过一年多的沉寂，如同烈火一般在中原大地上重新燃烧起来。

张献忠重举义旗后，成为明朝的心腹大患。为了尽快剿灭张献忠、李自成等起义军，崇祯皇帝专门派大学士、兵部尚书杨嗣昌督师，展开对起义军的大规模围剿。官军频繁调遣，来势凶猛，张献忠对此并没有高度重视，付出了惨痛代价。崇祯十三年（1640）正月，张献忠与明军主力左良玉等部激战后，率部进入四川。在太平县（今四川省万源市）玛瑙山被左良玉、郑崇俭等包围。官军知道叛徒闯塌天刘国能熟悉起义军的内部情况，派他假扮运粮队混入起义军营中，与外面的官军里应外合，发动进攻。起义军里外受敌，遭遇重创，张献忠的家属和谋士潘独鳌等均被俘虏。张献忠只带着少数人马突出重围，暂时隐蔽在兴山、房县一带的深山之中。官军将他们四面包围，形势极其险恶。

玛瑙山惨痛的失利，让张献忠冷静下来，他清楚地认识到自己已深陷绝境，随时有可能被官军消灭。为此，他仔细分析形势，暗暗寻找机会，想办法带领队伍跳出包围圈。他发现官军高层并非铁板一块，杨嗣昌与左良玉以及其他将领间矛盾重重，遂决定利用他们之间的矛盾，为自己开辟一条生路。他派人携带大量金银贿赂左良玉的手下，使左良玉放松了对起义军的围困。张献忠乘机穿越左良玉部的防线，再度进入四川，与罗汝才在巫山会合。在与官军的几场战斗中，起义军击杀官军大将张令，歼灭石砫土司秦良玉的"白杆军"，军威大振，在川东一带打开一个新局面。

为了"清剿"张献忠，官军在他身后紧追不舍。但张献忠的部队行军速度快，机动灵活，官军一直疲于奔命，以至于官军里出现了一段充满怨气的歌谣："想杀我左镇（指左良玉），跑杀我猛镇（指明将猛如虎）。"起义军这边则嘲笑官军的狼狈，专门编了一段顺口溜："前有邵巡抚（指邵捷春），常来团传（转）舞；后有廖参军（廖大亨），不战随我行；好个杨阁部（指杨嗣昌），离我三天路。"当然，张献忠也会瞅准有利地形，给追赶的官军以迎头痛击。

崇祯十四年（1641）正月，张献忠在开县黄陵城（今重庆市开州区）设下埋伏，明军主将猛如虎、参将刘士杰等部几乎被全歼，刘士杰丧命，猛如虎仅以身免。黄陵城大捷一个月后，张献忠没有丝毫懈怠，他得知明军主力都已调来四川，湖广十分空虚，立即挥师，疾驰出川，直奔湖广重镇襄阳。二月初四，起义军通过里应外合，轻松占领襄阳城。襄阳是明朝的军事重镇，军需饷银堆积如山，大大补充了起义军的装备和给养。张献忠把十万两白银赈济饥民。起义军打开监狱，救出了在玛瑙山被俘的张献忠的家属和起义军将士。张献忠下令将襄王朱翊铭、贵阳王朱常法等明朝藩王处死示众。而就在半个月前，李自成攻克了河南重镇洛阳，杀死福王朱常洵。焦头烂额的杨嗣昌听到消息后不胜惶恐，自知罪责难逃，在湖北沙市服毒自杀。至此，杨嗣昌"清剿"起义军的"四正六隅，十面张网"的计划彻底破产，明王朝再也没有力量对起义军组织大规模的"清剿"行动了，只能采取被动防守，而农民起义军在李自成、张献忠的领导下继续开展积极主动的进攻。明王朝覆灭的丧钟已经敲响。

建立大西政权

从历史经验看，农民起义到达一定规模后，一般都会开始建立自己的政权。崇祯十六年二月，李自成自攻占襄阳后，开始筹建政权，他将襄阳更名为襄京，自称"新顺王"。同年五月，张献忠占领了湖广首府武昌。武昌是明朝楚王的驻藩之地，多年来聚敛了大量财富。同样是采取里应外合的方法，张献忠不费吹灰之力就占领武昌。他把人人痛恨的楚王朱华奎绑在其金座椅上扔进了长江，把楚王府里数不清的金银财宝收入囊中。同时，张献忠开始建立自己的政权。其实，在当年二月，张献忠在黄冈时就将过去"西府八大王"的称号改为"西王"。到了武昌，所有部下都尊称他为"大西王"。张献忠发号施令，采取一系列军政措施：第一，建立起中央和地方机构。设置六部尚书、五军都督府，以及巡按、守道、巡道、学道等地方机构，并委任了一批官员。第二，更改地名。改楚王府为西王府，改武昌府为天授府，改江夏县为上江县。第三，开科取士，招揽人才。共录取进士三十名，廪膳生四十八名，都授以起义军占领之地的官职。第四，铸造货币。正式铸造自己的货币"西王之宝"。第五，扩大军队。发放楚王府银六百余万两，召集各地流民，充实军队，等等。可惜的是，深受流寇思想的影响，张献忠并没有真正想把武昌打造成巩固的据点，只在这里待了两个月，便率领主力人马向南发展，武昌很快又重新落入明军之手。

离开武昌后，张献忠在湖广、江西一带活动，打了不少胜仗，但是，作为北方人，他觉得在长江中下游地区发展和立足并不容易。而此时，李自成已经在西安建立了大顺政权，控制了中原大部分地区，返回北方已不现实。谋士汪兆龄劝张献忠向四川发展，认为四川易守难攻，腹地广阔，物产丰富，明军的力量比较薄弱，可以作为据点，然后北伐，夺取天下。

张献忠深以为然，决定离开湖广，第二次进军四川。

崇祯十七年正月，张献忠率部攻克夔州，抵达万县，一路所向披靡，进展非常顺利。六月初，包围了川东最大的城市——重庆。张献忠不想让重庆毁于战火，先派人进城劝降，没想到守城的明朝官员竟然杀死了劝降的使者。这下激怒了原本火暴脾气的张献忠，他下令四面攻城，在通远门挖掘地道，安装了火药，"轰"的一声巨响，城墙被炸开一个缺口，起义军蜂拥而入，重庆被起义军占领。为了报复拒绝投降的明朝官员和将领，张献忠下令将汉中逃来的瑞王朱常浩、巡抚陈士奇、兵备副使陈纁、知府王行俭等一批明朝宗室和官员全部处死；投降的三万七千名明军士兵人数实在太多，全部砍掉右手，作为惩罚。

七月初，张献忠兵发成都。从重庆到成都，一路上明朝的城池望风瓦解，只用了一个月的时间，张献忠就兵临成都城下。这时成都城内惊慌失措，一片混乱。八月五日，如同攻重庆之前一样，张献忠又先派人进城劝降，劝降使者还是被杀死。张献忠一面下令攻城，一面派士兵伪装成明军混入城内。八月九日，起义军里应外合，攻占成都。城内的蜀王朱至澍、太平王朱至渌自知难逃一死，均在城破后自杀，拒不投降的四川巡抚龙文光、巡按御史刘之渤、按察副使张继孟等官员都被处死。占领成都之后，张献忠立即派兵四面出击，攻取四川各州县。不到两个月，起义军控制了四川大部分地区，取得了空前胜利。

张献忠在四川连战连捷之前，李自成的起义大军在三月十九日进入北京城，崇祯皇帝朱由检在煤山上吊自杀，明王朝宣告灭亡。然而好景不长。由于李自成和部下的骄傲自满，战略和政策失当，加上明山海关总兵吴三桂投降清兵，并与清兵联手击败了李自成。李自成在北京匆匆称帝后，被迫放弃北京城，狼狈地退回陕西。而在成都的张献忠却迎来了一生中最辉煌的时刻。

崇祯十七年，即顺治元年（1644）十一月十六日，张献忠正式建国，国号大西，改元大顺，尊号大西王。以成都为西京，原蜀王府为西王府，府中正殿为承天殿。这是继李自成的大顺政权之后，又一个新建立的农民起义政权。

与在武昌建立政权不同，这次在成都建立大西政权，张献忠是相当重视的。他的确有着把四川作为自己的立足之地来经营的想法。因此，政权的建立显得更加正规，更具有仪式感。大西政权的中央政府是仿照明朝建立的，设置了内阁、六部、御史等办事机构。张献忠任命汪兆龄为左丞相，严锡命为右丞相，一般政事都由汪兆龄来处理。任命王国麟、江鼎镇、龚完敬等为各部尚书，齐之奂为京畿道御史……各地方政权也随之建立。大西政权的地方政权分为府、州、县三级。府设知府、游击；州设知州、都尒；县设知县、守备。许多明朝原任的官吏被留职任用。为了满足建国后对文职官员的需要，张献忠在成都两度开科取士。按照明朝的科举制度，由举人而进士，取状元、榜眼、探花为前三名。所选拔的一百二十人，均委任为各地的地方官吏。

为了稳定市场，安定社会秩序，大西政权废除了明朝货币，设立铸钱局，铸成"大顺通宝"铜钱，在社会上流通使用。还颁布了新的历书——《通天历》。考虑到四川是个多民族地区，大西政权宣布对西南各民族百姓"蠲免边境三年租赋"。

在建立政权的同时，张献忠对军队进行了改编，提高了军队的管理水平和战斗能力。改编后的大西军共分为一百二十营，各营设总兵为统帅。张献忠的四个养子都被封王：孙可望为平东王，刘文秀为抚南王，李定国为安西王，艾能奇为定北王。各自统兵，从事征讨，是对敌作战的主力军。

从以上政治、经济和军事的措施来看，张献忠确实想把四川经营成为自己赖以生存发展及将来"四征天下"的立足之地。但是，树欲静而风不止。明军在四川的余部并不甘心让张献忠和他的大西政权长期占有四川，他们积蓄力量，从不同方向对大西政权发动进攻，以达到扼杀或者驱逐大西政权的根本目的。其中，川东的马乾、曾英等击败了张献忠留守重庆的军队，重新夺回重庆，陆续占据了川东广大地区。参将杨展占据嘉定（今四川省乐山市）、叙府（今四川省宜宾市）一带，活动于川南的长江沿岸。川西雅州（今四川省雅安市）被曹勋等占据。此外，还有不少明军残余势力，以及各地数不清的地主武装力量都与大西政权为敌。这些都对新生的大西政权形成巨大威胁。

面对四面环敌的危险形势，张献忠力图扭转不利局面。他先后派出军队与各地的明军激战，都没有达到预期目的。到了顺治三年（1646）春天，四川各地的明军开始联合行动，逐步从四面向成都发起进攻，局势不断恶化。张献忠坐守成都，四面受敌，必须分兵进行防守，非常被动。起义军以往那种纵横驰骋、叱咤风云的豪气不见了，反而处于被动挨打的劣势。其主要原因是以往张献忠是流动作战，可以高度机动，集中兵力，积极主动地克敌制胜。现在一味地被动防守，化优势为劣势，自然越来越艰难。张献忠看到困守成都只能是死路一条，他下定决心离开成都，突破包围，去寻找新的立足之地。

离开成都，向何方去？这成了摆在张献忠面前的一个难题。张献忠在四川的两年时间里，全国的形势发生了翻天覆地的变化。崇祯十七年三月，李自成进占北京后并没有站稳脚跟，被明山海关总兵吴三桂联合清兵击败。李自成匆匆撤出北京城，向陕西撤退。之后，在与清朝军队的作战中连连失利，被迫向湖广一带转移，于顺治二年九月，在湖北九宫山牺牲。大顺军余部在李过、李来亨等率领下，在西南一带联明抗清，势力逐渐减弱。由明朝福王朱由崧在南京建立的弘光政权，也在顺治二年五月，被清军消灭。随后，明朝唐王朱聿键在福州称帝，年号隆武，偏处一隅，势单力薄，还与张献忠为敌。这样看来，张献忠如果离开四川，活动空间十分有限，他将面临强大的清军、明朝残余势力以及各地地主武装的打击，处境相当危险。清朝一面派肃王豪格和吴三桂等率大军进攻四川，一面多次对张献忠进行招降。在民族大义上张献忠毫不含糊，表现得大义凛然、铁骨铮铮，他断然拒绝了清朝的招降，决定与清朝对抗到底。

顺治三年春天，清军已经开始从北面和东面入川，形成对张献忠大西政权的进攻态势。如果出川，道路只有两条。一条是走水路，沿岷江东下，进入湖广，可以与李自成余部会合，共同抗清，这个结果对张献忠来说无疑是有利的，但途中有可能遭到明军杨展等部的阻击。尽管这条路充满凶险，张献忠还是决定冒险一搏。四月，张献忠率十万大军，乘船数千艘，顺岷江而下。明参将杨展获悉情报，在彭山县（今四川省眉山市彭山区）江口镇"老虎滩"设下埋伏。这里两岸陡峭，水道狭窄，形势险要。张献忠的船队在这里被杨展拦住，大小船只挤作一团，杨展派小船载火器从正面火攻，张献忠的船队遇火熊熊燃烧，焚烧殆尽，船上大量的金银珠宝沉入江底。杨展指挥部下枪铳弩矢齐发，大西军一败涂地，损失惨重。张献忠带着残兵逃回成都。从水路出川，已经不可能了。

另一条路，就是北上进入汉中，穿越秦岭，回到陕西。这一带张献忠经常来往比较熟悉，陕西又是他的老家，将来可以东山再起。眼下，也只有这条出川的道路了。肯定的是，这条路上必然会与清兵进行正面交锋，胜负难以预料。但是，为了自己和家人的生存，为了手下数十万大西军兄弟的命运，就是刀山火海张献忠也要去闯一闯。

身后骂名何其多

顺治三年七月，在一种悲凉的气氛中，张献忠率领大西军离开成都，开始了北上汉中的征程。出发之前，他已做了最坏的打算，甚至对后事做了安排。有野史记载说他"尽杀其妻妾，一子尚幼，亦扑杀之"。他对养子孙可望说：我也是一代英雄，最终不能让自己的幼子成为别人的俘虏，你将来可以成为我的继承人。这些说法未可全信，但在一定程度上反映出张献忠"壮士一去不复返"的悲壮心态。

离开成都这座居住了近两年的城市，张献忠心里五味杂陈。刚进驻成都时，他的确有以巴蜀为根，徐图向外发展的长远打算，"天府之国"的丰饶与繁华，让他甚感满足和留恋，但是，似乎天下所有的人都要与他作对，不让他在这里安生，要置他于死地，要从他手中夺走这里的一切，为此张献忠感到无比愤怒，他下令将成都这座繁华名都付之一炬。回头望着成都城里的熊熊烈火，张献忠的心里好像在说：老子得不到的，别人也休想得到！

大西军一路北上。八月，在中江（今四川省中江县）消灭了明四川总兵贾登联部。九月，攻克顺庆（今四川省南充市），不久又转屯西充县，将老营驻扎在凤凰山。北上抗清的征程刚刚迈出第一步。

这时，一个意想不到的事件发生了。张献忠手下的重要将领刘进忠投降了清军。顺治二年，刘进忠奉命镇守泸州，因作战不利、部下叛变、遭到失败，受到张献忠的处分，心里十分不满。之后，张献忠又调他去镇守川北大门——朝天关。刘进忠轻敌冒进，被清军击败，把朝天关丢了。张献忠闻之震怒，要他回西充等候处分。刘进忠早就对张献忠心怀不满，担心这次失败会受到重罚，同时觉得大西军已经是穷途末路，便向清兵主帅、肃王豪格投降，把大西军和张献忠的情况全部告诉豪格。豪格正为找不着对付张献忠的办法发愁，刘进忠的投降使他找到了突破口。在刘进忠的引导下，清兵神不知鬼不觉地渡过嘉陵江，从小路偷袭张献忠设在西充凤凰山的老营。

顺治三年十一月二十七日清晨，凤凰山笼罩在一片大雾之中，山中一片寂静，能见度极低，大西军的将士们都在睡梦之中。刘进忠带领着清军偷偷摸进凤凰山，直抵张献忠老营的外围。大西军的哨兵发现了敌人行踪。也许是事发突然，情况不明，张献忠竟没有太当回事。他连铠甲也没有穿，只穿着蟒衣，带着七八名随从，来到太阳溪边的高地上观察敌情。他万万没有想到，小溪对面的树林间隐藏着大批清兵，自己完全暴露在他们弓箭的射程里，死神已近在咫尺。本来清兵没有人认识张献忠，刘进忠对清兵首领说：这个身穿蟒衣的人，就是张献忠。于是，清兵向着张献忠乱箭齐发，有一箭正中他的左胸，他当即掉于马下，气绝身亡。可怜纵横四海、名震天下的一代豪杰，竟然这样结束了自己的一生，年仅41岁，实在是可悲可叹。

当时双方交战乱作一团，清兵正源源不断赶来增援。大西军的将领们将张献忠的尸体用锦被包裹，草草埋葬在山间一僻静处，便匆匆撤离了。清兵很快就找到张献忠的尸体，将他的首级割下，送到成都，悬挂于城楼示众。

张献忠死后，大西军余部在大将孙可望、李定国、刘文秀等率领下退向川东，击杀明军将领曾英，再次占领重庆。之后，进入贵州，与南明永历政权联手，共同抗击清兵。后来转战西南地区，坚持抗清近二十年，直到康熙初年才完全被清政府镇压下去。

作为明末农民起义的重要领袖，张献忠领导起义军转战大江南北，黄河两岸，攻城拔寨，覆军杀将，有力地冲击着腐朽没落的朱明王朝的统治。他建立了大西政权，登基称王，成为朱明王朝的主要掘墓人。他刚毅果断，骁勇顽强，多谋善战，屡获大胜，令明军疲于应付，狼狈不堪，足以证明他是一个杰出的军事家。然而，在他死后，封建文人学者，肆意将他污名化、妖魔化，把他描绘成一个杀人不眨眼的魔王，嗜杀成性的狂人，使他成为中国古代历史上背负骂名最多的恶人之一。这些恶评张献忠的文史资料的焦点是"屠蜀"，就是控诉张献忠在四川期间进行过多次大屠杀。这些资料除了《明史》是封建王朝的正史外，其余都是封建文人所撰的野史或笔记，其中的记载不乏许多夸大、不实之处，却对后人造成难以改变的影响。近年来,已经有不少史家学者对此进行了实事求是的考证,对其中虚假荒谬之处予以驳斥。如果拨开这些历史的迷雾,一个比较真实的张献忠的面目就显露出来了。

封建文人们咒骂张献忠的重点集中于他在四川时的大屠杀。有所谓"屠重庆""屠成都""屠全川"之说,还有所谓的"七杀碑"。此碑据说是张献忠亲手所题,碑上的内容是:"天生万物以养人,人无一善以报天。杀杀杀杀杀杀杀。"封建文人们的记载五花八门,惨不忍睹,令人发指,例如《客滇述》中说张献忠"日遣心腹将领劲兵屠各州县。兵到则扬言万岁爷即至,官民皆集操场奉迎;而别遣一队入城,杀妇女婴儿。城内城外,一时俱发,男妇老幼无得脱者。其杀乡居人,则谓塘拨,亦不使一人得脱。所遣诸将,以所杀之多寡为功。首级重,不可携,男子割势,妇人则刲其阴肉及乳头。有不及取者,则但以人手为验。验功之所,手积如山。"《蜀乱》中记载,大西军屠杀川人,年十五以上杀之,各路汇集所杀卫军75万,新军23.6万,家口32万。类似记载很多,总之杀人如麻不计其数。清初文人毛奇龄更是统计出一个骇人的数字,说仅顺治三年上半年,张献忠手下军队杀人合计高达6.99亿。这一数字显然是在胡说。有历史学家曾推测,比较安定繁荣的明代万历年间中国的人口总量大约在1.2亿至2亿。从崇祯元年全国农民大起义爆发,到顺治三年,经过十八年的战争以及严重的自然灾害,国内的人口较之万历年间已经大幅减少,当时全国的总人口恐怕连1亿都达不到了,怎么可能在四川一省就杀了这么多人呢?如此低级的错误,封建文人们却信以为真,甚至被《明史》采用。

历史果真像封建文人们所记述的那样吗?答案并非完全如此。

我们先看看张献忠起义以来在各地的表现。不可否认,由于历史和文化等因素的局限,任何农民起义都会给社会和经济造成严重的负面影响,但他们主要针对统治阶级的地方官员和地主豪绅,所到之处杀的也是这些人,对于普通百姓一般不会大开杀戒。张献忠也是如此。崇祯八年,张献忠在庐州(今安徽省合肥市)时,他的部下对当地百姓说:"你莫怕,咱不杀你,我老爷来安抚你们。"还说:"你莫叫我爷。我辈响马营生,都是兄弟相称。"攻打下重要城市,张献忠都要"释狱囚,散库金",救济穷苦百姓。攻克襄阳后,他下令拿出十万两银子赈济饥民。崇祯十六年在湖南时,张献忠宣布免征三年税粮。所到之处,纪律严明。有清人记载说:"余闻张献忠来衡州(今湖南省衡阳市),不戮一人。"与经常祸害百姓的明军相比,老百姓更欢迎张献忠的起义军,出现老百姓"不恨贼而恨兵","喜于从贼","焚香牛酒迎贼"的局面。从以上这些情形看,很难把张献忠与杀人不眨眼的魔头联系起来。

顺治元年八月,张献忠占领成都初期,除了杀了一部分明朝地方官员外,并没有展开大屠杀。他还任用了许多原来明朝的官吏做地方官。大西政权还发布对西南各族百姓"蠲免边境三年租赋"的命令。张献忠对部下严加管束,军队纪律是比较严明的。张献忠入川的第二年,他的部下骁骑营都督刘进忠(后来叛变降清)发布禁约,勒石立碑以示郑重。禁约碑文主要内容有:不许未奉府部明文擅自招兵,扰害地方者,许彼地士民锁解军前正法;不许往来差舍并闲散员役擅动铺递马匹兵夫,查出捆打;不许坐守地方武职擅受民词,违者参处;不许假借天兵名色,扰害地方,该管地方官查实申报,以凭枭示;不许无赖棍徒投入营中,擅辄具词,诈告妄害良民,违者捆打;不许守□文武官员擅娶本土妇女为妻妾,如违参究。

这个禁约反映了大西军入川前期,对维护军纪、稳定社会秩序的重视。如果擅自杀人,更是不被允许。正因为如此,张献忠受到当地人的拥护。他在西充凤凰山牺牲后,当地人悄悄在梓潼大庙山文昌宫的凤洞楼为张献忠塑了像,常年香火不断。这尊塑像被当地百姓供奉了九十多年,直到清乾隆初年,才被清朝的官员捣毁。

不过,随着后来大西政权周边的形势恶化,明朝在四川的军队以及各地的地主武装对大西政权不断发起进攻。他们袭击大西军队,屠杀大西政权地方官员,对大西政权威胁很大。张献忠是一个脾气火暴之人,眼看自己的部下惨遭杀害,地方政权被摧毁,不能不怒火中烧,下令对此进行严厉的报复和镇压。在这个过程中,不可避免地出现大量杀人的情况。明军和地主武装越是疯狂进攻,张献忠就越是猛烈地报复和屠杀,导致了四川人大量被杀的情况出现,因此,后来就有张献忠"屠蜀"的说法,这一点也不必回避和否认。

从历史资料看,经过明末清初的战争和自然灾害,四川地区出现了人口剧减的局面。在明万历六年(1578),四川的人口有300多万,甚至更多。到了清初顺治十八年(1661),全省只剩下8万多人(另有一种说法是50万)。总之,人口几近灭绝。《四川通志》云:明末兵灾之后,丁口稀若晨星。于是,才有了清初"湖广填四川"的大规模移民。封建文人们都将这一罪责推到张献忠身上,但这个罪责应该不能全让张献忠和大西政权来背。

客观来说,明末清初四川地区人口剧减是一个漫长的过程。张献忠在四川建立大西政权前后只有两年时间,占领的区域也主要在以成都为中心的川西地区,川东、南、北等大部分地区均为明军或地主武装占据,张献忠即使想要把四川人杀光也做不到。而在四川的明军普遍是"将无纪律,兵无行伍,淫污杀劫,惨不可言。尾贼而往,莫敢奋臂,所报之级,半是良民"。即使在张献忠牺牲后,大西军撤向贵州,明军各余部仍然在四川长期活动,他们在四川各地大肆杀戮,也是四川人口剧减的重要原因。还有,清兵入川以来,更是肆意屠杀,比起张献忠有过而无不及。顺治四年(1647),清将梁一训"驱残民数千,北走至绵州,又尽杀之,成都人殆尽"。这仅仅是清兵大规模屠杀民众的一例,清兵在川屠杀百姓简直是罄竹难书,是名副其实的刽子手。再加上清初以来,四川连年遭灾,出现严重的饥荒,人相食的现象屡见不鲜。还有瘟疫流行,死者枕籍,都是导致人口减少的原因。总之,明末清初四川人口剧减的情况,绝非张献忠一人造成的，它有着极其复杂的背景和原因，需要我们拨开历史的重重迷雾，还原其真相。

弹指间，将近四百年过去了。时间并没有冲刷掉张献忠身上背负的种种骂名，尽管有不少学者为他主持公道，澄清历史的真相，但在许多人的心目中，他依然是一个"杀人恶魔"的形象。不过，在张献忠的家乡——陕西省定边县，人们开始客观公正地对待这位曾经叱咤风云的大西王。2010年8月，首届"明末农民起义领袖张献忠全国学术讨论会"在定边县召开。当地人民自发地成立了张献忠研究会，在他的家乡柳树涧为他建造了大型雕像，供人们瞻仰。也许，在不远的将来，一个比较客观真实的张献忠的形象，会重新走进人们的视野。

第二十九章

清初陕北地区的抗清斗争

在明王朝的最后几年,整个社会剧烈动荡,风云变幻,出现了二百多年未有之大变局。

崇祯十七年三月,农民起义领袖李自成进占北京城,推翻了朱明王朝。但是,李自成抵挡不住吴三桂与清兵的联手进攻,从北京仓皇撤出,把刚刚到手的北京城拱手让给清军。五月,清摄政王多尔衮不费一兵一卒就占领了北京城。十月,大清将都城由关外的盛京(今辽宁省沈阳市)迁到北京,福临在紫禁城内再次即皇帝位。这一年是清王朝的顺治元年,标志着清王朝从东北正式入主关内,开启了统治全国的历程。

然而,朱明王朝毕竟统治中国二百七十多年,老百姓的心目中依然将它奉为正统。崇祯十七年五月,明福王朱由崧在南京即位,改元弘光,延续着明王朝在江南的统治。之后还有唐王朱聿键、桂王朱由榔相继被拥立为帝,虽然都是苟延残喘,但仍保留着人民对明王朝的一丝希望。而刚刚入关的清朝,在许多人看来乃是异族"蛮夷",他们乘机窃取了大明的江山社稷,是万万不可接受的。特别是清朝强行实施剃发、易服、圈地、投充等民族压迫政策,激起了全国各地的反清运动。李自成、张献忠的余部也尽弃前嫌,与明湖广巡抚何腾蛟、明兵部尚书堵胤锡等合作,共同抵抗清兵。

与全国各地一样，陕北地区的军民不断展开反抗清朝的斗争。虽然这些反抗斗争的主观思想不同，目的有别，但他们的反抗斗争在客观上起到了牵制清兵大举南进，声援和配合东南地区抗清运动的作用，留下了一段段鲜为人知、慷慨悲壮的故事。

大顺军余部顽强抗清

崇祯十七年四月，李自成从北京仓皇撤退。面对强悍的清八旗兵以及吴三桂等降军的强势进攻，大顺军兵败如山倒，屡战屡败。清顺治二年正月，潼关失守，清兵直逼西安，与此同时，清兵由山西攻入陕北，陕北大部失陷，西安处于腹背受敌的危险境地，无奈之下，李自成只得放弃西安，经商州转向湖北一带。五月，李自成在湖北九宫山牺牲。他领导的大顺军处于四分五裂的状态，逐渐走向失败。

进攻陕北的清军由号称清军第一猛将的英亲王阿济格统率，其部下有固山额真谭泰等八旗军，还有平西王吴三桂、智顺王尚可喜以及从宣府、大同、山西抽调的汉族降军，兵力相当雄厚。而镇守陕北的大顺军首领是李过和高一功。李过守延安，高一功守榆林。面对兵势正盛的清军，大顺军英勇抵抗，无奈势单力薄，节节败退。高一功坚守榆林城，阿济格一时难以攻下。为了夹击西安的李自成，阿济格留下部分兵力继续围困榆林城，自己则率主力绕过榆林南下进攻延安。李过指挥部下为保卫延安同清兵展开激烈的战斗，清兵围攻延安城二十余日，都未能得手。双方交战七次，其中大顺军两次利用夜间出城反击，因兵力不足未能奏效。清兵调来大炮，轰击城墙，李过见状，知道无法继续坚守，趁着夜色突出包围，向西转移，延安宣告失守。高一功在榆林独木难支。他知道榆林是一座孤城，难以长期坚守，决定趁着清兵围城的兵力不多，进行突围。后与李过会合，南下寻找李自成的主力。

由于清兵已经占领西安，李过、高一功等不可能按照李自成南撤的路线前进。他们只能选择进入汉中。这时，汉中也已被清兵占据，所幸的是把守汉中的主将贺珍曾是大顺军将领，他被迫投降清朝，内心里依然忠于大顺。他与李过、高一功等是昔日的战友，所以，当李过等经过汉中时，他并未派出主力阻截，只是装出一种阻截的姿态，让李过等不费什么力气就穿过汉中，转入四川。后来，李过、高一功领导的这支部队，经四川进入湖广，改编为"忠贞营"，成了大顺军联明抗清的主力部队。

在空前高涨的全国性抗清形势下，驻守汉中的贺珍暗中联络分散在西北各地的大顺军余部贺弘器、李明义及明将领孙守法，准备东山再起。贺弘器等在陕北一带活动，积极响应贺珍抗清号召。顺治二年十一月初，贺珍自称"奉天倡义大将军"，"檄召西溪凤平延庆等郡兵"，兵出秦岭，攻取西安。贺弘器、李明义在甘肃灵台起兵，作为呼应。十二月下旬，贺珍、孙守法等联合关中起义军共七万多人围攻西安。西安城内兵力空虚，形势危急。就在这时，清兵主力李国翰部从山西赶到西安，战局顿时逆转。清兵内外夹攻，贺珍、孙守法等大败，失去夺取西安的良机，遂撤退进入秦岭。

在延安南部一带活动的大顺军余部，在张应元、刘文炳、贺弘器等人带领下，一直坚持抗清。顺治三年五月，刘文炳、康千总、郭天星等在北山一带抗击北路清军李国翰部。七月，张应元、康千总等在延安战败，被清延绥巡抚王正志围困在张果老崖（今陕西省铜川市西北），不久，张果老崖失陷，康千总在战斗中牺牲。刘文炳联合郭君镇、丁仲甫、云里飞等聚众千余，在中部、宜君、店头等地继续抗击清军。十二月底，郭君镇、刘文炳、贺弘器等向北发展，攻克宁州。抗清义军进入宁州城时，纪律严明，"不杀人，不令兵入人家"，受到百姓的欢迎。

顺治四年正月，郭君镇、刘文炳、贺弘器等部在宁州巴地跛、九龙川等处会合，共有四十八营，一时声势大振。三月，刘文炳、郭君镇等率众三千，由三水县（今陕西省旬邑县）石门关出发，暗渡土桥。四月，在宜君县方雕岭范家寺与清兵展开激战，二十六日，刘文炳在蓝庄沟战败被俘，二十七日，郭君镇在三水县唐家山与清兵作战时被射死。贺弘器退至庆阳白豹川、官马川与另一路起义军马德联合。八月，贺弘器、马德等在北武当山遭到清军的镇压，至此，大顺军余部在陕北的抗清斗争彻底失败。

王永强起兵反清

虽然贺弘器等大顺军余部被清朝军队残酷镇压，但是，清朝在陕北的统治并不稳固，反抗的情绪依然在暗中蔓延，犹如地火在燃烧，一有机会就会猛烈爆发。

顺治五年（1648），全国各地的抗清斗争此起彼伏，引发了一些已经降清的明朝将领倒戈举义，加入反抗清朝的行列。在南方，江西的金声桓、广东的李成栋等明将在降清后又倒戈抗清。十二月初三，山西大同总兵姜瓖举旗抗清，宣布重归明朝。姜瓖，原来是明朝大同总兵，后来归顺李自成。清兵入关，他又向清朝投降。他非常不满清朝的猜忌限制以及清英亲王阿济格对自己的羞辱，因此，决定占据大同城反清，自称大将军。在姜瓖举兵反清时，在延安任参将的王永强"与瓖通谋"，决定在陕北起义抗清。

王永强是陕西吴堡人，年少参军，强悍勇猛，以战功成为明军延安府的一名军官。李自成在西安建立大顺政权后，王永强主动归顺了大顺军，成为李过的部下，驻守延安城。大顺军失败后，王永强投降了清朝，担任延安营参军。他与姜瓖是陕北老乡，曾一同归顺大顺军，关系非同一般。

所以，姜瓖在大同宣布反清后，王永强马上开始行动。顺治六年（1649）二月，王永强在神木、府谷等处驻防。二月十五日，他突然率部急驰进入榆林城，杀死延绥巡抚王正志、延绥总兵沈文华和靖远道夏时芳，占领了榆林城。他自称"招抚大将军"，公开宣布反抗清朝。与此同时，神木人高友才也宣布起义，与王永强相呼应。王永强随即引兵南下，与留守延安的弟弟王永镇会合，占领延安城，杀死延安知府宋从心。他派遣部下不断攻城略地，很快就攻克了陕北地区十九个州县，所到之处收缴当地官府仓库的银两、粮草、军火器具，烧毁衙门的宗卷，打开监狱释放囚徒，严重破坏了清朝在陕北的统治秩序。王永强建立了自己的地方政权，委任了巡抚以下的各级文武官员，"将延属抚镇道府州县营堡文武衙门，俱各伪委官员"，基本控制了包括榆林、延安在内的陕北地区。

为了向外发展，王永强分兵二路，向北发展到定边一带，向南发展至渭北。北路军攻打花马池，沿边各地人民纷纷起来响应。南下部队在部将刘大英的指挥下，攻破金锁关，占领同官城（今陕西省铜川市），又乘胜占领耀州（今陕西省铜川市耀州区）。王永强还派出一部分兵马渡过黄河，支援山西的抗清斗争。在王永强的领导下，陕北的抗清势力发展很快，声震全陕。

眼见王永强的力量不断壮大，对清朝的北方统治形成严重威胁，清政府赶紧调集大军进行围剿。由于八旗兵主力远在山西，于是命令屯驻汉中地区的平西王吴三桂、固山额真李国翰部前往镇压。三月十三日，吴三桂、李国翰会同汉羌总兵张天福、兴安镇游击盛嘉定各路兵马赶到咸阳，陕西巡抚黄尔性、驻防西安的清吏部侍郎哈哈木亲往咸阳会商进剿事宜，决定兵分三路进剿，一路由黄龙山，一路由澄城，一路由同官，预定在洛川、鄜州地区会合，然后向北进攻延安。

面对强大的清军，王永强和他的部下显然没有足够的准备采取灵活有效的战术，只是一味的正面抵抗。由于他们的作战能力与吴三桂的军队相差甚远，所以一败再败。三月二十九日，吴三桂在耀州打败刘大英，接着攻占了同官、宜君。此时王永强率主力抵达蒲城（今陕西省蒲城县），准备进攻西安。吴三桂等在宜君得到消息后，星夜赶回富平县。双方相遇于富平县流曲镇以北的美原，展开一场大战。吴三桂看到王永强的部下十分强悍，心生诡计，让部下佯作败退，故意将盔甲辎重丢弃，王永强部下不知是计，纷纷抢夺财物，阵势混乱，这时吴三桂下令部队发起反击，抗清义军被冲击得七零八落，王永强赶忙下令边战边退，并在战斗中不幸阵亡。主帅战死，抗清义军无人指挥，被打得溃不成军。吴三桂旋即开始攻打蒲城，城中军民固守不降。四月初五，蒲城县城被攻破，清兵大肆屠杀，死者万人，血流成河，一座千年古城就此变成废墟。

抗清义军余部向陕北北部撤退，吴三桂率部下乘胜追击，抗清义军节节败退。五月二十四日，清军固山额真李国翰部进攻延安，抗清义军战败，撤向绥德、榆林。八月，抗清义军在安塞、清涧失利，吴三桂占领陕北重镇绥德。十月，吴三桂占领榆林城。王永强部将刘登楼、任一贵、谢汝贵等撤出榆林后，在定边一带继续抵抗。吴三桂部穷追不舍，全力围剿，刘登楼、任一贵等兵败牺牲。这样，王永强的抗清义军主力被消灭殆尽。

王永强失败后，余部仍然坚持斗争。高友才据守府谷，刘相国、刘奎、何秉元等在宜川县八郎山、石川堡、史家河等地活动，刘弘才率众数千在北山结营安寨，经常出没于蒲城、富平、同官、耀县一带。顺治七年（1650）冬，在围困近一年后，吴三桂终于攻占府谷，高友才投水自尽，刘相国在八郎山兵败被捕后押解到西安凌迟处死，刘弘才在保安失败后北走甘肃，第二年在合水县遭清兵捕杀。至此，王永强在陕北地区的抗清力量全部被镇压。

朱龙和周世民联合反清

在王永强反清斗争失败七年之后，陕北地区再一次爆发了反抗清朝的起义。这次起义的首领是清定边副将朱龙和绥德州怀远县农民周世民。他们的起义还得从吴三桂与清朝的矛盾激化说起。

康熙十二年（1673），鉴于国内的局势基本稳定，康熙皇帝决定撤销平西王吴三桂、平南王尚可喜和靖南王耿精忠的藩王称号，吴三桂与清朝的矛盾彻底激化。十一月，吴三桂公开反清。不久，吴三桂的部将、陕西提督王辅臣在宁羌（今陕西省宁强县）杀死清刑部尚书、山陕总督莫洛起兵反清。康熙十四年（1675）四月，王辅臣的部下、驻守定边的延绥西协副将朱龙打出反清的旗号。朱龙起兵反清是有原因的：一来他与吴三桂是同乡，曾是吴的部下，与吴关系密切，所以，他随吴三桂反清是必然的。二来朱龙的手下贺桓，原是李自成大顺军将领，对朱龙起兵反清也有重要影响。

这之前，朱龙结识了绥德州农民周世民。这个周世民可不是一般的农民。周世民出生于绥德州怀远县威武堡（今陕西省榆林市横山区），小名四儿。孩童时，周世民常与同伴一起在河沟里潜水捕捉鱼鳖，水性娴熟，人称"肉龙"。他性格豪爽，膂力过人，善于团结人，经常带着几个弟兄走乡串户，承揽短工。有一年夏天，周世民与几个弟兄给地主家锄地干活，烈日当头，汗流浃背，非常辛苦，中午饭后仍然饥肠辘辘。大家觉得生活太苦，商量如何改变一下。周世民起身高呼："打碎磁州城，要活李闯王。五弟当大将，收拾康熙王。"众人齐声赞同，当下就投奔了原李自成大顺军部将贺桓。

康熙十四年四月，朱龙给了周世民白银三千两，让他协同贺桓等招兵，为反清起义做准备。周世民以贩核桃为名，在绥德一带秘密串联，招募壮丁，短时间内众多饥民来投，队伍发展到数千人。周世民告诉朱龙"军册已备，示威始能服众"。朱龙召集自己的军队，与周世民会合于大理河川，发兵攻打绥德城，绥德知州朱允图闻讯出逃，守备陈文道投降献城。起义军旗开得胜，占领绥德。然后兵分两路：一路东取吴堡，经过激烈战斗，拿下吴堡；另一路北上攻取米脂、镇川堡后，接连攻克怀远、威武、清平、镇靖、龙州等营堡。起义军所到之处，所向披靡。当地百姓兴高采烈，歌唱"双龙济民，康熙消停"。

在进攻军事要塞波罗堡时，清守将张国彦据堡拼死抵抗，加之清怀远将军孙维统率部从榆林驰援波罗堡，朱龙看到形势不利，暂时放弃进攻波罗堡。但朱龙和周世民并没有放弃，他们暗中策反波罗营千总刘尚勇等叛清。张国彦因无法控制局势，自焚而死。义军占领波罗堡。义军进城后，号令严明，秩序井然。

朱龙、周世民留刘尚清驻守波罗堡，率众北上至归德堡，围攻延绥镇城——榆林。榆林同知谭吉璁、延绥镇总兵许占魁等顽强抵抗。双方展开攻防大战，死伤惨重。朱龙、周世民围攻榆林达三个月，还不能得手，清军调蒙古骑兵赶来救援。为避免内外受敌，争取主动，朱龙决定放弃榆林，转而北上，进逼神木。神木守将孙崇雅响应起义，打开城门迎接起义军。周世民带领起义军围攻葭州（今陕西省佳县）。他亲冒矢石，中箭负伤，仍奋力拼杀，最终占领葭州城。随后，起义军继续南下发展，相继占领延安、鄜州、洛川、中部、宜君等地。

朱龙和周世民在陕北的起义，发展之快，影响之大，完全出乎清朝廷的意料。为了尽快将这一股起义镇压下去，清朝调集重兵前往清剿。康熙十五年（1676）一月，平逆将军毕力克图、都统觉和率领大军会同总督哈古手下大将杨宗道等从大同赶往陕北。清军来势汹汹，起义军却疏于防备。本来起义军占有黄河天险，可以据险与清军抗衡，然而，由于他们粗心大意，让这一天险优势化为乌有。原来，起义军在黄河北岸的杨家店布防，毕力克图没有强攻，他将部下分为三队，趁着夜色的掩护，悄悄渡过黄河，防守黄河的起义军居然没有发觉。清军突然发起进击，起义军仓皇退却，清军顺利占领要塞吴堡。六月，在绥德乡绅马如龙的引导下，清军进抵绥德城下，朱龙眼看无法对抗，放弃绥德城，向陕北西北部撤退。

毕力克图一举占领延安，陕北南部的州、县、堡均落入清军之手。毕力克图移师北上，会同杨宗道等部赶往府谷，对周世民所部发起进攻。当时，周世民、杨贯南指挥起义军，正在围困府谷城和孤山堡，看到清朝大军来到，便撤围退守木瓜堡。木瓜堡虽然地势险要，但毕竟狭小，供给不济，坚守数日后，起义军只好退守大本营神木城。各路清军将神木城团团围住，起义军奋力防守，清军久攻不下，无奈城中粮草告罄，起义军内部发生分裂，清军破城而入，朱龙带部分起义军突出重围，周世民、杨贯南率部进行巷战。激战中周世民身负重伤，杨贯南战死，孙崇雅被部下劫持交给清军，后被清军押解至榆林城惨遭杀害。朱龙等在转战途中，被宁夏总兵陈福包围于波罗堡北部的沙家涧。朱龙所部全军覆灭，朱龙及其儿子朱应元、朱应魁均死于激战。

周世民负伤后，在部下的保护下突出城外，藏匿于一处隐秘的崖窑中。崖窑位于绝壁之上，食品等物只能用长绳从崖上吊下来。由于清兵搜查得很紧，崖窑中缺粮缺水，无药可医。周世民的一个部下将他出卖，清军将他擒获。康熙十五年九月，周世民被杀害于榆林。周氏族人冒死从刑场偷走周世民的遗体，秘密埋葬在他老家的山上，紧挨着清昭勇将军周宏熊的坟墓。

当地有村民将周世民反清的事迹编了一段民谣："康熙十四年，肉龙闹翻天。龙池峁建帐，号房湾扎营，旗杆梁祭旗，上了郭家渠。洪门寺一昼，下了绥德州。攻占波罗堡，神府都锁定。蚂蚱星忌日头，黄河不得渡。离神木就没命，沙涧海子走麦城。石窟窿里藏身，又跟周宏熊挨定。"

朱龙、周世民领导的反清起义，虽然只坚持了一年多就在清朝残酷镇压下失败了，但它在当时声势甚大，影响甚广，对清朝在陕北地区的统治造成强烈冲击，足以在陕北的历史乃至中国古代农民起义史上留下壮烈的一笔。

参考资料

[1] 《史记》，中华书局1982年版。

[2] 厚夫：《走过陕北》，商务印书馆国际有限公司，2016年版。

[3] 杨瑞：《石峁王国之石破天惊》，陕西人民出版社2017年版。

[4] 《资治通鉴》，中华书局1956年版。

[5] 周国祥：《陕北古代史纪略》，陕西人民出版社2008年版。

[6] 《汉书》，中华书局1962年版。

[7] 杜文：《走近陕北东汉画像石艺术》，载《收藏界》2006年第7期。

[8] 郑红莉：《陕北汉代画像石中的"胡人"形象》，载《中原文物》2018年第4期。

[9] 《晋书》，中华书局1974年版。

[10] 《宋书》，中华书局1974年版。

[11] 《魏书》，中华书局1974年版。

[12] 王大华、秦晖：《陕西通史·魏晋南北朝卷》，陕西师范大学出版社1997年版。

[13] 《隋书》，中华书局1973年版。

[14] 高长天、张小兵：《陕北历史文化述略》，陕西人民出版社2006年。

[15] 《新唐书》，中华书局1975年版。

[16] 孙微、张学芬：《杜甫传》，天地出版社2020年版。

[17]《宋史》，中华书局1985年版。

[18]《辽史》，中华书局1974年版。

[19] 陈海波：《西夏简史》，民主与建设出版社2016年版。

[20] 唐荣尧：《西夏王朝》，中信出版集团2015年版。

[21] 诸葛忆兵：《范仲淹传》，中华书局2012年版。

[22] 范仲淹：《范仲淹全集》，中华书局2020年版。

[23] 杨文岩：《古麟州与杨家将》，陕西人民出版社2012年版。

[24]〔宋〕李之仪：《姑溪居士全集》，商务印书馆1935年版。

[25] 折武彦、高建国：《陕北历史文化暨宋代府州折家将历史文化学术研讨会论文集》，陕西人民出版社2016年版。

[26] 周山湖：《梦溪妙笔——沈括传》，作家出版社2016年版。

[27] 邓广铭：《韩世忠年谱》，生活·读书·新知三联书店2007年版。

[28] 吴启雷：《砥柱中流：韩世忠传》，上海交通大学出版社2016年版。

[29]《明史》，中华书局1974年版。

[30] 南炳文、汤纲：《明史》，上海人民出版社2021年版。

[31] 秦晖：《王气黯然》，山西人民出版社2020年版。

[32]《明实录·明武宗毅皇帝实录》，上海书店出版社2015年版。

[33] 袁良义：《明末农民战争》（修订版），社会科学文献出版社2019年。

[34] 顾诚：《明末农民战争史》，北京日报出版社2022年版。

[35]〔清〕计六奇：《明季北略》，中华书局1984年版。

[36] 孙承仁：《李自成新传》，北京图书馆出版社2007年版。

[37] 毕华勇：《米脂出了个李自成》，太白文艺出版社2015年版。

[38] 袁庭栋：《张献忠传论》，四川人民出版社1981年版。

后　记

陕北，生我养我的古老土地。

我从小喝着无定河的水，吃着小米饭长大。这里的山峁沟壑是那样的熟悉，这里的风土人情是那样的亲切，这里的信天游是那样的迷人……纵然离开家乡多年，依然让我梦绕魂牵。

我目睹过陕北的贫穷落后和偏僻闭塞，曾为它悲哀难过，甚至曾为自己是一个陕北人感到自卑。我也曾听过陕北的许多历史故事，为前辈的英雄事迹而感动落泪。我更有幸见到它今天的风貌：山川郁郁葱葱，人民安居乐业，能源开发利用，文化繁荣兴盛……作为陕北的儿女，我为之鼓舞，为之高兴。

退休之后，每年都可以回家乡小住。探亲访友、游山玩水、品论历史之余，我更感觉到陕北历史文化是那样的悠久厚重，一种为家乡文化做一点贡献的想法从心底里萌发。随着时间的推移，这个想法越来越强烈，欲罢不能。几经思考，我决定写一本关于陕北历史文化的普及性书籍。这一方面出于内心对家乡的热爱；另一方面，是自己多年来一直关注陕北历史文化，并且做过一点研究，先后出版过《延安吟——延安古代诗歌选注》《志乘垂鉴——陕北历史文粹》《塞上诗话》等著作，对陕北历史文化有较全面深入的认识，并积累了一些资料，因而具有一点自信。

关于陕北文化的研究，近年来有大量成果问世，诸如高长天、张小兵的《陕北历史文化述略》，周国祥的《陕北古代史纪略》，厚夫的《走过陕北》、王六的《陕北回眸：无定河》，等等，分别从不同的专业角度介绍和表现陕北古代文化。但对于有着数千年历史的陕北而言，这些还是显得不够，还需要更多的学者来参与，陕北历史文化需要花更多的气力来建设与宣传，需要更多的著作涌现。

为此，我本着为陕北文化添砖加瓦，为家乡先贤树碑立传的思想，历经三年，完成《陕北传》一书，凡二十九章，约二十八万字，力图比较全面系统地展现陕北古代源远流长、风云激荡的历史，对陕北古代的重大事件、杰出人物、重要的文化现象等做了较详细的记述和表现，为当代人们了解和认识陕北的历史文化提供一本有意义、有价值的读物。

如今，《陕北传》就要出版问世了，了却了我报答家乡、回馈家乡的夙愿，我的内心充满喜悦之情。同时，我也要真诚地感谢为《陕北传》出版提供大力支持和帮助的有关单位和人士，没有他们的支持和帮助，恐怕它只能永远埋没于电脑之中。

感谢中共延安市委宣传部和王江科长。感谢"延安市2023年度文艺创作扶持项目"的支持。

感谢我的母校陕西师范大学，感谢陕西师范大学出版总社的刘东风社长对《陕北传》的认可和支持。感谢杨杰主任给予的全面指导和热情鼓励。感谢责任编辑刘畅先生为《陕北传》出版付出的心血和努力。

感谢我的家人，对我写作始终的理解以及给予的坚定支持。

在写作过程中，还有很多朋友给予了鼓励和帮助，在此一并致以诚挚谢意。

虽然《陕北传》出版了，但它毕竟是一人之力完成的。由于本人见识浅陋，资料和精力有限，出现错误和纰漏在所难免，心中不免惶恐不安，还请有关专家学者多多批评指正。

高飞卫

2024年11月11日于岭南惠东海山庐